पांचवीं कौन?

-अजिंक्य शर्मा

ऋषभ सक्सेना सीरिज

अजिंक्य शर्मा के अन्य उपन्यास

1. मौत अब दूर नहीं (मर्डर मिस्ट्री)
2. पार्टी स्टार्टेड नाओ (स्लैशर थ्रिलर)
3. काला साया (प्राइवेट डिटेक्टिव अविनाश भारद्वाज सीरिज)
4. दूसरा चेहरा (प्राइवेट डिटेक्टिव अविनाश भारद्वाज सीरिज)
5. अनचाही मौत (हॉरर) (मौत का घर सीरिज)
6. ब्रेकिंग न्यूज वहशी कातिल (मर्डर मिस्ट्री) पेन टू पब्लिश 4 में द्वितीय स्थान पर पुरस्कृत उपन्यास

7. द ट्रेल (द ट्रेल सीरिज)
8. द ट्रायो (द ट्रेल सीरिज)
9. निमिष (साइंस थ्रिलर)
10. वतन के रखवाले (हास्य व्यंग्य, मर्डर मिस्ट्री)
11. बेगुनाह गुनहगार (ऋषभ सक्सेना सीरिज)
12. तीसरी कौन (ऋषभ सक्सेना सीरिज)
13. चौथी कौन (ऋषभ सक्सेना सीरिज)
14. पांचवीं कौन (प्रस्तुत उपन्यास) (ऋषभ सक्सेना सीरिज)

डिस्क्लेमर

प्रस्तुत उपन्यास पूर्णत: काल्पनिक है। किसी भी वास्तविक व्यक्ति, वस्तु, स्थान आदि से उपन्यास का कोई संबंध नहीं है। किसी भी प्रकार की समानता संयोग मात्र है।

लेखकीय

प्रिय पाठकों,

मेरा नया उपन्यास पांचवी कौन-जो कि मेरा 14वां एवं ऋषभ सीरिज का चौथा उपन्यास है-आपके हाथों में है। उपन्यास में नया क्या है, ये तो आपको उपन्यास पढ़ कर ही पता चलेगा। लेकिन मैं आपको ये अवश्य बताना चाहूंगा कि इसमें मैंने भविष्य में प्रकाशित होने वाले एक थ्रिलर उपन्यास की नींव भी रखी है, जो कि उपन्यास पढ़ते हुए सुधि पाठक अवश्य समझ जाएंगें। चूंकि थ्रिलर लिखने के मामले में मैं कमजोर हूं-या शायद अब तक मैंने कोई थ्रिलर लिखा ही नहीं है अपने मूल नाम ब्रजेश कुमार शर्मा से प्रकाशित साइंस फिक्शन 'निमिष' को छोड़ कर-इसलिए मैंने इस उपन्यास को अगले साल लिखने का निश्चय किया है।

क्या? अरे चिंता मत करिए। अगले साल लिखने का मतलब ये नहीं है कि पांचवी कौन के बाद अब अगले साल ही उक्त थ्रिलर लिखूंगा। उससे पहले भी कई बेहतरीन उपन्यास लिखने का प्रोग्राम है, जिनमें से कुछ तो मेरे अब तक के लेखन से इतने लीक से हट कर होंगें कि पाठकगण आश्चर्यचकित भी हो जाएंगें। लेकिन वे उपन्यास सरप्राइज हैं इसलिए उनके बारे में फिलहाल मैं कुछ भी बताने से रहा।

'पांचवी कौन' के बारे में एक खास बात ये भी है कि इसे मैंने पिछले उपन्यास की अपेक्षा काफी अधिक समय में पूर्ण किया है। इससे पूर्व प्रकाशित 'चौथी कौन'-जो कि ऋषभ सीरिज का ही था-कुछ कारणवश मैं

लगभग दस महीनों में पूर्ण कर पाया था, जिसको ले कर अत्यधिक धीमे लेखन को ले कर मुझे पाठकों की सख्त आलोचना भी झेलनी पड़ी थी। इस बार तो मैंने धीमे लेखन के मामले में अपना ही रिकॉर्ड तोड़ दिया।
बहरहाल, उस शिकायत को भविष्य में दूर करने का प्रयास रहेगा। 'पांचवी कौन' को लिखने में इतना समय लगने के कारण निजी कार्यों की व्यस्तता, व्यक्तिगत समस्याएं रहीं, हालांकि देर से लिखने का एक लाभ ये भी रहा कि उपन्यास में कुछ अच्छी चीजें भी शामिल हो गईं जो कि शुरू में एक सामान्य मर्डर मिस्ट्री के रूप में इसका खाका खींचते समय मेरे दिमाग में नहीं थीं। उन चीजों को शामिल करने से उपन्यास मेरी दृष्टि में तो पहले से अच्छा बन गया है। सचमुच में अच्छा है या नहीं, अच्छा है तो कितना अच्छा है, इसका निर्णय तो उपन्यास के प्रति आपकी जो प्रतिक्रियाएं प्राप्त होतीं हैं, उनसे ही होगा।
ऋषभ सीरिज के पिछले दोनों उपन्यासों को देखें तो पाठकों ने ये भी नोट किया होगा कि मैंने उपन्यासों के शीर्षकों में एक समानता रखने का प्रयास किया था। तीसरी कौन, चौथी कौन के बाद अब पांचवी कौन में ऋषभ को उस पांचवी रहस्यमयी शख्सियत का पता लगाना है, जो एक दिल दहला देने वाले हत्याकाण्ड से जुड़ी हुई थी। शीर्षक में इस रोचक समानता को फिलहाल इतनी ही दूर तक ला सकने की क्षमता मुझमें है। इसलिए पाठकगण बेफिक्र रहें। इससे आगे उन्हें 'छठवीं कौन', 'सातवीं कौन?', 'आठवीं कौन?' और इसी क्रम में आगे बढ़ते हुए शीर्षक वाले उपन्यास पढऩे को नहीं मिलेंगें।
कम से कम निकट भविष्य में तो नहीं।
मेरे द्वारा लिखे गए उपन्यास के रूप में तो नहीं।
खैर, ये तो हुई मजाक की बात। अब मुद्दे पर आते हैं।
चौथी कौन को ले कर पाठकों की सकारात्मक प्रतिक्रियाएं प्राप्त हुई हैं। ऋषभ सीरिज को आकार लेते देख कर पाठकों ने खुशी जताई है और सीरिज में दिखने वाली थोड़ी-बहुत कमोबेशी की ओर भी ध्यानाकर्षण कराके मेरा मार्गदर्शन किया है, जिससे भविष्य में मैं इन कमियों को दूर करके ऋषभ सक्सेना सीरिज को और भी शानदार बनाने का प्रयास करूंगा।

पाठकों से अनुरोध है, इसी प्रकार अपनी प्रतिक्रियाओं से मेरा मार्गदर्शन करते रहें।

'चौथी कौन' के संबंध में प्राप्त प्रतिक्रियाओं पर नजर डाल लेते हैं-

गुजरात के सूरत से श्री निलेश जी लिखते हैं-ऋषभ सीरिज की तीन बुक्स पढ़ ली हैं। सारे कॉन्सेप्ट मजेदार हैं। कहानी किसी भी जगह खिंचती हुई नहीं लगती, फ्लो में बनी हुई रहती है। साथ ही ऋषभ के सारे सहायक-निरंजन, नॉटी शॉटी, देवेश, पलक, महेश जोशी-भी अपना रोल ठीक से निभाते नजर आते हैं, और फिर भी असली काम हीरो का है ये दिखाई दे जाता है। कोई ज्यादा टेक्नीकल चीजें नहीं हैं, सिम्पली डिटेक्टिव रीजनिंग है। बहुत अच्छा लगा।

इन्वेस्टिगेशन एक ऐसा काम है, जिसमें लोगों से मिलना पड़ता है। और लोग हर किसी को जवाब नहीं देते। यानी इन्वेस्टिगेटर पुलिस, प्राइवेट डिटेक्टिव, प्रेस रिपोर्टर जैसा ही कोई कैरेक्टर हो सकता है। या तो मेन कैरेक्टर के साथ इनमें से कोई होना चाहिए। ऐसे में आपने ऋषभ को मूल रूप से फोटोग्राफर बना कर कुछ अलग कर दिया। पर आखिर में तो उसे भी इन्वेस्टिगेशन करते वक्त प्रेस रिपोर्टर बनकर ही पेश होना पड़ता है। आगे ऋषभ के और कारनामों के इंतजार में।

श्री निलेश जी ने कुछ कमियों की ओर भी ध्यानाकर्षण कराया, जिन्हें आगामी उपन्यासों में दूर करने का मेरा प्रयास रहेगा।

श्री विशाल गुप्ता जी ने भी चौथी कौन की सराहना करते हुए इसे एक रोचक व तेजरफ्तार मर्डर मिस्ट्री बताया। उन्होंने उपन्यास के एक खास पात्र से जुड़ी कुछ विसंगतियों की ओर भी ध्यानाकर्षण कराया, जिन्हें मैं आगामी उपन्यासों में सुधारने हेतु प्रयासरत रहूंगा।

श्री चंदन छवींद्र जी लिखते हैं-बहुत ही बेहतरीन मर्डर मिस्ट्री। हमेशा की तरह शानदार कहानी। नैक्स्ट नॉवल के लिए अग्रिम शुभकामनाएं। उन्होंने उपन्यासों के विलंब से आने की ओर भी ध्यानाकर्षण कराया।

श्री रामकुमार राठौर जी ने भी चौथी कौन की भरपूर सराहना करते हुए कहा कि बेहद शानदार कहानी। छोटी से छोटी बात से भी कुछ न कुछ पॉइंट निकल रहे थे। जैसे वर्षा से बात करना। शादी का निमंत्रण पत्र किसको भेजा गया और चारों को वो पत्र दिखा कहां? एक रोमांचक मर्डर मिस्ट्री।
श्री राठौर जी सहित कुछ पाठकों ने ये शिकायत भी दर्ज की है कि मैं कहां तो पिछले उपन्यासों के अगले पार्ट ला ही नहीं रहा था, जिनकी वे अरसे से मांग कर रहे हैं और कहां ऋषभ सीरिज के ही पीछे हाथ धो कर पड़ गया हूं।
उक्त शिकायत दर्ज करने वाले पाठकों का कहना है कि उन्हें ऋषभ सीरिज से कोई ऐतराज नहीं है। ऋषभ सीरिज अच्छी सीरिज है और वे भविष्य में भी इस सीरिज के और उपन्यास पढ़ना चाहेंगें। लेकिन मैं लेखन में विविधता का भी ध्यान रखूं और 'पार्टी स्टार्टेड नाओ' जैसे प्रयोगात्मक उपन्यास-कम से कम उसी का अगला पार्ट-और 'अनचाही मौत' की तरह हॉरर उपन्यास व 'द ट्रेल' सीरिज के नए उपन्यास भी ले कर आऊं, जिससे टेस्ट बदलता रहे।
'द ट्रेल' सीरिज के नए उपन्यासों की मांग श्री राकेश राणा जी ने भी की, साथ ही उन्होंने नया उपन्यास आने में हो रही देरी को ले कर भी नाराजगी जाहिर की, जिसके लिए मैं उनसे व समस्त पाठकों से क्षमाप्रार्थी हूं।
श्री राकेश जी ने मेरे साइंस थ्रिलर 'निमिष' के ऑडियोबुक के रूप में उपलब्ध होने पर बधाई भी दी।
नए उपन्यास आने में हुए विलंब की शिकायत भी बिल्कुल सही है। शिकायत उचित है और मेरा पाठकों से वादा है कि जल्द ही आपकी इस शिकायत को दूर करने का प्रयास किया जाएगा।
फिलहाल तो ये समझ लीजिए कि ऋषभ का पहला उपन्यास लिखने के बाद से ही मेरे सिर पर जुनून सा सवार हो गया था और मैं अपने कई अन्य उपन्यासों के प्रोजेक्ट छोड़ कर-जो कि विविधता से भरपूर हैं-केवल और केवल ऋषभ सीरिज में ही खो गया था।
अब कुछ पाठकों ने लेखन में विविधता बनाए रखने की बात की है तो मेरा पूरा प्रयास रहेगा कि अपने इस जुनून पर काबू पाते हुए ऋषभ सीरिज के अलावा अन्य जोनर पर भी ध्यान दूं।

पाठक अक्सर अपने ई-मेल्स व अन्य संदेशों के माध्यम से आगामी उपन्यासों के बारे में पूछते रहते हैं।

पाठकों से अक्सर ये शिकायत मिलती है कि मैं अपने आगामी उपन्यास के नाम या उसके संबंध में कोई भी घोषणा नहीं करता, जिससे पाठक आगामी उपन्यास को ले कर अंधेरे में ही रहते हैं। उन्हें ये पता ही नहीं होता कि अगला उपन्यास कौन सा आने वाला है? वो मर्डर मिस्ट्री है, थ्रिलर है, किस सीरिज का है आदि।

वैसे तो अपने आगामी उपन्यासों के बारे में बताने को ले कर मेरा सामान्य भाव यही रहता है-

वक्त आने दे बता देंगें तुझे ऐ आसमां
हम अभी से क्या बताएं, क्या हमारे दिल में है

लेकिन पाठकों द्वारा बार-बार शिकायत किए जाने पर मैं अपने आगामी उपन्यासों की रूपरेखा आपके समक्ष प्रस्तुत कर ही देता हूं।

आज मैं आपसे अपने सिर्फ आगामी ही नहीं बल्कि आगामी कई उपन्यासों की जानकारी शेयर कर रहा हूं लेकिन साथ ही वो कारण भी शेयर कर रहा हूं, जिसके कारण मैं आगामी उपन्यास के बारे में कोई पूर्वघोषणा नहीं करता था।

'तीसरी कौन', 'चौथी कौन', 'पांचवी कौन' के बाद इस कौन के सिलसिले को यहीं विराम देते हुए मेरा अगला उपन्यास 'निमिष' की तरह का एक साइंस फिक्शन थ्रिलर होगा। 'निमिष' में सभी को स्कारलेट का किरदार बेहद पसंद आया था।

स्कारलेट के बाद अब आपकी मुलाकात डेजी से करवाने का समय आ गया है।

और मेरा पूरा प्रयास होगा कि 'निमिष' के बाद मेरा ये दूसरा उसी श्रेणी का उपन्यास भी 'निमिष' के स्तर का ही हो। इस उपन्यास को लिखने के लिए भी मैं काफी समय से प्रतीक्षारत हूं।

उसके बाद एक हॉरर उपन्यास लिखने का प्लान था, जिसे मैं काफी समय से लिखने की सोच रहा था।

'पांचवी कौन' के बाद दिसंबर 2024 तक कुल चार उपन्यास लिखने का प्लान था, लेकिन कतिपय कारणों से ये सारे उपन्यास तो छोड़िए 'पांचवी कौन' ही अब जाकर प्रकाशित हो रहा है।
अब उक्त लिस्ट के उपन्यासों को लिस्ट में थोड़ी फेरबदल के साथ जल्द ही आप तक पहुंचाने का प्रयास रहेगा। हॉरर उपन्यास को फिलहाल ड्रॉप कर दिया है। यानि 'अनचाही मौत' के बाद अगला हॉरर उपन्यास अब शायद अगले वर्ष ही आ पाएगा।

इसके अलावा एक सरप्राइज उपन्यास 'एक्स' भी है, जिसको ले कर मैं काफी उत्साहित हूं।
एक्स उपन्यास का नाम नहीं है। बल्कि कोडनेम है। नाम अभी तक सुनिश्चित नहीं किया है। वैसे भी उपन्यास और उपन्यास की विषयवस्तु सभी सरप्राइजिंग हैं और ये मेरे अब तक के लिखे सारे उपन्यासों से काफी हट कर होगा।

इसके अलावा होली पर 'वतन के रखवाले' का दूसरा भाग अक्षय, सुनील और इंस्पैक्टर यश की जुगलबंदी का हंसी-मजाक से भरपूर उपन्यास लाने का भी प्लान था। लेकिन वो भी अब पूरा होता नहीं दिख रहा है। क्योंकि होली तक उस मिजाज का उपन्यास लिखने का मूड मैं शायद ही बना पाऊं। प्रयास रहेगा कि अक्षय, सुनील और यश से आपकी मुलाकात 2026 की नहीं, तो कम से कम 2027 की होली तक करवाई जाए।
उपन्यास का नाम है-
'आम के आम, गुठलियों के दाम'
इसके अलावा कुछ अन्य उपन्यासों का भी प्लान है लेकिन उनके मामले में अभी दिल्ली काफी दूर है।

उपरोक्त उपन्यासों में से दो उपन्यास ऐसे हैं, जो मेरे लिए बहुत बड़े प्रोजेक्ट की तरह है।

और उन दोनों में से एक उपन्यास तो मेरे लिए मैग्नम ओपस की तरह है।
बहरहाल, ये तो इस पर निर्भर करता है कि मैं इन दोनों उपन्यासों को उतने बेहतर ढंग से लिख पाऊंगा या नहीं, जितने अच्छे उनके आइडियाज हैं।
सच कहूं तो मुझे खुद पता नहीं कि इनके आइडियाज को उतने अच्छे ढंग से क्रियान्वित कर पाऊंगा या नहीं, जितना मैंने सोचा है।
बाकी जिन उपन्यासों के बारे में ऊपर बताया गया है, उन्हें आप तक पहुंचाने में अभी शायद पांच-छ: महीने तक का समय लग जाएगा।
लेकिन इतना तय मानिए कि जो क्राइम थ्रिलर, मर्डर मिस्ट्री के अलावा अन्य विभिन्न जोनर के उपन्यासों में भी दिलचस्पी रखते हैं, उनके लिए आगामी वर्ष मेरी ओर से कई सुखद सरप्राइज मिलने वालने हैं।
और क्राइम थ्रिलर, मर्डर मिस्ट्री के पाठकों को भी निराश न करने का पूरा प्रयास रहेगा।

इसके अलावा एक रॉबरी सीरिज भी शुरू करने का प्लान है, जो कि आगामी वर्ष जून से पहले तक आपके हाथों में होगी।
ये रॉबरी सीरिज उन पाठकों के लिए भी एक तोहफा है, जो लगातार मर्डर मिस्ट्री उपन्यासों से कुछ हट कर लिखे जाने की मांग कर रहे हैं।

इसके अलावा कुछ अन्य उपन्यासों का भी खाका दिमाग में है। लेकिन वे अभी कागज पर उतारे जाने से काफी दूर हैं।
तीन उपन्यास तो ऐसे हैं, जिनका खाका नहीं, सिर्फ शीर्षक ही दिमाग में है।
और मुझे उन शीर्षकों पर उपन्यास लिखना है।
अक्सर देखा जाता है कि लेखक पहले पूरा उपन्यास लिखता है।
उसके बाद उसका नाम रखता है।
लेकिन तीन शीर्षक मेरे पास ऐसे हैं, जिनका गुरूत्त्वाकर्षण इतना अधिक है, कि मैंने सिर्फ उन शीर्षकों के आधार पर उपन्यास लिखने के लिए उन्हें स्टोर कर रखा है।
उनमें से एक शीर्षक तो इसी उपन्यास में है।
जी हां।

इस उपन्यास में ऋषभ जिन हालातों से दो-चार होता है, उनसे एक आगामी थ्रिलर उपन्यास की आधारशिला बन चुकी है।
और उस उपन्यास का नाम भी इसी उपन्यास यानि 'पांचवी कौन' में छिपा हुआ है।
प्रबुद्ध पाठकों से अनुरोध है कि यदि आप भी उस थ्रिलर उपन्यास के नाम का अंदाजा लगा सकें तो मेरे ई मेल आईडी पर अवश्य सूचित करें।

साथ ही अपने आगामी उपन्यासों की जो रूपरेखा मैंने बताई है, इस पर आपके क्या विचार हैं, ये भी जानने के लिए मैं उत्सुक रहूंगा। अत: अपने संदेशों के माध्यम से ये भी बताएं कि आप इन उपन्यासों के बारे में क्या सोचते हैं? इनमें से कौन से उपन्यास की आपको सर्वाधिक प्रतीक्षा रहेगी? रॉबरी सीरिज के? थ्रिलर? हॉरर? या साइंस थ्रिलर?

अपने आगामी उपन्यासों का ये विवरण आपके साथ साझा करते हुए मुझे इसी बात का अफसोस हो रहा है कि इन उपन्यासों को मैं उस रफ्तार से आपके सामने प्रस्तुत नहीं कर पाया, जिस रफ्तार से करने की सोचा था।

उपरोक्त प्लान यानि मेरे आगामी उपन्यासों की रूपरेखा मैं इसीलिए पाठकों के साथ शेयर नहीं करता था क्योंकि उनके प्रकाशन की तिथि को ले कर मैं स्वयं सुनिश्चित नहीं था।

ऋषभ सीरिज के संदर्भ में एक बात और कहना चाहूंगा। ऋषभ को लेकर कुछ पाठकों की एक और शिकायत भी प्राप्त हुई है, जिसे कतिपय कारणों से मैं यहां नहीं लिख रहा लेकिन पाठकों को आश्वस्त करना चाहूंगा कि उस शिकायत को भी मैं सीरिज के आगामी कुछ ही उपन्यासों में दूर कर दूंगा।

लेखकीय मेरी नजर में वो हिस्सा होता है, जिसमें लेखक को पाठकों से अपने दिल की बात कहने का अवसर मिलता है। और मैं यहां यही कहना चाहूंगा कि आप सबका भरपूर सहयोग, भरपूर प्रेम ही है, जिसने हिन्दी

जासूसी उपन्यासों के लगभग खत्म होने के दौर में मुझे यहां तक पहुंचा दिया कि आज जब उपन्यास खरीदने का मुख्य जरिया ऑनलाइन ही रह गया है, शहरों, गांवों से अधिकांश पुस्तकालय गायब हो चुके हैं, तब भी जासूसी साहित्य के संसार में मेरे जैसे छोटे, गुमनाम से लेखक की भी कुछ पूछ-परख होने लगी है।
इस प्यार के लिए आप सभी का बहुत-बहुत आभार।

अब मैं लेखकीय को विराम देता हूं, जो कि मेरे पिछले लेखकीयों की तुलना में इस बार अपेक्षाकृत लंबा ही हो गया।

पांचवी कौन के प्रति आपकी प्रतिक्रिया की अपेक्षा में

आपका अपना-

अजिंक्य शर्मा
ई मेल – ajinkyasharma181@yahoo.com

सुनैना ने अपने गिलास से बियर का घूंट भरा।
वो इस समय विश्रांति विला की बालकनी में मौजूद थी, जो लोनावला के बाहरी इलाके में स्थित था। वे लोग वहां एक प्रसिद्ध हॉलीवुड फिल्म की डबिंग करने के लिए मौजूद थे।
वो फिल्म प्रसिद्ध तो थी, लेकिन क्लासिक थी। उन अनगिनत क्लासिक हॉलीवुड फिल्मों में से एक थी, जो प्रसिद्ध होने के बाद भी अब तक हिन्दीभाषी दर्शकों के लिए उनकी भाषा में उपलब्ध नहीं हो पाईं थीं।
फिल्म बड़ी थी लेकिन उसके डबिंग के प्रोजेक्ट का बजट सीमित था।
और इस प्रोजेक्ट की कमान उसकी दोस्त शामली सोलंकी के हाथ में थी। जो इस समय उसी के साथ और डबिंग टीम के दो अन्य सदस्यों के साथ वहीं विश्रांति विला में मौजूद थी।
वो घर उस डबिंग प्रोजेक्ट के लिए ही किराए पर लिया गया था। असल में वो उस तरह के घरों में से था, जो फिल्म की शूटिंग के लिए किराए पर उपलब्ध कराए जाते थे। चूंकि मुम्बई-जो कि वहां से महज कुछ किलोमीटर दूर थी-खुद फिल्म सिटी के नाम से विख्यात थी इसलिए इस तरह के घर मुम्बई सहित आसपास के इलाके-खंडाला, पुणे आदि में-बहुतायत में उपलब्ध कराए जाते थे।
घर अच्छा था।
सुनैना को वो घर में कदम रखते ही पसंद आ गया था।

वो तो ये सोच-सोच कर ही खुश हो रही थी कि इतने शानदार घर में अब महीने भर तक रहने को मिलने वाला था।

वे लोग वहां उतने समय तक रहने का प्लान बना कर आए थे।

फिल्म में-जिसकी डबिंग के लिए उनकी टीम वहां इकट्ठा हुई थी-वो एक बेहद अमीर लडक़ी के किरदार के लिए अपनी आवाज दे रही थी, जो बेहद घमंडी थी लेकिन धीरे-धीरे उसे फिल्म के हीरो से प्यार हो जाता है, जो कि एक बेहद गरीब परिवार से था। और अंत में वो अपनी विरासत को छोड़ कर-जो कि करोड़ों की जायदाद थी-गरीब हीरो से शादी करने के लिए उसके साथ चली जाती है। उसका पात्र इतना अमीर था कि उसके पास एक नहीं, चार-चार कारें थीं और वो कहीं घूमने भी जाती थी तो उसे चुनना पड़ता था कि कौन सी कार ले कर जाए?

लेकिन हकीकत इसके ऐन उलट थी।

हकीकत में सुनैना एक बेहद गरीब परिवार से थी। वो फिल्मों में, वेबसीरिजों में, छोटी-मोटी भूमिकाएं कर चुकी थी और अब भी बेहद स्ट्रगल कर रही थी।

वर्तमान में वो जिस फिल्म में काम कर रही थी, वो भले ही डबिंग के लिए थी, लेकिन फिर भी ये सुनैना के लिए किसी स्वप्न के पूरे होने जैसा ही था कि वो इस फिल्म में लीड रोल में थी।

वो खुद धारावी की एक चाल में स्थित एक छोटे से घर में अपने परिवार के साथ रहती थी, जिसमें उसके आठ सदस्यीय परिवार का गुजर-बसर मुश्किल से ही हो पाता था।

इतने बड़े और शानदार घर में महीने भर रहना ही उसके लिए किसी सपने से कम नहीं था।

'काश'-उसने सोचा-'वो अपने घर के बाकी लोगों को भी यहां ला पाती।'

वो नहीं ला सकती थी।

वो कोई इतनी बड़ी हस्ती नहीं थी कि उसकी फरमाइशें पूरी की जातीं।

वो तो खुद इसके लिए फिल्म की डायरेक्टर शामली की अहसानमंद ही थी कि उसने उस डबिंग प्रोजेक्ट के लिए सुनैना को चुना था।

घर का इंटीरियर भी शानदार था। वे तो खैर डबिंग के काम के लिए वहां एकत्र हुए थे लेकिन किसी फिल्म की शूटिंग करने के लिए भी घर उपयुक्त था। इसके अलावा पहाड़ी इलाके में स्थित होने के कारण आसपास में ऐसी अनेक लोकेशन थीं, जिन पर आउटडोर वाले सीन भी शूट किए जा सकते थे।

वैसे तो शामली भी उस घर को पा कर काफी खुश थी। शामली ही नहीं बल्कि टीम के सारे सदस्य-सुनैना सहित-उस घर के अपने प्रोजेक्ट के लिए मिलने पर खुश थे।

लेकिन एक बात सुनैना की समझ में नहीं आ रही थी।

डबिंग प्रोजेक्ट के लिए इतने बड़े घर की क्या जरूरत थी?

उसने ये सवाल बहुत डरते-डरते शामली से पूछा भी था।

हालांकि उसे ये आशंका सता रही थी कि वो सवाल पूछने पर कहीं क्यूरियोसिटी किल्ड द कैट वाली हालत न हो जाए।

वो बात शामली के दिमाग में आ जाए कि डबिंग का काम तो वे किसी छोटे-मोटे एक-दो कमरे वाले घर में भी सेटअप लगा कर कर सकते थे। उसके लिए इतना बड़ा घर ले कर अनावश्यक खर्च करना क्यों जरूरी था?

लेकिन फिर शामली ने उसे जो जवाब दिया था, उससे उसकी आशंका दूर हो गई थी।

शामली ने अपना प्रोग्राम पूरी टीम के साथ साझा किया था। वे महीने भर में पूरी फिल्म की डबिंग वहीं करने वाले थे। फिल्म में कोई गाने-वाने नहीं थे, जो कि हॉलीवुड फिल्मों में कम ही होते हैं इसलिए फिल्म की लंबाई भी अधिक नहीं थी। सिर्फ डायलॉग्स बोलने थे, जो कि किसी एक कमरे में आराम से कुर्सी पर बैठ कर भी बोले जा सकते थे।

शामली उस प्रोजेक्ट को ले कर बेहद गम्भीर थी और उसने स्पष्ट कह दिया था कि सभी को अपने डायलॉग्स में फिल्म के किरदारों की भाव-भंगिमा का पूरा ध्यान रखना था, जिससे डबिंग अच्छी होती। और हर दिन वे फिल्म के एक निश्चित हिस्से की डबिंग का काम पूरा करने वाले थे, जिससे पूरी फिल्म का काम समय पर पूरा हो जाता।

शामली ने सबको स्पष्ट कर दिया था कि काम उन्हें महीने भर में ही निबटाना होगा।
काफी मेहनत करनी होगी।
मेहनत और मजा।
इस डबिंग मिशन के अलावा उनके कुछ और प्लान भी थे।
हालांकि उन बाकी प्लान्स को ले कर सुनैना अनिश्चित थी।
उसे संशय था कि जो वो लोग कर रहे थे, वो सही था या नहीं?
खासतौर पर पिछले दिनों जो हुआ था, उसके बाद वो काफी उलझन में महसूस कर रही थी।
लेकिन वो खुद को उस स्थिति में भी महसूस नहीं कर पा रही थी कि जो हो रहा था, उसके विरूद्ध कुछ कर सके।
इसलिए वो अपने साथियों के ऊपर ही भरोसा करने के लिए मजबूर थी।
वो विनोद पर भरोसा करने के लिए मजबूर थी।
आखिर वो उसका बॉयफ्रेंड था।
काश, वो लोग जो भी कर रहे थे, वो सही हो।
सुनैना, शामली, विनोद और प्रखर।
सुनैना लीड हीरोइन की भूमिका में थी, विनोद हीरो था, प्रखर हीरो का दोस्त बना था और शामली विलेन की भूमिका में थी।
सुनैना ने आखिरी घूंट भरा, बालकनी से बाहर के आंखों को सुकून देने वाले नजारे पर नजर मारी, फिर गिलास रखने अंदर कमरे की ओर मुड़ गई।
कमरे में जो सोफा रखा था, उसकी पीठ बालकनी के गेट की ओर थी। उस पर बैठे प्रखर के सिर का पृष्ठभाग दिखाई दे रहा था।
''चलो''-सुनैना ने सोफे के बगल से चक्कर मार कर बगल में सोफा चेयर पर बैठ कर गिलास मेज पर रखते हुए कहा-''आज शाम से डबिंग का काम शुरू कर देंगें। शामली ने सबको तैयार रहने के लिए कहा...।''
बोलते-बोलते उसकी नजर सोफे पर बैठे प्रखर पर पड़ी। उसके बाकी शब्द उसके मुंह में ही रह गए।
प्रखर का मुंह खुला हुआ था। आंखें फटी हुई थीं और वो एकटक सामने की ओर देखता लग रहा था।

उसकी आसमानी रंग की शर्ट पर सामने की ओर दिल के पास एक बड़े लाल रंग का घेरा बना हुआ था, जो कि और भी बड़ा होता जा रहा था।
सुनैना के गले से चीख निकल गई।
वो सोफा चेयर पर से उठ कर सोफे से ऐसे दूर हट गई, जैसे सोफे पर कोई सांप हो, जो उसे काटने वाला था।
कुछ पलों तक उसे अपने शरीर की ही कोई सुध नहीं रही।
सुध वापस आई तो उसने स्वयं को सिर से ले कर पांव तक कांपते हुए पाया।
एसी की ठंडक में भी वो पसीने से नहा गई थी।
वो शायद उसकी जिंदगी का सबसे भयानक पल था।
''शा...शा...शामली।''-बड़ी मुश्किल से उसके गले से आवाज निकली।
वो चीख कर शामली को बुलाना चाहती थी लेकिन लाख कोशिश करने पर भी चीखना तो दूर, वो ऊंची आवाज में बोल तक नहीं सकी। इतनी कोशिश करने के बाद भी जो शामली उसके मुंह से निकला था, वो इतना धीमा था कि उसे खुद को बड़ी मुश्किल से सुनाई दिया।
फिर उसे याद आया।
उसे बालकनी में गए ज्यादा देर नहीं हुई थी।
मुश्किल से पांच-दिस मिनट हुए थे।
जब वो बालकनी में गई थी, उस वक्त उस कमरे में कोई मौजूद नहीं था।
इसका मतलब प्रखर उस पांच-दस मिनट के वक्फे में ही वहां आ कर बैठा था।
और उतनी ही देर में...।
किसी ने उसका खून भी कर दिया?
फिर एक नया ख्याल उसके दिमाग में हथौड़े की तरह टकराया।
खून हुए ज्यादा देर नहीं हुई थी।
तो क्या...?
उसने घबराई हुई नजरों से पूरे कमरे में नजर दौड़ाई।
कमरे में उसके अलावा किसी और जीवित प्राणी के होने के चिह्न दिखाई नहीं दिए।

कातिल आसपास ही होगा।
इस ख्याल ने उसके अंदर बिजली भर दी।
वो झपटकर बांयी ओर स्थित दरवाजे को धकेलकर गैलरी से होते हुए रिकॉर्डिंग रूम में पहुंची।
रूम में कम्प्यूटर व अन्य उपकरण रखे हुए थे, जिनके सामने रखी कुर्सियों में से एक ही कुर्सी उस वक्त भरी हुई थी।
उस पर शामली मौजूद थी।
लेकिन उसने सिर डेस्क पर-जिस पर कम्प्यूटर व अन्य सामान रखा था-इस तरह टिकाया हुआ था, जैसे सो रही हो।
''शामली''-उसने शामली को कंधों से पकडक़र इतनी बुरी तरह झंझोड़ दिया कि यही आश्चर्य था कि वो कुर्सी से गिर कैसे नहीं गई-''बाहर वाले रूम में...रूम में प्रखर की लाश पड़ी है। किसी ने....किसी ने उसका खून कर दिया।''
सुनैना को अहसास हुआ कि वो खुद ही नहीं कांप रही थी।
बोलते समय उसकी आवाज भी कांप रही थी।
फिर उसे एक और चीज का अहसास हुआ।
उसने शामिली के बांएं कंधे को जिस हाथ से पकड़ा था, वो हाथ थोड़ा आगे चला गया था और उसमें कुछ गीला-गीला महसूस हो रहा था।
उसने वो हाथ अपने चेहरे के सामने ला कर देखा।
उसमें खून लगा था।
तभी ऐसी आवाज सुनाई दी, जैसे पानी या कुछ तरल चीज गिर रही हो।
उसकी नजरें आवाज की दिशा में-नीचे की ओर-घूम गईं।
नीचे फर्श पर खून टपक रहा था।
इस बार तो सुनैना चीखना चाह कर भी चीख नहीं सकी।
उसकी चीख उसके गले में ही घुट कर रह गई।
वो इतनी तेजी से पीछे हटी कि पीछे रखी रिवॉल्विंग चेयर से जोर से जा टकराई। उसे पीठ में तेज दर्द हुआ लेकिन उसे दर्द की परवाह नहीं थी।
उसके साथियों की लाशें एक के बाद एक सामने आ रहीं थीं।
वो तो किसी भयानक सपने से भी ज्यादा भयानक था।

अब एक ही रास्ता था।
वहां से भागने का।
उसने फुर्ती से दरवाजा खोला, एक आखिरी, डरी हुई, नजर शामली पर डाली, जिसका चेहरा अब भी डेस्क पर टिका हुआ था, फिर बाहर गैलरी में तूफान की तरह दौड़ पड़ी।

वो गैलरी के आखिरी सिरे में-जहां नीचे जाने के लिए सीढियाँ थीं-पहुंची ही थी कि तभी उसके कानों में कदमों की आहट पड़ी।
आहट।
जो सीढियों के नीचे की ओर से आ रही थी।
उसके कदम थम गए।
कोई ऊपर आ रहा था।
वो धीमे से पीछे हटी।
उसके चेहरे पर दुनिया भर का आतंक छाया हुआ था।
वो कुछ कदम पीछे हटी, फिर पलट कर पीछे रूम की ओर भागी।
रूम में पहुंचते ही उसने चारों ओर नजरें दौड़ाई।
प्रखर की लाश सोफे पर ज्यों कि त्यों हालत में पड़ी थी, जैसी वो उसे छोड़ कर गई थी।
उसने एक नजर प्रखर की लाश पर डाली, फिर लाश के चेहरे की सीध में सामने खिड़की की ओर बढ़ गई जो बालकनी से विपरीत दिशा में थी।
खिड़की में ग्रिल नहीं थी लेकिन शीशे के पल्ले मजबूती से लगे थे, मानो फिक्स हों।
कुछ ही देर पहले जब वे लोग वहां आए थे, उसी वक्त उन लोगों ने उस शीशे को खोलने की कोशिश की थी लेकिन वो शायद जाम था इसलिए उन्होंने उसे बंद ही छोड़ दिया था।

शीशे के पार घर के सामने का हिस्सा दिख रहा था, जहां वो कार भी खड़ी थी, जिसमें बैठ कर वे लोग वहां आए थे।

उनकी टीम, जिनमें से दो की मृत्यु भी हो चुकी थी।

वो शीशे को खींच कर हटाने की कोशिश कर रही थी लेकिन वो टस से मस नहीं हो रहा था।

तभी गैलरी की ओर से आहट सुनाई दी, जिस ओर से वो आई थी।

उस आवाज ने उसके अंदर नई ऊर्जा भर दी। उसने पूरी ताकत लगा कर खिड़की के शीशे को बगल की ओर धकेला।

शीशा खुल गया।

सुनैना एक पल की भी देर किए बिना खिड़की की चौखट पर चढ़ कर नीचे कूद गई।

नीचे जमीन पर गिरते ही उसके गले से घुटी-घुटी चीख निकली। पैरों में इतना तेज दर्द हुआ कि एक बार को तो उसे लगा कि उसके पैर टूट ही गए थे।

उसने उठने की कोशिश की।

पैरों में दर्द हुआ लेकिन वो सही-सलामत खड़ी हो गई।

उसके घुटने छिल गए थे।

सामने आयरन गेट था, जो खुला हुआ था।

गेट के बाहर सूनी सड़क पर एक कार गुजरी।

"हैल्प...।"-सुनैना लड़खड़ाती हुई हाथ सामने की ओर करके गेट की ओर बढ़ी-"मदद करो...।"

कार धीमी स्पीड में थी लेकिन फिर भी लगभग तुरंत ही गेट के सामने से निकल गई।

सुनैना ने गेट की ओर बढ़ना बंद नहीं किया। उसका हाथ भी सामने की ओर बढ़ा हुआ था।

पता नहीं कार वाले ने उसकी आवाज सुनी भी थी या नहीं?

शायद दूर होने के कारण या अपनी ही गाड़ी के शोर में वो आवाज नहीं सुन पाया होगा।

लड़खड़ाती हुई सुनैना गेट के पास तक पहुंच गई थी।

उसने दोबारा चीखने के लिए मुंह खोला।
तभी पीछे से एक हाथ आ कर ढक्कन की तरह उसके मुंह पर जम गया।
और उसकी पसलियों में कोई धारदार चीज उतरती गई।
दिमाग में असहनीय पीड़ा के विस्फोट के साथ उसकी आंखों के सामने अंधेरा छाता चला गया।

○○

ऋषभ सक्सेना ने न्यूज ऑन में एडीटर के ऑफिस के बाहर स्थित रूम में कदम रखा।
हमेशा की तरह पलक जोशी अपनी डेस्क पर मौजूद थी, कम्प्यूटर पर किसी काम में व्यस्त थी।
ऋषभ उसके सामने जा कर चेयर पर जम गया।
''हैलो।''-उसने बड़ी अदा से कहा।
''क्या?''-पलक ने उसकी ओर ऐसे देखा, जैसे समझ न पाई हो, फिर बोली-''ओह। हैलो हैलो। जाओ, पापा ऑफिस में तुम्हारा इंतजार कर रहे हैं।''
ऋषभ ने एक नजर एडीटर ऑफिस के दरवाजे की ओर डाली, फिर वापस पलक की ओर घूमा।
''पापा तो हमेशा इंतजार करते हैं।''-उसने कहा-''बेटी कब इंतजार करेगी?''
''बेटी किसी और का इंतजार कर रही है।''-पलक ने संजीदगी से कहा।
उस किसी और को ऋषभ अच्छी तरह जानता था।
वो पलक का बॉयफ्रेंड सौरभ था, जो अरसे से गायब था। पलक उसे जी-जान से प्यार करती थी, उसके प्यार में कुछ भी करने के लिए तैयार थी। यहां तक कि उसके गायब होने के बाद भी उसकी याद में जोगिन बनी बैठी थी।
''ये क्या बात हुई मैडम?''-ऋषभ ने नाराजगी भरे स्वर में कहा-''अपने लभर को धोखा दो। हमको भी डार्लिंग मौका दो।''
पलक की आंखें फैल कर बड़ी-बड़ी हो गईं। उसने अविश्वास के भाव से ऋषभ की ओर देखा, फिर जोर से हंस पड़ी।

''हर बात मजाक की नहीं होती।''-ऋषभ ने संजीदगी से कहा।

''ये...।''-वो अपनी हंसी पर काबू पाने की कोशिश करते हुए बोली-''ये मजाक नहीं था?''

''बिल्कुल नहीं।''

''फिर क्या था?''

''मेरे दिल की गहराइयों से निकली पुकार थी।''

''पुकार से याद आया। पापा तुम्हें पुकार रहे थे। जल्दी जाओ। उन्हें कोई जरूरी काम है।''

ऋषभ मन मार कर पलक के सामने से उठा-वहां बैठने का मौका उसे कम मिलता था, लेकिन जब मिलता था, उसकी वहां से हिलने की इच्छा नहीं होती थी।

लेकिन सब कुछ इंसान के मन का कहां होता है?

और पलक के मामले में तो कुछ भी ऋषभ के मन का होता नहीं दिख रहा था।

वो एडीटर ऑफिस की ओर बढ़ गया।

OO

कुछ ही देर में ऋषभ महेश जोशी के सामने बैठा था।

''मुझे भी सुनना है।''-एडीटर महेशी जोशी ने अपने चश्मे के पीछे से ऋषभ की ओर झांकते हुए कहा।

''क्या?''-ऋषभ ने पूछा।

''जोक।''

''कैसा जोक?''

''जिसे सुन कर पलक हंस रही थी।''

'वो जोक?'-ऋषभ ने निराश भाव से सोचा-'वो तो जोक नहीं था। लेकिन आपकी बेटी ने मेरी जिंदगी को जरूर जोक बना कर रख दिया है।'

''जोक नहीं था।''-प्रत्यक्षत: उसने कहा-''हम बस यूं ही बात कर रहे थे।''

''ऐनी वे।''-जोशी के स्वर में गम्भीरता का पुट आ गया-''पहले तो डबल मर्डर सॉल्व करने की बहुत-बहुत बधाई।''

''थैंक्स।''

''उम्मीद है तुम्हारे द्वारा बनाई पूरे केस की शानदार, एक्सक्लूसिव न्यूज दस बजे तक मिल जाएगी?''

''उसके लिए मुझे यहां से जाना पड़ेगा। लैपटॉप घर पर है।''

''उसकी क्या जरूरत है? मैं श्रीनिवास से कह कर यहीं तुम्हारे लिए रूम और कम्प्यूटर की व्यवस्था करवा देता हूं।''

''इसकी क्या जरूरत है।''-ऋषभ ने फॉर्मल अंदाज में कहा।

''जरूरत कैसे नहीं है?''-जोशी जी ने टेबल पर रखा अपना मोबाइल उठाया और उस पर एक कॉल लगाते हुए मोबाइल को कान से सटा लिया-''हैलो, हां। श्रीनिवास। भई एक काम करो। वो तुम्हें मैंने एक रूम सैट करने के लिए कहा था न? वो हो गया? गुड।''

फिर उन्होंने मोबाइल कान से हटा कर ऋषभ की ओर देखा।

''रूम नंबर 85 में तुम्हारे बैठने की व्यवस्था कर दी गई है। वहां तुम्हारे लिए सिस्टम भी है, जिस पर तुम टाइप कर सकते हो। और किसी चीज की भी जरूरत हो तो पलक को बता देना। वो इंतजाम कर देगी।''

जोशी जी ने पहले से ऋषभ के लिए ऑफिस की व्यवस्था करने के लिए बोल रखा था।

''थैंक्स।''-ऋषभ ने कहा।

कुछ पल दोनों के बीच खामोशी रही।

''आप किसी नए केस के बारे में बताने वाले थे?''-फिर ऋषभ ने ही खामोशी तोड़ी।

''ओह।''-जोशी जी ने कहा-''याद आया। उसी लिए तो मैंने तुम्हें यहां बुलाया था।''

''बताइए।''

जोशी जी ने ऐसे गला खंखारा, जैसे लंबा-चौड़ा भाषण देने वाले हों, फिर बोलना शुरू किया-''लोनावला के पास एक विश्रांति विला नाम का मकान है। उसमें चार लोगों का खून हो गया है।''

''चार?''-ऋषभ की आंखें फैल गईं।

‘‘हां। दो युवक और दो युवतियां। और सबसे हैरानी की बात ये है कि कातिल के बारे में पुलिस को कोई सुराग भी नहीं मिल पा रहा है।’’

‘‘मैं समझा नहीं।’’

‘‘आज कल सीसीटीवी कैमरे होने से अपराधियों का बचना मुश्किल हो गया है। अगर किसी घर या दुकान वगैरह में सीसीटीवी कैमरा न भी लगा हो, तो भी उस जगह के आसपास लगे होते हैं। जरूरत पड़ने पर पुलिस उनकी पड़ताल करके कातिल का सुराग हासिल कर लेती है।’’

‘‘वो तो है।’’

‘‘लेकिन इस केस में ऐसा संभव नहीं हुआ।’’

‘‘क्यों?’’

‘‘जिस घर में कत्ल हुआ है, उसमें दो ही सीसीटीवी कैमरे लगे थे और दोनों ही खराब थे। या खराब कर दिए गए थे। जिससे कातिल बिना किसी की नजरों में आए, सहूलियत से अपने काम को अंजाम दे सके। इसके अलावा घटनास्थल के आसपास के किसी सीसीटीवी कैमरे से भी कुछ पता नहीं किया जा सकता।’’

‘‘क्यों?’’

‘‘क्योंकि आसपास कोई कैमरा था ही नहीं। वो घर ऐसे बाहरी इलाके में स्थित है, जहां बहुत कम लोग ही आते-जाते हैं। अब जंगल में कोई भला कैमरा क्यों लगाने लगा?’’

‘‘ओह।’’

“चारों में से सुनैना भागकर गेट तक पहुंच गई थी. उसकी चीख सुनकर वहाँ से गुजर रही कार में सवार लोग–जो थोड़ा आगे निकल गए थे-उसकी मदद करने वापस भी आए थे, लेकिन तब तक कातिल सुनैना को मार कर फरार हो चुका था.”

“सुनैना और उसके साथी विश्रांति विला में ही रहते थे?”

‘‘पता चला है कि वो कोई डबिंग करने वाली टीम थी।’’

‘‘किस चीज की डबिंग?’’

‘‘कोई हॉलीवुड फिल्म है। क्लासिक। अच्छी क्लासिक फिल्में हिन्दी डब में कम ही उपलब्ध हैं।’’

‘‘आपने सही कहा।’’-ऋषभ ने कहा-‘‘रियो ब्रावो। द मैन हू शॉट लिबर्टी वैलेंस। ट्रेजर ऑफ सियरा मैडर।’’

जोशी जी बोलते-बोलते रूक गए।

‘‘जॉन वेन के फैन लगते हो।’’-उन्होंने ऋषभ पर नजरें गड़ा कर कहा।

‘‘तगड़ा वाला।’’

‘‘अब ये तो पता नहीं’’-उन्होंने वापस मुद्दे पर आते हुए कहा-‘‘कि जिस फिल्म की डबिंग हो रही थी, वो जॉन वेन की थी या नहीं। लेकिन डबिंग पूरी होने से पहले ही किसी ने वहां जा कर ‘फ्राइडे द थर्टीन्थ’ की शूटिंग जरूर कर दी। वो भी असली वाली।’’

‘‘कौन थी वो?’’

‘‘थी?’’-जोशी जी के चेहरे पर हैरानी के भाव उभरे-‘‘तुम्हें कैसे पता वो कोई लड़की है?’’

‘‘आपने ही तो कहा था। कोई पांचवी कौन वाला मामला है। भूल गए?’’

‘‘ओह हां।’’-जोशी जी ने सहमति में सिर हिलाया-‘‘खैर, वो कौन थी, तुम्हारे इस सवाल का जवाब तो मेरे पास नहीं है। होता तो इस केस पर तुम्हारी जरूरत ही नहीं पड़ती। कातिल अभी भी रहस्यों के साए में ही है। लेकिन मैंने तुमसे फोन पर पांचवी कौन के सवाल के बारे में क्यों कहा था, इसका जवाब थोड़ा दिलचस्प है।’’

‘‘बताइए।’’

‘‘कातिल कोई लड़की ही है, ये जरूरी नहीं।’’

‘‘मतलब? कातिल कोई लड़की नहीं है तो पांचवी कौन का क्या चक्कर है?’’

‘‘उसी चक्कर ने तो सबको घनचक्कर बनाया हुआ है।’’

ऋषभ ने गहरी सांस ली।

‘‘मैं इंतजार करता हूं।’’-उसने कहा-‘‘जब आपका बताने का मूड हो जाए, तो कोई इशारा दे दीजिएगा।’’

‘‘बताने के लिए ही तो तुम्हें यहां बुलाया है। दरअसल, उस फिल्म में टोटल पांच पात्र हैं जिसकी डबिंग करने वे चारों लोग विला में मौजूद थे जो किसी अज्ञात खूनी के पागलपन की भेंट चढ़ गए।’’

‘‘पांच? बस?’’

‘‘हां। होती हैं न कुछ फिल्में ऐसी। जिनमें चार-पांच लोगों में ही पूरी फिल्म निबट जाती है।’’

‘‘हां। होती तो हैं।’’

‘‘ये फिल्म भी कुछ ऐसी ही है।’’

‘‘फिर?’’

‘‘फिर ये कि इस फिल्म की डबिंग के लिए जो टीम गई थी, उसमें सिर्फ चार लोग थे। सुनैना। शामली। प्रखर। और विनोद।’’

‘‘मतलब’’-ऋषभ ने एक-एक शब्द पर जोर देते हुए कहा-‘‘फिल्म में कैरेक्टर थे पांच। और डबिंग करने वाली टीम में सदस्य थे चार।’’

‘‘करैक्ट।’’

‘‘यानि टीम में एक शख्स और होना चाहिए था। लेकिन वो शख्स महिला ही क्यों होना चाहिए? आपने पांचवी कौन कहा था।’’

‘‘इतनी सी बात नहीं समझे?’’

ऋषभ ने इनकार में सिर हिलाया।

‘‘अरे भई, फिल्म में जिन पांच कैरेक्टरों की डबिंग की जानी थी, उनमें से दो पुरूष हैं, तीन महिला।’’

‘‘ओह।’’-ऋषभ के मुंह से निकला।

‘‘हां। अब जो टीम वहां गई थी, उनमें से चार लोगों के नाम तो सामने आ चुके हैं। चारों का खून भी हो चुका है। उनमें से दो युवतियां थीं। दो युवक। एक और कैरेक्टर-जो कि महिला है-की डबिंग के लिए पांचवा शख्स भी वहां होना चाहिए था न? मतलब होनी चाहिए थी न?’’

‘‘नहीं थी?’’

‘‘होने के निशान थे।’’

‘‘कैसे निशान?’’

‘‘जैसे चार लोगों के बैग, सूटकेस के अलावा एक अन्य बैग। जिसमें पाया गया सामान भी किसी महिला का प्रतीत होता है। बाहर रखे फुटवीयर्स में भी दो जोड़ी जूते और तीन जोड़ी सैंडलें मिलीं हैं।’’

‘‘तीन जोड़ी? यानि पक्का कोई पांचवी थी।’’

''थी तो गई कहां? कातिल ने वहां मौजूद चारों लोगों को मार दिया। पांचवी को तो नहीं छोड़ा होगा? और छोड़ा तो क्यों छोड़ा?''

''हो सकता है पांचवी खुद कातिल हो?''

''ये भी हो सकता है।''-जोशी जी ने रिवॉल्विंग चेयर पर पहलू बदलते हुए कहा-''लेकिन इसके कोई ठोस सबूत भी नहीं हैं। एक आशंका पुलिस ने ये भी जाहिर की है कि हो सकता है कातिल ने पांचवी शख्स का खून करके उसका शव खाई में फेंक दिया हो, जो कि मकान के पीछे ही थी।''

''अरे।''

''लेकिन ये भी कोई निश्चित नहीं है। पुलिस खाई में खोजबीन कर रही है। तुम तो खंडाला-लोनावला के उस इलाके से वाकिफ हो। वहां शव बरामद करना बेहद मुश्किल होता है। ऊपर से कोई गारंटी भी नहीं है कि कातिल ने सचमुच पांचवी को खाई में ही फेंक दिया हो। आखिर बाकी चारों के शव तो मकान में ही बरामद हुए। फिर सिर्फ एक शव को खाई में फेंकने का क्या मतलब?''

''एक मिनट रूकिए।''-ऋषभ ने कहा-''यहां मैं थोड़ा कन्फ्यूज हो रहा हूं।''

''रूक गया।''

''मतलब पांचवी जो थी, वो विक्टिम है या कातिल? या कातिल की सहयोगी?''

''यही तो पता नहीं चल पा रहा है। एक्चुअली पांचवी के बारे में कुछ भी पता नहीं चल पा रहा है। सिवाय इसके कि वहां कोई पांचवी मौजूद थी। उसका बैग है, सामान है, सैंडल हैं लेकिन वो खुद नहीं है। अगर वो विक्टिम थी तो उसकी लाश नहीं है। अगर वो कातिल की सहयोगी थी तो अपना सामान छोड़ कर क्यों भागी? सामान ले कर भी भाग सकती थी। बल्कि सामान ले कर भागना ही सही होता। उसके निशान मिट जाते। किसी को पता ही नहीं चलता कि वहां कोई पांचवी भी थी।''

''हो सकता है भागते समय जल्दबाजी हो। सामान ले कर न भाग सकी हो। या सामान की सुध ही न आई हो। वैसे भी वहां जो हो रहा था, उसके दृष्टिगत सामान की सुध किसे आनी थी?''

‘‘तुम्हारा मतलब है’’-जोशी जी ने कहा-‘‘कि कातिल बाकी चारों की तरह उसे भी मारने की कोशिश कर रहा था? और वो बचने के लिए सामान वगैरह छोड़ कर भाग निकली?’’

‘‘बिल्कुल। चार-चार लोगों का खून करने वाला कातिल उस पांचवी के पीछे पड़ा हो तो क्या उसे इतनी फुर्सत होगी कि अरे, चलो, दरवाजे पर रखे सैंडल पहन लेती हूं। बाहर नंगे पैर थोड़े ही जाऊंगीं? या रूम में रखा अपने सामान का बैग उठा लेती हूं। कहीं कातिल कातिल के साथ-साथ चोर भी निकला तो मेरा सामान न चुरा ले।’’

‘‘हूं।’’-जोशी ने गम्भीरता से सिर हिलाया-‘‘बात तो तुम सही कह रहे हो। सम्भावनाएं तो कई हैं। लेकिन सचमुच क्या हुआ था, ये अभी पता लगाना बाकी है। क्योंकि अगर वो भाग निकली थी तो बाद में उसने पुलिस से कॉन्टैक्ट क्यों नहीं किया?’’

‘‘हो सकता है वो अभी तक सदमे से न उबर पाई हो।’’

‘‘होने को तो कुछ भी हो सकता है। तुम एक काम करो, इस केस की फुल ऑन इन्वेस्टिगेशन शुरू कर दो।’’

‘‘मैं?’’

‘‘तो और कौन? कामयाब हुए तो तुम्हारे कोट पर चौथे मर्डर केस को सॉल्व करने का तमगा लग जाएगा। तुम्हारी शान बढ़ जाएगी।’’

‘‘और कामयाब नहीं हुआ तो?’’

‘‘उसका तो सवाल ही पैदा नहीं होता। ऋषभ दी ग्रेट किसी केस पर काम करे, और वो सॉल्व न हो, ये तो हो ही नहीं सकता।’’

‘‘आप तो चने के झाड़ पर चढ़ा रहे हैं।’’

‘‘हकीकत बयान कर रहा हूं। और चलो मान लेते हैं कि कामयाब नहीं भी हुए तो भी कौन सा हमारी कोई पेमेंट अटक जाने वाली है? बल्कि फायदा तो तब भी होगा। तुम न सही, पुलिस ही कातिल तक पहुंच जाए। उस स्थिति में भी केस की इन्वेस्टिगेशन करने के कारण तुम्हारे पास केस की एक्सक्लूसिव जानकारी होगी, जो हमारे अखबार में ही छपेगी। दोनों ओर से विन-विन।’’

ऋषभ कुछ पल चुप रहा, फिर बोला-''एक ही मकान में चार-चार लोगों का खून हो गया, और पांचवी गायब हो गई? पुलिस को उस पांचवी की पहचान के बारे में कोई जानकारी तो मिली होगी।''

जोशी जी ने इनकार में सिर हिलाया।

''हो सकता है वो पांचवा शख्स-पांचवी-कहीं गई हो। बाद में आने वाली हो।''

''हो तो सकता है। लेकिन आई तो नहीं।''

''उसे पता चल गया होगा कि उसके पीछे विला में क्या कांड हो गया तो क्या ही आएगी?''

''आना तो उसे फिर भी चाहिए। नहीं भी आती है तो कम से कम पुलिस को फोन करके सूचित तो करना चाहिए।''

''वो भी उसके आने जैसा ही हो जाएगा। पुलिस को उसके बारे में पता चला तो फिर क्या पुलिस उसे घर पर आराम करने देगी? तुरंत पूछताछ के लिए बुला लेगी।''

''सही कह रहे हो। लेकिन मेन बात तो यही है कि अब तक उसका कोई पता नहीं है। घटनास्थल से भी पुलिस को ऐसा कोई सुराग नहीं मिला है, जो वहां आने वाली पांचवी शख्स के बारे में ठोस रूप से कुछ बताता हो। मतलब बैग, सैंडल वगैरह तो मिले हैं लेकिन ऐसा कोई कागज, कोई डॉक्यूमेंट वगैरह नहीं मिला, जिससे उस पांचवी की पहचान हो सकती। मिला होता तो पुलिस अब तक उसके जरिए ही उस पांचवी तक पहुंच जाती।''

''फिर?''

''फिर क्या? कई बातें हो सकतीं हैं। हो सकता है, वो पांचवी आर्टिस्ट ही कातिल हो। हो सकता है, वो किसी तरह से कातिल की सहयोगी रही हो। हो सकता है-जैसा कि तुमने कहा-वो कातिल से बचने के लिए भाग गई हो। वो अपने घर चली गई हो। या कोई और पेंच हो। उसका इन कत्लों से दूर-दूर तक का कोई वास्ता ही न हो।''

ऋषभ ने सहमति में सिर हिलाया।

''मेरी इस केस के इन्वेस्टिगेशन ऑफिसर से जो बात हुई है''-जोशी जी ने आगे कहा-''उनसे कहानी और भी चक्करदार हो जाती है। पता चला है कि कातिल ने डबिंग टीम के सदस्यों के मोबाइल, लैपटॉप वगैरह भी नष्ट कर दिए। उनके पास जो कुछ कागज वगैरह थे उन्हें भी जला दिया।''

''ऐसा क्यों किया?''

''जाहिर है कातिल कोई बात छिपाना चाह रहा था। अब वो कौन सी बात हो सकती है? सोचो?''

ऋषभ की भंवें उठीं।

''पांचवी का नाम?''-उसने कहा।

''हो भी सकता है।''-जोशी जी ने सहमति में सिर हिलाया-''और नहीं भी हो सकता है। हो सकता है कातिल ने लैपटॉप, मोबाइल वगैरह इसलिए नष्ट किए हों क्योंकि वो कोई और चीज छिपाना चाह रहा था। अगर वो वहां मौजूद उस पांचवी की शिनाख्ती के निशान ही मिटाने की कोशिश कर रहा था तो उसने वहां पाए गए बैग, सैंडल वगैरह क्यों नहीं गायब किए? क्योंकि उनके मिलने से तो अब पुलिस के पास ठोस प्रमाण हैं कि वहां कोई पांचवी थी ही। इसके अलावा ये भी सोचने वाली बात है कि आखिर कातिल की एक फिल्म डब करने वाली टीम से क्या दुश्मनी थी? वो भी ऐसी दुश्मनी कि उसने टीम के सारे सदस्यों को इतने खतरनाक ढंग से मार दिया। और अगर उसकी डबिंग टीम से ऐसी कोई दुश्मनी थी, और अगर उस पांचवी डबिंग आर्टिस्ट का कोई अस्तित्त्व है, जिसके बारे में हम अंदाजे लगा रहे हैं और वो कातिल या कातिल की सहयोगी न होकर बाकी चारों मारे गए आर्टिस्ट्स की तरह ही उस टीम की एक आम सदस्य ही थी...।''

''तो उसे भी जान का खतरा हो सकता है।''-ऋषभ ने एडीटर की बात पूरी की।

जोशी जी चेहरे पर गम्भीरता लिए उसे देखते रहे।

''इसका मतलब''-ऋषभ ने कहा-''ये पांचवी कौन है, इसका पता लगाना ही पड़ेगा।''

''बिना पता लगाए गुजर नहीं है।''

फिर ऋषभ ने एडीटर से इजाजत ली।

○○

ऋषभ घर पहुंचा, तब तक काफी रात हो चुकी थी।

उसे कुछ जरूरी काम से एक-दो अन्य जगह भी जाना था इसलिए वो न्यूज ऑन में उसके लिए अलॉट किया गया नया ऑफिस नहीं देख पाया था। हालिया केस-जिसे 'चौथी कौन' का टाइटल हासिल हुआ था-उसकी न्यूज भी उसने घर आ कर ही तैयार करने का इरादा बनाया था। देर हो चुकी होने के कारण घर में सब लोग खाना खा चुके थे।

मजबूरन उसे अकेले ही खाना खाने बैठना पड़ा।

उसका बड़ा भाई विनीत उसके सामने बैठा फोटोग्राफी से संबंधित कोई मैगजीन पढ़ रहा था।

वैसी मैगजीन और किताबें ऋषभ ही ले कर आता था। विनीत की बस उतनी ही फोटोग्राफी में दिलचस्पी थी, जितनी उसे आती थी या आसानी से सीखने को मिल जाती थी। लेकिन चूंकि ऋषभ एक फ्री लांस फोटोग्राफर के रूप में फोटोग्राफी में ज्यादा दिलचस्पी लेता था और फोटोग्राफी से जुड़ी बुक्स वगैरह लाता रहता था इसलिए कभी-कभार विनीत भी उन किताबों पर नजर मार लिया करता था।

''सुना है''-विनीत ने कहा-''नए केस में भी कोई तीर मार लिया?''

''खाना खाने दो।''-ऋषभ ने कहा-''केस के बारे में बाद में बताता हूं।''

विनीत खामोश हो गया।

खाना खाने के बाद ऋषभ हाथ-धो कर वापस लौटा और विनीत को पूरी बात बताई।

डबल मर्डर केस को सॉल्व करने के बारे में भी और नए गले पड़ गए केस के बारे में भी।

''सारे केस तुम ही सॉल्व करोगे?''-विपिन ने मुंह बना कर कहा-''कि दो-चार पुलिस के लिए भी छोड़ दोगे?''

''तो क्या करूं? हाथ पर हाथ रख कर बैठ जाऊं? मना कर दूं जोशी जी को?''

''नहीं। मना क्यों करोगे? तुम पर तो शरलॉक होम्स बनने का भूत सवार है।''

''फिजूल की बात मत करो यार।''

फिर विनीत को झिकझिक करते छोड़ कर ऋषभ अपने कमरे में चला गया, जहां उसने लैपटॉप उठाया और पिछले केस की पूरी न्यूज तैयार करके उसे पलक को मेल करके ही दम लिया।

काम से निबट कर उसने महसूस किया कि नींद से उसकी आंखें बोझिल हुई जा रहीं थीं।

उसने दीवार पर टंगी घड़ी पर नजर डाली।

रात के डेढ़ बज रहे थे।

उसे नए केस की याद हो आई।

विश्रांति विला।

चार लोगों का कत्ल। वो भी दिन-दहाड़े।

उसके मन में मोबाइल पर उस केस के बारे में सर्च करने का ख्याल आया।

लेकिन फिर उसने उस ख्याल को दिमाग से झटक दिया।

अब जाने कितने दिनों तक उसे उस नए केस पर दिमाग मारना ही था।

अभी-अभी डबल मर्डर के केस से निबटने के बाद कम से कम वो एक रात तो बिना किसी मर्डर केस के ख्याल के चैन की नींद ले सकता था।

वो ये डिजर्व करता था।

बिस्तर पर लेटते ही उसने आंखें मूंद लीं।

OO

सुबह ऋषभ तैयार हो कर नाश्ते की टेबल पर पहुंचा। उससे पहले वो मार्केट से हो आया था और एक किलो गुलाबजामुन लाया था।

मिठाई देख कर विनीत ऋषभ के पास खिसक आया।

''ये मिठाई किस चीज की है?''-विनीत ने दबे स्वर में पूछा-''पलक राजी हो गई क्या?''

''राजी?''-ऋषभ ने हैरानी से कहा-किस बात के लिए राजी?''

''माउंट एवरेस्ट पर चढ़ने के लिए। अरे बेवकूफ। तुझसे शादी करने के लिए। और किस चीज के लिए?''
ऋषभ ने सर्द आह भरी।
''वो...।''-उसने बोलने के लिए मुंह खोला।
''रहने दे, रहने दे।''-विनीत ने मुंह बना कर गुलाबजामुन मुंह में भरते हुए कहा-''तूने ये जो माइनस 200 डिग्री सेल्सियस की आह छोड़ी है, उसी से मुझे तेरा जवाब मिल गया। पलक घंटा भी किसी चीज के लिए राजी नहीं हुई है। ये मिठाई किसी और चीज के लिए है।''
''कैसे बेरहम भाई हो। पलक की बात छेड़ कर एक तो मेरा मूड खराब कर दिया, उस पर मजे से गुलाबजामुन ठूंसे जा रहे हो।''
''ठूंसने के लिए लाया है तो ठूंसूंगा ही न? पलक की बात से तेरा मूड खराब होता है, ये नई खबर है। मैंने तो यही सुना था कि बाज लोग अपनी माशूका का नाम सुन कर खिल जाते हैं। सौ ग्राम खून बढ़ा लेते हैं।''
''मेरा मामला उस टाइप का नहीं है।''
''मैं तेरा मामला दो मिनट में सैट कर सकता हूं। कह तो अभी बात करूं पलक से? या सीधे उसके बाप से बात करूं?''
''रहने दो। तुम मामले को बिगाडऩे के स्पेशलिस्ट हो। बनाने के नहीं।''
''क्या कहा?''-विनीत ने आंखें निकालीं।
''वही जो तुमने सुना। अब मिठाई का सस्पेंस खत्म कर देता हूं। मिठाई मैं नया ऑफिस मिलने की खुशी में लाया था।''
विनीत उसे ऐसे घूरने लगा, जैसे नए ऑफिस की बात करके उसने कोई अपराध कर दिया हो।
''अब क्या हुआ?''-ऋषभ ने कहा।
''नया ऑफिस?''-विनीत ने कहा-''वर्षा।''-उसने अपनी पत्नी को हांक लगाई-''मैंने तुमसे कहा था न तुम्हारे देवर के भाव बहुत बढ़ गए हैं। जासूस बनने के बाद अब इसके पैर जमीन पर नहीं टिक रहे। ये खुद को सांतवे आसमान पर समझने लगा है।''
''क्या बके जा रहे हो?''-ऋषभ हकबकाया।

''और हमसे अलग होने की सोचने लगा है।''-विनीत उसकी बात को नजरअंदाज करते हुए बोला-''इसने अपने लिए नया ऑफिस भी ढूंढ लिया है। अब ये फोटो स्टूडियो में नही रहा करेगा। जबकि वहां का आधे से ज्यादा हिस्सा इसने ही कब्जा रखा है। आज ऑफिस बदल लिया है। कल कहेगा अब इस घर में भी नहीं रहेगा। कहेगा हमारे साथ रहने में घुटन होती है। कहेगा हम इसके प्राइवेट स्पेस में...।''

''बकवास बंद करो।''-ऋषभ ने झल्ला कर कहा-''पहले पूरी बात सुन तो लिया करो। मैंने खुद अपने लिए कोई नया ऑफिस नहीं ढूंढा है। ये ऑफिस मुझे जोशी साहब ने अलॉट किया है। न्यूज ऑन की बिल्डिंग में।'३

विनीत की आंखें हजार वाट के बल्ब की तरह चमकने लगीं।

''क्या हुआ?''

''ऑफिस तो अलॉट कर दिया''-विनीत ने हसरत भरे स्वर में कहा-''बेटी कब अलॉट करेंगें?''

''शर्म करो। थोड़ी तो शर्म कर लो।''

''इन सब मामलों में शर्म नहीं चलती। शर्मा-शर्मा कर तो तूने अपना ये हाल कर लिया। उस पलक को दूसरे बंदे की झोली में जाने दिया। अब अंडरकवर देवदास बन कर घूम रहा है। शर्म तो तुझे आनी चाहिए। अपनी इस हालत पर।''

''हद है।''-ऋषभ ने असहाय भाव से सिर हिलाया।

''हां। तूने हद कर दी है।''

ऋषभ कुछ पल तक उसे घूरता रहा, फिर उसने फुर्ती से हाथ बढ़ा कर डिब्बे से एक गुलाबजामुन उठा कर मुंह में भर लिया और उसे चबाते हुए विनीत को ऐसे घूरने लगा, जैसे गुलाबजामुन को नहीं विनीत को ही चबा रहा हो।

OO

ऋषभ ने रूम नंबर 85 में कदम रखा।

वो कमरा न्यूज ऑन की बिल्डिंग की पांचवी मंजिल पर था।

ऋषभ ने यही उम्मीद की थी कि वो एक छोटा-मोटा कमरा होगा। लेकिन वो उसकी उम्मीद से काफी बड़ा और आरामदायक प्रतीत हो रहा था।

वो विश्रांति विला वाले केस के सिलसिले में रवाना होने से पहले अपने नए ऑफिस को देखने की इच्छा से वहां आया था। साथ ही उसका इरादा सुबह सुबह पलक से मिलने का भी था। लेकिन पलक अभी आई नहीं थी।
हालांकि न्यूज ऑन में कई लोग उसे पहचानते थे-खासतौर पर हालिया कुछ केसेज की सफलता के बाद, न्यूज ऑन ही क्या पूरे पुणे में ही उसे लोग किसी छोटे-मोटे सेलेब्रिटी की तरह मानने लगे थे-इसलिए मेनगेट से लेकर ऊपर ऑफिस आते-आते तक कम से कम उसे आधा दर्जन लोग नया ऑफिस मिलने की बधाई दे चुके थे।
कमरे में सामने ही एक टेबल रखी थी, जिस पर कुछ देख कर वो चौंक गया।
वो टेबल के पास पहुंचा।
वो उसके नाम की नेमप्लेट थी।

ऋषभ सक्सेना
स्पेशल रिपोर्टर, न्यूज ऑन

उसे देख कर ऋषभ को खुशी हुई।
ऋषभ ने एक अखबार के तौर पर न्यूज ऑन से कभी कोई गहरा नाता महसूस नहीं किया था।
फ्रीलांस फोटोग्राफर के रूप में आय के साधन सीमित थे इसलिए शुरूआती दिनों में अपने कुछ फोटोज बेचने के लिए उसने न्यूज ऑन में कॉन्टैक्ट किया था।
उस समय न्यूज ऑन उसके लिए अखबार का ऑफिस न हो कर महज एक दुकान की तरह था।
उस समय उसने सपने में भी नहीं सोचा था कि एक मामूली फोटोग्राफर से वो एक अपने निजी ऑफिस वाले रिपोर्टर तक पहुंच जाएगा।
न्यूज ऑन में उसकी दिलचस्पी तब बढ़ी, वो भी प्रोफेशनल रूप से नहीं, बल्कि व्यक्तिगत रूप से,
जब उसने पहली बार पलक को देखा था।
वो हमेशा की तरह एडीटर रूम के बाहर अपनी डेस्क पर विराजमान थी।

ऋषभ की लाई फोटोज उस वक्त एडीटर महेश जोशी की नजरों में आ गईं थीं और उन्होंने उसे अपने ऑफिस में मिलने के लिए बुलवाया था।
उसी समय ऋषभ ने पलक को पहली बार देखा था।
वो लव एट फर्स्ट साइट था।
पलक के जादू ने उसे ऐसा बांध लिया था कि वो खुमारी आज तक नहीं उतरी थी।
उसके बाद ऋषभ जैसे अंतर्मुखी युवक ने पलक की अटैंशन प्राप्त करने के लिए क्या नहीं किया था?
हालांकि पलक ने स्वयं ही उससे बात करने की पहल की थी-क्योंकि वो ऋषभ की सादगी से प्रभावित थी।
लेकिन धीरे-धीरे ये बात ऋषभ के सामने साफ हो गई कि वो उसे एक अच्छे दोस्त के रूप में ही देखती थी।
पलक से बातचीत में ये पता चलने पर कि पलक की पत्रकारिता में गहन रूचि थी और इसीलिए वो कॉलेज कम्प्लीट करने के बाद अपने पापा के ही अखबार में उनकी सेक्रेट्री के रूप में काम कर रही थी, ऋषभ ने ओपन यूनीवर्सिटी से मास जर्नलिज्म में डिप्लोमा भी किया। हालांकि उसकी तब तक पत्रकारिता में कोई रूचि नहीं थी।
सिर्फ इसलिए, जिससे वो पलक को प्रभावित कर सके।
बहरहाल, पलक के करीब जाने की कोशिशों के दौरान उसे पता चला कि उसके और पलक के बीच एक चट्टान थी।
सौरभ नाम की चट्टान।
वो सौरभ, जिससे पलक जी-जान से प्यार करती थी। जिसके एक मर्डर केस में फंसने पर इच्छा न होते हुए भी ऋषभ को उसे बचाने के लिए हाथ-पांव मारने पड़े।
क्योंकि ऐसा पलक चाहती थी।
उस केस के अंजाम तक पहुंचने के बाद सौरभ तो न जाने कहां गुम हो गया। लेकिन अपने पीछे अपना अदृश्य साया छोड़ गया, जो दुनिया की किसी भी ठोस चीज से ज्यादा ठोस था।
जिसके रहते पलक तक पहुंच पाना ऋषभ के लिए असम्भव था।

ऋषभ डेस्क के पीछे लगी खिड़की के पास पहुंचा।

खिड़की से बाहर का दृश्य काफी शानदार था। ऊंची-ऊंची बिल्डिंगें, मेन रोड पर भागती गाड़ियाँ अहसास दिला रहीं थीं कि वो महानगर में था। बाहर का मौसम भी काफी खुशनुमा था।

वो खिड़की से बाहर के मनोरम दृश्य में खोया ही हुआ था कि तभी दरवाजे पर हुई आहट ने उसका ध्यान आकृष्ट किया।

संजय-जो कि वहां प्यून था-उसके लिए गर्मागर्म कॉफी और सैंडविच लेकर अंदर आ रहा था।

''अरे''-ऋषभ ने कहा-''इसकी क्या जरूरत थी?''

''आज ऑफिस में आपका पहला दिन है, ऋषभ सर।''-उसने ट्रे टेबल पर रखते हुए कहा-''एडीटर साहब ने कहा था।''

संजय के जाने के बाद ऋषभ ने नाश्ता किया-हालांकि वो घर से नाश्ता करके आया था-फिर कुछ समय ऑफिस में बिताने के बाद उसकी बाइक लोनावला की ओर दौड़ी जा रही थी।

OO

ऋषभ लोनावला पुलिस स्टेशन पहुंचा।

उसकी मुलाकात विश्रांति विला केस के इन्वेस्टिगेशन ऑफिसर इंस्पैक्टर प्रभाकर से हुई।

जोशी जी ने अपने किसी कॉन्टैक्ट के माध्यम से इंस्पैक्टर से बात कर ली थी इसलिए वो केस के सिलसिले में ऋषभ की हरसम्भव मदद करने के लिए तैयार हो गया था। ऋषभ और वे इंस्पैक्टर के ऑफिस में आमने-सामने-उनके बीच ऑफिस की मेज थी-बैठे केस के संबंध में चर्चा कर रहे थे।

इंस्पैक्टर ने ऋषभ को केस की फाइल की एक प्रति पहले ही सौंप दी थी, जिसमें केस से जुड़ी महत्त्वपूर्ण बातें, घटनास्थल व मृतकों की फोटो वगैरह थे, जिनका ऋषभ ने कुछ देर तक गहन अध्ययन किया।

‘‘विश्रांति विला के आसपास कोई तो गवाह, कोई तो सुराग मिला होगा?’’-ऋषभ ने कहा-‘‘किसी ने तो कोई संदिग्ध गतिविधि नोट की होगी?’’

‘‘वो इलाका पूरा सूनसान है। विला में जो मिला, इसके अलावा बाहर से कोई सुराग या कोई गवाह नहीं मिला। बस शहर जाने वाले रास्ते पर एक प्रोवीजन स्टोर के मालिक ने बताया कि घटना से कुछ घंटे पहले उसने शामली और उसकी टीम को कार से विश्रांति विला की ओर जाते देखा था। उन लोगों ने उसकी दुकान के सामने कार रोक कर उससे कुछ खरीददारी भी की थी। लेकिन इसके अलावा उसने भी कुछ नहीं देखा।’’

‘‘खरीददारी भी की थी? तब तो उसने देखा होगा कि वो कितने लोग थे?’’

‘‘देखा था। उसका कहना है कि वे चार लोग ही थे।’’

‘‘चार लोग ही थे? फिर वो पांचवी कौन थी, जिसका सामान विला में बरामद हुआ?’’

इंस्पैक्टर एक पल चुप रहा, फिर बोला-‘‘दुकानदार का तो यही कहना है कि कार में चार लोग ही थे। इसलिए हो सकता है कि पांचवी जो थी, वो उन चारों के विला चले जाने के बाद गई हो। लोनावला की ओर से आने वाले रास्ते से नहीं बल्कि दूसरी ओर से आई हो। लोनावला की ओर से भी आई हो, तो भी हो सकता है कि किसी अन्य वाहन से लिफ्ट मांग कर गई हो। इसलिए दुकानवाले ने उसे नहीं देखा। वैसे भी दिन में उस रास्ते से न जाने कितनी गाड़ियाँ गुजरतीं हैं। दुकान वाला सबकी निगरानी थोड़े ही करता बैठेगा?’’

‘‘सही है।’’-ऋषभ ने सहमति में सिर हिलाया।

कुछ पल की खामोशी के बाद ऋषभ ने कहा-‘‘विश्रांति विला काफी मॉडर्न किस्म का घर लगता है। वहां सीसीटीवी कैमरे तो होंगें? आजकल तो छोटी सी दुकान में भी लोग सीसीटीवी कैमरा लगवा लेते हैं।’’

‘‘सीसीटीवी कैमरों में कुछ रिकॉर्ड नहीं हुआ।’’-इंस्पैक्टर ने कहा।

‘‘क्यों?’’-ऋषभ ने पूछा।

‘‘क्योंकि सीसीटीवी कैमरे खराब थे।’’

‘‘खराब थे? कातिल की सहूलियत के लिए?’’

‘‘और क्या वजह हो सकती है?’’

‘‘मतलब आप मानते हैं कि कैमरे कातिल की सहूलियत के लिए खराब थे?’’

‘‘खराब थे नहीं खराब किए गए थे। किसी ने जान-बूझ कर खराब किए थे।’’

‘‘यानि कैमरों का खराब होना कातिल की योजना का हिस्सा था।’’

‘‘बिल्कुल। हमें एक दिन पहले से बाद की सीसीटीवी कैमरों की फुटेज नहीं मिली है लेकिन घटना की पिछली रात की जो फुटेज मिली है, उसमें एक आदमी गेट को फांद कर अंदर घुसता है और करीब दस मिनट बाद बाहर निकलता है। अगर अगले दिन वाली वारदात न हुई होती तो हम यही सोचते कि वो घुसपैठिया कोई साधारण चोर होगा, जो कि घर में कुछ चोरी करने के इरादे से घुसा होगा। लेकिन अब लगता है कि वो चोरी करने के नहीं बल्कि सीसीटीवी कैमरे खराब करने के इरादे से अंदर घुसा था।’’

‘‘जिससे अगले दिन खून-खराबे को अंजाम दे सके। और किसी कैमरे में उसकी तस्वीर कैद न हो पाए?’’

इंस्पैक्टर ने सहमति में सिर हिलाया।

‘‘उस शख्स का कुछ पता चला?’’-ऋषभ ने पूछा।

‘‘नहीं। उसने चेहरा ढंका हुआ था। घर में घुसा भी रात के समय था। वो इलाका तो दिन के समय सुनसान रहता है। रात के समय तो ये उम्मीद करना ही बेकार है कि किसी ने उसे देखा होगा।’’

‘‘मैं वो वीडियो फुटेज देख सकता हूं?’’

‘‘अपना नंबर बताओ।’’

ऋषभ ने बताया।

‘‘मैं साइबर सेल में किसी को बोल दूंगा वीडियो क्लिप तुम्हें सेंड करने के लिए।’’-इंस्पैक्टर ने उसका नंबर सेव करते हुए कहा।

‘‘धन्यवाद।’’

‘‘शामली की अपने तीनों साथियों के साथ कोई लंबी हिस्ट्री नहीं थी। पता चला है कि वे तीनों करीब महीने भर से ही उसके कॉन्टैक्ट में आए थे। और न सिर्फ अच्छे दोस्त बन गए बल्कि डबिंग प्रोजेक्ट में भी उसके संग थे।’’

‘‘पांचवी का कोई और सुराग? मतलब विला में पाए गए बैग और सैंडल वगैरह के अलावा?’’

‘‘हमें पता चला है’’-इंस्पैक्टर ने कहा-‘‘कि फिल्म के पांचवे किरदार-जो कि एक महिला थी-के लिए शामली की टीम ने एक डबिंग आर्टिस्ट से बात की थी।’’

‘‘किससे?’’ -ऋषभ ने पूछा।

‘‘उसका नाम मलाइका तनोट है। लेकिन उसका कहना है कि फिल्म में अपनी आवाज देने के लिए उसकी शामली की टीम से सिर्फ बात हुई थी। फाइनल नहीं हुआ था।’’

‘‘फाइनल नहीं हुआ था मतलब?’’

‘‘मतलब न एग्रीमेंट साइन किया गया था, न पेमेंट दिया गया था। कुछ नहीं हुआ था। मलाइका ने बताया कि शामली को उसकी फीस ज्यादा लग रही थी’’

‘‘ओह।’’

‘‘शामली ने मलाइका से फीस कम करने के लिए भी कहा था। उसने कहा था कि ये कोई ऑफीशियल डब का प्रोजेक्ट नहीं था। वे लोग फैन डब कर रहे थे। लेकिन फिर भी शामली इस प्रोजेक्ट को इतने बढ़िया ढंग से पूरा करना चाह रही थी कि ये ऑफीशियल डब ही लगे। इसके लिए उसने उस फिल्म के प्रशंसकों का सोशल मीडिया पर एक ग्रुप बना कर फंड रेजर भी किया था। उससे जो थोड़ा-बहुत फंड इकट्ठा हुआ था, उसी से वे लोग अपने इक्विपमेंट्स के खर्चे, आर्टिस्ट की फीस वगैरह का जुगाड़ कर रहे.थे। मलाइका की गिनती महंगे डबिंग कलाकारों में होती है। वो कुछ हॉलीवुड फिल्मों के ऑफीशियल डब में भी काम कर चुकी है। शामली जितनी रकम ऑफर कर रही थी, वो मलाइका जैसे आर्टिस्ट के स्टैंडर्ड से काफी नीचे थी। इसके अलावा मलाइका के पास दो-चार बड़े प्रोजेक्ट पहले से थे। फिर भला वो कम चार्जेस पर काम करने के लिए तैयार क्यों होती?’’

‘‘मलाइका के बाद हो सकता है शामली ने किसी और से कॉन्टैक्ट किया हो?’’

‘‘किया हो तो ये हमें पता नहीं चल पाया है।’’

‘‘इसका मतलब शामली एक लिमिटेड बजट में चल रही थी।’’-ऋषभ ने कहा-‘‘फिल्म की डबिंग करने के लिए उसके पास पर्याप्त पैसे नहीं थे। यानि कत्ल की वजह आर्थिक होने की आशंका कम हो जाती है।’’

‘‘हमने शामली के सोशल मीडिया एकाउंट चैक किए हैं।’’-फिर वो कुछ पल ठिठक कर बोला-‘‘और उसके बैंक एकाउंट भी।’’

‘‘कुछ मिला?-ऋषभ ने कहा।

‘‘जो मिला, उससे मलाइका के बयान पर सवाल उठ खड़े होते हैं।’’

‘‘मतलब?’’

‘‘मतलब ये कि मलाइका ने कहा था कि शामली ने बजट की कमी का हवाला दे कर मलाइका को उसकी रेगुलर फीस पर साइन करने में असमर्थता जाहिर कर दी थी। जबकि शामली को फंड रेजिंग में अच्छा खासा कलेक्शन प्राप्त हुआ था।’’

‘‘कितना प्राप्त हुआ था?’’

‘‘शामली के बैंक एकाउंट्स के रिकॉर्ड से लगता है कि दो-तीन महीने से फंड रेजिंग जारी थी और उसे करीब पचास लाख रूपए का सहयोग प्राप्त हुआ था।’’

ऋषभ का मुंह खुला का खुला रह गया।

‘‘पचास लाख?’’-वो बोला-‘‘एक फिल्म की डबिंग के लिए?’’

‘‘वही तो।’’-इंस्पैक्टर ने कंधे उचकाए-‘‘वैसे मुझे पता नहीं कि मलाइका की फीस कितनी होगी लेकिन जितनी भी हो, दस-बीस लाख से ज्यादा तो नहीं होगी। और इतना तो उसे हायर करने के लिए शामली के पास उपलब्ध था। इसके अलावा पचास लाख रूपए का उसने बिजनेस लोन भी लिया था।’’

‘‘लोन भी?’’

‘‘हां। और जिस तरह हाल ही में वो लोन प्राप्त किया गया था, उससे तो यही जाहिर होता है कि लोन इस फिल्म की डबिंग के प्रोजेक्ट के लिए ही था। तो फैन्स से एकत्र किए गए फंड और लोन को मिला दिया जाए तो कुल एक करोड़ रूपए होता है। इतनी बड़ी रकम में तो शामली मलाइका ही नहीं,

फिल्म के सारे पात्रों की डबिंग के लिए ही बड़े आर्टिस्ट्स को हायर कर सकती थी। उनकी पूरी की पूरी फीस एकमुश्त दे कर।''

ऋषभ सोच में पड़ गया।

इंस्पैक्टर सही कह रहा था।

तो क्या मलाइका झूठ बोल रही थी?

फिल्म की डबिंग के लिए राजी न होने के पीछे कारण कुछ और था?

''पचास लाख।''-उसने कहा-''काफी बड़ी रकम लगती है एक फिल्म की डबिंग के लिए। वो भी चंदे के माध्यम से एकत्र से इतनी बड़ी रकम एकत्र होना अपने आप में हैरानी की बात है।''

''जिस ग्रुप के माध्यम से शामली ये फंड रेजिंग कर रही थी, उससे कई एलीट क्लास के लोग भी जुड़े हुए थे। जिनके लिए किसी को एक-दो लाख चंदा दे-देना भी बड़ी बात नहीं थी। इसलिए पचास लाख का चंदा एकत्र होना सुनने में हैरान करने वाला लगता है। लेकिन एकदम असंभव भी नहीं है।''

''सही बात है। हॉलीवुड की एक बड़ी फ्रेंचाइजी-जो कि कॉमिक्स कैरेक्टरों पर आधारित है-की शुरूआत भी फंड रेजिंग से जुटाए गए पैसों से ही हुई थी। और उसमें तो करोड़ों-अरबों रूपए का चंदा मिला होगा। तब तो स्पेशल इफैक्ट्स वाली वो शानदार फिल्में बन सकीं हैं। फिलहाल वो फ्रेंचाइजी हॉलीवुड की सबसे ज्यादा कमाई करने वाली फ्रेंचाइजी में शामिल हो चुकी है।''

''हो सकता है शामली ने भी ऐसा ही कोई सपना देखा हो। कि उसकी डब की हुई फिल्में भी कमाई के रिकॉर्ड तोड़ देंगीं।''

''फिर मलाइका को फीस देने में कंजूसी क्यों की? और कम बजट होने का झूठ क्यों बोला?''

''ये तो शामली और उसके तीनों साथी ही जानते होंगें। हम तो बस वही जानते हैं जो मलाइका ने हमें बताया है।''

''आपके पास इस मलाइका का एड्रेस है?''

इंस्पैक्टर ने बताया।

ऋषभ ने मलाइका का पता नोट कर लिया।

''ये डबिंग प्रोजेक्ट नया था।''-ऋषभ ने कहा-''शामली पहली बार डबिंग का काम करने जा रही थी। इससे पहले भी तो वो कुछ करती होगी।''

''सुदेश निर्मलकर नाम के आदमी के यहां असिस्टेंट का काम करती थी।''

''असिस्टेंट?''-ऋषभ को आश्चर्य हुआ।

''क्यों?''-इंस्पैक्टर की भंवें उठीं-''असिस्टेंट होने में इतना आश्चर्यचकित होने वाली कौन सी बात है?''

''नहीं। वो मुझे आश्चर्य इसलिए हो रहा था क्योंकि शामली फिल्मों की डबिंग जैसा काम कर रही थी तो मैंने सोचा पहले भी वो इसी फील्ड से जुड़ी रही होगी। जरूर ये सुदेश निर्मलकर-शामली का बॉस-फिल्मी दुनिया से रिलेटेड होगा।''

''नहीं। वो एक ट्रेवल एजेंसी चलाता है।''

''फिर असिस्टेंट जैसी जॉब से शामली का एकदम से फिल्मों की डबिंग के काम में कूद पड़ना । आपको अजीब नहीं लगता?''

''लगता तो है। हो सकता है उसका पैशन हो। वो फैन हो हॉलीवुड फिल्मों की। या किसी ने उसे ये आइडिया सरकाया हो। और आइडिया उसे इतना ज्यादा पसंद आ गया हो कि वो अपनी जमी-जमाई नौकरी छोड़ कर डबिंग करने निकल पड़ी हो।''

''जमी-जमाई वाली क्या बात है? प्राइवेट जॉब प्राइवेट जॉब होती है। जॉब में अनिश्चितता तो रहती ही है। अपना बिजनेस हो-जैसे शामली ने फिल्मों की डबिंग का चुना-तो वो प्राइवेट जॉब से तो लाख गुना बेहतर ही होगा।''

इंस्पैक्टर ने घूर कर उसे देखा।

''ऐसे तो बिजनेस में भी अनिश्चितता होती है।''-इंस्पैक्टर ने कहा-''कोई गारंटी है कि इतना पैसा और मेहनत लगा कर वो उतना कमा ही लेती, जितना उसने सोचा था? घाटा भी हो सकता था। बड़े-बड़े प्रोड्यूसर-डायरेक्टरों की फिल्में बॉक्स ऑफिस पर औंधे मुंह आ गिरतीं हैं। ये तो पुरानी फिल्म की डबिंग की बात है। वो भी हॉलीवुड। कितने लोग देखते हैं भारत में हॉलीवुड फिल्में?''

''आप सही कह रहे हैं।''-ऋषभ ने जान छुड़ाने की गरज से कहा।

''सुदेश निर्मलकर का कहना है कि शामली और उसके तीनों नए साथी हाल ही में एक-दूसरे से मिले थे। करीब एक महीने भर पहले। हालांकि सोशल मीडिया पर शामली के एकाउंट की जांच करने से पता चला है कि डबिंग के लिए शामली कई महीनों से फंड रेजिंग कर रही थी। यानि फिल्म का प्रोजेक्ट शामली के दिमाग में काफी पहले से था। बाकी तीनों लोग उसके साथ बहुत बाद में जुड़े।''

''ये सुदेश निर्मलकर। इसके बारे में कुछ जानकारी मिल सकती है?''

''तुम्हें फाइल दी है न।''-इंस्पैक्टर ने उसके सामने मेज पर रखी फाइल की ओर इशारा किया-''इसमें केस से जुड़े महत्त्वपूर्ण लोगों के घर के पते, नंबर वगैरह सब हैं। इसमें तुम्हें निर्मलकर के घर का पता भी मिल जाएगा।''

''ओह। धन्यवाद इंस्पैक्टर साहब।''

''धन्यवाद मत दो। उस पांचवी का पता लगाओ जो इतने बड़े काण्ड के बाद ऐसे विश्रांति विला से गायब हो गई, जैसे कभी वहां थी ही नहीं।''

''पांचवी शख्स''-ऋषभ ने कहा-''वो जो भी थी, या तो कातिल की संगिनी थी। या खुद कातिल थी।''

''या बाकी चारों की तरह ही कातिल की हिटलिस्ट में थी और किसी तरह मौके से भागने से सफल हो गई थी''-इंस्पैक्टर ने कहा-''लेकिन भागने से पहले उसने कातिल को शामली और उसके साथियों का खून करते देख लिया था और अब वो इतनी ज्यादा डर गई है कि पुलिस से भी सम्पर्क नहीं कर रही है।''

''कातिल को डबिंग प्रोजेक्ट से जुड़े कागजों को जलाने की जरूरत क्या पड़ी थी?''-ऋषभ ने कहा।

''वैसे ये बात भी उस पांचवी सदस्य की रहस्यमयी भूमिका की ओर इशारा करती है।''-इंस्पैक्टर ने कहा-''डबिंग प्रोजेक्ट से जुड़े कागजों में उस पांचवी शख्स का नाम हो सकता है। शायद कातिल का उद्देश्य उन कागजों को नष्ट करके उसका नाम जाहिर होने नहीं देना था।''

''लेकिन कातिल वहां मौजूद डॉक्यूमेंट्स ही तो जला पाया। शामली के घर पर कोई कागज, कोई रिकॉर्ड हो सकता है, जिसमें उस पांचवी शख्स का नाम हो?''

''हम पहले ही शामली के ही नहीं बल्कि उसके तीनों साथियों के घर की भी तलाशी ले चुके हैं। उनमें से किसी के पास ऐसा कोई डॉक्यूमेंट नहीं मिला, जिसमें पांचवी शख्स का नाम हो।''

''अरे?''-ऋषभ ने आश्चर्य से कहा-''तो क्या शामली सारे ही कागजात अपने साथ विश्रांति विला ले गई थी?''

''अब अपनी डबिंग कंपनी का ऑफिस विला में खोलने वाली थी तो ज्यादातर कागजात तो ले ही गई होगी। लेकिन कुछ कागज हमें उसके घर पर भी मिले थे। उनमें किसी पांचवी सदस्य का नाम तो नहीं था लेकिन एक खास बात जरूर पता चली।''

''कौन सी बात?''

''यही कि इस डबिंग कंपनी में शामली प्रोजेक्ट लीडर जरूर थी लेकिन सारे सदस्य बराबर के पार्टनर थे।''

''अरे।''

''सुनैना, शामली, प्रखर, विनोद चारों पार्टनरशिप में ये कंपनी शुरू कर रहे थे।''

''पार्टनरशिप में?''-ऋषभ का स्वर अजीब सा हो गया-''लेकिन शामली तो उन लोगों से करीब महीने भर से ही मिली थी। और ये फंड रेजिंग वगैरह तो उससे काफी समय से पहले हो रही थी।''

''शायद शामली के अलावा प्रखर, विनोद और सुनैना भी इस प्रोजेक्ट में उतनी ही महत्त्वपूर्ण भूमिका निभा रहे थे, जितनी शामली की थी। तभी शामली पूरा बजट अपने हाथ में होते हुए भी उन्हें बराबर का पार्टनर बनाने के लिए तैयार हो गई।''

ऋषभ ने कुछ नहीं कहा। हालांकि वो इंस्पैक्टर द्वारा जताई गई संभावना से पूरी तरह संतुष्ट नहीं था।

''अब''-इंस्पैक्टर ने कहा-''चारों पार्टनरों में से कोई जिंदा भी तो नहीं है। अगर कोई एकाध जिंदा होता, तो उस पर शक भी किया जा सकता था। कि पूरे प्रोजेक्ट को हथियाने के लिए उसने इस तरह की साजिश रच डाली। इस वारदात को अंजाम दिया। यहां तो कंपनी के चारों पार्टनरों को ही मार दिया गया।''

‘‘प्रोजेक्ट को हथियाने के लिए? लेकिन प्रोजेक्ट था कहां? प्रोजेक्ट तो तब होता जब वे चारों होते। इस तरह लोगों को मार कर प्रोजेक्ट थोड़े ही चलाया जाता है?’’

‘‘ये भी है।’’

‘‘शामली और उसके तीनों साथियों के मरने से किसे फायदा था?’’

‘‘शामली के घर में तो बस उसके माता-पिता ही हैं। बाकी तीनों की फैमिली की भी पतासाजी की जा रही है। लेकिन उसमें कुछ मिलने की संभावना नजर नहीं आती। अगर इनमें से किसी के भी रिलेटिव का इस घटना में हाथ होता तो कम से कम वो अपने बंदे को तो जिंदा छोड़ता।’’

‘‘चारों पार्टनर्स तो अब नहीं रहे। उनकी विरासत का क्या होगा? इस प्रोजेक्ट का का क्या होगा? उस एक करोड़ रूपए की धनराशि का क्या होगा, जो शामली के खाते में जमा है?’’

‘‘उसके बारे में अभी तफसील से पता करना पड़ेगा। शामली ने भले ही बाकी तीनों को अपना बराबरी का पार्टनर बना लिया था लेकिन रकम अब भी शामली के खाते में ही थी। अब भी है। तो ऐसा लगता है कि वो शामली के बैंक खाते के नॉमिनी को ही मिलेगी। जो कि उसके माता-पिता में से ही कोई होगा।’’

‘‘इतनी बड़ी रकम में से बाकी तीन पार्टनर्स को कुछ नहीं मिलेगा?’’

‘‘तभी तो कहा कि तफसील से पता करना पड़ेगा। अगर वो रकम डबिंग प्रोजेक्ट की राशि के तौर पर डिक्लेयर की गई होगी और उसको ले कर कुछ विशेष प्रावधान निर्धारित किए गए होंगे-जो कि मुझे नहीं लगता कि किए गए होंगे-कि रकम बाकी तीनों पार्टनरों में भी बराबर-बराबर बंटनी थी, तब तो उसे शामली के खाते में जमा सामान्य रकम ही मान कर उसके नॉमिनी को ही दे दिया जाएगा।’’

‘‘आपको क्यों नहीं लगता कि रकम को ले कर कोई विशेष प्रावधान किए गए होंगे?’’

‘‘किए गए होते तो रकम शामली के खाते में ही नहीं होती। उनके प्रोजेक्ट को कोई फर्म या ऐसोसिएशन के नाम से अलग से बिजनेस एकाउंट बना

कर रकम उसमें जमा की गई होती। जिस खाते पर बाकी सदस्यों का भी कुछ कंट्रोल होता।''

''ये तो है।''

''सारा पैसा शामली के खाते में है, जिससे यही लगता है कि प्रोजेक्ट में शामली सिर्फ नाम के लिए ही बॉस की भूमिका में नहीं थी। बल्कि सचमुच बॉस थी।''

''शामली और उसकी टीम के साथ जो हुआ, उसके बाद अब उस प्रोजेक्ट का क्या होगा?''

''मुझे क्या पता प्रोजेक्ट का क्या होगा?''-इंस्पैक्टर ने खिन्न स्वर में कहा-''मेरा काम इस सामूहिक हत्याकांड की गुत्थी को सुलझाना है। शामली के डबिंग प्रोजेक्ट की फिकर करना नहीं।''

''मेरे कहने का मतलब था कि उस प्रोजेक्ट से वो एक करोड़ की रकम भी तो जुड़ी हुई है, जो शामली के खाते में है। जो शामली ने फिल्म के फैन्स से चंदे के रूप में एकत्र की थी। अब अगर वो राशि नॉमिनी होने के कारण शामली के माता-पिता को मिल जाती है तो क्या ये उन फैन्स के साथ नाइंसाफी नहीं होगी?''

''उनमें से कोई शिकायत करता है, आवाज उठाता है तो हो सकता है उसके माता-पिता एक-एक की जानकारी ले कर उसकी रकम लौटाने की कोशिश करें। जो कि वो शायद ही करेंगें। अब इस बारे में मैं क्या कह सकता हूं? मुझे तो ये भी पता नहीं है कि इस तरह की फंड रेजिंग में इस तरह की स्थिति उत्पन्न होने पर चंदा की गई रकम लोगों को वापस लौटाने का कोई नियम भी है या नहीं।''

ऋषभ ने कुछ नहीं कहा।

एक करोड़ रूपए एक बड़ी रकम थी। वो कत्ल के मोटिव के रूप में देखी जा सकती थी लेकिन तब, जब कोई उस रकम की दावेदारी करने वाला निकल रहा हो।

यहां तो शामली के माता-पिता के ही नॉमिनी होने की संभावना अधिक थी।

''एक करोड़ रूपए।''-ऋषभ के मुंह से निकला-''काफी बड़ी रकम है।''

‘‘हां।’’-इंस्पैक्टर ने कहा-‘‘और इतनी बड़ी रकम उन चारों के कत्ल की वजह हो सकती है।’’

‘‘लेकिन रकम तो बैंक में है। उनके मारे जाने के बाद भी कातिल के हाथ तो कुछ नहीं लगा।’’

इंस्पैक्टर कुछ पल खामोश रहा, फिर बोला-‘‘हो सकता है कातिल को पता न हो कि वो रकम बैंक में थी। उसने समझा हो कि वो रकम-या उस रकम का कोई बड़ा हिस्सा ले कर वे विश्रांति विला पर मौजूद होने वाले थे। और उसी हिस्से पर हाथ साफ करने के लिए वो वहां पहुंचा, उन सबको मारा, लेकिन हिस्सा उसे नहीं मिला तो कातिल को खाली हाथ ही वहां से जाना पड़ा।’’

‘‘हो सकता है खाली हाथ न जाना पड़ा हो।’’

‘‘मतलब?’’

‘‘जब शामली के खाते में इतनी बड़ी रकम जमा थी, तो हो सकता है नकद रकम के रूप में भी उनके पास बड़ी धनराशि हो। जो विश्रांति विला में हुए शामली और उसके साथियों के मर्डर के बाद गायब हो गई और किसी को उसकी भनक ही नहीं लगी।’’

इंस्पैक्टर ने कुछ क्षण उसकी बात पर विचार किया, फिर सहमति में सिर हिला दिया।

‘‘तुम सही कह रहे हो सकते हो।’’-फिर उसने कहा-‘‘जब शामली फंड रेजिंग के माध्यम से पचास लाख और लोन के माध्यम से पचास लाख जितनी बड़ी रकम एकत्र कर सकती थी तो हो सकता है उसने किसी और माध्यम से भी उस प्रोजेक्ट के लिए कोई बड़ी रकम इकट्ठा की हो। भले वो रकम एक करोड़ न हो, उसकी आधी हो। उसकी एक-चौथाई हो। पचास लाख, पच्चीस लाख भी छोटी रकम नहीं होती एक मास मर्डर को अंजाम देने के लिए किसी सनकी कातिल की प्रेरणा बनने के लिए। हो सकता है शामली और उसकी टीम ऐसी ही कोई बड़ी रकम कैश में ले कर उस घर में गए हों और हम अब तक उस रकम के बारे में अंधेरे में हों क्योंकि कातिल ने चारों का खून करने के बाद वो रकम वहां से गायब कर दी हो। शामली के

एकाउंट की जांच में वो रकम भले ही न दिख रही हो लेकिन हो सकता है शामली ने वो रकम कैश प्राप्त की हो।''

''या उसके साथियों में से किसी ने जुटाई हो।''

इंस्पैक्टर ने प्रशंसात्मक भाव से ऋषभ की ओर देखा, फिर कहा-''हां। हमें उसके साथियों प्रखर, विनोद और सुनैना के बारे में भी और गहराई से पड़ताल करनी चाहिए।''

''एक रिक्वेस्ट आपसे और करनी थी इंस्पैक्टर साहब।''

''करो भाई।''

''मैं एक बार घटनास्थल को देखना चाहता हूं। कुछ फोटो अखबार के लिए लेना चाहता हूं।''

''जरूर लो। ग्यारह बजे विश्रांति विला पहुंच जाना। लोनावला से पुणे जाने वाले रोड में दो किलोमीटर के मील के पत्थर के पास है। आलीशान घर है। तुम फोटो में देख ही चुके हो। फोरेंसिक टीम को भी थोड़ा काम बाकी रह गया है। मैं और एसआई भी वहां मौजूद रहेंगें।''

''धन्यवाद इंस्पैक्टर साहब।''

पुलिस स्टेशन से लौटते समय ऋषभ संतुष्ट था।

इंस्पैक्टर उसकी उम्मीद से अधिक सहयोगी था। भले ही वो सहयोग जोशी जी द्वारा किए गए कॉन्टैक्ट के प्रयोग की बदौलत था या इंस्पैक्टर स्वभाव से ही कोऑपरेटिव किस्म का था।

दूसरे-

उसके पास वो फाइल थी, जिसमें विश्रांति विला केस से जुड़े लोगों के एड्रेस व अन्य महत्त्वपूर्ण बारीकियां थीं।

○○

ऋषभ ने पूरे विश्रांति विला का निरीक्षण किया।

जहां-जहां लाशें बरामद हुई थीं, वहां-वहां पुलिस ने मार्क किया हुआ था। तीन निशान घर के अंदर थे। केवल एक ही घर के बाहर था। सुनैना का खून घर के बाहर आयरन गेट से थोड़ा पहले किया गया था।

घटनास्थल पर लाशों की बरामदगी की तस्वीरें ऋषभ पहले ही देख चुका था।

अब घटनास्थल को देख रहा था।

शामली की लाश ऊपरी मंजिल पर एक रूम में डबिंग के उपकरणों के साथ पाई गई थी। उस कमरे को उन लोगों ने डबिंग रूम के तौर पर सैट किया था। प्रखर की लाश उससे थोड़ी ही दूरी पर गैलरी पार करके एक बड़े रूम में सोफे पर मिली थी। विनोद का खून नीचे किचन में हुआ था।

''जिस तरह से''-ऋषभ ने कहा-''कातिल ने पूरे घर में घूम-घूम कर चारों को मारा, उससे लगता है, वो घर से भली-भांति परिचित था।''

''हां।''-इंस्पैक्टर ने कहा-''हमने ऐसे लोगों की लिस्ट बनाई है, जो इस घर में पहले रह चुके हैं। लेकिन किसी का भी शामली और उसके साथियों से कोई डायरेक्ट कनेक्शन सामने नहीं आ रहा है। सिवाय''-वो एक पल ठिठक कर बोला-''लैंडलॉर्ड के।''

''लैंडलॉर्ड कौन है?''

''सुजान सिंह। शहर में रहता है। ये मकान उसके बेटे ने बनाया था। वो अपनी पत्नी के साथ यहां रहता था। लेकिन बाद में वे दोनों इंग्लैंड सैटल हो गए तो ये मकान खाली रहने लगा।''

''आप लोगों ने सुजान सिंह से भी बात की होगी?''

''करनी ही थी। इतनी भयानक वारदात आखिर उसी के मकान में हुई है। लेकिन फिलहाल वो हमारी सस्पैक्ट की लिस्ट से बाहर है।''

''वो भला क्यों?''

''उसका शामली और उसके साथियों से कोई डायरेक्ट कनेक्शन-सिवाय लैंडलॉर्ड होने के-निकल कर सामने नहीं आया है। जब उनके बीच कोई पुरानी जान-पहचान ही नहीं थी तो खून करने का तो सवाल ही पैदा नहीं होता।''

ऋषभ ने सहमति में सिर हिलाया।

''वैसे भी''-इंस्पैक्टर ने कहा-''जरूरी नहीं कि तुम्हारा ये कन्क्लूजन भी कोई सौ प्रतिशत सही हो कि कातिल को घर के अंदरूनी हिस्से का भली-भांति पता था। ये बस एक संभावना है।''

‘‘ये भी हो सकता है।’’

“हम इस बात पर भी विचार कर रहे हैं कि पांचवें पात्र के लिए शामली एआई का उपयोग करने वाली होगी.”

“यहाँ जो बैग और सैंडल बरामद हुए वो एआई के तो नहीं होंगें.”

इंस्पेक्टर ने ऋषभ की ओर देखा फिर सहमति में सिर हिला दिया.

‘‘बाकी तीनों में बस सुनैना ही फैमिली पर्सन थी।’’-इंस्पैक्टर ने कहा-‘‘प्रखर और उसके साथी की फैमिली के बारे में कुछ पता नहीं चल पाया है। उनके जो एड्रैस मिले हैं, दोनों मुम्बई के ही हैं। दोनों ही मुम्बई में अलग अलग फ्लैट्स पर वे अकेले ही रहते थे।’’

‘‘उनके कोई रिश्तेदार, दोस्त वगैरह तो होंगें?’’

‘‘विनोद और प्रखर के ऐसे किसी रिश्तेदार का पता नहीं चला है। जो आस-पड़ोस में रहने वाले या उनके कॉन्टैक्ट पर्सन थे, उनसे हमने बात की तो वे भी विनोद और प्रखर के बारे में अनजान थे। मुम्बई जैसे बड़े शहर में इस तरह पड़ोसी के बारे में अनजान रहना कोई बड़ी बात नहीं है। वैसे प्रखर की एक गर्लफ्रैंड है।’’

‘‘गर्लफ्रैंड?’’

‘‘तुम तो जानते ही होगे उसे। आखिर तुम्हारी कलीग है।’’

‘‘मेरी कलीग?’’-ऋषभ को और भी हैरानी हुई।

‘‘हां। न्यूज ऑन में ही काम करती है भई। तुम्हें देख कर तो लग रहा है तुम नहीं जानते।’’

‘‘न्यूज ऑन? पुणे?’’

‘‘अरे हां।’’-इंस्पैक्टर ने कहा-‘‘तुम तो पुणे से हो। वो यहां के न्यूज ऑन के ऑफिस में काम करती है। इसीलिए तुम उसे नही जानते।’’

‘‘नाम क्या है उसका?’’

‘‘रूपाली नागर।’’

‘‘उसने कुछ बताया?’’

‘‘कुछ खास नहीं। उसका तो कहना है कि प्रखर को उसकी जिंदगी में आए हुए ज्यादा समय नहीं हुआ था। इसलिए वो उसके बारे में ज्यादा कुछ नहीं

जानती थी। जो जानती थी, उसके हिसाब से उसे भी वो वैसा आदमी ही लगता था, जैसा बताया जाता है।''

''कैसा आदमी?''

''दो नम्बर का। जरायमपेशा की दुनिया से ताल्लुक रखने वाला।''

''ओह।''

ऋषभ घर की बालकनी में पहुंचा, जहां से पीछे की सैंकड़ों फीट गहरी घाटी दिख रही थी।

''ऐसा हो सकता है''-ऋषभ ने घाटी में झांकते हुए कहा-''कि पांचवी को कातिल ने घाटी में फेंक दिया हो?''

''हो तो सकता है।''-इंस्पैक्टर ने कहा-''इतनी गहरी घाटी में तलाश करना भी मुश्किल है। हम अपने स्तर पर कोशिश कर रहे हैं।''

विश्रांति विला से ढेर सारी फोटुएं खींचने और कुछ नोट्स बनाने के बाद ऋषभ ने इंस्पैक्टर से विदा ली।

OO

ऋषभ ने विला से लोनावला की ओर जाने वाले रास्ते पर स्थित दुकान के सामने बाइक रोकी।

दुकान विला से करीब एक किलोमीटर की दूरी पर थी। विला से वहां आने तक ऋषभ को रास्ते भर कोई अन्य दुकान तो क्या, इंसानी गतिविधि का केंद्र कहलाने लायक कुछ भी और दिखाई नहीं दिया था।

दुकान के ऊपर एक बोर्ड लगा था, जिस पर बड़े-बड़े अक्षरों में लिखा था सुकांत प्रोवीजन स्टोर

स्पष्ट रूप से वो वही दुकान थी, जिसके बारे में इंस्पैक्टर ने उसे बताया था कि दुकानदार ने विला की ओर जाती हुई शामली की टीम में चार लोगों को देखा था।

दुकान साफ-सुथरी लग रही थी। दुकान के बाहर भी कुछ जालीदार शेल्फ जैसे लगे हुए थे, जिनमें चिप्स के पैकेट जैसा खाने-पीने का सामान था।

ऋषभ दुकान के काउंटर पर पहुंचा।

दुकान में एक 45-46 वर्ष का अधेड़ आयु का व्यक्ति बैठा हुआ था। उसके साथ एक 15-16 वर्षीय युवक और था।

''कहिए?''-दुकानदार ने ग्राहक समझ कर ऋषभ से पूछा।

ऋषभ का कुछ लेने का इरादा तो नहीं था लेकिन फिर भी बातचीत शुरू करने के लिए उसने कुछ खरीद लेना उचित समझा।

''एक कोल्डड्रिंक देना।''-उसने कहा।

अधेड़ अपनी जगह पर बैठा रहा। लड़के ने फ्रिज से निकालकर कोल्ड ड्रिंक ऋषभ के सामने रख दी।

ऋषभ ने मोबाइल से क्यूआर कोड स्कैन करके पैसे चुकाए, फिर बोला-''यहां से थोड़ी दूरी पर एक घर है। हाल ही में वहां चार लोगों का खून हो गया था। उसके बारे में आपसे कुछ बात करनी है।''

अधेड़ व्यक्ति के चेहरे पर अप्रसन्नता के भाव उभरे।

प्रत्यक्ष था वो उस बारे में बात करने को ले कर ज्यादा उत्सुक नहीं था।

''क्या बात करनी है?''-उसने रूखे स्वर में कहा-''मैं पुलिस को पहले ही सब बता चुका हूं। और आप हैं कौन?''

''मैं प्रैस से हूं।''-ऋषभ ने अपना न्यूज ऑन का आई कार्ड निकाल कर उसे दिखाया-अपने अखबार की ओर से इस केस को कवर कर रहा हूं। जो आपने पुलिस को बताया था, बरायमेहरबानी मुझे भी बता दीजिए।''

''बताने लायक कुछ नहीं है।''-अधेड़ ने कहा-''वो लोग उस घर में जाते समय हमारी दुकान के सामने से ही गुजरे थे। गुजरना ही था। क्योंकि इस ओर से आते समय ये एक ही रास्ता है, उस घर तक जाने के लिए। उन्होंने गाड़ी यहां रोक कर कुछ सामान भी खरीदा था। जो कि समझदारी की थी।''

''मतलब?''

''मतलब क्या? अरे भाई, विश्रांति विला के आसपास कोई दुकान वगैरह नहीं है। उन्हें कुछ भी खरीदना होता तो करीब एक किलोमीटर ड्राइव करके यहां आना पड़ता। इसलिए पहले ही सामान खरीदकर समझदारी ही तो की।''

''सामान खरीदकर समझदारी की।''-लड़के ने कहा-''लेकिन विश्रांति विला में जा कर समझदारी नहीं की।''

''क्यों?''-ऋषभ ने उसकी ओर देखा।
''क्यों?''-लड़के ने हैरानी से कहा-''अरे, वहां नहीं गए होते तो उनके साथ वो न हुआ होता, जो हुआ।''
''अब भई उन्हें सपना थोड़े ही आ रहा था कि वहां उनके साथ वो सब हो जाएगा।''
''तू अपना काम कर न।''-अधेड़ ने लड़के को झिडक़ी लगाई-''ऊपर जा स्टोर में सामान जमा दे। खामखा चौधरी बन रहा है। नहीं गए होते तो वो न हुआ होता। अरे, जिसने मारा, वो नहीं गए होते तो उन्हें घर में जा कर मार देता। तुझे कोई गारंटी है कि वो लोग विला में नहीं गए होते तो वो उन्हें उनके घर जा कर या कहीं और नहीं मारता? छोड़ देता?''
लड़के ने घूर कर अधेड़ को देखा, फिर अनमने से ढंग से उठ कर पीछे लगी एक लकड़ी की सीढ़ी की ओर बढ़ गया।
''मेरा भतीजा है।''-अधेड़ ने ऋषभ से कहा-''सारा दिन मोबाइल में घुसा रहता है। ज्ञान छांटने में पीछे नहीं रहता। आजकल की नई पीढ़ी दिन भर मोबाइल चलाती है और ज्ञान छांटने के मामले में खुद को चाणक्य से कम नहीं समझते।''
''वो तो है।''-ऋषभ ने सहमति में सिर हिलाया-''जिस कार में वो लोग विला की ओर जा रहे थे, उसमें कितने लोग थे?''
''चार।''-अधेड़ ने कहा।
''पांच''।–लड़का सीढ़ी पकड़कर ऊपर चढ़ रहा था लेकिन बीच में ही रूक कर बोला।
दोनों ने लगभग एक साथ ही कहा था। लेकिन लड़के की बात किसी हथौड़े की तरह ऋषभ के जेहन से टकराई।
''पांच?''-ऋषभ लड़के की ओर घूमा।
''जी।''-लड़के ने कहा।
''तूने कब पांच देख लिए?''-अधेड़ भड़का-''चार लोग ही तो थे। दो उतरकर यहां सामान लेने आए थे। एक लड़की कार के पास ही खड़ी रही थी। और एक आदमी ड्राइविंग सीट पर बैठा था। अपने काम से काम रखा कर। फालतू की कहानियां मत गढ़ा कर।''

लड़का सीढ़ी से उतर कर काउंटर के पास आ गया।
''नहीं चाचा।''-लड़के ने कहा-''कार में पांच लोग थे। एक और लड़की भी थी, जो पीछे वाली सीट पर बैठी थी। आपको यहां दुकान के एंगल से नहीं दिखी होगी। मैं सामान रखवाने कार तक गया था। तब मैंने देखा था।''
''अरे हां।''-अधेड़ ने कहा-''तू गया तो था। तो तूने मुझे उस वक्त क्यों नहीं बताया?''
''क्या बताता? ये ऐसी कोई खास बात थोड़े ही थी। वो लोग हमारी दुकान से सामान खरीदने आए थे। अब वो चार थे या पांच, इसकी चर्चा करने का क्या फायदा था?''
''अगर तूने मुझे पहले बताया होता तो मैं ये बात पुलिस को बता देता।''-अधेड़ ने कहा-''जब पुलिस पूछताछ करने आई थी, उस वक्त तो तू कोचिंग के लिए गया हुआ था।''
''आप चिंता मत करिए।''-ऋषभ ने कहा-''पुलिस तक ये सूचना मैं पहुंचा दूंगा। तुम''-ऋषभ उस लड़के से मुखातिब हुआ-''क्या नाम है तुम्हारा?''
''जी धनेश।''
''धनेश, मेरा एक काम कर सकते हो?''
''कहिए।''
ऋषभ ने उसे शामली और सुनैना की तस्वीरें दिखाई।
''हां।''-धनेश बोला-''इनमें से एक लड़की एक आदमी के साथ दुकान तक आई थी। दूसरी कार से बाहर निकली लेकिन कार के पास ही खड़ी रही थी।''
''और वो जो कार की पिछली सीट पर बैठी थी, उसे पहचान सकते हो?''
''आप मुझसे उसका चित्र बनवाएंगें?''-लडक़े ने कहा-''जैसे जासूसी फिल्मों में हुलिया बताते हैं और एक आदमी कम्प्यूटर पर चेहरा बनाता है?''
''नहीं। वो काम मैं नहीं करवाऊंगा। वो करवाना होगा तो पुलिस ही करवा पाएगी। मेरी सलाहियात उतनी नहीं है। फिर भी अगर तुम्हें उसका हुलिया अच्छे से याद हो, उसका चेहरा याद हो, और उसका हुलिया अच्छे से बता सको तो मेरे काफी काम आ सकता है।''

धनेश के चेहरे पर हिचकिचाहट के भाव उभरे।

''कोशिश कर सकता हूं।''-उसने कहा-''मैंने उसकी एक झलक ही देखी थी।''

ऋषभ को एक ख्याल आया। उसने नेट पर डबिंग आर्टिस्ट मलाइका सर्च किया।

कुछ ही देर में कई रिजल्ट आ गए। इमेज सेक्शन में जाने पर मलाइका की तस्वीर भी आ गई।

''क्या वो लड़की ये थी?''-ऋषभ ने मोबाइल में ही मलाइका की तस्वीर को एनलार्ज किया और धनेश को दिखाया।

धनेश कुछ पलों तक तस्वीर को देखता रहा, फिर बोला-''ये तो नहीं लग रही।''

ऋषभ को निराशा हुई।

''कोई बात नहीं।''-उसने मोबाइल वापस जेब में रखते हुए कहा-''फिर भी तुम याददाश्त पर जोर डालने की कोशिश करना। हो सकता है उस लड़की की पहचान करने के लिए तुम्हारी मदद की जरूरत पड़े।''

''मैं कोशिश करूंगा।''

वहां से वापस लौटते समय ऋषभ सोच रहा था कि उस इलाके में भटकना बेकार नहीं गया।

एक बड़ी बात तो पता चली थी।

कि अब तक उस हत्याकाण्ड में जोशी जी और पुलिस जिस पांचवी के होने की संभावनाएं ही जता रहे थे....

वो सचमुच थी।

OO

ऋषभ शामली की सहेली रीना से मिलने पहुंचा।

उसके बारे में उसे इंस्पैक्टर से मिली फाइल से पता चला था। उसका एड्रेस भी फाइल में था।

रीना ने उसका स्वागत किया।

उसका घर एक पॉश इलाके में था। जिससे साफ था कि वो एक संपन्न परिवार से थी।

घर भी काफी बड़ा था। रीना ने उससे घर के बाहरी कमरे में मुलाकात की, जहां उसके साथ एक 30 के आसपास की उम्र का दिखने वाला हैंडसम सा युवक भी मौजूद था।

''ये आशीष है।''-रीना ने उसका परिचय दिया-''आशीष लोहानी। हम दोनों की शादी होने वाली थी।''

''हैलो।''-युवक ने ऋषभ से कहा।

''हैलो।''-ऋषभ ने भी उसके अभिवादन का जवाब दिया।

''आशीष''-रीना ने ऋषभ का परिचय भी दिया-''ये ऋषभ सक्सेना हैं। शामली के केस की इन्वेस्टिगेशन कर रहे हैं''।

आशीष का चेहरा तत्काल गम्भीर हो गया।

''इन्वेस्टिगेशन कर रहे हैं?''-फिर उसने कहा-''आप पुलिस से हैं?''

''नहीं।''-ऋषभ ने कहा।

''डिटेक्टिव?''

''वो भी नहीं। मैं न्यूज ऑन नाम के अखबार में रिपोर्टर हूं। उसी की ओर से ये न्यूज स्टोरी कवर कर रहा हूं।''

''ओह।''-उसने समझने वाले भाव से सिर हिलाया।

''आपने कहा''-ऋषभ ने रीना से कहा-''आप दोनों की शादी होने वाली थी?''

''दरअसल, आज ही शादी की डेट थी। लेकिन मेरी दोस्त के साथ इतनी बड़ी घटना हो गई इसलिए शादी कैंसल करनी पड़ी।''

''ओह।''

''मैंने ही रीना से कहा''-आशीष ने कहा-''शादी फिलहाल पोस्टपोन करने के लिए। शामली के साथ जो हुआ, उससे ये बहुत ज्यादा दुखी थी। मैं शामली से दो-तीन बार ही मिला था लेकिन उस घटना के बारे में जब मैंने सुना तो मैं भी अंदर तक हिल गया था। इतने दुख और टेंशन के माहौल में शादी करना ठीक नहीं होता।''

''आशीष भी शामली की उसके प्रोजेक्ट में हैल्प कर रहा था।''-रीना ने कहा-''शामली के साथ जो हुआ उसका पता चलने पर हम दोनों ही स्तब्ध रह गए थे।''

''काफी परेशानी हुई होगी। सब मेहमानों को बताना कि शादी कैंसल हो गई है...।''

''नहीं। वैसी कोई परेशानी नहीं हुई। दरअसल, हम ऐसा कोई धूमधाम वाला कार्यक्रम नहीं करने जा रहे थे। बस, दोनों के परिवार के कुछ लोगों की उपस्थिति में विवाह की रस्में की जानी थीं। वो तो बाद में भी कभी भी हो सकतीं हैं। हम शादी जैसे कार्यक्रम में फिजूल की तड़क-भड़क के खिलाफ हैं।''

''ये तो अच्छी बात है।''

''अब शादी के लिए शायद अगले महीने की ही कोई डेट फिक्स करेंगें।''-रीना ने कहा।

''आपने सही डिसीजन लिया।''-ऋषभ ने कहा-''शामली आपकी करीबी दोस्त थी। उसके डबिंग के प्रोजेक्ट के बारे में आप क्या-क्या जानती हैं?''

''ऐसा कुछ विशेष तो नही जानती।''-रीना ने कंधे उचका दिए-''कभी-कभार वो इस बारे में थोड़ी-बहुत बातचीत करती थी तो उसने जो बताया वही जानती हूं।''

''उसने क्या बताया?''

''यही कि वो अपनी वर्तमान जॉब छोड़ कर अपना बिजनेस शुरू करने जा रही है। हालांकि उसने जब शुरू में बिजनेस शुरू करने की बात कही थी, तब मुझे ये अंदाजा नहीं था कि वो फिल्म की डबिंग का होगा।''

''क्यों?''

''इसीलिए क्योंकि शामली का फिल्मी दुनिया से ऐसा कोई कॉन्टैक्ट, ऐसा कोई संबंध होने का मुझे पता नहीं था। बल्कि कॉन्टैक्ट या संबंध तो छोड़िए, उसने कभी दिलचस्पी भी जाहिर नहीं की थी कि वो फिल्मी दुनिया से जुड़ा कुछ करना चाहती है। मुझे तो हमेशा यही लगता था कि वो अपने काम से खुश थी।''

''फिल्मी दुनिया से जुड़े होने का कोई बैकग्राउंड नहीं था।''-ऋषभ ने सहमति में सिर हिलाते हुए कहा-''लेकिन फिल्म डब करना मेरे ख्याल से उतना भी मेनस्ट्रीम फिल्मी दुनिया का काम नहीं है।''

''ये तो है।''-रीना ने कहा-''लेकिन शामली ने कभी फिल्म डबिंग जैसे प्रोजेक्ट को ले कर भी उत्सुकता जाहिर नहीं की थी। उसके ये तीनों नए दोस्त हाल ही में बने थे, जिसके बाद शामली एकदम से फिल्म डबिंग के प्रोजेक्ट में इंट्रेस्टेड हो गई थी।''

''तीन नए दोस्त। मतलब प्रखर, सुनैना और विनोद। जो उसके साथ ही मारे गए।''

रीना ने आशीष की ओर देखा, फिर सहमति में सिर हिलाया।

''शामली कई दिनों से अपने इस प्रोजेक्ट में बिजी थी।''-रीना ने कहा-''और वो प्रोजेक्ट को ले कर काफी उत्साहित भी थी। उसका जोश देख कर मुझे भी अच्छा लग रहा था। और मुझे विश्वास भी था कि उसे अपने काम में सफलता अवश्य मिलेगी। मुझे इस बात को ले कर संशय जरूर था कि वो नौकरी करते-करते ये काम कैसे कर पाएगी लेकिन उसने बताया था कि उसके भूतपूर्व बॉस उसे पूरा सपोर्ट कर रहे थे।''

''सपोर्ट कर रहे थे? लेकिन शामली ने तो जॉब छोड़ दी थी?''

''हां। क्योंकि सपोर्ट की भी तो आखिर एक लिमिट होती है। शामली ने बताया था कि वो नौकरी और डबिंग प्रोजेक्ट के साथ बैलेंस नही बना रही थी। उसे दोनों में से किसी एक को चुनना था।''

''और उसने डबिंग प्रोजेक्ट को चुना?''

''हां। शामली ने बताया था कि वो जिस स्तर पर इस प्रोजेक्ट को आगे बढ़ाना चाहती थी, वो सचमुच जॉब करते हुए संभव नहीं था। प्रोजेक्ट का बेस बनाने में जो शुरूआती भागदौड़ थी, उसके लिए तो वो जॉब के अलावा टाइम निकाल पा रही थी लेकिन प्रोजेक्ट शुरू होने के बाद जॉब करते रह पाना संभव नहीं था इसलिए उसने जॉब छोड़ दी।''

''शामली के बॉस के बारे में कुछ बताइए?''

''निर्मलकर जी? वो तो काफी अच्छे इंसान हैं। शामली उनकी काफी तारीफ करती थी। शामली के उनके साथ घर-परिवार जैसे संबंध थे। उनकी

शामली से कुछ ही साल छोटी एक बेटी भी है। जिसकी शायद शादी भी होने वाली थी।''

''शामली में काफी पोटेंशियल था।''-आशीष ने कहा।

ऋषभ ने उसकी ओर देखा।

''वो काफी मेहनती लड़की थी।''-आशीष ने कहा-''प्रोजेक्ट को ले कर उसका उत्साह, उसकी मेहनत देखते ही बनती थी। मुझे यकीन था कि डबिंग इंडस्ट्री में उसकी मेहनत के बल पर उसका ग्रुप बड़ा नाम बन कर उभरेगा। लेकिन उससे पहले ही ये...ये सब हो गया।''

''शामली से आपका भी परिचय था।''-ऋषभ ने कहा-''तो शामली के ग्रुप में पांचवी कौन थी, इस बारे में शायद आप कुछ बता सकें?''

''बता सकता तो पुलिस को नहीं बता चुका होता?''-उसने कहा-''मुझे उनके ग्रुप में चार लोगों के बारे में ही जानकारी थी। वो एक और डबिंग आर्टिस्ट की तलाश कर रही थी लेकिन वो उसे मिला या नहीं मिला, ये मुझे पता नहीं।''

''शायद मिल गई होगी।''-रीना ने कहा-''पुलिस का कहना है कि उन्हें विश्रांति विला से चार लोगों के सामान के अलावा हैण्डबैग और सैंडल भी मिले थे। यानि वहां कोई पांचवी भी थी।''

''शामली से आपकी आखिरी बार कब बात हुई थी?''-ऋषभ ने पूछा।

उसके चेहरे पर सोचने के भाव उभरे, फिर उसने कहा-''करीब दस दिन पहले। फोन पर।''

''क्या-क्या बात हुई थी?''

''कुछ खास नहीं। वही दोस्तों वाली बात। मैंने ही उसे फोन लगाया था। आधा समय तो मैं उसे गालियां देती रही थी कि वो मुझे बिल्कुल भूल गई है।''

''उसने अपने डबिंग प्रोजेक्ट के बारे में कुछ बताया?''

''नहीं। उस बारे में कोई विशेष बात नहीं की। हां, वो थोड़ी बिजी लग रही थी।''

''अब मैं आपसे कुछ ऐसा पूछने जा रहा हूं''-ऋषभ ने कहा-''जिसका जवाब आपके पास होगा तो ये इस केस पर बड़ी रोशनी डाल सकता है।''

उसकी भंवें उठीं।

''पूछो।''-उसने कहा।

''शामली ने फिल्म की डबिंग के लिए पचास लाख रूपए जुटाए थे। इसके अलावा पचास लाख रूपए का लोन भी लिया था। यानि एक करोड़ रूपए। जो कि एक बहुत बड़ी रकम है। शामली और उसके तीनों साथियों का कत्ल क्यों किया गया, ये अब तक अंधेरे में है। मतलब कातिल का मोटिव हम नहीं जानते। लेकिन वो रकम अगर कैश के रूप में शामली और उसकी टीम के साथ होती, कातिल द्वारा शामली और उसकी टीम पर किए गए हमले के समय विश्रांति विला में होती तो वो कत्ल का उद्देश्य हो सकती थी।''

''लेकिन पुलिस का तो कहना है कि वो रकम बैंक में जमा है। शामली के खाते में जमा है।''

''एग्जैक्टली।''-ऋषभ ने सहमति में सिर हिलाया-''लेकिन वो वो रकम है, जो फंड रेजिंग और लोन से मिली थी। मेरा सवाल ये है कि क्या शामली और उसकी टीम के पास इन दो माध्यमों के अलावा भी किसी माध्यम से कोई बड़ी रकम मौजूद थी? जिसे वो विश्रांति विला में साथ लेकर गए थे? क्योंकि अगर ऐसा था तो वो रकम लूटना कातिल का उद्देश्य हो सकता है।''

रीना ने आशीष की ओर देखा, फिर ऋषभ की ओर देख कर इनकार में सिर हिलाया।

''अगर शामली के पास उन एक करोड़ रूपयों के अलावा ऐसी कोई बड़ी रकम थी''-उसने कहा-''तो मुझे इस बारे में नहीं पता।''

ऋषभ ने होंठ भींच कर समझने वाले भाव में सिर हिलाया।

''एक करोड़।''-फिर उसने कहा-''काफी बड़ी रकम है ये। सिर्फ एक फिल्म की डबिंग के लिए। इतनी रकम में तो मेरे ख्याल से एक पूरी की पूरी फिल्म बन सकती है।''

''असल में वो पैसा सिर्फ एक फिल्म की डबिंग के लिए नहीं था।''-रीना ने कहा-''इस बारे में शामली ने मुझे बताया था। शामली एक पूरा प्रोजेक्ट सैट

करने जा रही थी, जिसमें हॉलीवुड की कई क्लासिक फिल्मों की हिन्दी डबिंग करनी थी।''

''ओह।''-ऋषभ ने कहा।

''केवल एक फिल्म के लिए पचास लाख रूपए का चंदा इकट्ठा नहीं हो सकता था। शामली व उसके साथी काफी समय से इसके लिए प्रयास कर रहे थे। उन्होंने एक पूरी टीम बनाने का निर्णय लिया था, जो कि हॉलीवुड की 50 ऐसी क्लासिक फिल्मों की हिन्दी डबिंग करने वाली थी, जिनके डब वर्शन की मार्केट में बहुत मांग है। लेकिन कोई डब नहीं कर रहा था। इनमें कुछ अच्छी म्यूजिकल फिल्में, कई वेस्टर्न फिल्में और थ्रिल-सस्पेंस वाली फिल्में भी शामिल थीं। शामली की टीम ने पहले इन फिल्मों के फैन्स के ग्रुप्स बनाए। फिर उन ग्रुप्स में अपना प्रस्ताव रखा। सभी सहर्ष सहयोग करने के लिए राजी हो गए। ज्यादातर सदस्यों ने सहयोग किया। कुछ ने कम, तो कुछ ने ज्यादा। चूंकि शामली एक पूरी डबिंग फिल्मों की पूरी प्रोडक्शन टीम तैयार कर रही थी इसलिए बाद में उसने इसे एक बिजनेस मॉडल का रूप देने का निर्णय लिया और बैंक में लोन के लिए भी अप्लाई कर दिया, जो कि उसे मिल भी गया। मेरे कहने पर आशीष ने भी लोन दिलवाने में शामली की सहायता की. सब कुछ शानदार ढंग से हो रहा था। लेकिन पहली ही फिल्म की डबिंग के समय इतना भयानक कांड हो जाएगा, किसी ने सोचा भी नहीं था।''

''तुम भी तो प्रोजेक्ट के दौरान शामली से मिला करतीं होंगीं?''-ऋषभ ने कहा।

''इस प्रोजेक्ट में?''-रीना ने कहा-''नहीं। ये सच है कि मैं और शामली अच्छे दोस्त थे लेकिन काफी समय से मेरा और शामली का मिलना-जुलना काफी कम हो गया था। शामली अपने डबिंग प्रोजेक्ट को ले कर भागदौड़ में जुटी हुई थी इसलिए मैं उसे दोष भी नहीं देती। हां, कभी-कभार शामली प्रोजेक्ट से जुड़ी किसी चीज को लेकर कोई सलाह या कोई छोटी-मोटी मदद मांगती थी तो मैं जरूर कर देती थी।''

''मसलन?''

''जैसे मलाइका का नाम उसे मैंने ही सुझाया था। वो अपनी पहली फिल्म की डबिंग के लिए पांचवा आर्टिस्ट न मिलने को ले कर परेशान थी।''

''मलाइका से याद आया। शामली के बैंक रिकॉर्ड्स से पता चला है-और तुम तो ये जानती ही हो-कि डबिंग के लिए शामली के पास अच्छा-खासा बजट एकत्र हो गया था। फिर उसने मलाइका को हायर करने के लिए सीमित बजट होने की बात कह कर इनकार क्यों कर दिया?''

''मुझे क्या पता? इस बारे में शामली ने मुझसे तो कुछ कहा नहीं था। उसके चारों साथियों में से कोई जीवित होता तो जरूर बताता। वैसे मेरा एक अंदाजा है।''

''बताओ।''

''एक करोड़ बड़ी रकम होती है। लेकिन उसमें से पचास लाख रूपए लोन का था। और इतने बड़े लोन पर ब्याज भी भारी देना होता है। यानि वो तो एक तरह से शामली की टीम पर एक्स्ट्रा खर्च का बोझ ही चढ़ गया था। अब बाकी पचास लाख रूपए को लो। ये सही है कि एक फिल्म की डबिंग की बात करें तो ये रकम बड़ी है। इससे आधी रकम में आसानी से फिल्म की डबिंग की जा सकती थी। लेकिन यहां बात एक फिल्म की डबिंग की हो ही नहीं रही है। पचास फिल्मों की डबिंग की हो रही है।''

''ओह।''

''एक करोड़ को पचास से भाग दो। यानि तुम्हारे पास हर फिल्म की डबिंग के लिए दो लाख रूपए बचते हैं। जो कि बेहद कम हैं। मेरे ख्याल से शामली की प्लानिंग कुछ ऐसी होगी कि वो एक करोड़ रूपए में पांच-दस फिल्मों की डबिंग करके प्रोजेक्ट को आगे बढ़ाना चाह रही होगी। फिर बाकी फिल्मों की डबिंग वो पहले डब की हुई फिल्मों से होने वाली कमाई से करती।''

''ऐसा हो सकता है।''-ऋषभ ने समझने वाले भाव से सिर हिलाया।

''लेकिन अगर शामली एक करोड़ रूपए में शुरू में पांच-दस फिल्मों की भी डबिंग करना चाह रही थी, तब भी बड़े डबिंग आर्टिस्ट्स को हायर करने के लिए उतना बजट कम ही पड़ जाता। मुझे उसे मलाइका का नाम नहीं सुझाना चाहिए था। दरअसल, मुझे अंदाजा नहीं था कि प्रोफेशनल डबिंग

आर्टिस्ट्स की फीस काफी ज्यादा होती होगी। और मलाइका तो प्रोफेशनल्स में भी सबसे बेहतरीन आर्टिस्ट्स में से है।''

''जहां तक मुझे जानकारी है''-ऋषभ ने कहा-''मलाइका न सही लेकिन शायद विश्रांति विला में जाने के दिन तक शामली ने पांचवी आर्टिस्ट की व्यवस्था कर ली थी।''

''तभी तो उसका सामान विला में मिला।''-आशीष ने कहा।

''लेकिन उसका गायब हो जाना समझ में नहीं आता।''

''हो सकता है वो डर कर छिप गई हो।''-रीना ने शंका जाहिर की-''उसने विला में वो सब खून-खराबा होते देखा हो और कातिल के डर से अंडरग्राउंड हो गई हो।''

वो वही संभावना जता रही थी, जो ऋषभ पहले ही एडीटर के सामने जता चुका था।

''हां।''-ऋषभ ने सहमति व्यक्त की-''ऐसा हो सकता है। लेकिन अब तक उसे सामने आ जाना चाहिए था। पुलिस से सम्पर्क कर लेना चाहिए था।''

''हो सकता है उसे उस भयानक घटना से उबरने में समय लग रहा हो। वैसे भी वो कोई मामूली घटना नहीं है। चार-चार लोगों को इस बेरहमी से...।''-रीना ने बात अधूरी छोड़ दी। उसके शरीर में कंपकंपी दौड़ गई।

''अगर ऐसा है तो केस सॉल्व करना पुलिस के लिए काफी आसान हो सकता है। अगर वो पांचवी सुरक्षित है-और कहीं छिपी हुई है-डर के कारण बाहर नहीं आ रही है तो देर-सवेर तो पुलिस के पास जाएगी ही। उसे कातिल के बारे में कोई महत्त्वपूर्ण जानकारी होगी-जैसे मान लें कि उसने कातिल को देखा ही होगा-तो वो पुलिस के लिए काफी सहायक सिद्ध हो सकती है कातिल तक पहुंचने में।''

''राइट।''-आशीष ने संजीदगी से सिर हिलाया-''वो इस केस की इकलौती गवाह हो सकती है।''

''एक ऐसी गवाह''-रीना ने कहा-''जिसका कोई अता-पता नहीं है।''

''अता-पता भी हो जाएगा।''-आशीष ने विश्वास भरे स्वर में कहा-''पुलिस पूरी सरगर्मी से उस पांचवी की तलाश कर रही है। और अब तो-उसने ऋषभ की ओर देखा-मीडिया भी इस पर जुट गया है।''

ऋषभ ने सहमति में सिर हिलाया।
ऋषभ ने रीना से उसका मोबाइल नंबर लिया, जिससे जरूरत पड़ने पर उसे कॉल कर सके, फिर उन दोनों से इजाजत ली।

OO

ऋषभ मुम्बई स्थित मलाइका के एड्रैस पर पहुंचा।
मुम्बई लोनावला से ज्यादा दूर नहीं था इसलिए ऋषभ ने सोचा कि मलाइका से भी मुलाकात कर ही ली जाए।
वो शिवाजी नगर में वीर टॉवर की चौथी मंजिल पर स्थित फ्लैट में रहती थी।
ऋषभ ने फ्लैट की डोरबैल बजाई तो एक खूबसूरत युवती ने दरवाजा खोला, जिसे ऋषभ ने उसकी पहले देखी हुई फोटो के आधार पर मलाइका के रूप में पहचाना।
''आप मलाइका हैं न।''-ऋषभ ने कहा-''डबिंग आर्टिस्ट। मुझे आपसे ही मिलना है।''
''कहिए?''-उसने पूछा-''क्या काम है?''
ऋषभ ने पहले उसे अपना परिचय दिया, फिर वहां उससे मिलने आने का अपना उद्देश्य बताया।
उसकी भृकुटियां तन गईं।
''पुलिस मुझसे पहले ही बयान ले चुकी है।''-मलाइका ने कहा-''उसके अलावा बताने के लिए मेरे पास नया कुछ भी नहीं है।''
''मुझे आपसे बस चंद सवाल करने है।''-ऋषभ विनयपूर्वक बोला-''अगर आप अपना थोड़ा सा समय दे दें तो मेहरबानी होगी। मैं खास आपसे मिलने के लिए ही पुणे से यहां तक आया हूं।''
उसके चेहरे पर कुछ पलों के लिए अनिश्चय के भाव उभरे, फिर उसने दरवाजे के सामने से हटते हुए कहा-''आइए।''
ऋषभ ने फ्लैट में प्रवेश किया।

कमरा काफी सजा-धजा था। देख कर ही लग रहा था कि फिल्मी दुनिया से जुड़े किसी बड़े आर्टिस्ट का आशियाना था।

चाहे वो आर्टिस्ट डबिंग के क्षेत्र में ही काम क्यों न करता हो।

उसके कहने पर ऋषभ वहां रखे सोफे पर बैठ गया।

''पूछिए।''-वो भी उसके सामने बैठते हुए बोली-''क्या पूछना है?''

''इस प्रोजेक्ट के बारे में ही बताइए।''-ऋषभ ने कहा-''जिसको ले कर शामली और उसकी टीम विश्रांति विला में गए थे, जहां उनका खून हो गया। आप इस प्रोजेक्ट के बारे में क्या-क्या जानती हैं?''

उसके चेहरे पर हिचकिचाहट के भाव उभरे।

''ज्यादा तो नहीं जानती''-फिर वो बोली-''बस इतना पता है कि वो हॉलीवुड की ब्लॉकबस्टर क्लासिक मूवी 'ब्लू रिवर' की डबिंग का प्रोजेक्ट था। फिल्म में कुल पांच ही मुख्य पात्र हैं, जिनमें से एक के लिए आवाज देने के लिए शामली ने मुझसे कॉन्टैक्ट किया था।''

''फिर?''

''वो मेरी रेगुलर फीस देने के लिए तैयार नहीं थी। फैन मेड डबिंग, कम बजट जैसे कारणों का हवाला दे रही थी। उसने तो ये तक कहा था कि इस डबिंग प्रोजेक्ट के लिए उसने पैसा ही फंड रेजर के जरिए जुटाया था और जो पैसा जुटाया था, वो इतना नहीं था कि उसमें बड़े आर्टिस्टों की फीस भर सके।''

''फिर आपने क्या किया?''

''मैंने क्या करना था? मेरे पास पहले से ही दो-चार प्रोजेक्ट पड़े हैं। अब भी डबिंग प्रोजेक्ट्स के लिए फोन आ ही जाते हैं। तो मैंने उससे यही कहा कि कम फीस पर काम करना मेरे लिए संभव नहीं हो पाएगा। वो बड़े डबिंग आर्टिस्ट्स को अफोर्ड नहीं कर सकती तो किसी मीडियम आर्टिस्ट को ले ले। या नए आर्टिस्ट को ले ले। वे कम पेमेंट पर काम करने के लिए भी तैयार हो जाएंगे।''

''आपकी शामली से आखिरी बार कब बात हुई थी?''

''विश्रांति विला वाली घटना के एक दिन पहले।''

''फोन पर? या आप दोनों की मुलाकात हुई थी?''

‘‘फोन पर ही बात हुई थी। वो कह रही थी कि मैं अब भी काम करने के लिए तैयार हूं तो प्रोजेक्ट का हिस्सा बन सकती हूं।’’

‘‘आपने मना कर दिया होगा?’’

‘‘बिल्कुल।’’

ऋषभ सोच में पड़ गया।

‘‘क्या हुआ?’’-मलाइका ने पूछा।

‘‘विश्रांति विला वाली घटना से एक दिन पहले?’’-ऋषभ ने कहा-‘‘इसका मतलब फिल्म के पांचवे कैरेक्टर के लिए तब तक भी शामली आर्टिस्ट की व्यवस्था नहीं कर पाई थी।’’

‘‘इससे क्या फर्क पड़ता है?’’

‘‘पड़ता है।’’-ऋषभ ने कहा-‘‘जहां ये हत्याकाण्ड हुआ, वहां पांचवीं कौन थी, ये पुलिस अब तक पता नहीं लगा पाई है।’’

‘‘तो?’’

‘‘डबिंग की टीम वहां पहुंची थी, इसका मतलब उनके पास सभी पात्रों को आवाज देने के लिए आर्टिस्ट मौजूद थे। एक पात्र को आवाज खुद प्रोजेक्ट लीडर शामली दे रही थी। लेकिन वहां चार ही लोगों के शव बरामद हुए थे। पांचवे की उपस्थिति के कुछ संकेत तो मिले हैं लेकिन न उसकी लाश मिली, न ये पता चला कि वो कौन थी? तो एक बड़ा सवाल ये है कि विश्रांति विला में जुटी उस टीम में फिल्म के पांचवे पात्र को आवाज देने वाली कौन थी? उसका क्या हुआ? उसका सामान तो वहां मिला है लेकिन सामान के अलावा और कोई सुराग नहीं मिला है।’’

‘‘अरे? मैंने तो सुना है उसका बैग, सैंडल वगैरह मिले थे?’’

‘‘मिले थे लेकिन वे उसकी पहचान के लिए काफी नहीं हैं।’’

‘‘बैग में कुछ तो ऐसा होगा, जिससे उसका पता किया जा सके।’’

‘‘ऐसी कोई चीज नहीं मिली है।’’-ऋषभ ने इनकार में सिर हिलाया-‘‘कोई कागज, कोई आइडेंटिटी कार्ड, कुछ नहीं।’’

‘‘पुलिस के पास और भी तरीके होते हैं।

‘‘और भी तरीके? मसलन?’’

‘‘डीएनए टेस्ट। फोरेंसिक टेस्ट।’’

ऋषभ को हंसी आ गई।
''डीएनए टेस्ट, फोरेंसिक टेस्ट ऐसे मामलों में यूज किए जाते हैं, जहां ऐसे सबूतों को मिलान करने के लिए कोई चेहरा हो। कोई वास्तविक आदमी हो। एक अनजान बैग से पुलिस क्या डीएनए या फोरेंसिक ट्रैस करेगी? और कुछ मिल भी जाता है तो क्या उसे पूरी दुनिया के हर एक शख्स से मिलाती घूमेगी कि क्या वो बैग उस शख्स का है?''
''ये तो है।''-उसने सहमति में सिर हिलाया।
''विश्रांति विला में शामली और उसके बाकी तीनों साथियों के कत्ल के समय वहां पर वो पांचवी शख्स आप भी हो सकती थीं। अगर आप शामली की कम फीस पर काम करने की रिक्वेस्ट मान लेतीं।''
उसके चेहरे पर साफ-साफ भय के भाव उभरे।
''हां।''-फिर वो बोली-''थैंक गॉड मैंने शामली का ऑफर एक्सेप्ट नहीं किया।''
''अब उस पांचवी को ढूंढना पुलिस और इस केस की पड़ताल करने वालों के लिए समस्या बन गया है।''
''पांचवी जो कोई भी हो''-फिर मलाइका ने कहा-''लेकिन पुलिस का काम तो कातिल को ढूंढना है न? पुलिस कातिल का पता लगा लेती है तो पांचवी कौन थी, इससे क्या फर्क पड़ता है?''
''फर्क पड़ता है। एक लिहाज से देखा जाए तो कातिल के पकड़े जाने तक उस पांचवी का पता लगाया जाना भी बेहद जरूरी है।''
मलाइका चेहरे पर अविश्वास के भाव लिए उसे देखती रही।
''क्या हुआ?'' -ऋषभ ने पूछा।
''मुझे लगा तुम सीरियस हो। लेकिन तुम्हारी बातों से तो लग रहा है कि ये कोई मजाक चल रहा है।'''
''मजाक? मैंने कौन सी मजाक वाली बात कह दी?''
''ये मजाक नहीं तो और क्या है? चार-चार लोगों का इतनी बेरहमी से खून हो जाता है। और तुम-और पुलिस-कातिल के बारे में पता करने की जगह हवा में किसी साये का पीछा कर रहे हो?''
''इस साये का पीछा करना जरूरी है।''

''यकीन नहीं होता।''-मलाइका धीमे से बुदबुदाई।

''प्रॉब्लम ये है मलाइका जी, कि ये ब्लाइंड मर्डर्स का केस है। कोई भी सुराग पुलिस के हाथ नहीं लग रहा है। तो हर जगह हाथ-पैर मारना पुलिस की-और ये न्यूज कवर कर रहे होने के कारण मेरी भी-मजबूरी है। शामली की टीम की उस पांचवी शख्स का किरदार बेहद रहस्यमयी और संदिग्ध है। विश्रांति विला में शामली के साथ तीन लोगों के ही जाने का पता चला है। और उन चारों का ही खून हो चुका है। लेकिन कुछ बातें हैं, जो वहां एक पांचवें शख्स की मौजूदगी की ओर भी इशारा करतीं हैं। और इस बात की ओर भी इशारा करतीं हैं कि वो पांचवा शख्स कोई महिला थी। जैसे- शामली की टीम को फिल्म की डबिंग के लिए उन चारों के अलावा एक महिला की भी आवश्यकता थी क्योंकि जिस फिल्म की डबिंग करने के लिए वे विश्रांति विला में एकत्र हुए थे, उसमें सभी लोगों की डबिंग करने के लिए पांच लोगों की आवश्यकता थी। उन पांच में से तीन का महिला होना जरूरी था क्योंकि फिल्म में तीन फीमेल कैरेक्टर हैं। इसके अलावा विश्रांति विला में जो सामान मिला है, वो भी वहां पांच लोगों की मौजूदगी की ओर इशारा करता है। एक एक्स्ट्रा बैग, एक जोड़ी सैंडलें और बैग में रखा सामान वगैरह।''-ऋषभ ने विश्रांति विला से लोनावला जाने वाले रास्ते पर स्थित दुकान वाले लड़के द्वारा कार में शामली एंड टीम के साथ किसी पांचवी को देखे जाने की बात जान-बूझ कर छिपाई-''तो अब सवाल ये उठता है कि वो पांचवी जो कोई भी थी, उसका क्या हुआ? क्या वो कातिल से बच कर भाग निकली? भाग निकली तो उसने अब तक पुलिस से कॉन्टैक्ट क्यों नहीं किया? और अगर भाग नहीं निकली तो क्या उसका भी वही हश्र हुआ, जो कातिल ने विश्रांति विला में मौजूद बाकी चारों लोगों का किया था? अगर ऐसा भी हुआ था तो उसकी लाश कहां गई? इसको ले कर आशंका जताई जा सकती है कि कातिल ने लाश खाई में फेंक दी होगी इसलिए बरामद नहीं हुई। लेकिन यहां भी सवाल है। कि उस पांचवी में ऐसी क्या खासियत थी, जो कातिल ने उसे इस प्रिविलेज के लायक समझा कि उसने बाकी लोगों को मारने के बाद उनकी लाशें तो जहां की तहां पड़ी रहने दीं। लेकिन उस पांचवी की लाश को खाई में फेंकने की जहमत उठाई। वो पांचवी

शख्सियत जो कोई भी है, वो इतनी रहस्यमयी है कि सच्चाई सामने आने के बाद अगर वो ही कातिल निकले, उसमें भी कोई आश्चर्य की बात नहीं होगी। कातिल न भी निकले, तो भी इस हत्याकांड से उसका किसी तरह का कनेक्शन-जैसे कातिल का सहयोगी होना-तो सामने आ ही सकता है। ऐसे में वो अज्ञात शख्स इस केस को सॉल्व करने में बहुत बड़ा क्लू साबित हो सकती है। उसका पता लगाना बहुत जरूरी है।''

''तो कैसे लगेगा पता? मुझसे बात करके? मुझे तो ये तक पता नहीं है कि शामली को मेरी जगह कोई रिप्लेसमेंट आर्टिस्ट मिली भी था या नहीं?''

''आपसे बात करके इतना तो पता चला कि शायद विश्रांति विला वाली घटना से एक दिन पहले तक शामली पांचवी आर्टिस्ट का इंतजाम नहीं कर पाई थी। तभी उसने आपको उस रोल के लिए फोन किया था।''

''हूं।''-मलाइका ने सहमति में सिर हिलाया, फिर बोली-''लेकिन इससे भी क्या फायदा हुआ?''

''हर चीज का फायदा तुरंत पता नहीं चलता, मलाइका जी। कभी-कभी चीजें धीरे-धीरे, होते-होते होतीं हैं। क्या पता, ये बात जो अभी बेहद मामूली लग रही है, आगे चल कर इस केस की इन्वेस्टिगेशन को ले कर बेहद महत्त्वपूर्ण बन जाए।''

''वाह। तुम तो किसी डिटेक्टिव की तरह बोल रहे हो। और डायलॉग भी बढ़िया था। कभी डायलॉग राइटर बनने के लिए ट्राई किया?''

उसकी आवाज में ऐसा कोई भाव नहीं था, जिससे लग रहा हो कि वो ऋषभ का मजाक उड़ा रही थी। वो सामान्य, प्रोफेशनल ढंग से ही बोल रही थी। आखिर फिल्मी दुनिया से जुड़ी हुई थी।

''नहीं।''-ऋषभ ने कहा-''मैं जो कर रहा हूं, फिलहाल उसी में खुश हूं।''

''कभी इस फील्ड में हाथ आजमाना चाहो तो मुझसे कॉन्टैक्ट करना। मैं तुम्हें ऐसे लोगों से मिलवाऊंगीं, जो तुम्हारे हुनर को सही पहचान दिलाने में मदद कर सकते हैं।''

अब ऋषभ को सचमुच गुस्सा महसूस हुआ।

'मेरा हुनर डायलॉग लिखना नहीं है, मैडम।'-मन ही मन उसने कहा।

लेकिन प्रत्यक्षत: वो शांत बना रहा।

''जरूर।''-उसने कहा-''फिलहाल तो हम उस टॉपिक पर ही फोकस करते हैं, जिस पर हम बात कर रहे थे।''

''ओके।''

''जब आपने शामली का ऑफर रिजेक्ट कर दिया था, तब आपने उसे कोई नाम सुझाया था? अपने रिप्लेसमेंट के लिए?''

''हां। मैने उसे तारिका का नाम बताया था।''

''ये तारिका कौन है?''

''एक नई डबिंग आर्टिस्ट है। मेरे ख्याल से वो शामली के प्रोजेक्ट पर उसकी अफोर्डेबल प्राइस में भी काम करने के लिए तैयार हो जाती।''

''हुई?''

''अब ये मुझे कैसे पता होगा?''

''नहीं ही हुई होगी।''

''ये तुम्हें कैसे पता?''

''हुई होती तो शामली विश्रांति विला जाने से एक दिन पहले आपको फोन करके फिर से ऑफर नहीं करतीं।''

''ये तो है।''-उसने सहमति में सिर हिलाया।

''फिर भी एक बार इस तारिका से बात करना भी बनता है। आप इनका एड्रैस बता सकतीं हैं?''

उसने बताया।

एड्रैस सुन कर ऋषभ किलस गया। वो वहां से काफी दूर का था।

फिर उससे दो-चार सवाल और करने के बाद ऋषभ ने उसका धन्यवाद ज्ञापित किया और वहां से रूख्सत हुआ।

OO

मुम्बई से ऋषभ सीधा पुणे वापस लौटा।

उसकी लिस्ट में कुछ लोगों से उसकी मुलाकात नहीं हो पाई थी-जिनमें शामली का बॉस सुदेश निर्मलकर प्रमुख था-लेकिन ऋषभ इतना थक गया

था कि उसने निर्मलकर से मुलाकात करने का प्लान अगले दिन के लिए निर्धारित किया।
शाम में ऋषभ पार्टी ऑन बार में पहुंचा तो बार की पहली मंजिल पर देवेश के ऑफिस में प्रवेश कर ही रहा था कि तभी वो किसी से टकरा गया।
''ओह।''-टकराने वाली को देख कर उसके मुंह से निकला-''भाभी। आप?''
वो देवेश की पत्नी सेजल थी।
उसने गुस्से भरी नजरों से ऋषभ को देखा और बिना कुछ कहे उसके बगल से निकल कर गैलरी में आगे बढ़ गई।
ऋषभ आश्चर्य से उसे जाता देखता रहा।
वो पहले भी उससे कई बार मिल चुका था, देवेश ने अपने घर पर खुद उसे मिलवाया था। लेकिन ऋषभ ने उसे बार में पहली बार देखा था।
सेजल से ऋषभ जितनी भी बार मिला था, उसके व्यवहार से ऋषभ को अंदेशा होता था कि वो शायद ऋषभ को पसंद नहीं करती थी।
ऋषभ को उसे बार में देख कर भी हैरानी थी। और इस बात से भी हैरानी थी कि वो उसे गुस्से से देख रही थी और उसके सॉरी कहने के बाद भी बिना कुछ कहे चली गई थी।
फिर उसने रूम में प्रवेश किया।
उसने देवेश को टेबल के पास खड़े पाया। उसका चेहरा गम्भीर था। ऐसा लग रहा था, जैसे अभी-अभी वो झगड़ा करके हटा हो।
''देवेश?''-ऋषभ ने कहा-''क्या हुआ?''
''क्या?''-उसकी आवाज सुन कर देवेश चौंका, उसके चेहरे पर ऐसे भाव आए, जैसे उसे ऋषभ के अंदर आने का पता ही नहीं चला हो और उसने अभी-अभी उसे देखा हो, फिर उसने तत्काल खुद को सामान्य कर लिया-''क्या हुआ? कुछ भी तो नहीं?''
''मुझे दरवाजे पर भाभी मिलीं थीं। मुझसे बात तक नहीं की।''
''वो? अच्छा। वो जल्दी में थी। इसलिए तुमसे बात नहीं कर पाई होगी।''
''तुम भी बहुत गम्भीर लग रहे हो। आखिर बात क्या है? भाभी को यहां भी मैंने पहली बार देखा।''

''कोई बात नहीं है भाई।''-देवेश मिनी बार काउंटर से व्हिस्की की बोतल निकालते हुए बोला-''बस वही घरेलू पति-पत्नी के झगड़े। तुम भी शादी कर लो। तुम्हें भी एक्सपीरियेंस होने लगेगा।''

पांच मिनट में ही निरंजन भी आ गया, जिसके बाद उस चर्चा का पटाक्षेप हो गया।

''बधाई भई।''-उनके टेबल पर जमने और बोतल खुलने के बाद देवेश ने कहा-''छाया हुआ है अखबारों में। फिर झण्डा गाड़ दिया तूने।''

उसका आशय पिछले केस के बारे में था, जिसमें डबल मर्डर केस की तहकीकात करते हुए ऋषभ ने कातिल को बेनकाब किया था।

''तुम्हारी मदद से ही संभव हो सका।''-ऋषभ ने बैठते हुए कहा।

''मेरी? ओए मेरी काहे की मदद? मैं नहीं मदद करता तो तू नहीं पहुंचने वाला था राधेमोहन तक? ऐसा कौन सा डॉन था राधेमोहन, जिसकी तलाश 11 मुल्कों की पुलिस कर रही थी और बिना मेरी मदद लिए तू उस तक नहीं पहुंच पाने वाला था?''

''डॉन नहीं था। लेकिन फिर भी तुम मदद नहीं करते तो मुझे उसके घर-जो कि यहां से बहुत दूर है-तक का चक्कर लगाना पड़ता। जो कि वक्त खाने वाला काम था।''

''मैं मदद नहीं करता? मैं कैसे नहीं मदद करता? कोई गुंजाइश छोड़ी थी तूने मेरे लिए? छाती पर सवार हो कर मदद निकाल ली थी। भूल गया? कैसे लेडीज की तरह ताने मारने लगा था? दोस्त हो''-देवेश ने उसकी आवाज की नकल उतारी-''इतनी मदद नहीं कर सकते?''

उसे अपनी मिमिक्री करते देख कर ऋषभ अपनी हंसी नहीं रोक पाया। निरंजन भी हंसने लगा।

''ये ले।''-देवेश ने उसकी ओर व्हिस्की से भरा गिलास सरकाया-''जाम पी।''

ऋषभ ने गिलास से एक घूंट भरा।

''और बता।''-देवेश ने कहा-''कोई फायदा-वायदा भी हो रहा है तुझे इस जासूसगीरी का? या बस ऐसे ही बिना चारे-पानी के बैल की तरह जुता हुआ है?''

‘‘जोशी जी एक्स्ट्रा पेमेंट दे रहे हैं एक्सक्लूसिव न्यूज के लिए।’’-ऋषभ ने कहा।
‘‘ये हुई न बात।’’-निरंजन ने कहा।
‘‘इतना ही नहीं, अभी और सुनिए। कल रात न्यूज ऑन में मेरे लिए एक ऑफिस भी अलॉट हो गया।’’
‘‘तरक्की कर रहा है पट्ठा।’’-निरंजन ने कहा-‘‘करता रह। करता रह। कामयाबी की सीढ़ियाँ चढ़ता रह।’’
‘‘बल्कि सीढ़ियाँ क्यों?’’-देवेश ने कहा-‘‘एलीगेटर लगवा ले। एक बटन में सीधा टॉप फ्लोर पर।’’
‘‘एलीवेटर।’’-निरंजन ने संशोधन किया।
‘‘अब तुझे क्या जरूरत पड़ गई पीते-पीते एलीवेटर की?’’-देवेश ने कहा-‘‘पीते-पीते लोगों को बाथरूम की जरूरत पड़ती है ये तो सुना था। एलीवेटर की मांग करते किसी शराबी को पहली बार देख रहा हूं।’’
‘‘मांग नहीं कर रहा। तुम्हारे वाक्य में सुधार कर रहा हूं। एलीगेटर नहीं, एलीवेटर होता है।’’
‘‘होता होगा मेरी बला से। तुझे समझ में आ गया न? इतना काफी है। क्यों शब्दों के पीछे लाठी ले कर पड़ जाता है।’’
‘‘पिछले केस में तो राणा साहब ने पांच लाख दिए थे।’’-ऋषभ ने उनकी भिनिर-भिनिर के बीच जासूसगीरी से हो रहे फायदों का बखान जारी रखते हुए कहा।
‘‘क्या?’’-देवेश का मुंह खुला का खुला रह गया-‘‘कितने?’’
ऋषभ ने निरंजन की ओर देखा।
‘‘पांच लाख।’’-फिर वो देवेश से बोला-‘‘अब ऐसे बुक्का मत फाड़ो, जैसे मैंने पांच करोड़ कह दिया हो। इतने बड़े बार के मालिक हो। पांच लाख तो तुम्हारे लिए रेजगारी है।’’
‘‘बार का मालिक हूं। अम्बानी नहीं हूं। पांच लाख मेरे लिए रेजगारी कब से होने लगा? और बुक्का मैं इसलिए फाड़ रहा था क्योंकि तुझे इतनी बड़ी रकम ईनाम में मिली और तुझे हम दोनों की याद नहीं आई? कोई पार्टी-वार्टी दी तूने? अरे पांच रूपए वाला बिस्किट का पैकेट ही ले आता।’’

''पार्टी तुम जब कहो, तब हो जाएगी। पार्टी के लिए कोई वान्दा नहीं। दोस्तों के लिए कोई वान्दा नहीं।''

देवेश ने हर्षित भाव से निरंजन की ओर देखा।

''देखा''-देवेश बोला-''कितना यार दिलदार है अपना ऋषभ। बोलता है तो दिल निकाल कर रख देता है। भले ही ईनाम मिलने के हफ्ते भर बाद बताना याद आ रहा है।''

तब निरंजन ने ध्यान दिया।

देवेश ने अपना पहला गिलास भी अब तक आधा भी खाली नहीं किया था।

''कोई परेशानी है क्या?''-निरंजन ने पूछा।

''परेशानी?''-देवेश ने चौंक कर उसकी ओर देखा-''कैसी परेशानी?''

''अभी तक पहला पैग ही लिए बैठो हो। बल्कि उसे भी आधा ही खाली किया है।''

''ओह।''-देवेश ने अपने पैग की ओर नजर मारी-''ये? आज ज्यादा पीने का मन नहीं कर रहा है।''

''मन नहीं कर रहा है तो मत पिओ न।''-ऋषभ ने कहा-''यहां कौन तुम्हारा गला पकड़ कर जबर्दस्ती हलक से नीचे उड़ेलने के लिए कह रहा है?''

''अब मन करने लगा।''-कह कर देवेश ने गिलास उठाया और एक ही सांस में खाली कर दिया।

''अब ये सब छोड़ो''-ऋषभ ने कहा-''मेरे लेटेस्ट केस के बारे में बात करो।''

देवेश ने नाक चढ़ा ली जबकि निरंजन के चेहरे पर उत्सुकता के भाव आए।

''कौन सा केस?''-उसने कहा।

''तुम्हें नहीं पता ये तो हो ही नहीं सकता। तुम तो ऐसी घटनाओं पर बड़ी पैनी नजर रखते हो।''-ऋषभ ने कहा।

''अभी आसपास में तो ऐसी सबसे चर्चित घटना लोनावला में ही हुई है। लेकिन लोनावला तो पुणे से बाहर है।''

''तो मुझ पर ऐसी कौन सी पाबंदी लगा रखी है सरकार ने कि मैं पुणे से बाहर पग नहीं धर सकता? या लोनावला के लिए वीजा लगता है?''

‘‘वीजा भी लगता होता तब भी तू चला जाता।’’-देवेश ने कहा-‘‘अपनी नाक घुसेड़ने से बाज आ जाने वाला है तू?’’

‘‘केस के बारे में बताओ।’’-निरंजन ने कहा-‘‘मुझे कुछ जानकारी है लेकिन तुम इन्वेस्टिगेशन कर रहे हो तो मुझे विश्वास है तुम्हारी जानकारी मुझ से ज्यादा होगी।’’

ऋषभ ने विश्रांति विला मैसेकर के बारे में सब कुछ कह सुनाया, जिसे निरंजन ने ध्यानपूर्वक सुना जबकि देवेश बीच बीच में गिलास से व्हिस्की की चुस्की लेते हुए नदीदों की तरह कभी ऋषभ तो कभी निरंजन को घूरता रहा।

‘‘और पांचवी का क्या?’’-ऋषभ द्वारा पूरा वर्णन किए जाने के पश्चात निरंजन ने पूछा।

‘‘क्या?’’-ऋषभ ने कहा।

‘‘कातिल ने घर में घूम-घूम कर चारों लोगों को तो मार दिया लेकिन पांचवी के साथ क्या हुआ? उसके साथ कातिल ने क्या किया? उसे जिंदा छोड़ दिया? छोड़ दिया तो क्यों छोड़ दिया? और उसके बाद वो कहां गई?’’

‘‘अगर वो पांचवी खुद ही कातिल नहीं थी तो।’’-ऋषभ ने कहा।

‘‘कत्ल की वजह के रूप में कुछ भी पुलिस के हाथ नहीं आ रहा है। आखिर कोई तो वजह होगी। बिना वजह तो कोई चार लोगों का कत्ल करने से रहा।’’

‘‘हो सकता है कत्ल की वजह कोई कीमती सामान, नकद रूपये हों?’’

‘‘अगर ऐसा था तो वो नकद रकम बड़ी होनी चाहिए। छोटी-मोटी रकम के लिए कोई चार-चार लोगों को मारेगा? शामली किसी अमीर बैकग्राउंड से नहीं थी। अपने डबिंग प्रोजेक्ट के लिए भले ही उसने एक बड़ी रकम जुटा ली थी लेकिन उससे पहले वो एक मामूली जॉब ही करती थी। और जो बड़ी रकम उसने जुटाई थी, वो भी वो कोई साथ ले कर नहीं घूम रही थी। बैंक में थी। रकम इन्टैक्ट थी। यानि कातिल ने कम से कम उन पैसों में कोई हेरफेर नहीं की थी।’’

‘‘तुम एक बात नहीं सोच रहे।’’

‘‘क्या?’’

''वो रकम पुलिस द्वारा शामली के बैंक एकाउंट की जांच-पड़ताल में सामने आई है। हो सकता है इसके अलावा भी उसने कुछ पैसों की व्यवस्था की हो। और शायद वो राशि भी इतनी बड़ी हो, जिसके कारण कोई उसकी और उसके चारों साथियों के खून का प्यासा बन गया।''

वैसे ऋषभ और इंस्पैक्टर के बीच हुई चर्चा के दौरान उस पॉइंट पर बात हो चुकी थी लेकिन ऋषभ ने ऐसा जाहिर नहीं किया।

''हूं।''-ऋषभ ने गम्भीरता से सिर हिलाया-''सुदेश निर्मलकर से मुलाकात करने का समय आ गया है।''

''ये सुदेश निर्मलकर कौन है?''

''शामली पहले जिसके यहां काम करती थी। बताया था न।''

''हां। याद आया।''

''वैसे''-ऋषभ ने कहा-''शामली में काबिलियत तो थी। तभी उसने एक छोटी सी प्राइवेट जॉब करते हुए भी डबिंग प्रोजेक्ट के लिए पचास लाख रूपए जैसी बड़ी रकम जुटा ली।''

''पचास लाख रूपए?''-निरंजन ने कहा-''एक फिल्म की डबिंग के लिए इतना चंदा लोग दे देगें? यकीन नहीं होता।''

''यकीन तो मुझे भी नहीं होता।''-ऋषभ ने कहा-''लेकिन पुलिस की जांच तो यही कहती है।''

''पुलिस ये बात कह रही है तो उसके एकाउंट्स की पूरी जांच के बाद ही कह रही होगी। एकाउंट्स के ट्रांजेक्शन वगैरह देख कर भी पता चल जाता है कि रकम फंड रेजिंग से ही आई है। किसी ने इकट्ठा नहीं दी।''

''आखिर एक डबिंग आर्टिस्ट्स की टीम से किसी की क्या दुश्मनी हो सकती है?''-ऋषभ ने कहा।

''यही बात तो मुझे भी हैरान कर रही है।''-निरंजन ने कहा-''टीम के किसी एक सदस्य का खून हुआ होता तो समझ में आता। चारों सदस्यों को मार देने की क्या वजह हो सकती है?''

''बौड़म हो तुम दोनों।''-देवेश ने व्हिस्की का घूंट भरते हुए कहा।

दोनों की नजरें देवेश की ओर घूम गईं।

''क्या मतलब?''-ऋषभ ने कहा।

''बौड़म का मतलब बेवकूफ। अकल से पैदल। जिसका भेजा ठप्प पड़ गया हो।''

''बौड़म का मतलब पता है। मेरे पूछने का मतलब था कि तुम हम दोनों को ये उपाधि किस खुशी में दे रहे हो?''

''उसी खुशी में दे रहा हूं, जिस खुशी में तुम दोनों खून-खराबे, मर्डर की बातें करके मेरी शाम चौपट कर दिया करते हो। वैसे एक और भी वजह है। तुम दोनों खुद को बहुत बड़ा जासूस समझ कर दुनिया भर की लंतरानी पेलते रहते हो लेकिन जरा सी बात तुम्हें समझ नहीं आती।''

''कौन सी बात?''

देवेश ने दांये हाथ की कोहनी टेबल पर टिकाई और अपनी एक उंगली खंजर की तरह ऋषभ की ओर भोंकी-''मूर्खाधिराज, डबिंग टीम के चारों लोगों का इतिहास टटोल। किसी न किसी तरह वे लोग आपस में कनेक्टेड होंगें। और जहां से वे आपस में कनेक्टेड होंगें, वहीं से पता चलेगा कि उनका ऐसा दुश्मन कौन हो सकता है, जो उन सबको मारना चाहता हो। चाहता ही नहीं हो, मार भी दिया।''

ऋषभ का मुंह खुला का खुला रह गया।

उसने निरंजन की ओर देखा।

''ग्रेट आइडिया।''-निरंजन ने प्रशंसात्मक स्वर में कहा।

''कमाल है।''-ऋषभ ने कहा-''जबर्दस्त आइडिया दिया यार।''

''मेरे आइडिये होते ही जबर्दस्त हैं।''-देवेश ने सीना फुला कर कहा-''तुम लोग ही मुझे हल्के में लेते हो। बार का मुर्गा, काजू बराबर।''

''घर। दाल।''-निरंजन ने कहा।

''घर की याद आ रही है? दाल खानी है? कौन सी दाल खाएगा? तुअर, मूंग, उड़द, छिलका वाली, बिना छिलका वाली...।''

''घर की मुर्गी, दाल बराबर। तुम्हारा मुहावरा सही कह रहा था।''

''यहां कहां दिख रहा है तुझे घर? कहां है दाल? बार है, सामने काजू है, तो बार का मुर्गा, काजू बराबर ही तो बोलूंगा न।''

''मुर्गी।''

''ले। अब मेरे जेंडर के पीछे पड़ गया।''

‘‘ये सब छोड़ो।’’-ऋषभ ने उठते हुए कहा-‘‘तुमने सही आइडिया दिया। अब कल मैं इसी आइडिये पर अमल करते हुए चारों का इतिहास टटोलता हूं और देखता हूं कि उनके डॉट्स कहां कनेक्ट होते हैं।’’

‘‘ओए, ओए।’’-देवेश ने कहा-‘‘जा कहां रहा है?’’

‘‘आज जल्दी जा रहा हूं। घर जा कर जल्दी सोना है। क्योंकि कल जल्दी उठना पड़ेगा। सुबह से ही तुम्हारे दिए इस नए पॉइंट पर काम करने में जुट जाऊंगा।’’

‘‘लो।’’-देवेश ने उदास सा मुंह बना कर कहा-‘‘इतना बढ़िया आइडिया दिया और कुछ इनाम-विनाम मिलना तो दूर की बात, उल्टे यार जल्दी जा रहा है।’’

‘‘मैं ही तो जल्दी जा रहा हूं। निरंजन तो है।’’

‘‘मैं भी जा रहा हूं।’’-निरंजन ने उठते हुए कहा-‘‘आज मुझे भी थोड़ा काम है।’’

‘‘चले जाओ सालों।’’-देवेश ने कहा-‘‘तुम लोगों को तो अच्छी सलाह भी देना पाप है। आगे से कोई भी बढ़िया, शानदार आइडिया मेरे इंटैलीजेंट दिमाग में आया तो मैं उसे दिमाग के अंदर ही रखूंगा। तुम दोनों कम्बख्तों को बताऊंगा ही नहीं।’’

दोनों ने हंसते हुए देवेश से विदा ली।

OO

अगले दिन ऋषभ शामली के घर पहुंचा।

वहां उसकी मुलाकात शामली की मां से हुई। शामली के पिता कहीं बाहर गए हुए थे।

उसकी मां ऋषभ को बहुत सीधी-सादी महिला लगी। शामली का जिक्र होते ही उसकी आंखों से झर-झर आंसू बहने लगे।

ऋषभ को उनसे कोई सवाल पूछते नहीं बना।

मजबूरन उसे शामली की मां को सांत्वना दे कर उनके घर से वापस लौटना पड़ा।

○○

ऋषभ लोनावला स्थित न्यूज ऑन के ऑफिस पहुंचा।
अपने पुणे के ऑफिस के मुकाबले वो उसे छोटा लगा।
जो कि लगना भी चाहिए था।
क्योंकि पुणे में न्यूज ऑन की मेन ब्रांच थी। बल्कि जहां तक ऋषभ को जानकारी थी, जोशी साहब-जो कि न्यूज ऑन की पुणे ब्रांच के चीफ एडीटर थे-अखबार के फाउंडिंग फादर्स यानि संस्थापक सदस्यों में से एक थे।
रूपाली नागर के बारे में पूछते-पूछते वो रिसेप्शन से अंदर एक ऑफिस हॉल में पहुंचा, जहां आठ-दस टेबलें लगी हुईं थीं। ज्यादातर टेबलों पर कम्प्यूटर थे, जिनमें सभी पर कोई न कोई ऑपरेटर मौजूद था।
''रूपाली नागर कहां मिलेंगीं?''-उसने एक व्यक्ति से पूछा, जो कम्प्यूटर पर व्यस्त था।
उस व्यक्ति ने ऋषभ की ओर उदासीन भाव से देखा, फिर एक डेस्क की ओर इशारा करके बोला-''डेस्क नंबर 18 पर।''
ऋषभ उसका धन्यवाद ज्ञापित करके बताई गई दिशा में बढ़ गया। वहां कई डेस्क लगी हुईं थीं। सभी डेस्क पर कोई न कोई मौजूद था, जो किसी न किसी कार्य में व्यस्त था। ऋषभ डेस्कों के नंबर देखते हुए 18 नंबर डेस्क पर पहुंचा तो वहां उसने एक युवती को कम्प्यूटर पर व्यस्त पाया।
''आप रूपाली नागर हैं?''-ऋषभ ने पूछा।
युवती ने प्रश्नभरी नजरों से उसे देखा।
''आप कौन?''-वो बोली।
''मेरा नाम ऋषभ है।''-ऋषभ ने अपना परिचय दिया-''मैं भी न्यूज ऑन में ही काम करता हूं।''
''अरे। पहले कभी आपको देखा नहीं।''
''मेरा मतलब''-ऋषभ ने जल्दी से जोड़ा-''यहां के न्यूज ऑन में नहीं। पुणे वाली ब्रांच में।''
''ओह।''

‘‘मुझे आपसे कुछ बात करनी थी।’’
‘‘करो।’’
ऋषभ उसके बगल में रखी चेयर को खींच कर उस पर बैठ गया।
‘‘प्रखर के कत्ल के बारे में। सुनने में आया है कि वो आपका बॉयफ्रेंड था।’’
उसके चेहरे पर तनाव उत्पन्न हुआ।
‘‘नहीं।’’-उसने कहा-‘‘वो मेरा बॉयफ्रेंड नहीं था। आप क्यों पूछ रहे हैं?’’
‘‘दरअसल, मैं उस केस की न्यूज कवर कर रहा हूं।’’-ऋषभ ने कहा-‘‘कातिल का जल्द से जल्द पकड़ा जाना बेहद जरूरी है। और ऐसा तभी हो सकता है, जब इस केस के हर पहलू की बारीकी से जांच की जाए।’’
‘‘ये तो पुलिस का काम है।’’
‘‘एक पत्रकार का भी काम है। आप तो खुद अखबार में काम करतीं हैं।’’
‘‘मैं वैसे वाला काम नहीं करती हूं। मैं बस खबरों की सैटिंग वगैरह देखती हूं।’’
‘‘आप सैटिंग देखती हैं? आपको तो खुद किसी की सैटिंग होना चाहिए।’’
उसने ऋषभ की ओर देखा, फिर उसके चेहरे पर शरारती भाव आ गए।
‘‘आपको सैटिंग की तलाश है?’’-उसने कहा।
‘‘जमाने से।’’-ऋषभ ने ठण्डी आह भर कर कहा-‘‘लेकिन फिलहाल वो सब छोड़िए। मुद्दे पर रहते हैं।’’
‘‘मुद्दा यही है कि मैं सिर्फ कम्प्यूटर एडीटिंग वगैरह से जुड़ा काम करती हूं।’’
‘‘ओह। लेकिन फिर भी अखबार में काम तो करती हैं। यहां भी कई रिपोर्टर होंगें, जो क्रिमिनल केसेज की इन्वेस्टिगेशन करते होंगें।’’
‘‘अच्छा।’’-उसने नई निगाहों से ऋषभ की ओर देखा-‘‘तुम वो ऋषभ सक्सेना हो।’’
‘‘लोनावला पुणे से ज्यादा दूर नहीं है। अगर आप मेरे बारे में न जानती होतीं तो मुझे निराशा होती।’’
वो कुछ पलों तक ऋषभ को देखती रही, फिर वापस कम्प्यूटर की स्क्रीन की ओर देखते हुए बोली-‘‘मुझसे क्या जानना चाहते हो?’’

‘‘हम कहीं और चल कर बात कर सकते हैं? ये जगह बात करने के लिए ठीक नहीं लग रही। थोड़ी भीड़-भाड़ ज्यादा है।’’

‘‘नीचे पहली मंजिल पर हॉल में जा कर मेरा इंतजार करो। सब लंच वहीं करते हैं। लंच ब्रेक भी होने वाला है। मैं थोड़ी देर में आती हूं। फिर बात करते हैं।’’

उससे आश्वासन पा कर ऋषभ पहली मंजिल पर स्थित हॉल में पहुंचा। वहां कई कुर्सी-टेबल लगी हुईं थीं, जिनमें से कुछ पर कुछ लोग पहले से टिफिन खोल कर लंच कर रहे थे। वो हॉल किसी कैंटीन के हॉल जैसा लग रहा था। ऋषभ भी उनमें से एक खाली पड़ी कुर्सी टेबल पर जम गया।

उसे ज्यादा देर इंतजार नहीं करना पड़ा। कुछ ही देर में रूपाली वहां आ गई। उसकी नजरें ऋषभ की तलाश में हॉल में इधर-उधर भटकीं। ऋषभ ने उसकी ओर देख कर अपना हाथ ऊंचा किया।

वो आ कर ऋषभ के सामने वाली चेयर पर आ बैठी।

‘‘तुम पहले लंच करना चाहो तो मैं इंतजार कर लूंगा।’’-ऋषभ ने कहा।

‘‘कोई दिक्कत नहीं है।’’-वो बोली-‘‘यहां थोड़ी-बहुत देर होने पर कोई नहीं टोकता। फ्रैंडली स्टाफ है।’’

‘‘ये तो अच्छी बात है।’’

‘‘तुम कुछ पूछने वाले थे?’’

‘‘प्रखर के बारे में पूछने वाला था। तुम उसे कब से जानती थी?’’

‘‘ज्यादा नहीं। चंद महीनों से।’’

‘‘किस प्रकार का इंसान था प्रखर?’’

‘‘ऐन उसी प्रकार का, जिसके साथ या तो रिलेशनशिप में पड़ना ही नहीं चाहिए। या फिर गलती से पड़ गए तो जितनी जल्दी हो सके, ब्रेकअप कर लेना चाहिए।’’

‘‘ऐसा क्या कर दिया था उसने?’’

‘‘मरे हुए के बारे में बुरा-बुरा नहीं बोलना चाहिए लेकिन अच्छा-अच्छा बोल कर तुम्हारी बात का जवाब नहीं दिया जा सकता।’’

‘‘जो सच है, वही बोलो।’’

उसने गहरी सांस ली, फिर बोली-''बातचीत और व्यक्तित्व में ऐसा था कि किसी को भी आसानी से इम्प्रैस कर लेता था। जैसे मुझे कर लिया था। लेकिन इस बात का अहसास मुझे देर से हुआ कि वो मीठी छुरी था।''

''क्या किया था उसने?''

''वही, जो उसके जैसे आदमी से उम्मीद की जा सकती थी। कुछ ही दिनों की रिलेशनशिप के बाद संबंध बनाने के लिए दबाव डालने लगा। कभी बहला-फुसला कर, तो कभी जोर दे कर उसे उसके मन की करने की छूट देने की मांग करने लगा।''

''ओह।''

''कभी कहता मेरे घर चलो। कभी कहता ओयो में चलो। मैंने कुछ बार सहन किया, फिर साफ कह दिया कि मैं ऐसी लड़की नहीं हूं।''

''उसका क्या रिएक्शन था?''

''उसके बाद उसने ब्रेकअप क्यों नहीं किया, वही मेरे लिए हैरानी की बात थी। उसके व्यवहार से तो मुझे साफ लगने लगा था कि वो बस दिखावे के लिए ही अच्छा इंसान था। हकीकत में वो भी उन्हीं भेडिय़ों की तरह था, जो दिखते तो इंसान की तरह हैं लेकिन सडक़ों पर लार टपकाते घूमते हैं कि उनके लिए नए माल की व्यवस्था कैसे हो?''

''उसने ब्रेकअप नहीं किया। मतलब हो सकता है, वो तुम्हें सचमुच में चाहता हो।''

वो एक क्षण चुप रही, फिर बोली-''मुझे नहीं पता। असलियत तो यही है कि मैं उससे तंग आ चुकी थी। जब उसने शादी से पहले संबंध बनाने की फरमाइशें रखी थीं, तभी मैं समझ गई थी कि प्रखर ठीक उसी कैटेगिरी का आदमी था, जिस कैटेगिरी के लोग मुझे बिल्कुल नहीं पसंद। जिनकी वजह से लड़कियां आई पिल्स खाती हैं। घर वालों से झूठ बोलतीं हैं। अबॉर्शन करातीं हैं। मैं तो चाहती थी कि वो मुझसे रिलेशन खत्म कर ले। इसीलिए मैंने उसे तल्खी से जवाब दिया था कि शादी से पहले इस तरह के संबंधों में यकीन नहीं रखती। लेकिन उसके बाद उसने अपना व्यवहार बदल दिया। वो फिर से एक सादगीपूर्ण प्रेमी के रूप में आ गया। कोई गलत फर्माइश मेरे सामने नहीं की। लेकिन...।''-वो चुप हो गई।

‘‘लेकिन क्या?’’-ऋषभ ने पूछा।
‘‘लेकिन मुझे हमेशा लगता रहा कि वो बस एक धोखा था। ये आदमी जरूर आगे चल कर मुझे कोई ऐसा धोखा देने वाला था कि मैं उसे उबर नहीं पाती।’’
‘‘अगर ऐसी बात थी तो तुम्हें उससे ब्रेकअप कर लेना चाहिए था।’’
‘‘इरादा तो मेरा यही था लेकिन हम दोनों के बीच बातचीत कुछ ऐसे ठण्डे-गरम लेवल पर चल रही थी, जिस पर मैं एकदम से उसे झिडक़ भी नहीं पा रही थी। लेकिन पिछले महीने भर से मेरी ये मुश्किल अपने-आप ही आसान हो गई थी।’’
‘‘वो कैसे?’’
‘‘वो अपने किसी प्रोजेक्ट में बिजी हो गया था। इतना बिजी कि मेरे लिए समय नहीं निकाल पाता था। वैसे भी मुझे उसका समय नहीं चाहिए था। एक-दो बार उसने फोन पर बात जरूर की थी लेकिन उसकी बातों से भी लगता था कि वो अपने प्रोजेक्ट में बहुत ज्यादा बिजी था।’’
‘‘प्रोजेक्ट। यानि फिल्म की डबिंग।’’
‘‘हां। विश्रांति विला की घटना के बारे में पढऩे के बाद अब इतना तो मैं जान ही गई हूं।’’
‘‘डबिंग प्रोजेक्ट के बारे में उसने तुम्हें कुछ नहीं बताया था?’’
उसके होंठों पर मुस्कान आ गई।
‘‘क्या हुआ?’’-ऋषभ ने कहा।
‘‘उसके पास कोई काम भी नहीं था। ज्यादातर वो इधर-उधर ही घूमता रहता था। या साफ कहना चाहें तो आवारागर्दी करता रहता था। उसके साथ उसका एक दोस्त विनोद भी रहता था, जो उसी की तरह आवारागर्द लगता था। इस प्रोजेक्ट से जुडऩे के बाद उसने दो-तीन बार मुझसे फोन पर बात की थी तो ऐसे जताया था, जैसे उसकी लॉटरी लगने वाली हो। जैसे उसके हाथ अलीबाबा चालीस चोर का खजाना लगने वाला हो। जब मुझे उस प्रोजेक्ट की हकीकत पता चली, तो मैं हैरान हुए बिना नहीं रह सकी। एक फिल्म की डबिंग का काम मिलने में आखिर उस पर ऐसी कौन सी रूपयों की बरसात होने वाली थी, ये मैं अब तक नहीं समझ पाई हूं। फिल्मों में पैसा बहुत होता

है, ये तो मुझे पता है। लेकिन जहां तक मेरी जानकारी है, मेनस्ट्रीम से जुड़े लोग ही अच्छा कमाते हैं। डबिंग के क्षेत्र में मेरे ख्याल से कोई ज्यादा पैसा नहीं मिलता होगा आर्टिस्ट्स को। मिलता भी होगा तो प्रोफेशनल्स को मिलता होगा। जो वर्षों से इस लाइन में कार्यरत हैं। और जहां तक मुझे जानकारी है, प्रखर इस लाइन में नया था।''

''तुम सही कह रही हो।''-ऋषभ ने सहमति में सिर हिलाया-''अच्छा, प्रखर ने तुमसे कोई और ऐसी बात कही थी, जो अजीब हो? या किसी मायने में महत्त्वपूर्ण हो?''

उसने इनकार में सिर हिलाया।

''याद करने की कोशिश करो। हो सकता है कुछ कहा हो। अब तुमने इतनी महत्त्वपूर्ण बात बताई है कि वो ऐसा जाहिर करता था कि अपने डबिंग प्रोजेक्ट से अमीर बनने वाला था, तो हो सकता है उससे रिलेटेड कुछ और भी कहा हो।''

वो कुछ पलो तक सोचती रही, फिर बोली-''वो विनोद का जिक्र ऐसे करता था, जैसे सब कुछ उसी की बदौलत हो रहा हो।''

''सब कुछ?''

''मतलब वो जो भी काम था, जिससे वो अमीर बनने वाला था।''

''अगर वो डबिंग वाले प्रोजेक्ट की ही बात कर रहा था, तब तो उसे शामली का जिक्र कहना चाहिए था। क्योंकि प्रोजेक्ट हैड वही थी।''

''नहीं। उसने शामली का जिक्र मेरे सामने नहीं किया। उस घटना की न्यूज पढ़ कर ही मुझे पता चला कि उनके साथ कोई शामली भी थी, जिसका खून हो गया।''

''ठीक है।''-ऋषभ ने गहरी सांस ली-''मैंने तुम्हारा काफी समय ले लिया। कहीं लंच ब्रेक खत्म न हो जाए। मैं एक रिक्वेस्ट के साथ तुमसे विदा लेता हूं।''

''कैसी रिक्वेस्ट?''

''इस प्रखर के बारे में तुम्हें कुछ भी और याद आए तो बताना। कल मैं फिर तुमसे मिलने आऊंगा। और याद आने के अलावा भी अगर तुम उसके बारे

में और जानकारी निकाल सको अपने स्तर पर तो वो भी मेरे काम आ सकती है। इसलिए कोशिश करना।''

''ठीक है।''

फिर ऋषभ ने उसका धन्यवाद अदा करके उससे विदा ली।

○○

शाम में ऋषभ लोनावला के प्रमुख बारों में से एक रोड टू ड्रिंक पहुंचा, जहां उसकी मुलाकात शामली के बॉयफ्रेंड रिपुदमन माखीजा से होनी थी। रिपुदमन से ऋषभ शुरू से ही मिलने का इच्छुक था। उसके घर का एड्रेस और फोन नंबर दोनों ही पुलिस से मिली फाइल में मिल गए थे। लेकिन फोन करने पर वो उठाता नहीं था और उसके घर जाने पर वहां ताला लटका मिलता था और पड़ोसी भी रिपुदमन का नाम सुनकर ही दरवाजा मुंह पर बंद कर देते थे इसलिए ऋषभ अब तक उससे नहीं मिल पाया था। कल शाम जब ऋषभ फिर से उसे कॉल लगाने की कोशिश कर रहा था तो उसने दूसरी ओर से कॉल रिसीव कर ली और ऋषभ द्वारा मुलाकात की रिक्वेस्ट करने पर उसने शाम छ: बजे लोनावला के रोड टू ड्रिंक में मिलने का आदेश सुना दिया था।

जिसके पालन में ऋषभ वहां उपस्थित था।

ऋषभ को देख कर हैरानी हुई।

रिपुदमन माखीजा।

उसका नाम जितना भारी-भरकम था, वास्तविकता में वो उसके ठीक विपरीत ही था।

वो कहीं से भी रिपु का दमन करने लायक नहीं दिख रहा था। वो एक पतला-दुबला, औसत से भी कम कद-काठी का, नौजवान था, जिसने हेयरस्टाइल ऐसा बनाया हुआ था कि ऋषभ को उसे देख कर विरक्ति हो रही थी।

बड़ी मुश्किल से ऋषभ ने उसके बालों पर से ध्यान हटा कर उसके चेहरे पर फोकस करने की कोशिश की।

तब उसे अहसास हुआ कि वहां आगे कुआं, पीछे खाई वाली स्थिति थी। उसका लंबा, पतला चेहरा, जिस पर मूंछें थीं तो नहीं लेकिन मूंछों वाली जगह की हालत ऐसी जरूर लग रही थी कि यहां कभी मूंछें हुआ करतीं थीं- उसके हेयरस्टाइल से ज्यादा विरक्ति पैदा कर रहा था।

वो बार के कोने में एक खाली कुर्सी-टेबल पर बैठा सिगरेट फूंक रहा था।

ऋषभ उसके पास पहुंचा।

''हैलो।''-उसके सामने की चेयर पर जमते हुए ऋषभ ने कहा।

उसने निर्विकार भाव से ऋषभ की ओर देखा लेकिन कोई प्रतिक्रिया व्यक्त नहीं की।

''तुम रिपुदमन हो?''-ऋषभ ने कहा।

उसने सहमति में सिर हिलाया।

''हमारी फोन पर बात हुई थी।''

उसने वही क्रिया दोहराई।

''तुम शामली के बॉयफ्रेंड थे?''-ऋषभ ने कहा।

उसने वही क्रिया तिहराई।

''गुड।''-ऋषभ ने संतुष्टि भरे भाव से सिर हिलाया-''मुझे भी धार्मिक लोग पसंद हैं।''

उसने ऋषभ को ऐसे देखा, जैसे किसी एलियन को देख रहा हो।

''मेरे हाथ में शराब का गिलास है।''-रिपुदमन ने कहा-''बार में बैठा हूं। तुम्हें मैं कहां से धार्मिक लग रहा हूं?''

''ओह। तुम बोले। मुझे लगा आज तुम्हारा मौन व्रत था। इसीलिए धार्मिक कहा।''

वो ऋषभ को बदस्तूर ऐसे घूरता रहा, जैसे चिड़ियाघर से भाग कर आए किसी प्राणी को देख रहा हो।

''ऐनी वे।''-ऋषभ ने कहा-''मुझे तुमसे शामली-तुम्हारी एक्स-के कत्ल की बाबत चंद सवालात करने थे।''

''करो। अभी करो। इस इंतजार में हो कि मैं तुम्हें सवाल करने के लिए इन्वीटेशन भेजूंगा तो रहने दो।''

''मैं बिल्कुल भी इस इंतजार में नहीं हूं।''

''बल्कि इन्वीटेशन तो छोड़ो, यहां तुम कुछ पिओगे तो उसका बिल भी तुम्हें ही पटाना पड़ेगा। उसका ही क्या, मेरे ड्रिंक का बिल भी तुम्हें ही पटाना पड़ेगा। बोलो मंजूर?''

ऋषभ को कोफ्त होने लगी।

'घोड़े की पिछाड़ी आया हूं'-उसने मन ही मन सोचा-'लातें तो खानी ही पड़ेंगीं।'

''ठीक है।''-ऋषभ ने कहा-''ऐवरेज रेट चार्ट से दो ड्रिंक के लिए मैं पे कर सकता हूं। ज्यादा महंगी मेरी औकात से बाहर है।''

''ऐवरेज ही पिला दे भाई।''

ऋषभ ने बेयरे को बुला कर रिपुदमन से ऑर्डर लेने के लिए कहा।

''और तुम?''-अपना ऑर्डर नोट कराके उसने ऋषभ की ओर देखा।

''मेरा पीने का टाइम निश्चित है।''-ऋषभ ने कहा-''फिलहाल मेरा फोकस काम पर है।''

''ओह। वर्कोहलिक हो।''

''वर्कोहलिक और अल्कोहलिक दोनों हूं। वर्क के टाइम पर वर्क। अल्कोहल के टाइम पर अल्कोहल।''

वो हंसा।

''पूछो।''-वेटर के ऑर्डर सर्व करके जाने के बाद उसने पूछा-''क्या पूछना है?''

''तुम शामली को कब से जानते थे?''

''करीब दो साल से। हमारी मुलाकात यहां इसी बार में नहीं हुई थी।''

उसे एकदम से गियर बदलते देख कर ऋषभ ने उसे घूरा।

''एक फंक्शन में हुई थी।''-उसने बात पूरी की-''जिसमें शामली अपनी सहेली के साथ आई हुई थी।''

''सहेली कौन? रीना?''

''हां। तुम जानते हो उसे?''

''उसी से मुलाकात करके आ रहा हूं।''

''फिर तो तुम शामली के बारे में काफी कुछ जान चुके होगे।''

''कुछ जान चुका हूं। काफी जानने के लिए तुम्हारे पास आया हूं।''

‘‘काश मैं कह सकता कि तुम बिल्कुल ठीक जगह पर आए हो।’’

‘‘मतलब?’’

‘‘मतलब यही कि मुझसे तुम्हें शायद ही कोई ऐसी बात पता चले, जो शामली के बारे में रीना न जानती हो।’’

‘‘ऐसा कैसे हो सकता है? तुम शामली के बॉयफ्रेंड थे। तुम तो उसके बारे में बहुत कुछ जानते होगे।’’

‘‘रीना से ज्यादा नहीं जानता। वो मुझसे काफी पहले से शामली को जानती थी।’’

ऋषभ को समझ आ गया कि उस आदमी से सीधे सवाल किए बिना गुजर नहीं थी।

‘‘शामली का कोई ऐसा दुश्मन, जो उसके साथ ऐसा कर सकता हो?’’

रिपुदमन ने सिगरेट का गहरा कश लगा कर ढेर सारा धुआं छोड़ा, फिर ऋषभ की ओर देखते हुए बोला-‘‘पहली बात तो मैं उसके ऐसे किसी दुश्मन को जानता नहीं। दूसरी बात, अगर जानता भी होता, तो सबसे बड़ा सवाल यही होता कि जिसने भी इस घटना को अंजाम दिया, उसकी दुश्मनी अकेली शामली से नहीं थी।’’

‘‘शामली की पूरी टीम से थी।’’-ऋषभ ने सहमति में सिर हिलाया।

‘‘करैक्ट। तो तुम्हारा सवाल ही गलत है। सवाल होना चाहिए था कि क्या शामली और उसकी पूरी टीम का ऐसा कोई दुश्मन था, जो उनके साथ ऐसा कर सकता था?’’

ऋषभ ने सवाल को उसके मनचाहे फॉर्मेट में दोहरा दिया।

उसने अनभिज्ञता से कंधे उचका दिए।

‘‘शामली एक तेज स्वभाव की लडक़ी थी।’’-उसने कहा-‘‘कई बार वो लोगों से झगड़ा कर लेती थी। उन्हें उकसा देती थी। लेकिन बाद में वो मामले को सॉल्व भी कर लेती थी। किसी से झगड़ा मोल ले कर नहीं रखती थी। इसलिए कम से कम मेरी जानकारी में तो उसका कोई दुश्मन नहीं है, जो ऐसा कर सकता हो। और उसकी पूरी टीम के साथ किसी की क्या दुश्मनी हो सकती है, इसका तो मैं अंदाजा भी नहीं लगा सकता।’’

''उन तीनों के शामली के साथ कैसे संबंध थे?''-ऋषभ ने पूछा-''मतलब, डबिंग टीम के बाकी तीन सदस्यों के?''

''पिछले कुछ दिनों से शामली अक्सर उन तीनों के साथ ही नजर आती थी। ये एक प्रोजेक्ट लीडर और आर्टिस्ट्स वाला रिश्ता न हो कर दोस्तों के रिश्ते जैसा अधिक लगता था। शामली उनके काफी क्लोज लगती थी।''

''ओह।''

''यहां तक कि आज कल वो मेरे लिए टाइम नहीं निकाल पाती थी लेकिन उन तीनों के साथ घूमते-फिरते दिख जाती थी। पूछने पर कहती थी कि उनके साथ वो बड़े प्रोजेक्ट पर काम कर रही थी इसलिए अपनी टीम को समझना चाहती थी। एक-दो बार तो उसने मुझे भी अपनी टीम के साथ डिनर डेट पर इन्वाइट किया था।''

''डिनर डेट?''

''हां।''-उसने उपहासपूर्ण स्वर में कहा-''वो चारों पिछले कुछ दिनों से ऐसे ही एक-दूसरे के साथ लंच-डिनर कर रहे थे, जैसे प्रोफेशनल कर्टसी न हो बल्कि उनके बीच काफी फ्रेंडली रिलेशन हों। यहां तक कि उनके बीच एक-दो बार जब मैं गया था तो खुद को बाहरी जैसा महसूस करता था।''

''देखो, बुरा मत मानना''-ऋषभ ने कहा-''लेकिन ये सवाल मुझे पूछना पड़ेगा। क्या तुम्हें ऐसा लग रहा था कि शामली तुमसे दूर होती जा रही है? और अपनी इस टीम के किसी सदस्य के करीब-ज्यादा ही करीब-हो रही है?''

उसने ऋषभ पर नजर मारी।

ऋषभ उसके जवाब का इंतजार करता रहा। उसे डर था कि कहीं वो उस सवाल से भडक़ न जाए। आखिर सवाल उसकी हाल ही में दुनिया छोड़ कर जा चुकी प्रेमिका की वफादारी को ले कर था।

''नहीं।''-कुछ पलों की खामोशी के बाद उसने फिर से होंठों के बीच से धुआं उड़ाते हुए कहा-''मुझे तो ऐसा नहीं लगा। वैसे ऐसा हो भी जाता तो कोई बड़ी बात नहीं थी।''

''हो जाता तो? मतलब हुआ तो नहीं था?''

‘‘कम से कम मुझे तो ऐसा कुछ नहीं लगा था। ये बात सच है कि शामली की इस नई टीम के बाकी दोनों बांके जवान मुझसे कहीं ज्यादा स्मार्ट, कहीं ज्यादा आकर्षक थे। लेकिन शामली अपनी भावनाओं को छिपाने वालों में से नहीं थी। और मेरे मामले में तो बिल्कुल नहीं। अगर वो किसी और में इंट्रेस्ट ले रही होती, तो मुझसे क्लीयर कट बोल चुकी होती ब्रेक अप करने के लिए। ऐसा कुछ कहना तो दूर, उसने ऐसा कोई संकेत भी नहीं दिया था।’’

‘‘लेकिन उनकी टीम बने ज्यादा देर नहीं हुई थी। हो सकता है, वो तुम्हें बाद में इस बारे में बताने वाली हो?’’

‘‘ऐ मिस्टर।’’-उसने ऋषभ की ओर उंगली की-‘‘तुम क्यों ये साबित करने पर तुले हो कि मेरी गर्लफ्रेंड मुझे छोडऩा चाहती थी?’’

‘‘मैं ऐसा साबित करने पर नहीं तुला हूं। मैं बस हकीकत जानने की कोशिश कर रहा हूं।’’

‘‘हकीकत अब कैसे जानोगे? अब तो न शामली इस दुनिया में है, न उसकी टीम का कोई और सदस्य।’’

‘‘सही बात है।’’-ऋषभ ने सहमति में सिर हिलाया-‘‘कोई और बात, जो तुम बताना चाहो? जो इस केस से ताल्लुक रखती हो?’’

उसने इनकार में सिर हिलाया।

‘‘इतनी जल्दबाजी में जवाब देने की जरूरत नहीं है। पहले आराम से सोच लो। हो सकता है, कुछ याद आ जाए।’’

उसने उपेक्षा से ऋषभ की ओर देखा, फिर पहले की तरह इनकार में सिर हिला दिया।

ऋषभ ने गहरी सांस ली, फिर उसके सहयोग के लिए उसका धन्यवाद ज्ञापित करते हुए-और धन्यवाद के ठोस स्वरूप के रूप में उसका बिल पे करते हुए-उससे विदा ली।

उसके पास से लौटते समय ऋषभ के मन में मुख्य रूप से एक ही बात चक्कर काट रही थी।

रिपुदमन अपनी प्रेमिका की मृत्यु से कुछ ज्यादा दुखी नहीं लग रहा था।

○○

ऋषभ वापस पुणे पहुंचा, उस वक्त शाम के सात बज रहे थे।

अब उसका इरादा सीधे घर जाने का था लेकिन अभी वो घर से थोड़ा दूर ही था कि उसका मोबाइल बजने लगा।

उसने बाइक साइड लगा कर कॉल रिसीव की।

कॉल पलक की थी।

''हैलो।''-ऋषभ ने कहा।

''कहां हो?''-दूसरी ओर से पलक की आवाज सुनाई दी।

''तुम सो रही हो या जग रही हो?''

''क्या?''

''सो रही हो या जग रही हो?''

''ये कैसा बेवकूफी भरा सवाल है? जग रही हूं तभी तो तुम्हें फोन किया है।''

''तुम्हारे सवाल का जवाब देने के लिए ये बेवकूफी भरा सवाल करना जरूरी था।''

''अच्छा? तुम कहां हो, इस सीधे-सादे सवाल का जवाब देने के लिए तुम्हें मेरे सोते या जागते होने की स्टेटस जानना क्या जरूरी है?''

''अरे भई, अगर तुम सो रही होतीं, तो जाहिर सी बात है मैं तुम्हारे सपने में होता। जग रही हो इसलिए मैं फिलहाल पार्क रोड पर हूं।''

दूसरी ओर कुछ पल सन्नाटा छाया रहा, फिर पलक की आवाज सुनाई दी-

''स्टुपिड जोक।''

''स्टुपिड आदमी स्टुपिड जोक ही करेगा न भई।''

''नहीं। आदमी तो तुम स्टूपिड नहीं हो। होते तो तीन-तीन मर्डर केस सॉल्व करके हीरो नहीं बन गए होते।''

''वो तो अंधे के हाथ बटेर लगने का मामला था। हीरो तो तुमने बना रखा है खबरों में बेवजह का कवरेज दे करके।''

''वाह। अब जिसने केस सॉल्व किए, उसका नाम भी न दिया जाए न्यूज में? लोग प्रसिद्धी के पीछे भागते हैं। तुम प्रसिद्धी से आंखें चुरा रहे हो? खैर,

छोड़ो ये सब। तुम्हारे उस बकवास जोक के चक्कर में मैं तुम्हें ये तो बताना भूल ही गई कि मैंने फोन क्यों किया था।''

''बताओ।''

''तुमसे कोई मिलने आए हैं।''-पलक ने कहा।

''मुझसे मिलने? कहां?''-ऋषभ ने आश्चर्य से कहा।

''यहीं। ऑफिस में। कोई निर्मलकर जी हैं। कह रहे हैं लोनावला से आए हैं। जरूर तुम्हारे लेटैस्ट केस के संबंध में तुमसे बात करना चाहते होंगें। इतनी दूर से आए हैं इसलिए इन्हें मना करते हुए अच्छा नहीं लगा। इसीलिए सोचा तुमसे फोन करके पूछ लूं। अगर तुम ऑफिस आना चाहो तो मैं इन्हें बैठने के लिए कह दूं?''

''हां। हां। तुमने मुझे फोन करके ठीक ही किया। उनसे मैं खुद ही मिलने वाला था। वो यहां आ गए तो मेरा ही काम आसान हो गया। तुम उन्हें मेरे ऑफिस में बिठाओ। मैं थोड़ी देर में पहुंचता हूं।''

''ओकी-डोकी।''

पलक ने कॉल डिस्कनेक्ट कर दी।

ऋषभ ने घर जाने का इरादा त्याग दिया और बाइक न्यूज ऑन की तरफ मोड़ दी।

OO

कुछ ही देर में ऋषभ न्यूज ऑन की बिल्डिंग में उसे हाल ही में अलॉट किए गए ऑफिस में पहुंचा।

वहां एक पचास-पचपन साल की आयु का प्रभावशाली सा लगने वाला व्यक्ति बैठा था।

ऋषभ ने उससे हाथ मिलाया, फिर डेस्क के पीछे अपनी कुर्सी पर बैठता हुआ बोला-''कहिए।''

''मेरा नाम सुदेश निर्मलकर है। मैं शामली का भूतपूर्व बॉस हूं।''-उस व्यक्ति ने कहा।

''ओह।''

''मुझे पता लगा कि तुम इस केस को कवर कर रहे हो इसलिए सोचा तुमसे मिल लूं। यहां फोन करके पूछा था तो पता चला कि तुम इस समय यहां ऑफिस में उपलब्ध होगे। इसलिए सीधा यहीं चला आया।''

''आपने ठीक किया। वैसे आप फोन कर देते तो मैं ही आपसे मिलने चला आता।''

''चलो। काम होने से मतलब है। अब छुरा खरबूजे पर गिरे या खरबूजा छुरे पर। इससे क्या फर्क पड़ता है?''

ऋषभ मुस्कुराया।

आदमी जिंदादिल लगता था।

''कहिए।''-फिर ऋषभ ने कहा-''मैं आपकी क्या सेवा कर सकता हूं?''

''शामली के कातिल का पता लगा सकते हो?''

सीधे सवाल पर एक पल के लिए ऋषभ को कोई जवाब न सूझा।

''एक रिपोर्टर की हैसियत से''-फिर उसने कहा-''कोशिश तो कर रहा हूं।''

''शामली''-निर्मलकर ने गहरी सांस ली-''काफी अरसे से मेरे यहां काम करती थी। वो मेरे लिए सिर्फ एक एम्प्लॉई नहीं थी। एक घर के सदस्य की तरह थी। हमारे घर भी उसका आना-जाना लगा रहता था। ऑफिस के अलावा वो हमारे घर के भी काम कर दिया करती थी। मेरी पत्नी, बच्चों की भी मदद करती थी। उसके साथ जो हुआ वो किसी भयानक सपने जैसा है। वैसे तो मुझे विश्वास है कि पुलिस भी कातिल को ढूंढने में कोई कसर नहीं छोड़ रही होगी। लेकिन मैं खुद भी चाहता हूं कि शामली के लिए कुछ करूं। उसके कातिल को अंजाम तक पहुंचाने में छोटा ही सही, योगदान दूं।''

''किस तरह का योगदान दे सकते हैं आप?''

''मैं कोई ज्यादा पैसे वाला आदमी तो हूं नहीं, लेकिन फिर भी कातिल का पता लगाने के लिए संतोषजनक राशि ईनाम के रूप में देना चाहूंगा।''

''आप शामली के कातिल पर ईनाम रखना चाहते हैं?''

''हां। और ये ईनाम की रकम मैं सीधे तुम्हें ऑफर कर रहा हूं। क्योंकि मुझे पता चला है कि तुम इस केस पर काम कर रहे हो। और तुम्हारे पिछले रिकॉर्ड को देखते हुए मुझे और शामली के पिता को विश्वास है कि तुम कातिल का पता जरूर लगा लोगे।''

''शामली के पिता?''

''दरअसल ये आइडिया उन्हीं का था। हमने कातिल का पता लगाने वाले को पांच लाख रूपए ईनाम देने का सोचा है। उसमें से तीन लाख रूपए शामली के पिता देंगें। और दो लाख रूपए मेरी ओर से।''

''लगता है शामली आपके लिए भी बहुत खास थी।''

''वो मेरे लिए बेटी जैसी थी।''-अधेड़ की आंखों मे नमी तैर गई-''जिसने भी उसके साथ ये किया, ऊपर वाला उसे अनंतकाल तक नर्क की आग में जलाए। बस इतनी कामना है।''

''आपकी कामना जरूर पूरी होगी। अरे। मैं भी कैसा बेवकूफ हूं? उतनी देर से आपसे बातें किए जा रहा हूं। चाय-कॉफी कुछ पूछा ही नहीं। आप ठण्डा लेंगें या गर्म?''

फिर उसके मना करते-करते भी ऋषभ ने चपरासी को बुला कर दो कॉफी का ऑर्डर दे दिया।

''आप शामली के बारे में कुछ बताइए?''-चपरासी के जाने के बाद ऋषभ ने कहा।

''क्या बताऊं? हंसमुख थी। जिंदादिल थी। मेहनती थी। एक दिन दुनिया को जीत लेना चाहती थी। अपने इस नए प्रोजेक्ट से-जिसके पहले ही दिन उसके साथ ये भयावह घटना हो गई-उसे काफी उम्मीदें थीं। वैसे तो मुझे फिल्म डबिंग, प्रोडक्शन वगैरह का चक्कर समझ में नहीं आता। फिल्मों के डब करने में कोई ज्यादा स्कोप दिखाई नहीं देता। लेकिन शामली इस बारे में ऐसे बात करती थी, जैसे किसी बड़े प्रोडक्शन के अंतर्गत बड़े बजट वाली फिल्म बनाने वाली हो।''

''शामली ने आपकी नौकरी कब छोड़ी?''

''नौकरी छोड़ी? किसने कहा?''

''नहीं छोड़ी? मतलब इतना बड़ा प्रोजेक्ट शुरू करने के बाद भी वो आपकी एम्प्लॉई बनी रही?''

''उसने बस काम से ब्रेक लेने की बात कही थी। जो कि मैंने उसे खुशी-खुशी दे भी दिया। वो जीवन में आगे बढ़ना चाह रही थी, इससे अच्छी बात और क्या हो सकती थी? अगर वो स्थाई तौर पर भी हमारी नौकरी छोड़ना

चाहती तो मैं उसके लिए भी हां कर देता। भारी मन से ही सही लेकिन हां कर देता। भारी मन से इसलिए क्योंकि उसके जैसी अच्छी वर्कर मिलना मुश्किल था। हां इसलिए कर देता क्योंकि मैं उसे तरक्की करते देखना चाहता था।''

''आप उसके बाकी साथियों को जानते थे? प्रखर, सुनैना, विनोद को?''

''शामली ने एक-दो बार मिलवाया था। लेकिन कभी ज्यादा बात नहीं हुई थी।''

''तीनों में से किसी से नहीं?''

निर्मलकर ने इनकार में सिर हिलाया।

''अपने डबिंग प्रोजेक्ट के लिए शामली ने कभी आपसे पैसों की मांग की थी?''

''नहीं। करती तो मैं खुशी-खुशी उसकी मदद करता।''

''शामली के बारे में अब तक जो मैंने पड़ताल की है, उससे एक अजीब बात सामने आई है। वो ये कि डबिंग प्रोजेक्ट शुरू करने के करीब एक महीने पहले ही उसकी अपने इन नए साथियों के साथ-जिनके साथ वो पहली फिल्म की डबिंग कर रही थी-मुलाकात हुई थी-और उसके बाद से वो उनके साथ काफी घनिष्ठ हो गई थी। यहां तक कि उसने दूसरों से मिलना-जुलना भी बेहद कम कर दिया था।''

''हां। ऐसा लगा तो मुझे भी था। लेकिन मैं उसका कारण यही समझ रहा था कि शामली अपने नए प्रोजेक्ट को ले कर काफी उत्साहित थी इसलिए उस पर ज्यादा ध्यान दे रही थी। और चूंकि वे तीनों उस प्रोजेक्ट में उसके सहयोगी थे, इसीलिए उनके साथ ज्यादा समय बिता रही थी। कोई और वजह हो तो नहीं कह सकता।''

''शामली ने कभी आपके सामने कोई ऐसी बात कही, जिसका आप जिक्र करना चाहें? कोई खास बात?''

''ऐसा तो मुझे कुछ याद नहीं आता''

''कोई ऐसा शख्स, जिससे शामली की दुश्मनी हो?''

निर्मलकर ने इनकार में सिर हिलाया।

''उसका कोई दुश्मन हो ही नहीं सकता था।''-उसने कहा-''वो तो बेहद अच्छे स्वभाव की थी। हमारे यहां दो साल से भी अधिक समय तक काम किया। मैं उसे बेटी की तरह मानता था। हमारा पूरा परिवार उसे घर के सदस्य की तरह मानता था। ऐसे अच्छे स्वभाव की लड़की का दुश्मन कौन होगा?''

निर्मलकर की बातों से साफ जाहिर था कि शामली ने अपने भूतपूर्व बॉस पर बहुत अच्छा प्रभाव छोड़ा था।

''पांचवी कौन?''-ऋषभ ने कहा।

''क्या?''

''डबिंग प्रोजेक्ट में शामली और उसके बाकी तीनों सदस्य के अलावा पांचवी सदस्य कोई महिला थी। पुलिस अब तक उसका पता नहीं लगा पाई है। आपको उसके बारे में कोई जानकारी?''

उसने इनकार में सिर हिलाया।

''कोई तो जानकारी होगी।''-ऋषभ ने कुरेदा-''आखिर शामली ने इतने लंबे समय तक आपके यहां काम किया था। अगर आपको भी जानकारी नहीं है, तब तो उस पांचवी रहस्यमयी शख्सियत का पता लगाना और भी मुश्किल हो जाएगा क्योंकि अभी तक यही साबित नहीं हो पाया है कि शामली को अपने प्रोजेक्ट के लिए पांचवी साथी मिली भी थी या नहीं?''

''मुझे उस पांचवी के बारे में और कोई जानकारी तो नहीं है लेकिन ये पता है कि शामली को अपने पहले डबिंग प्रोजेक्ट के लिए पांचवी आर्टिस्ट मिल गई थी।''

''कौन थी वो आर्टिस्ट?''-ऋषभ ने उत्सुकता से कहा।

''मुझे नाम नहीं मालूम। मेरी बस शामली से फोन पर बात हुई थी। उस दिन विश्रांति विला के लिए रवाना होने से पहले ही उसे पांचवी आर्टिस्ट मिल चुकी थी। मैंने उसे कॉल की थी तो उसने बताया था कि उनकी टीम पूरी हो चुकी है। पांचवी डबिंग आर्टिस्ट मिल चुकी है। और अब वे लोग डबिंग स्टार्ट करने के लिए विला पर जा रहे हैं।''

''शामली ने उस पांचवी आर्टिस्ट के बारे में कुछ नहीं बताया?''

‘‘नहीं। न ही मैंने पूछना जरूरी समझा। मुझे तो बाकी आर्टिस्ट्स से भी कोई मतलब नहीं था। मैं शामली के प्रोजेक्ट में कोई विशेष रूचि नहीं लेता था। वैसे भी फिल्म वगैरह में मेरी ज्यादा दिलचस्पी कभी नहीं रही।’’

‘‘अगर आपने रूचि ली होती तो इस केस का बहुत बड़ा सुराग हमारे हाथ में होता।’’

‘‘क्या बात कर रहे हो?’’-उसने उपहासपूर्ण स्वर में कहा-‘‘मुझे क्या सपना आने वाला था कि ऐसा कुछ हो जाएगा? और उस सुराग को हासिल करने के लिए मैं फिल्मों में अपनी रूचि बढ़ाने की प्रैक्टिस करता?’’

‘‘मेरा मतलब था कि अगर आपने यूं ही पूछ लिया होता, तब भी उस पांचवी आर्टिस्ट के बारे में जानकारी मिल सकती थी।’’

‘‘मैंने कहा न मेरी शामली के आर्टिस्टों तो क्या, उसके पूरे प्रोजेक्ट्स में ही कोई दिलचस्पी नहीं थी। और अगर सिर्फ उस पांचवी आर्टिस्ट को ही ढूंढने की बात है’’-उसने एक पल रूक कर कहा-‘‘तो इससे तो तुम्हारा-और पुलिस का काम और भी आसान हो जाता है।’’

‘‘वो कैसे?’’

‘‘अरे भई, डबिंग आर्टिस्ट्स कोई हजारों की संख्या में थोड़े ही होंगें? और जितने हैं, उनमें से भी शामली ने सबसे थोड़े ही कॉन्टैक्ट किया होगा? पता करो शामली ने हाल ही में कौन-कौन से डबिंग आर्टिस्ट्स से कॉन्टैक्ट किया था? उसमें भी दायरा और भी सिमट जाता है क्योंकि तुम्हें महिला आर्टिस्ट की तलाश करनी है। तीन-तीन केस सॉल्व कर चुके हो। अब क्या सब कुछ मुझे ही बताना पड़ेगा?’’

‘‘एवरीबडी इज ए डिटेक्टिव नाओडेज।’’-ऋषभ ने धीमे से कहा।

‘‘क्या?’’

‘‘कुछ नहीं।’’-ऋषभ ने जल्दी से कहा-‘‘मैं कहा रहा था कि आप जो कह रहे हैं, वो पता लगाना इतना सरल नहीं है। डबिंग आर्टिस्ट के सर पर कोई सींग नहीं उगे होते। ऐसा आर्टिस्ट कोई भी हो सकता है। किसी नए आदमी की आवाज भी अच्छी लगी तो उसे फिल्म में आवाज देने के लिए हायर किया जा सकता है। शामली के तीनों साथी ही इसका उदाहरण थे। पहले कभी तो उन्होंने किसी फिल्म के लिए अपनी आवाज नहीं दी थी। खुद

शामली प्रोजेक्ट को डायरेक्ट करने के साथ ही अपनी आवाज भी दे रही थी। इसी तरह जरूरी नहीं कि शामली ने जिस पांचवी शख्स को हायर किया हो, वो कोई प्रोफेशनल डबिंग आर्टिस्ट ही हो। वो शामली और उसके बाकी साथियों की तरह कोई नई-इस पेशे में पहली बार आई-आर्टिस्ट भी हो सकती है।''

''ये बात तो है।''-उसने सहमति में सिर हिलाया-''ये तो मैंने सोचा ही नहीं।''

''हमें शामली के एक प्रोफेशनल डबिंग आर्टिस्ट से कॉन्टैक्ट करने का पता चला है लेकिन अब तक तो यही बात सामने आई है कि उसने ज्यादा फीस मांगी थी, जिसके चलते शामली ने उसे हायर नहीं किया था।''

''कौन है वो आर्टिस्ट?''

''मलाइका तनोट।''

''कभी नाम नहीं सुना।''

''डबिंग आर्टिस्ट मेनस्ट्रीम फिल्मों के हीरो-हीरोइन की तरह फेमस नहीं होते।''

''ये बात भी सही है।''

''मुझे शामली के पिता जी से भी मुलाकात करनी थी।''-ऋषभ ने कहा-''मैं उनके घर भी गया था लेकिन घर पर सिर्फ शामली की माता जी थीं। वे इतनी दुखी लग रही थीं कि उनसे कुछ बात नहीं कर पाया। शायद शामली के पिता जी मेरे कुछ सवालों के जवाब दे सकें।''

''मैं तुम्हारी मुलाकात उनसे करवा दूंगा। वैसे भी शामली के कातिल को पकड़ने पर ईनाम दिए जाने की बात उनके द्वारा कहे जाने पर ऑफीशियल हो जाएगी।''

हालांकि ऋषभ को उस बात के ऑफीशियल होने में इंट्रेस्ट नहीं था लेकिन फिर भी उसने सहमति में सिर हिला दिया।

तभी प्यून उनके लिए दो कॉफी ले आया। कॉफी पीने के दौरान उनके बीच हल्की-फुल्की ही बातचीत हुई, जिसके बाद निर्मलकर ने ऋषभ से विदा ली।

○○

अगले दिन सुबह ऋषभ 'न्यूज ऑन' की बिल्डिंग में पहुंचा तो रिसेप्शन पर बैठी युवती ने-जिसका ऋषभ नाम ही जानता था, अर्चना नाम था-उसे सूचित किया-

''आपसे कोई बुजुर्गवार मिलने आए हैं।''

''बुजुर्गवार?''-ऋषभ ने कहा-''कल वाले ही?''

''वो भी। उनके साथ एक और बुजुर्ग हैं। वो कल वाले से ज्यादा बुजुर्ग हैं। और कल वाले भी उनके साथ हैं। उन्हें आपके ऑफिस में बिठाया है।''

वैसे बुजुर्गवार सुदेश निर्मलकर के लिए सही शब्द नहीं था। उसे अधेड़ कहा जा सकता था क्योंकि देखने से वो अधिक उम्रदराज नहीं दिखता था। वे दोनों बस सम्मानजनक रूप से उसके लिए बुजुर्ग शब्द का इस्तेमाल कर रहे थे।

ऋषभ ऑफिस में पहुंचा तो उसने वहां एक बुजुर्ग को बैठे पाया, जो सचमुच कल आए व्यक्ति से ज्यादा बुजुर्ग थे।

उनके साथ सुदेश निर्मलकर भी था।

''ये शामली के पिता जी हैं।''-सुदेश ने कहा-''अमित सोलंकी। तुमसे मिलने की इच्छा व्यक्त कर रहे थे। मैंने सोचा मैं ही इन्हें यहां ले आता हूं।''

ऋषभ को याद आया। कल उसने शामली के घर पर भी फोटो में उन्हें देखा था। लेकिन आज वे कल से भी ज्यादा बुजुर्ग थे।

उनके घर में भी जो फोटो लगी थी, जो ज्यादा पुरानी भी नहीं थी, उसमें वे काफी दृढ़, मजबूत किस्म के, अधेड़ आयु के ही लग रहे थे। लेकिन अब देखने पर लग रहा था मानो उनकी उम्र अचानक 20-30 साल बढ़ गई हो। शायद बेटी की मृत्यु ने उन्हें तोड़ कर रख दिया।

ऋषभ ने उनका अभिवादन किया और ठण्डा-गर्म पूछा। उनके मना करने के बावजूद ऋषभ ने प्यून को बुला कर उसे तीन कप कॉफी का ऑर्डर दे ही दिया।

''आपको तकलीफ करने की क्या जरूरत थी?''-फिर ऋषभ ने कहा-''आप फोन कर देते। मैं खुद ही आपकी सेवा में हाजिर हो जाता।''

‘‘नहीं।’’-बुजुर्ग ने इनकार में सिर हिलाया-‘‘तुम पहले ही हमारे लिए इतना कर रहे हो। मैं तुम्हारे सवालों के जवाब देने के लिए यहां तक आ भी नहीं सकता? वैसे भी मेरी पत्नी के सामने तुम्हारे सवालों के जवाब देने में मुश्किल होती। इसलिए मैंने तुम्हारे ऑफिस आ कर मुलाकात करना ही ठीक समझा।’’

‘‘आपने ठीक किया।’’

‘‘सुदेश जी ने तुम्हें ईनाम के बारे में बताया होगा।’’-उन्होंने कहा-‘‘मेरी बेटी के कातिल को फांसी तक पहुंचाने के लिए हम तुम्हें पांच लाख रूपए का ईनाम देने के लिए तैयार हैं।’’

‘‘वो सब बाद की बात है।’’-ऋषभ ने कहा-‘‘अगर मैं इस केस की इन्वेस्टिगेशन कर रहा हूं तो पैसों के लिए नहीं। उस वहशी हत्यारे को उसके कर्मों का फल दिलवाने के लिए। मृतात्माओं को न्याय दिलवाने के लिए। ये मेरी उन्हें छोटी सी श्रद्धांजलि होगी।’’

अमित सोलंकी कुछ देर तक ऋषभ को देखते रहे, फिर उन्होंने सहमति में सिर हिलाया।

‘‘अच्छी बात है।’’-वे बोले-‘‘तुम न्यायप्रिय, जिम्मेदार युवक लगते हो। आज की पीढ़ी में ऐसे लोग कम ही दिखते हैं।’’

‘‘ऐसा नहीं है। आज की पीढ़ी में ऐसे-ऐसे लोग हैं, जिनके सामने मेरी मिसाल तो बेहद छोटी है।’’

‘‘पूछो क्या पूछना है?’’

ऋषभ ने कॉफी आने का इंतजार किया और कॉफी खत्म होने के बाद ही बातचीत आगे बढ़ाई।

‘‘शामली के बारे में हर कोई यही बताता है’’-ऋषभ ने कहा-‘‘कि उसका कोई दुश्मन नहीं था। तो दूसरी संभावना ही रह जाती है। कि विला में उस वारदात को जिसने अंजाम दिया, वो बाकी तीनों में से किसी का दुश्मन था। और उसकी दुश्मनी इतनी ज्यादा थी कि उसने चारों का खून कर दिया। लेकिन दिक्कत की बात ये है कि शामली के इन तीन साथियों के बारे में भी ज्यादा जानकारी नहीं मिल पा रही है। इसलिए आप ही उनके बारे में कुछ बताइए?’’

''क्या बताऊं? उनके बारे में तो मैं भी ज्यादा नहीं जानता।''

''आप भी नहीं जानते? अपनी बेटी के बिजनेस पार्टनर्स के बारे में नहीं जानते?''

''शामली की दोस्ती अपने इन तीनों नए दोस्तों से हाल ही में हुई थी।''-सोलंकी ने गम्भीर स्वर में कहा-''लेकिन उनके बीच दोस्ती इतनी प्रगाढ़ हो गई थी कि शामली अपने पुराने दोस्तों को ही भुला बैठी थी। अपने सभी दोस्तों से मिलना-जुलना उसने कम कर दिया था। उसकी जुबान पर हर वक्त बस अपने नए दोस्तों का नाम रहने लगा था।''

''ऐसा क्या हुआ था? इसकी कोई वजह तो होगी?''-ऋषभ ने पूछा।

''वजह? दोस्ती की भी कोई वजह होती है? दोस्ती बिना वजह भी हो सकती है। और वजह से भी हो सकती है। शामली के मामले में देखें तो वजह भी थी। आखिर वो एक नया प्रोजेक्ट शुरू कर रही थी, जिसमें उसके नए दोस्तों का महत्त्वपूर्ण रोल था। लेकिन इसके बाद भी शामली जिस तरह अपने पुराने दोस्तों को नजरअंदाज करने लगी थी, वो मुझे अच्छा भी नहीं लगा था और अजीब भी लगा था।''

''जरूर शामली के इस बर्ताव की कोई और भी वजह थी।''

''थी तो कम से कम मुझे तो नहीं मालूम। न ही शामली ने हमें इस बारे में कभी कुछ बताया। वो काफी आजादख्याल थी। अपने मन की करती थी। हमसे तो अब उसकी बातचीत भी कम होती थी। इकलौती बेटी थी इसलिए हम उस पर ज्यादा अंकुश लगाना नहीं चाहते थे। लेकिन अब लगता है...।''-वो अपनी बात पूरी नहीं कर पाए। उनका गला भर आया था।

ऋषभ एक पल खामोश रहा, फिर बोला-''मैं आपका दुख समझ सकता हूं। आपको हिम्मत से काम लेना होगा।''

उन्होने जवाब नहीं दिया। बस हां में सिर हिला दिया।

''आपकी कभी उन तीनों से मुलाकात हुई थी?''

''नहीं। शामली घर पर कभी उनका जिक्र भी करती थी तो काफी प्रोफेशनल ढंग से करती थी। या तो वो उनसे काफी प्रोफेशनल रिश्ता रखना चाहती थी या....।''-वे चुप हो गए।

''या क्या?''-ऋषभ ने पूछा।

''या उनके जिक्र से बचने की कोशिश करती थी।''
ऋषभ ने समझने वाले भाव से सिर हिलाया।
''वैसे भी शामली के कुछ साथियों के बारे में जैसी जानकारी निकल कर सामने आ रही थी, उसे ध्यान में रखते हुए शामली ही क्या, कोई भी लड़की अपने वैसे दोस्तों का जिक्र अपने घर-परिवार में करने से बचने का ही प्रयास करेगी।''
''मुझे तो वो लोग ठीक ही लगते थे''-निर्मलकर ने कहा-''वैसे भी शामली ऐसे-वैसे लोगों से सम्पर्क नहीं रखती थी। मैं तो उन पर इसीलिए भरोसा कर सकता था कि वे शामली के दोस्त थे।''
''आप शामली के बॉस थे लेकिन उसके अभिभावक की तरह भी थे। अभिभावक कई बार अपने बच्चों पर अधिक प्रेम रखते हैं तो उन्हें अपने बच्चों ही नहीं, बल्कि उनके मित्रों तक में कोई कमी नहीं दिखाई देती। मुझे लगता है आपके मामले में भी ऐसा ही है।''
''तुम्हारा मतलब''-उसकी आंखें फैल गई-''शामली के दोस्त गलत किस्म के थे? ये जो कुछ हुआ, उन्हीं की वजह से हुआ?''
''फिलहाल कुछ कहना जल्दबाजी होगी। लेकिन आपके दूसरे सवाल के जवाब में इतना तो कह ही सकता हूं कि जब शामली की किसी से दुश्मनी का पता नहीं चल रहा है तो जरूर गड़बड़ बाकी तीनों की तरफ से ही रही होगी।''
निर्मलकर ने समझने वाले भाव से सिर हिलाया।
ऋषभ ने शामली के पिता से कुछ और प्रश्न पूछे लेकिन और कोई विशेष बात मालूम नहीं हो सकी।
''ठीक है।''-फिर ऋषभ ने कहा-''मदद के लिए शुक्रिया।''
''मैं चाहता हूं''-अचानक बुजुर्गवार की आंखों में प्रतिहिंसा की झलक दिखाई दी-''मेरी बेटी का खून करने वाले को फांसी की सजा दी जाए।''
''वो कानून का काम है। कानून अपना काम जरूर करेगा। फिलहाल हमारा काम है कातिल का पता लगाना। जिसके लिए पुलिस भी पूरी कोशिश कर रही है। और मेरे जैसे लोग भी हाथ-पांव मार ही रहे हैं।''

''आप चिंता मत करिए।''-निर्मलकर ने सोलंकी का कंधा थपथपाया-''ये बहुत ही काबिल रिपोर्टर हैं। पहले भी कई केस सॉल्व कर चुके हैं। शामली के कातिल को भी ये सलाखों के पीछे जरूर पहुंचाएंगें।''
बुजुर्गवार ने सिर हिला दिया।
ऋषभ उन्हें नीचे गेट तक छोड़ कर आया।
बुजुर्गवार की पीड़ा देख कर ऋषभ का मन द्रवित हो उठा।

○○

पुणे से ऋषभ लोनावला पहुंचा, जहां उसने बाइक लोनावला के न्यूज ऑन के ऑफिस की बिल्डिंग के सामने रोकी।
रुपाली उसे बिल्डिंग के गेट पर रिसेप्शन के पास ही खड़ी दिखाई दे गई। जैसे उसी का इंतजार कर रही हो।
ऋषभ ने आंख भर कर उसे देखा।
आज वो कुछ ज्यादा ही सजी-संवरी लग रही थी।
पिछली बार जब ऋषभ प्रखर के बारे में पूछताछ करने के सिलसिले में उससे मिलने आया था तो वो साधारण कपड़ों में थी और जहीन ऑफिस एम्प्लॉई लग रही थी। लेकिन इस बार लग रहा था, जैसे उसका इरादा फोटोशूट कराने का हो। पिछली बार के मुकाबले उसने मेकअप भी ज्यादा किया हुआ था।
खूबसूरत ड्रैस में वो सचमुच काफी हसीन लग रही थी।
''इसका इरादा क्या है?''-ऋषभ बुदबुदाया।
''हाय।-वो ऋषभ के समीप आ कर चहकी।
''हाय।''-ऋषभ ने सहमति में सिर हिलाया-''कहां जाने की तैयारी हो रही है?''
''जहां तुम जा रहे हो।''
''मैं? मैं कहां जा रहा हूं?''
''ये तो तुम ही बता सकते हो।''

''बता तो दूंगा लेकिन तुम वहां क्यों जाना चाहती हो, जहां मैं जाना चाहता हूं?''

''क्यों? सारी इन्वेस्टिगेटिव जर्नलिज्म का ठेका तुमने अकेले ने ही उठाया हुआ है क्या?''-उसने शोखी से कहा-''दूसरों को हक नहीं है?''

''बिल्कुल हक है।''

''साड्डा हक। एत्थे रख।''

ऋषभ ने गहरी सांस ली, फिर सिर हिला कर बाइक की पिछली सीट पर बैठने का इशारा किया-''बैठो।''

वो उछलती सी बाइक के पीछे बैठ गई।

''मैं तुम्हें पकड़ लूं?''-पीछे से उसने कहा-''बाइक तेज चलाओगे तो गिरने का डर रहेगा।''

'ये कहां छपा है कि मैं बाइक तेज चलाऊंगा?'-ऋषभ ने मन ही मन कहा।

''क्यों नहीं?''-प्रत्यक्षत: उसने कहा-''बिल्कुल।''

उसने दोनों हाथ ऋषभ की कमर में डाल दिए और उसकी पीठ से सट गई।

ऋषभ ने गहरी सांस ली।

अब उसे स्पष्ट समझ में आ रहा था कि वहां क्या हो रहा था।

उसने बाइक स्टार्ट करके आगे बढ़ा दी।

○○

ऋषभ और रूपाली सुजान सिंह से मिलने पहुंचे।

सुजान सिंह विश्रांति विला का मालिक था।

जब वे दोनों उसके घर पहुंचे, सुजान सिंह घर पर ही था। उसका घर एक बंगला था, जिससे उसके संपन्न होने का पता चल रहा था।

ऋषभ और रूपाली ने अपना परिचय दिया, फिर ऋषभ ने बताया कि वे उससे विश्रांति विला में हुई उस भयावह वारदात के बारे में जानकारी लेने आए थे।

''मेरा तो नुकसान ही हो गया।''-सुजान सिंह भुनभुनाया-''अब इतनी भयानक वारदात होने के बाद मेरे मकान को कौन किराए पर लेगा? और ये पुलिस का लफड़ा वो सब अलग।''

''सर जी। उन बेचारों को भी तो सोचिए, जो इस दुनिया से चले ही गए। क्या आप नहीं चाहते कि उनके कातिल को सजा मिले?''

''क्यों नहीं चाहता? कातिल को सजा जरूर मिलनी चाहिए। मैं तो कहता हूं फांसी दे दो।''

''फांसी देने के लिए पहले ये पता लगाना जरूरी है कि कातिल है कौन?''

''पता लगाओ।''

''वही तो कर रहा हूं। और अपने इस मिशन में आपके सहयोग का अभिलाषी हूं।''

''मैं क्या सहयोग कर सकता हूं?''

''बस मेरे चंद सवालों के जवाब दे दीजिए। हो सकता है कातिल का कोई सुराग मिल जाए।''

''ओह। इन्वेस्टिगेशन कर रहे हो। पूछो।''

''शामली ने उस मकान को किराए पर लेने के लिए कब कॉन्टैक्ट किया था?''-ऋषभ ने पूछा।

''करीब हफ्ते भर पहले।''

''आज से हफ्ते भर पहले? यानि उस घटना से चंद-एक दिन पहले ही कॉन्टैक्ट किया होगा?''

सुजान सिंह ने सहमति में सिर हिलाया।

''आपके और उसके बीच में क्या बात हुई थी?''

''बात क्या होनी थी? उसने कहा कि वो फिल्म डब करने की एक छोटी-सी कंपनी शुरू कर रही थी। और उस घर में अपना ऑफिस बनाना चाहती थी। किराया भी उसे ठीक-ठाक ही लगा। लेकिन उसने शर्त रखी थी कि पहले वो एक महीने घर में रह कर देखेगी। उसके बाद साल भर के लिए किराए पर कॉन्ट्रैक्ट करेगी। मैं तैयार हो गया। वैसे भी वो घर काफी अरसे से खाली पड़ा था।''

''खाली क्यों पड़ा था?''

''पहले मैंने उस घर को कुछ बार फिल्मों की शूटिंग के सैट के तौर पर किराए पर उठाया था। किराया तो अच्छा मिल जाता था। लेकिन किराएदार हमेशा उपलब्ध नहीं होते थे। और वो तब की बात थी, जब फिल्मी दुनिया में मेरे कुछ कॉन्टैक्ट थे। बाद में वो कॉन्टैक्ट भी खत्म हो गए। और अब तो फिल्मों की शूटिंग के लिए लोकेशंस की, मकानों की कोई कमी ही नहीं है। एक ढूंढो हजार मिलते हैं। बड़े बजट वाले सीधे विदेश चले जाते हैं अपनी फिल्म शूट करने के लिए। छोटे बजट वाली फिल्मों के लिए भी ऐसे मकानों की भरमार होती है। वेबसीरिज वाले-जिनका बजट और भी कम होता है-ज्यादा सस्ते मकान ढूंढते हैं। कुछ तो अपने ही घरों में शूटिंग तक कर लेते हैं। मकान लंबे अरसे से खाली पड़ा था तो मैंने भी सोच लिया था कि किसी फैमिली वगैरह को ही किराए पर दे दूंगा। कम से कम वहां से कुछ इन्कम तो होती रहेगी। शामली ने जब डबिंग फिल्म के प्रोडक्शन के लिए उसे किराए पर लेने की इच्छा जताई तो मुझे क्या ऐतराज हो सकता था?''

''शामली से आपका पहले से कोई परिचय था?''

उसने इनकार में सिर हिलाया।

''वैसे''-फिर उसने कहा-''शामली जिसके यहां काम करती थी, उससे मेरा परिचय है। मैंने मकान किराए पर देने से पहले सुदेश से शामली की बाबत दरयाफ्त की। उसने शामली के बारे में अच्छा-अच्छा बताया तो मैं भी उसे मकान किराए पर देने के लिए तैयार हो गया। यहां तक कि सुदेश के भरोसे पर ही मैं शामली को बिना किसी रेंटल एग्रीमेंट के ही मकान देने पर सहमत हुआ था।''

''सुदेश निर्मलकर? शामली के पूर्व बॉस? आप उन्हें पहले से जानते हैं? कैसे इंसान हैं ये निर्मलकर साहब?''

''अच्छा ही इंसान है। बल्कि बहुत अच्छा इंसान है। फैमिलीमैन है। अपनी ट्रेवल एजेंसी का बिजनेस चलाता है। बेटा डॉक्टरी की पढ़ाई करने विदेश गया है। बेटी की सुना है शादी होने वाली है।''

''एक चीज के बारे में मुझे और पूछना था।''-ऋषभ ने पूछा।

''पूछो।''

''घर वैल फर्निश्ड था, जब आपने उसे शामली को किराए पर दिया।''

‘‘हां भई। किराया भी तो उसी हिसाब से है। मैंने तुम्हें बताया न कि वो घर मैं पहले फिल्मों की शूटिंग के लिए भी किराए पर देता था। अब फिल्मों की शूटिंग खाली घर में थोड़े ही होगी। फिल्म वाले सोफा-टेबल अपने सिर पर रख कर थोड़े ही घूमेंगें, जो खाली घर किराए पर ले कर फिर उसमें फिल्म शूट करें।’’

‘‘वो तो मैं समझ गया। मैं ये कहना चाहता था कि क्या उस घर में फर्नीचर वगैरह के अलावा कुछ भी और था? कोई बेहद कीमती सामान?’’

सुजान सिंह की भंवें उठीं।

‘‘मतलब?’’-उसने पूछा।

‘‘देखिए, शामली और उसके साथियों के कत्ल का मोटिव अब तक पता नहीं चल पाया है। मेरा मानना है कि ऐसा भी हो सकता है कि कातिल का इरादा कोई बेहद कीमती चीज लूटने का हो।’’

सुजान सिंह हंसा।

‘‘भाई’’-उसने कहा-‘‘मैं ऐसी कोई कीमती चीज घर में रख कर उसे किराए पर उठा दूंगा?’’

‘‘वो कभी-कभी होता है न मकान मालिक घर किराए पर देने के समय एकाध कमरा अपने लिए बुक कर लेते हैं, जिसमें किराएदार के जाने की मनाही होती है।’’

‘‘ऐसा कोई कमरा नहीं था। घर किराए पर दिया। किराएदार को पूरे घर को इस्तेमाल करने की आजादी थी। न ही मैंने अपनी कोई कीमती चीज वहां रख छोड़ी थी। अगर कातिल ने कोई कीमती चीज लूटने के इरादे से कत्ल किए होंगें तो वो चीज शामली और उसके साथी ही वहां ले कर गए होंगें।’’

‘‘इसी बात की संभावना ज्यादा है। फिर भी मैंने सोचा, एक बार आप से भी पूछ लिया जाए।’’

ऋषभ जानता था कि वो एक बेवकूफाना सवाल था। लेकिन उस केस में आगे बढ़ने के लिए कोई रास्ता ही नहीं दिख रहा था इसलिए वो हवा में हाथ-पैर मारने के लिए खुद को मजबूर महसूस कर रहा था।

अगर शामली और उसके साथी ऐसी कोई कीमती चीज-जैसे कोई बड़ी रकम-लेकर वहां गए थे तो इसका पता किससे चल सकता था?

और कैसे चल सकता था?
कातिल ने शामली सहित उसके सभी साथियों को मार दिया था।
अब ये बताने वाला तो उन चारों में से कोई बचा नहीं था कि वे क्या-क्या सामान ले कर विला में गए थे? कितना पैसा ले कर गए थे?
अचानक ऋषभ को उन चारों के कत्ल की सबसे बड़ी वजह यही लगने लगी।
उन चारों से कातिल की ऐसी कॉमन दुश्मनी क्या हो सकती थी?
हो सकता है कोई दुश्मनी थी ही नहीं।
वो पूरा काण्ड सिर्फ लूटपाट के लिए ही अंजाम दिया गया था।
और कातिल का उद्देश्य इसलिए पता नहीं चल पा रहा था क्योंकि ये पता नहीं चल पा रहा था कि शामली और उसकी टीम अपने साथ नगद के रूप में कितना पैसा लेकर वहां गए थे। या उनके पास कोई और कीमती चीज थी।
लेकिन जाहिर था कि सुजान सिंह इस संबंध में उसे और कोई जानकारी नहीं दे सकते थे।
''शामली विश्रांति विला कितनी बार गई थी?''-उसने पूछा-''मेरा मतलब उस घटना से पहले।''
''एक ही बार गई थी।''-सुजान सिंह ने कहा-''रूको मैं अपने आदमी को बुला देता हूं, जो विश्रांति विला की देख रेख करता है।''
''अभिराज।''-सुजान सिंह ने आवाज दी।
एक 20-25 वर्षीय औसत कद-काठी का युवक हाजिर हुआ।
''जी सर।''-उसने कहा।
''ये अभिराज है।''-सुजान सिंह ने ऋषभ से कहा-''विश्रांति विला की देख-रेख वगैरह का काम यही देखता है।''-फिर वो अभिराज की ओर घूमा-''शामली विला में हुए खून खराबे वाली घटना से दो दिन पहले भी मकान देखने आई थी न?''
''जी हां।''-उसने सहमति में सिर हिलाया।
''उसके साथ वो दूसरा आदमी कौन था?''

''मुझे नाम तो नहीं मालूम। लेकिन देखने से किसी अच्छे घर का लग रहा था। सूट-बूट धारी था। बातें भी बड़े लोगों के अंदाज में कर रहा था। बिजनेसमैन टाइप लग रहा था।''

''उसका हुलिया बता सकते हो?''-ऋषभ ने पूछा।

उसने हुलिया बताया और इतनी सटीकता से बताया कि ऋषभ को अफसोस होने लगा कि वो सवाल उसने उससे पहले क्यों नहीं पूछ लिया था।

उसने ऋषभ के सामने एक तरह से उस शख्स की तस्वीर खींच दी थी, जो उस घर को देखने शामली के साथ गया था।

और ऋषभ उस आदमी को पहचानता था।

''मैंने विला में सीसीटीवी कैमरे भी लगवा रखे थे।''-सुजान सिंह ने कहा-''उनमें हत्या की पिछली रात के बाद के वीडियोज नहीं हैं। कैमरों को किसी ने खराब कर दिया था। लेकिन उससे पहले के वीडियो हैं। तुम चाहो तो उन वीडियोज को देख कर शामली के साथ आए उस व्यक्ति की शिनाख्त कर सकते हो।''

''उसकी जरूरत नहीं पड़ेगी।''-ऋषभ ने कहा-''इन्होंने हुलिया इतनी अच्छी तरह बताया है कि मैं उस व्यक्ति को पहचान गया हूं।''

''कौन है वो?''-सुजान सिंह ने उत्सुकता से कहा।

''शामली का ही एक परिचित है।''

''शहर के मुख्य इलाके से इतनी दूर''-रूपाली ने कहा-''वीरान सी जगह पर स्थित विश्रांति विला में सीसीटीवी ही एकमात्र सुरक्षा का साधन थे। उन्हें भी किसी ने पहले ही खराब कर दिया था।''

''सीसीटीवी सुरक्षा के साधन नहीं होते।''-ऋषभ ने कहा-''वे किसी अपराध को होने से रोक नहीं सकते। बस अपराध को रिकॉर्ड कर सकते हैं। और अपराधी के खिलाफ सबूत उपलब्ध कराने में उपयोगी साबित होते हैं।''

उसने आश्चर्य से ऋषभ की ओर देखा-

''लेकिन फिर भी''-वो बोली-''कम से कम सीसीटीवी कैमरे की उपस्थिति ही अपराधी को सोचने पर मजबूर कर देती है।''

‘‘सीसीटीवी नहीं थे, तब भी ऐसा नहीं था कि हर जगह अपराध होते रहते थे। ये इंसान और समाज पर निर्भर करता है। अगर समाज में शुरू से ही अपराध की रोकथाम के लिए ध्यान न दिया जाए तो सीसीटीवी कैमरे अपराध रोकने में ज्यादा बड़ी भूमिका नहीं निभा पाते। ऐसी बेशुमार घटनाएं हैं, जिनमें अपराधियों को कैमरा होने का पता था लेकिन फिर भी उन्होंने मुंह ढंकने तक की जरूरत नहीं समझी।’’

‘‘तुम कहना चाहते हो, सीसीटीवी कैमरे बेकार हैं?’’

‘‘ऐसा मैंने कब कहा? तुम्हारी बात भी कुछ हद तक सही है कि सीसीटीवी कैमरे से अपराधी के दिमाग में एक भय उत्पन्न होता है, जो उसे अपराध करने से रोकता है। लेकिन सीसीटीवी कैमरे पूरी तरह कारगर नहीं हैं। कैमरे की आंख में आंख डाल कर अपराध करने की भी कई घटनाएं सामने आ चुकीं हैं।’’

‘‘सच है।’’-रूपाली ने सहमति में सिर हिलाया।

वे सुजान सिंह के घर से बाहर निकले तो बाइक के पास पहुंचने के बाद ऋषभ ने रूपाली की ओर देखा।

वो आशा भरी नजरों से उसकी ओर ही देख रही थी।

‘‘तुम्हें तुम्हारे ऑफिस छोड़ दूं?’’-ऋषभ ने कहा।

उसके चेहरे की चमक गायब सी हो गई।

‘‘इतनी जल्दी है मुझसे पीछा छुड़ाने की?’’-उसने कहा।

‘नहीं। नहीं। भगवान के लिए नहीं।’-ऋषभ ने मन ही मन अपने बाल नोंचे।

‘‘ऐसा नहीं है।’’-ऊपर से उसने मीठे स्वर में कहा-‘‘मेरे कहने का मतलब यही है कि तुम्हें ऑफिस के लिए देर हो रही होगी।’’

‘‘देर तो कल भी हुई थी’’-उसके स्वर में गर्व के भाव आ गए-‘‘जब मैं इस केस से जुड़ा एक महत्त्वपूर्ण सुराग निकालने के लिए गलियों में भटक रही थी।’’

‘‘सुराग? कैसा सुराग?’’

‘‘शामली की सहेली रीना। और उसके मंगेतर के बारे में तो तुम्हें पता ही होगा।’’

‘‘उसका क्या?’’

‘‘शामली का आशीष के साथ अफेयर चल रहा था।’’

ऋषभ आश्चर्यचकित रह गया।

अभी अंदर से वो ये पता करके निकला था कि शामली जिस शख्स के साथ विश्रांति विला देखने आई थी, वो आशीष था।

और अब बाहर आते ही रूपाली ये बम फोड़ रही थी कि शामली का तो आशीष के साथ बकायदा अफेयर ही था।

‘‘सच कह रही हो?’’-ऋषभ ने कहा।

उसने गर्व भरे भाव से सिर सहमति में हिलाया।

‘‘तुम्हें कैसे पता चला?’’

‘‘शायद कल तुम मुझसे मिलने आए थे तो तुम्हारे संपर्क में आकर मुझमें भी डिटेक्टिव वाले लक्षण आ गए।’’-उसने शरारत भरे स्वर में कहा।

‘‘मजाक छोड़ो।’’

उसने अपने हैण्डबैग से एक लिफाफा निकाला और ऋषभ की ओर बढ़ा दिया।

ऋषभ ने उसे देखते हुए लिफाफा उसके हाथ से लिया और खोल कर देखा तो उसमें कुछ फोटुएं थीं। ऋषभ ने फोटुएं बाहर निकाल कर देखीं तो उसकी आंखें फैल गईं।

उन फोटोज में शामली और आशीष किसी बंद कमरे में आपत्तिजनक अवस्था में दिख रहे थे।

‘‘ये’’-वो हैरत से रूपाली को देखते हुए बोला-‘‘ये फोटोज तुम्हें कहां से मिलीं?’’

‘‘बता दूंगीं तो मेरे डिटेक्टिव बनने वाली बात का झूठ खुल जाएगा।’’

‘‘मतलब?’’

‘‘ये फोटोज मैंने हासिल नहीं की हैं। ये तो बैठे बिठाए मेरी झोली में आ टपकीं।’’

‘‘कैसे आ टपकीं?’’

‘‘कोई इसे मेरे घर में दरवाजे के नीचे से डाल गया था। साथ में एक नोट भी था।’’

‘‘कैसा नोट?’’

''जिसमें लिखा था कि इन फोटोज को तुम्हें या पुलिस को ही दूं।''
''मुझे? मेरा नाम लिखा था?''
उसने सहमति में सिर हिलाया।
''नोट अब भी लिफाफे में है।''-उसने लिफाफे की ओर संकेत किया।
ऋषभ ने लिफाफे में फिर झांक कर देखा तो उसमें सचमुच फोटोज के निकलने के बाद बची जगह में एक कागज का टुकड़ा दिख रहा था। ऋषभ ने उसे निकाल कर देखा तो उस पर किसी प्रिंटर से छपे हुए वही शब्द लिखे थे जो रूपाली ने कहे थे।
''ये लिफाफा किसने भेजा?''-ऋषभ ने पूछा।
''क्या पता?''-उसने कंधे उचका दिए-''मेरा ध्यान तो बहुत देर बाद गया। शायद कोई अज्ञात मददगार हो जो इस केस में पुलिस और तुम्हारी मदद करना चाहता हो।''
ऋषभ हैरान था।
'तो ये बात थी।'-ऋषभ ने सोचा-'आशीष तो कह रहा था कि रीना शामली की मौत से दुखी थी इसलिए शादी पोस्टपोन की गई?'
शायद उसे रीना-वीना के दुख से कोई मतलब नहीं था।
पट्ठा खुद ही शामली की मौत से रंडवा होने का शोक मना रहा था।
शामली और आशीष के करीब होने की बात तो वो सुजान सिंह के यहां उसके कर्मचारी अभिराज के मुंह से सुन चुका था।
लेकिन वे इतने करीब होंगें, इसका अंदाजा उसे नहीं था।
और ये चीज खतरनाक बातों की ओर इशारा कर रही थी।
उसने आशीष से मिल कर सीधे बात करने का फैसला किया।
ऋषभ ने रीना को कॉल की।
''हैलो।''-दूसरी ओर से रीना का स्वर सुनाई दिया।
''मैं ऋषभ बोल रहा हूं। रिपोर्टर। शामली के केस के संबंध में तुमसे बात करने आया था।''
''हां। हां। बोलो?''
''आशीष का नम्बर चाहिए।''
''आशीष का? क्यों?''

‘‘शामली के बिजनेस के संबंध में बात करनी है। आशीष उसे बिजनेस संबंधी एडवाइस दे रहा था। फाइनांशियल हैल्प कर रहा था। हो सकता है वो कुछ और भी बातें जानता हो।’’

‘‘अच्छा रूको। मैं नंबर तुम्हें व्हाट्सएप करती हूं।’’

‘‘थैंक्स।’’

कुछ ही पलों में आशीष का नंबर ऋषभ के मोबाइल में आ गया।

उसने नंबर सेव करके आशीष को कॉल लगाई।

‘‘हैलो।’’-दूसरी ओर से आशीष का स्वर सुनाई दिया।

‘‘मैं ऋषभ।’’-ऋषभ को उसे भी याद दिलाना पड़ा-‘‘शामली के केस के संबंध में रीना से पूछताछ करने आया था।’’

‘‘बोलो।’’

‘‘आपसे मुलाकात हो सकती है?’’

‘‘किसलिए?’’

‘‘शामली के बारे में कुछ बात करनी है।’’

‘‘शामली के बारे में? भई, वो रीना की दोस्त थी। उससे बात करो। मैं तुम्हें शामली के बारे में क्या बता पाऊंगा?’’

‘‘मेरे ख्याल से जो आप बता सकोगे, वो रीना नहीं बता पाएगी।’’

उधर से कुछ पलों तक खामोशी रही, फिर उसने एक एड्रेस बताते हुए कहा-‘‘मेरे ऑफिस आ कर मिल लो। लेकिन तीन बजे से पहले आ जाना। उसके बाद मैं एक मीटिंग के सिलसिले में निकलने वाला हूं।’’

‘‘मैं एक बजे पहुंच जाऊंगा।’’

‘‘ओके।’’

दूसरी ओर से कॉल डिस्कनेक्ट हो गई।

‘‘ठीक है।’’-वो बोला-‘‘मैं इस बारे में आशीष से मिल कर बात करने जा रहा हूं।’’

‘‘चलो।’’-रूपाली के चेहरे पर रौनक आ गई।

‘‘नहीं। मेरा अकेले जाना ही ठीक रहेगा।’’

उसका चेहरा फिर उदास हो गया।

‘‘लेकिन मैं तुम्हें एक जिम्मेदारी सौंप रहा हूं।’’-ऋषभ ने कहा-‘‘अगर एक घंटे में मैं तुम्हें कॉल न करूं’’-उसने लिफाफे की फोटोज में से दो फोटो निकाल कर अपनी जेब में रखीं और बाकी लिफाफे में ही रख कर लिफाफा उसकी ओर बढ़ाते हुए कहा-‘‘तो ये ले कर सीधे पुलिस के पास चली जाना। और सब कुछ सच-सच बता देना। बल्कि अपने एडीटर या अखबार के किसी और जिम्मेदार व्यक्ति को भी ये सब बता कर उसे भी अपने साथ ले जाना। ठीक है?’’

उसने लिफाफा लेते हुए सहमति में सिर हिला दिया।

उसके बाद ऋषभ उसे लेकर सीधा न्यूज ऑन के ऑफिस पहुंचा, जहां उसे छोडऩे के बाद उसकी बाइक आशीष के ऑफिस की ओर भागी जा रही थी।

○○

आशीष से मिलने जाने से पहले ऋषभ ने एक बार रीना से भी मिलने का निश्चय किया।

वो रीना के घर पहुंचा।

पिछली बार जब उसने रीना से उसके घर पर मुलाकात की थी, उस वक्त आशीष भी उसके साथ था। लेकिन इस बार रीना अकेली थी।

जो कि ऋषभ के लिए सुविधाजनक भी था।

क्योंकि वो जो प्रश्न उससे करना चाहता था, वो आशीष के सामने करना थोड़ा असहज साबित हो सकता था।

‘‘कहो।’’-दोनों जब सोफे पर आमने-सामने जम गए तो रीना ने सवाल किया।

रीना से बात करते समय ऋषभ को अपनी जेब में रखे आशीष और शामली के फोटो किसी बम की तरह महसूस हो रहे थे।

वो फोटो निकाल कर रीना को दिखाने में उसे कितनी देर लगनी थी?

और उन फोटो को देख कर उस बेचारी पर क्या असर पड़ने वाला था?

हालांकि उसका फिलहाल रीना को वो फोटो दिखाने का कोई इरादा नहीं था।

लेकिन वो ये भी नहीं समझ पा रहा था कि जेब में वे फोटो होते हुए भी रीना से छिपा कर वो सही कर रहा था या गलत?

''शामली तुम्हारी सहेली थी।''-ऋषभ ने कहा-''उसकी आशीष से कितनी जान-पहचान थी?''

रीना ने गहरी निगाहों से उसे देखा।

''उतनी ही''-वो बोली-''जितनी होनी चाहिए थी। लेकिन तुम ये क्यों पूछ रहे हो?''

''पता चला है कि शामली को आशीष के साथ भी घूमते देखा गया था।''

वो कुछ पल खामोश रही।

ऋषभ ने उसे प्रतिक्रिया देने के लिए पूरा समय दिया।

''घूमते ही देखा गया था न?''-फिर वो बोली, हालांकि उसके स्वर में थोड़ी तल्खी थी-''या कुछ और भी बात है?''

''कुछ और भी बात है तो फिलहाल मेरी जानकारी में तो नहीं है। इसीलिए तो तुमसे पूछने आया हूं।''

''आशीष मेरे कहने पर शामली को उसके प्रोजेक्ट में भी मदद कर रहा था।''-रीना ने कहा।

''किस तरह की मदद?''-ऋषभ ने कहा।

''फाइनांशियल मदद। बिजनेस आशीष की ही वर्कफील्ड है। जब शामली ने मुझे अपने बिजनेस प्लान के बारे में बताया और आशीष के माध्यम से मदद करने का अनुरोध किया तो मैंने ही आशीष से कहा था। मुझे खुशी होती अगर मैं शामली के कुछ काम आ पाती तो।''

''ओह।''

''पचास लाख रूपए का लोन''-रीना ने कहना जारी रखा-''भी शामली को आशीष के प्रयासों से ही मिला था। वो इससे पहले भी कई बिजनेसों को फाइनेंस करवा चुका है। वैसे ऐसा आशीष ने अपनी मर्जी से नहीं किया था। मैंने ही उससे कहा था कि वो शामली के इस प्रोजेक्ट में जितनी हो सके मदद करे। मैं गारंटी लेने के लिए भी तैयार थी। हालांकि उसकी नौबत नहीं

आई। आशीष ने मेरी गारंटी के बिना ही उसके लिए लोन की व्यवस्था कर दी।''

''ग्रेट।''-ऋषभ ने कहा।

''बिजेनस में किसी की मदद करना गलत तो नहीं।''

''नहीं। बिल्कुल नहीं। मैंने कब कहा? ये तो अच्छी बात है कि आप-और आपके मंगेतर-शामली की इतनी मदद कर रहे थे।''

उसने कुछ नहीं कहा।

''ठीक है फिर।''-ऋषभ ने कहा-''शामली से रिलेटेड कोई और बात आपके ध्यान में आई, जो मुझे बताने लायक हो?''

उसने इनकार में सिर हिलाया।

''तो मैं चलता हूं।''

''तुम बस मुझे यही बताने आए थे?''-उसने कहा।

''क्या?''

"कि शामली को आशीष के साथ घूमते देखा गया था?"

ऋषभ का मन किया कि वो फोटो निकाल कर उसे दिखा दे।

लेकिन फिर उसने इरादा त्याग दिया।

पहले इस बारे में आशीष से बात करना ही ठीक रहेगा।

''हां।''-ऋषभ ने कहा-''और ये भी सोचा कि शायद तुम कुछ और नई बात बता सको।''

''नहीं। शामली के बारे में ऐसा कुछ और तो मुझे याद नहीं आया।''

फिर ऋषभ ने उससे विदा ली।

○○

ऋषभ आशीष के ऑफिस पहुंचा।

''क्या लोगे?''-उसके बैठने के बाद आशीष ने पूछा-''कुछ ठण्डा-गर्म?''

''उसकी जरूरत नहीं।''-ऋषभ ने कहा-''मुझे बस कुछ सवाल पूछने थे।''

''पूछो। लेकिन ये मेरा ऑफिस है। रीना यहां नहीं है। इसलिए शामली से जुड़े तुम्हारे सवालों के सारे जवाब मिल जाएंगें, ऐसी उम्मीद मत रखना।''

''रीना यहां नहीं है, ये तो और भी अच्छी बात है।''-ऋषभ ने कहा-''उसकी अनुपस्थिति में ही हम लोग और भी खुल कर बात कर सकेंगें।''

आशीष की भंवें उठीं।

''तुम कहना क्या चाहते हो?''-उसने कहा।

ऋषभ ने खिड़की से बाहर नजर मारी।

बाहर का नजारा बेहद खूबसूरत था।

दूर-दूर तक फैली वादियां। और तालाब।

आखिर लोनावला ऐसे ही महाराष्ट्र के फेमस टूरिस्ट डेस्टिनेशन में शामिल नहीं है।

''क्या हुआ?''-आशीष ने कहा-''शानदार व्यू है न?''

''व्यू तो सचमुच शानदार है। काफी रोमांटिक फीलिंग आ रही है।''

''वो तो आएगी ही।''-आशीष अपने ही रंग में कहता चला गया-''मैंने तो खासतौर पर इसीलिए यहां ऑफिस लिया है। पूरा लोनावला ही रोमांटिक प्लेस है। जहां जाओ, खूबसूरत नजारों की कोई कमी नहीं। पहले लोगों ने मुझे मुम्बई में ही ऑफिस बनाने की सलाह दी थी। रोमांटिसिज्म के मामले में मुम्बई भी कुछ कम नहीं है। बल्कि ज्यादा ही है। लेकिन शहर बहुत बड़ा है। और भीड़-भाड़ ही ज्यादा है। इसलिए मैंने लोनावला में ही ऑफिस बनाने का फैसला किया।''

''रोमांटिक होना अच्छी बात है।''-ऋषभ ने कहा-''लेकिन इतना रोमांटिक भी नहीं होना चाहिए कि अपनी मंगेतर की बेस्ट फ्रेंड के साथ ही रोमांस करने लग जाओ।''

उसके चेहरे का रंग बदल गया।

''क्या मतलब?''-उसने कड़े स्वर में कहा।

''मतलब ये कि आप शामली के बिजनेस में किस तरह से हैल्प कर रहे थे?''

''किस तरह से? रीना ने तुम्हें बताया तो था। फाइनांशियल हैल्प कर रहा था। बिजनेस टिप्स भी दे रहा था।''

''और जब वो विश्रांति विला किराए पर ले रही थी तो उसके साथ-अकेले-घर का इंस्पेक्शन करने भी गए थे।''

उसके चेहरे पर हड़बड़ाहट के भाव उभरे।
''हां।''-फिर उसने स्वयं को सामान्य रखते हुए कहा-''उसने कहा था।''
''किसने क्या कहा था?''
''शामली ने कहा था। रिक्वेस्ट की थी कि मैं भी उसके साथ चला चलूं। एक बिजनेस कंसल्टेंट होने के कारण वो मुझे कुछ ज्यादा ही रिस्पैक्ट की नजर से देखती थी। उसने कहा कि विश्रांति विला देख कर मुझे ज्यादा अच्छा आइडिया हो सकता था कि उसके काम के लिए वो घर ठीक था या नहीं? इसीलिए उसके कहने पर मैं उसके साथ चला गया था।''
''वो आपको रिस्पैक्ट की नजर से देखती थी। और आप उसे किस नजर से देखते थे?''
''व्हाट डू यू मीन?''
''आई मीन दैट यू वर बैकस्टैबिंग योर फियान्शे बाई कीपिंग अफेयर विद हर फ्रेंड। दैट्स व्हाट आई मीन।''
आशीष को मानो सांप सूंघ गया।
''क्या बक रहे हो?''-फिर वो फर्जी दिलेरी दिखाने की कोशिश करते हुए बोला-''तुम्हारा दिमाग तो ठीक है?''
''मेरा दिमाग बिल्कुल ठीक है। लेकिन क्या आपका दिमाग ठीक है, जो आप अपनी ही होने वाली पत्नी की सहेली के साथ अफेयर चला रहे थे?''
उसके मुंह से बोल न फूटा।
ऋषभ ने उसके सामने वो तस्वीरें फेंक दीं, जो उसे रूपाली के माध्यम से मिली थीं।
आशीष का चेहरा फक्क पड़ गया।
''और अब शामली का कत्ल हो चुका है।''-ऋषभ ने जोड़ा-''इस केस में आपका इन्वॉल्वमेंट पता चलने के बाद पुलिस क्या एक्शन लेगी ये कहने की जरूरत नहीं है। तो अब आप फैसला कीजिए।''
''कैसा फैसला?''
''मुझे सब कुछ सच-सच बताएंगें? या पुलिस को?''
''मैं तुम्हें सब बता तो रहा हूं। तुम पुलिस की धमकी क्यों दे रहे हो?''

‘‘क्योंकि जिस लड़की के साथ आपका अफेयर चल रहा था, उसकी और उसके तीन साथियों की भयानक ढंग से हत्याएं हो चुकीं हैं। और पुलिस इस मामले में कोई भी जानकारी छिपाने वाले को अच्छी नजर से नहीं देखने वाली।’’

‘‘मैं...मैंने कोई जानकारी नहीं छिपाई।’’

‘‘शामली के साथ अपने अफेयर की बात छिपाई।’’

‘‘अब वो कोई ऐसी बात भी तो नहीं थी, जिसके मैं सड़कों पर बैनर लगवाता। अफेयर जैसी चीजें तो आदमी को छिपानी ही पड़तीं हैं।’’

‘‘लेकिन छिपती कहां हैं?’’-ऋषभ ने ठण्डी सांस ले कर ड्रामेटिक अंदाज में कहा-‘‘वो कहते हैं न, इश्क और मुश्क छिपाए नहीं छिपते।’’

‘‘इश्क? मुझे उससे इश्क नहीं था।’’

‘‘तो क्या था?’’

‘‘वो...वो काफी खुले विचारों वाली लडक़ी थी। मेरे साथ खुल रही थी। मैं उसकी मदद कर रहा था। हम दोनों कुछ ज्यादा ही करीब आ गए थे। बस इतनी सी बात थी।’’

‘‘लेकिन उसका खून होना बस इतनी सी बात नहीं है।’’

‘‘खून से मेरा क्या लेना-देना?’’

‘‘ये तो आपको ही बताना होगा।’’

‘‘मेरा उसके खून से कोई लेना-देना नहीं है।

‘‘शामली अपनी टीम के साथ जिस दिन विला में आई थी, उसके एक दिन पहले आपने ही वहां जा कर सारे सीसीटीवी कैमरे खराब नहीं किए थे?’’

‘‘क्या बकवास कर रहे हो?’’-वो भड़क उठा-‘‘मैं ऐसी बेहूदा हरकत क्यों करूंगा?’’

‘‘जिससे अगले दिन शामली और उसके साथियों के वहां आने पर वहां जो कुछ होने वाला था, वो कैमरे में रिकॉर्ड न हो।’’

उसने अविश्वास भरी नजरों से ऋषभ को देखा।

‘‘तुम...’’-वो बोला-‘‘तुम मुझ पर शामली के कत्ल का इल्जाम लगा रहे हो? नहीं।’’-उसकी आंखें और भी ज्यादा फैल गईं-‘‘तुम मुझ पर शामली और उसके तीनों साथियों के भी कत्ल का इल्जाम लगा रहे हो।’’

''वैसे तो मैंने अब तक आप पर सीसीटीवी कैमरे खराब करने का ही इल्जाम लगाया था लेकिन कत्ल की बात करके आपने चोर की दाढ़ी में तिनका वाली कहावत चरितार्थ कर दी है।''

''तुम पागल हो गए हो।''

''क्या रीना भी पागल हो जाएगी, जब उसे आपके और शामली के अफेयर के बारे में पता चलेगा?''

उसने बेचैनी से पहलू बदला।

''सुनो।''-फिर वो एक हाथ कुर्सी के हत्थे पर टिका कर दूसरा हाथ ऋषभ की ओर करके समझाने वाले अंदाज में बोला-''शामली से मेरा अफेयर था। ये मैं मानता हूं। लेकिन बाकी दोनों आरोप बिल्कुल गलत हैं। न मैंने विला में सीसीटीवी कैमरे खराब किए। न ही किसी का कत्ल किया।''

''कत्ल नहीं किया होगा।''-ऋषभ ने कहा-''मैं मान लेता हूं। लेकिन सीसीटीवी कैमरे तो खराब किए थे? खुद नहीं किए थे तो किसी और से करवाए होंगें।''

''तुम...तुम मुझ पर कातिल का सहयोगी होने का इल्जाम लगा रहे हो?''

''सबूत तो कुछ ऐसे ही निकल कर सामने आ रहे हैं।''

''कौन सा सबूत है तुम्हारे पास मेरे खिलाफ? दिखाओ।''

''सबसे बड़ा सबूत तो यही है कि शामली के साथ आपका अफेयर था। और आप ये बात छिपा रहे थे।''

''फिर वही बात। अरे अफेयर होने की बात क्या मैं बिल्डिंग की छत पर लाउडस्पीकर पर चिल्ला-चिल्ला कर सबको बताऊं? अफेयर की बातें छिपाई ही जातीं हैं। तुम भी तो जवान आदमी हो। तुम्हारा कोई अफेयर नहीं हुआ कभी?''

''मेरी किसी से सगाई हो तो उसकी सहेली से तो अफेयर नहीं करने वाला मैं।''

''ये मेरी गलती मैं मानता हूं। लेकिन सीसीटीवी और खून या कातिल का साथ देने वाली तुम्हारी बातें बकवास हैं।''

ऋषभ खामोशी से उसे देखता रहा।

''कितने चाहिए?''-उसने कहा।

''क्या?''-ऋषभ ने पूछा।
''पैसे। अपना मुंह बंद रखने के लिए।''
''तो अब तुम इस केस में मेरा मुंह बंद करने के लिए मुझे रिश्वत दोगे?''
''केस? कौन सा केस? भाई मेरे, मेरी और शामली के अफेयर की बात को लेकर मुंह बंद रखने के लिए। मैं देख रहा हूं कि तुम मुझसे अवैध उगाही करने के चक्कर में हो। प्रेस वाले ऐसा करते हैं। मैं कई लोगों को जानता हूं। मैं तुम्हें पैसे देने के लिए भी तैयार हूं। लेकिन तुम्हें भी ये बात समझनी होगी कि मैं ये पैसे अफेयर की बात को दबाने के लिए दे रहा हूं। सीसीटीवी कैमरे खराब होने और उस खून-खराबे से मेरा कोई लेना-देना नहीं है।''
''मुझे तुम्हारी फूटी कौड़ी नहीं चाहिए।''
ऋषभ ने वो बात कुछ ऐसे अंदाज में कही कि आशीष सकपका कर उसका मुंह देखने लगा।
''फिर क्या चाहिए तुम्हें?''-उसने पूछा।
''कातिल का नाम। जिसने शामली, प्रखर, विनोद और सुनैना का खून किया।''
''कातिल का नाम मैं कैसे बता सकता हूं? मैं कोई डिटेक्टिव हूं? और मुझे कातिल का नाम पता होता तो मैं यहां हाथ पर हाथ रख कर बैठा होता? पुलिस को न बता देता?''
''अपने और शामली के बारे में बताओ। सब कुछ। बिना लाग-लपेट के।''
वो कुछ पल खामोश रहा, फिर बोला-''शामली से मेरी मुलाकात रीना के माध्यम से ही हुई थी। रीना ने मुझसे कहा कि शामली एक छोटी सी फिल्म रिलेटेड कंपनी शुरू कर रही है। हॉलीवुड फिल्मों की हिन्दी में डबिंग करने वाली। मैं बिजनेस कंसल्टेंट और फाइनेंसर हूं तो मैं शामली की थोड़ी बहुत मदद कर दूं। फाइनेंस कर दूं। बिजनेस को ले कर उसे सही सलाह दूं। मुझे क्या ऐतराज होता? मैंने हां कर दी। उसके बाद मेरी और शामली की मुलाकातें होने लगीं। मुझे लगा वो मुझे लिफ्ट दे रही थी। मैं भी फिसल गया। हम दोनों करीब आ गए। शामली ने मुझे भरोसा दिलाया था कि ये बात उसके और मेरे बीच ही रहेगी। मैंने उसे लोन दिलाने में हैल्प की थी। फिल्मी

दुनिया से जुड़े लोगों से भी उसकी मुलाकातें करवाई थीं। वो मुझसे काफी खुश थी। न उसे मुझसे कोई शिकायत थी, न मुझे उससे।''

''शामली ने तुमसे कभी कोई ऐसी बात कही, जिससे पता चलता हो कि कोई उसकी जान की दुश्मन था? उसे किसी से खतरा था?''

''मुझसे तो उसने कभी ऐसा कुछ नहीं कहा।''-आशीष ने इनकार में सिर हिलाया।

''उसके साथियों पर आओ। प्रखर, विनोद और सुनैना के बारे में क्या-क्या जानते हो?''

''बहुत कम। शामली उनकी ज्यादा बात नहीं करती थी। कभी-कभार करती भी थी तो बिजनेस पार्टनर या दोस्तों के तौर पर। लेकिन इस तरह नहीं, जैसे वो उसके गहरे दोस्त हों।''

''और?''

''शामली जिस तरह से उनका जिक्र करती थी, उससे मुझे शामली का उन तीनों से रिश्ता काफी बिजनेस माइंडेड टाइप लगता था। उनके बीच थोड़ी-बहुत दोस्ती का अहसास भी होता था तो वो भी उसी तरह की, जैसे काम के सिलसिले में लोग साथ आ जाते हैं तो उनके बीच थोड़ी-बहुत तो खैरख्वाही, याराना हो ही जाता है।''

''शामली को छोड़ो। पर्सनली प्रखर, विनोद और सुनैना के बारे में क्या बता सकते हो?''

उसके चेहरे पर हिचकिचाहट के भाव उभरे।

''बिना झिझक, जो भी जानते हो, बताओ।''-ऋषभ ने कहा।

''मैंने पहले ही कहा कि मेरी उनसे ज्यादा मुलाकात नहीं हुई थी, न ही ज्यादा बातें हुईं थीं। प्रोजेक्ट की हैड शामली थी, रीना के कारण मैं शामली से जुड़ा था इसलिए मेरे लिए इंट्रेस्ट ऑफ सब्जेक्ट शामली ही थी। हां, कुछेक बार प्रखर, विनोद और सुनैना से मिलना जरूर हुआ था, थोड़ी-बहुत बातें भी हुईं थीं लेकिन उनके आधार पर किसी बड़े निष्कर्ष पर नहीं पहुंचा जा सकता। फिर भी तुम पूछ रहे हो तो मैं बता दूं कि प्रखर और विनोद मुझे ठीक आदमी नहीं लगते थे।''

''मतलब?''

''मैं कई सालों से बिजेनस के क्षेत्र में हूं। हर तरह के लोगों से मुलाकात होती है। उनके साथ उठना-बैठना होता है। आदमी को परखने की थोड़ी सी तो काबिलियत मेरे अंदर आ ही गई है। अगर लोगों को पहचानने की मेरी क्षमता गलत नहीं है तो मुझे प्रखर और विनोद ठीक किस्म के आदमी नहीं लगे थे। ऊपर से तो वो सभ्य दिखने का चोला पहने रहते थे लेकिन उनमें कुछ बात थी, जिससे मुझे लगता था कि उनकी हिस्ट्री में कुछ गड़बड़ है।''
''तुमने शामली से इस बारे में कुछ नहीं कहा?''
''मैंने उसे एक-दो बार संकेत देने की कोशिश की थी। उसकी बातों से लगता था कि वो भी उनकी हकीकत से वाकिफ थी। और जब मैं उनकी इस तरह चर्चा करने की कोशिश करता था, तो वो उससे बचने की कोशिश करती थी। इसका मतलब अगर मैं सही था कि वो लोग कुछ गड़बड़ थे तो मेरे ख्याल से शामली भी ये बात जानती थी। जब वो जानते-बूझते हुए उनके साथ बनी हुई थी तो मैं उसे कुछ कहने वाला कौन होता था? आजकल लोग हर तरह के लोगों के साथ संबंध रखते ही हैं। गुण्डे-बदमाश, हिस्ट्रीशीटर कोई अलग से किला बना कर तो नहीं रहते। इसी समाज में रहते हैं। और समाज में उनसे मिलने-जुलने वालों, उनके साथ उठने-बैठने वालों, उनके साथ लेन-देन करने वालों, बिजनेस करने वालों की भी कोई कमी नहीं रहती। तो शामली भी उनमें से एक थी तो क्या बुराई थी?''
''लेकिन तुम उनके साथ बिजनेस तो कर रहे थे। मतलब तुम इस तरह के लोगों के साथ भी बिजनेस करते हो?''
''देखो।''-उसने कहा-''पहली बात, उनके साथ बिजनेस मैं नहीं कर रहा था। शामली कर रही थी। मैं सिर्फ शामली को बिजनेस संबंधी सलाहें देता था। और लोन दिलवाने में सहायता की थी। दूसरी बात, बिजनेस में इतनी ज्यादा सावधानी नहीं बरती जाती। बिजनेस में ये देखा जाता है कि ज्यादा फायदा किससे हो सकता है? आदमी की हिस्ट्री टटोलने बैठ जाएंगें, तब तो हो गया। उदाहरण के लिए, इतने सारे शेयर लोग रोज खरीदते हैं। बेचते हैं। ये शेयर खरीदने-बेचने वाले, ये कंपनियां, क्या ये सब दूध की धुली होतीं हैं? इनमें भी ऐसे लोग जुड़े हो सकते हैं, जिनके साथ शराफत का दम भरने वाले लोग बैठना तक न पसंद करें। लेकिन बिजनेस में ये सब नहीं होता।

आदमी पैसा लगाता है। कमाता है। और आगे बढ़ जाता है। किसी की जन्मकुंडली बांचने की फुर्सत आज किसी के भी पास नहीं है।''

ऋषभ उसे देखता रहा।

''अब क्यों घूर रहे हो भाई?''-उसने दयनीय स्वर में कहा।

''शामली-या उसके साथियों के-बारे में बताने के लिए कुछ और है? या बस इतना ही?''

''बस इतना ही।''

''लगता है''-ऋषभ ने निराशा व्यक्त करते हुए कहा-''तुम कोऑपरेशन करने के मूड में नहीं हो। मुझे ये फोटो ले कर सीधे रीना के ही पास जाना चाहिए था।''

''नहीं। नहीं।''-उसने जल्दी से कहा-''मैं...मैं याद करने की कोशिश करता हूं।''

''करो।''

वो कुछ क्षण विचारपूर्ण मुद्रा में दिखाई दिया, फिर बोला-''याद आया।''

''जो याद आया, वो बोल के भी चुको। मैं अंतर्यामी नहीं हूं, जो तुम्हारे मन की बात पढ़ लूं।''

ऋषभ के लहजे से उसके चेहरे पर मायूसी के भाव उभरे लेकिन फिर भी उसने बोलना शुरू किया-''उस डबिंग प्रोजेक्ट के लिए रवाना होने से पिछली रात ही मेरी शामली से मुलाकात हुई थी। शामली ने बताया था कि वो बहुत बड़ा प्रोजेक्ट शुरू करने वाली है। इस प्रोजेक्ट के बाद उसके पास पैसा ही पैसा होगा।''

''ये तो तुमने कोई नई बात नहीं बताई। शामली के प्रोजेक्ट के बारे में तो सभी जानते हैं। पुलिस भी। प्रैस भी।''

''शामली ने एक बात और कही थी, जो मुझे अजीब लगी थी।''

''कौन सी बात?''

''उसने कहा था कि इस प्रोजेक्ट के लिए उसे किसी को रास्ते से हटाना पड़े तो उससे भी वो पीछे नहीं हटेगी। और बाद में जो हुआ, उसे देखते हुए तो वो बात और भी ज्यादा अजीब लगी।''

''बाद में क्या हुआ?''

''अरे?''-उसने हैरानी से ऋषभ की ओर देखा-''बाद में उसका खून हो गया था। बल्कि उसका ही नहीं, उसकी पूरी टीम का। वो किसी और को रास्ते से हटाने की बात कर रही थी लेकिन...लेकिन किसी ने उसे ही रास्ते से हटा दिया।''
''रास्ते से हटा दिया? किसके रास्ते का रोड़ा बन रही थी वो?''
''मुझे क्या पता? ये पता लगाना तो तुम्हारा काम है। पुलिस का काम है।''
''अच्छा, वो किसे रास्ते से हटाने की बात कर रही थी?''
''ये भी उसने नहीं बताया। वैसे उसने कहा था कि किसी को रास्ते से हटाना पड़े तो वो उससे भी पीछे नहीं हटेगी। हो सकता है, उसने यूं ही कह दिया हो।''
''और कुछ? कोई और खास बात, जो उसने कही हो? या शामली या उसके तीनों साथियों से रिलेटेड कोई भी खास बात?''
उसने इनकार में सिर हिलाया।
''हो सकता है इस वक्त तुम्हें ध्यान नहीं आ रहा हो।-ऋषभ ने कहा-या आ भी रहा हो तो बताने में हिचक रहे हो। अच्छे से दिमाग पर जोर डाल कर जो भी याद आए मुझे फोन करके बताना। मेरा नंबर सेव कर लो।''
उसने आज्ञा का पालन किया।
''अगर मुझे बाद में पता चला कि तुमने जान-बूझ कर मुझसे कुछ छिपाने की कोशिश की है तो?''
''नहीं भाई। मैं कुछ नहीं छिपा रहा। विश्वास करो।''
''ठीक है।''-ऋषभ उठते हुए बोला।
''तुम''-आशीष बेचैनी से बोला-''मेरे और शामली के बारे में किसी से कुछ कहोगे तो नहीं न?''
''तभी तक, जब तक मुझे ये भरोसा बना रहता है कि तुम मेरे साथ को-ऑपरेट कर रहे हो।''
कह कर उसे हैरान-परेशान छोड़ कर ऋषभ उसके ऑफिस से बाहर निकल गया।

OO

पुणे से वापस लौटते समय ऋषभ आशीष के बारे में ही सोच रहा था।
उसने अपने और शामली के संबंधों के बारे में सफाई तो दे दी थी।
लेकिन वो सफाई क्या विश्वास करने लायक थी?
जो शख्स अपनी मंगेतर से झूठ बोल सकता था, मंगेतर से झूठ बोल कर उसकी सहेली के साथ अवैध संबंध रख सकता था-वो भी शादी से चंद दिन पहले-वो कितना भरोसे के लायक हो सकता था?
आशीष के बारे में और गहराई से पड़ताल किए जाने की जरूरत थी।

○○

अगले दिन ऋषभ की नींद मोबाइल की रिंगटोन के साथ खुली।
उसने मोबाइल उठाया।
''हैलो।''-ऋषभ ने कहा।
''मैं बोल रही हूं। रूपाली।''-उधर से आवाज सुनाई दी।
''तुम? तुम्हें मेरा फोन नंबर कहां से मिला?''
''तुम्हारे अखबार से। मेरा मतलब पुणे वाली ब्रांच से। मैंने वहां फोन लगाया था। वहां मेरी बात किसी पलक जोशी से कराई गई। उसी ने तुम्हारा नंबर दिया।''
''ओह।''
''मैं सोच रही थी''-उधर से बोलते हुए उसके स्वर में हिचकिचाहट थी-''आज तुम विश्रांति विला वाले केस की कवरिंग के सिलसिले में आओगे तो मुझे भी अपने साथ ले चलना।''
'तुम्हें भी अपने साथ ले चलूं?'-ऋषभ ने सोचा-'ये कोई मेला घूमने की बात हो रही थी?'
''तुम मेरे साथ चल कर क्या करोगी?''-ऋषभ ने पूछा।
''क्या करूंगी? अरे? मैं भी अखबार में काम करती हूं।''
''लेकिन तुमने तो कहा था कि तुम फील्ड वाला काम नहीं करती हो।''
''हर चीज की कभी न कभी शुरूआत तो होनी ही होती है।''

''ये शुरूआत आज ही''-ऋषभ बड़बड़ाया-''और मेरे साथ ही होनी है?''
''क्या?''
''कुछ नहीं। मैंने कहा कि तुम्हारी बात में दम है।''
''दरअसल मैंने एडीटर साहब से भी बात की थी।''-दूसरी ओर से उसका स्वर सुनाई दिया-''वो भी जान कर खुश हुए कि तुम इस केस पर काम कर रहे हो। मैंने जब तुम्हारे साथ जाने की इजाजत मांगी तो वे खुशी-खुशी राजी हो गए। उनका कहना है कि मुझे तुमसे कुछ सीखने को मिलेगा। वैसे भी ये केस इस वक्त शहर का सबसे चर्चित केस है। इस पर हाई क्लास रिपोर्टिंग की जरूरत है।''
'जो कि तुम करोंगीं?'-ऋषभ ने मन में सोचा।
''तो''-दूसरी ओर से उसने पूछा-''तुम मुझे लेने आओगे न?''
उसका स्वर ऐसे था, जैसे वो ऋषभ से काम के सिलसिले में नहीं, बल्कि डेट पर ले जाने के लिए पूछ रही हो।
''हां। मैं दस बजे आ जाऊंगा।''
''मैं इंतजार करूंगीं।''
ऋषभ ने ईश्वर को लाख-लाख धन्यवाद दिया कि उसने अपने आखिरी वाक्य के आखिर में 'तेरा कयामत तक' भी नहीं जोड़ा था, फिर उसका भी धन्यवाद ज्ञापित करके कॉल डिस्कनेक्ट कर दी।

OO

ऋषभ ने अपनी बाइक रूपाली के घर के बाहर रोकी।
एड्रेस उसे रूपाली ने ही मैसेज कर दिया था। रूपाली से मिलने के लिए वो घर से जल्दी रवाना हो गया था। देर से आने की स्थिति में रूपाली ऑफिस चली गई होती और उसे रूपाली से मुलाकात करने ऑफिस जाना पड़ता। हालांकि रूपाली से घर पर भी मिलने में उसे ज्यादा इंट्रेस्ट नहीं था क्योंकि उसने अनुभव किया था कि रूपाली उसमें अलग तरह से इंट्रेस्ट ले रही थी।

लेकिन फिर भी उससे मिलना ऋषभ की विवशता थी क्योंकि उस शहर में उस केस की जांच-पड़ताल में उसका साथ देने वाले जो गिने-चुने सूत्र थे, उनमें रूपाली शामिल थी।

ऋषभ दरवाजे के पास पहुंचा ही था कि अंदर से आती आवाजों को सुन कर उसके कदम ठिठक गए।

''छोड़ो।''-अंदर से उसे रूपाली का आतंकित स्वर सुनाई दिया-''छोड़ो मुझे।''

''ऐसे कैसे छोड़ दें?''-किसी पुरूष का स्वर सुनाई दिया-''अभी तो पकड़ना शुरू किया है। ढंग से पकड़ने के बाद छोड़ देंगें।''

''मैं...मैं तुम लोगों का पूरा पैसा लौटा दूंगी। मैं किसी और से उधार लूंगी। घर बेच दूंगीं। कुछ भी करूंगी लेकिन तुम्हारा पैसा लौटा दूंगीं।''

''कुछ भी करने के लिए तैयार है? अरे तो हम जो तेरे साथ करने जा रहे हैं, वो भी तो कुछ भी की ही श्रेणी में आता है। फिर चिल्ला क्यों रही है? हरीश, तू इसे बैडरूम में ले कर चल। मैं दरवाजा बंद करता हूं। कोई खलल डालने न आ जाए।''

ऋषभ ने एक झटके से दरवाजा खोल कर अंदर प्रवेश किया।

अंदर का दृश्य देख कर उसे ऐसा लगा, जैसे उसके पूरे शरीर में सिर से ले कर पांव तक आग की लहर दौड़ गई हो।

दो सूरत से ही बदमाश जैसे दिखने वाले लोग कमरे में मौजूद थे, जिनकी उम्र 25-30 के आस पास रही होगी। उनमें से एक रूपाली को पकड़ कर बैडरूम की ओर खींच रहा था। दूसरा बाहर वाले दरवाजे की ओर बढ़ रहा था। उसके एक हाथ में रूपाली का दुपट्टा और दूसरे हाथ में चाकू था।

''तू कौन है?''-दरवाजे की ओर बढ़ रहा गुण्डा ऋषभ को देख कर खूंखार स्वर में बोला।

''उसे छोड़ दो।''-ऋषभ ने कठोर स्वर में कहा।

''तो क्या तुझे पकड़ लें? हमें ये सब शौक नहीं हैं। चल फूट यहां से।''

ऋषभ की नजर दरवाजे के बगल में रखी टेबल पर रखे कॉफी के कप पर पड़ी, जिससे उठता धुआं इस बात की गवाही दे रहा था कि कॉफी बहुत गर्म थी।

शायद उन बदमाशों के घर में घुसने से पहले रूपाली ने अपने लिए कॉफी बनाई थी।
चाकू वाला बदमाश आगे बढ़ कर ऋषभ के पास पहुंचा।
उसके हाव-भाव से लग रहा था कि वो हमला करने वाला था।
ऋषभ ने फुर्ती से कॉफी का कप उठाया और उसके चेहरे पर उछाल दिया।
कमरे में उस बदमाश की तेज चीख गूंज उठी।
वो चाकू छोड़ कर दोनों हाथों से चेहरा ढंक कर पीछे की ओर हटा। चाकू जोर की आवाज के साथ फर्श पर गिरा।
उसकी चीख सुन कर रूपाली को पकड़ने वाले बदमाश ने घबरा कर उसे छोड़ दिया।
''क्या हुआ?''-वो बोला।
''इस...''-चाकू वाला बदमाश-जो अब बिना चाकू वाला बदमाश था-चेहरे को हाथों से ढंके-ढंके ही चिल्लाया-''इस हरामजादे ने मुझे..अंधा कर दिया...। मेरी आंख...। मर गया...।''
दूसरे बदमाश का हाथ अपनी पैंट की जेब की ओर लपका। शायद वो भी चाकू निकालने वाला था।
ऋषभ ने फुर्ती से जमीन पर पड़ा चाकू उठा लिया।
''तेरे पास दो रास्ते हैं।''-ऋषभ ने उस बदमाश से कहा, जिसने थोड़ी देर पहले रूपाली को पकड़ा हुआ था-''या तो अपने साथी को संभाल। और दोनों कमरों से जीते-जागते निकल लो। या फिर वही गलती करने की कोशिश कर, जो तेरे साथी ने की। उसके बाद जो होगा, उसकी पूरी जिम्मेदारी तेरी होगी। मैं पुलिस को सफाई दे लूंगा कि मुझे तुम दोनों को आत्मरक्षा में मारना पड़ा।''
ऋषभ की आवाज में उस वक्त ऐसे भाव आ गए थे कि अच्छे-खासे बहादुर आदमी के भी छक्के छुड़ा दे।
बदमाश की आंखें फैल गईं।
''हरीश।''-कॉफी से जला बदमाश चिल्लाया-''मेरी आंखें जल रहीं हैं। मुझे जल्दी से डॉक्टर के पास ले चल।''

दूसरे बदमाश ने-जिसे भूतपूर्व चाकू वाले बदमाश ने हरीश कह कर संबोधित किया था-निर्णय लिया-और सही निर्णय लिया-और वो रूपाली को छोड़ कर अपने साथी को संभालने लपका।

''शुक्र मनाओ कि आंखें सिर्फ जल रहीं हैं। मैं लड़कियों पर गंदी नजरें डालने वालों की आंखें फोड़ देने में विश्वास करता हूं।''-ऋषभ ने कहा-''और इस बात का भी शुक्र मनाओ कि मैं था। मेरी जगह बाहुबली होता तो वो तो स्त्रियों पर गंदी नजरें डालने वाले का गला ही काट लेता है।''

हरीश अपने साथी को पकड़ कर घबराई व उलझन भरी नजरों से ऋषभ को देखते हुए दरवाजे की ओर बढ़ा।

ऋषभ दरवाजे पर ही खड़ा था इसलिए उन दोनों को दरवाजे के बगल से ही गुजर कर जाना था।

ऋषभ के पास से गुजरते समय उसकी भयभीत नजरें कभी ऋषभ पर, तो कभी उसके हाथ में थमे चाकू पर थीं।

ऋषभ ने बाहुबली का रेफरेंस तो दिया था लेकिन उसका गुस्सा कहीं से भी कम नहीं हुआ था।

वे दोनों उसके पास से गुजरे तो उसने झटके से चाकू हरीश नामक बदमाश की ओर ऐसे चलाया, जैसे उसकी पसलियों में घुसा देगा। हालांकि उसने चाकू बीच में ही रोक लिया।

हरीश घबरा कर अपने साथी को लिए-दिए पीछे हटा और पीछे रखी अलमारी से जोर से टकराया।

''अगली बार''-ऋषभ पहले जैसे ही खूंखार स्वर में बोला-''रूपाली की-या इस घर की ओर भी-देखने की गलती भी की तो परिणाम क्या होगा, समझ लेना। इस बार तो जिंदा जा रहे हो। अगली बार चिता पर ही नजर आओगे।''

''हरीश''-कॉफी से जले चेहरे वाला बदमाश चीखा-''जल्दी चल यहां से।''

हरीश उसे ले कर भयाक्रांत नजरों से ऋषभ की ओर देखते हुए जल्दी से घर से बाहर निकल गया।

ऋषभ हाथ में चाकू थामे उन दोनों को दरवाजे से बाहर निकलते देखता रहा।
फिर वो रूपाली के पास पहुंचा। वो दीवार से चिपकी हुई भयभीत नजरों से उसकी ओर देख रही थी।
''तुम ठीक तो हो?''-ऋषभ ने पूछा।
वो पास में ही एक सोफे पर बैठ गई। उसके चेहरे पर हवाइयां उड़ रहीं थीं।
''डरो मत।''-ऋषभ ने उसके बगल में सोफे पर बैठते हुए कहा-''वो दोनों भाग गए हैं। अब वे फिलहाल वापस नहीं आने वाले।''
''ऋषभ।''-उसने ऋषभ की बांह पकड़ कर अपना सिर ऋषभ के सीने में छिपा लिया-''कुछ देर मुझे ऐसे ही रहने दो।''
ऋषभ ने गहरी सांस ली, फिर सांत्वना देने वाले अंदाज में उसके सिर पर हाथ रख दिया।

OO

कुछ पलों बाद वो सामान्य हुई तो ऋषभ के सीने से सिर हटा कर सीधी बैठ गई।
''कौन थे वो लोग?''-ऋषभ ने पूछा।
''लोन शार्क।''
''लोन शार्क?''
''मेरे पिता ने उनसे भारी भरकम कर्जा ले लिया था। उसके बाद खुद आत्महत्या कर ली। पापा जुए और शराब के पीछे पागल थे। उन्होंने तीस लाख रूपए कर्ज लिया था जो ब्याज के बाद अब पचास लाख रूपए हो गया है। मैं छोटे से अखबार में छोटी सी नौकरी करने वाली। पचास लाख का कर्ज कहां से पटाऊं? मकान तक किराए का है। हमारा घर पापा की शराब की लत के कारण बिक गया था। उसके बाद कर्ज का बोझ अलग से। ये लोग अब कर्ज के लिए मुझे परेशान करते हैं। आज तो...आज तो इन्होंने हद पार कर दी।''

''मकान किराए का है? तुम तो उनसे कह रहीं थी कि मकान बेच कर पैसा पटा दोंगीं?''

''वो मुझे कुछ सूझ नहीं रहा था तो मैंने झूठ बोल दिया।''

''तुम्हें पुलिस से सम्पर्क करना चाहिए।''

''पुलिस से? पुलिस क्या करेगी? हर समय मुझे सिक्योरिटी थोड़े ही देगी? और गलती तो मेरी ओर से ही है। पापा ने तीस लाख का कर्ज लिया था। उसमें से थोड़ा पैसा एक धंधे में भी लगाया था, जो कामयाब नहीं हुआ और उन्होंने आत्महत्या कर ली। अब इस मुसीबत को मुझे भुगतना पड़ रहा है।''

''ऐसा पहले भी कभी हुआ था?''

''कैसा?''

''ये जो गुण्डे या लोन शार्क तुम्हें तंग करने आए थे?''

वो एक पल खामोश रही, फिर बोली-''वसूली के लिए तो ये लोग कई बार परेशान कर चुके थे। मैं हमेशा उन्हें कुछ न कुछ कह कर भेज देती थी। लेकिन आज तो वे पूरी राक्षसी रूप में आ गए थे।''

''और इस बात की कोई गारंटी नहीं है कि वे दोबारा ऐसा नहीं करेंगें।''

वो चुप रही।

''और पुलिस के पास जाने के लिए भी तुम तैयार नहीं हो।''

''पुलिस के पास जाने से क्या हो जाएगा? ये कोई बैंक या फाइनेंशियल इंस्टीट्यूट नहीं है, जिससे मेरे बाप ने पैसे लिए थे। लोन शार्क हैं। मैं अगर उनके खिलाफ पुलिस में जाती हूं तो क्या ये आग में घी डालने वाला काम नहीं होगा?''

''तो इस समस्या का हल क्या है?''

''हल तो यही है कि उन्हें उनके पैसे ब्याज सहित वापस लौटा दिए जाएं। जो कि मेरे लिए संभव नहीं है। बड़ी हद मैं एक-दो लाख रूपए इकट्ठा कर सकती हूं। लेकिन उससे तो उनका ब्याज भी पूरा नहीं होगा। ब्याज के नाम पर मैंने उन्हें पहले भी काफी पैसे दिए भी हैं। लेकिन कुछ महीने से वो भी नहीं दे पा रही हूं। ये लोग ब्याज भी बहुत ज्यादा वसूलते हैं। तीस लाख की रकम पचास लाख तक पहुंच गई है।''

''तभी तो वो लोन शार्क हैं।''

''मेरे पास ऐसा कोई साधन नहीं है''-वो व्याकुल स्वर में बोली-''जिससे अपने बाप की उधार ली गई रकम लौटा सकूं। न कोई घर। न जमीन। कुछ नहीं। जीते-जी मेरा बाप मुझे कोई खुशी नहीं दे पाया। और मरने के बाद भी मेरे लिए खाई खोद गया, जिससे मैं उसके जाने के बाद भी चैन से न जी सकूं।''-उसका स्वर भर्रा गया।

''हिम्मत से काम लो।''-ऋषभ बस इतना ही कह सका।

''सुनो।''-कुछ पल की खामोशी के बाद उसने अपनी आंखों पोंछते हुए कहा।

''कहो।''-ऋषभ ने कहा।

''मैं तुम्हें कुछ बताना चाहती हूं।''-उसने सरगोशी करने वाले अंदाज में कहा।

''क्या?''

''प्रखर ने विश्रांति विला वाली घटना से कुछ दिन पहले मुझसे कुछ कहा था।''

ऋषभ का मन तो किया कि कहे-'कुछ बताना चाहती हूं, कुछ कहा था वाली भाषा छोड़ कर सीधे मुद्दे पर आने की मेहरबानी करोगी?'

लेकिन उसे उसके बिदकने का डर था। इसलिए उसने ऐसा कुछ नहीं कहा।

''प्रखर ने क्या कहा था तुमसे?''-ऋषभ मीठे स्वर में बोला।

उसने बोलने के लिए मुंह खोला, लेकिन फिर अचानक उसके चेहरे पर निर्णायक भाव उभरे और वो उठ कर अंदर दूसरे कमरे में चली गई।

ऋषभ कमरे में इधर-उधर नजर मारते हुए उसका इंतजार करता रहा।

ऋषभ को ज्यादा देर इंतजार नहीं करना पड़ा। कुछ ही देर में वो वापस लौट आई।

उसके हाथ में एक छोटा-सा बॉक्स था।

उसने बॉक्स ऋषभ की ओर बढ़ा दिया।

''ये क्या है?''-ऋषभ ने भंवें उठा कर कहा।

''खोल कर देखो।''-उसने कहा।

ऋषभ ने उसे संशय की निगाहों से देखते हुए बॉक्स उसके हाथ से ले लिया।

वो एक चपटा और एक छोटे-मोटे पर्स से भी छोटे साइज का बॉक्स था, जो हथेली के आकार से भी छोटा था। बॉक्स किसी धातु का था। उसके ऊपर एक मैटल का चमकीला बिच्छू बना हुआ था।

बॉक्स के किनारों पर बेहद छोटे लैचलॉक जैसे बने हुए थे, जिन्हें ऋषभ ने अपने अंगूठे के आखिरी सिरों से धकेल कर खोला।

अंदर एक फिल्मों में दिखाए जाने वाले कैसिनो में दिए जाने वाले टोकन जैसा दिखने वाला गोल टोकन टाइप का मौजूद था, जिस पर बड़े-बड़े अक्षरों में एस-234 लिखा हुआ था।

ऋषभ ने उस टोकन को उठा कर देखा था। वो दस रूपए के सिक्के से थोड़े बड़े आकार का था। बॉक्स की तरह ही वो भी किसी धातु का बना हुआ था। ऋषभ ने उसे पलट कर देखा तो उसके पीछे भी वैसा ही बिच्छू बना हुआ था, जैसा बॉक्स के ऊपर था।

''क्या है ये?''-ऋषभ ने पूछा।

''किसी तरह का टोकन लगता है।''-रूपाली ने कहा।

''वो तो मुझे भी दिख रहा है। लेकिन किस तरह का टोकन है ये? और ये तुम मुझे क्यों दिखा रही हो?''

''ये टोकन मुझे प्रखर ने दिया था।''

''अरे।''

''जिस दिन उसका खून हुआ, उससे एक ही दिन पहले।''

ऋषभ ने एक नई दिलचस्पी के साथ उस टोकन की ओर देखा।

''उसने मुझसे कहा था''-रूपाली ने कहा-''कि इस टोकन को मुम्बई के मार्शल कैसिनो में, 15 तारीख तक ले जाने पर कैसिनो वाले इस टोकन के बदले एक बड़ी रकम देंगें।''

''बड़ी रकम? कितनी बड़ी?''

''ये तो उसने नहीं बताया। लेकिन उसके बोलने के ढंग से लग रहा था कि रकम काफी बड़ी है।''

''बड़ी रकम? लेकिन जब पता ही नहीं है कि वो बड़ी रकम कितनी है तो हमें पता कैसे चलेगा?''

''ये तो मुझे भी पता नहीं।''

‘‘उसने तुमसे कुछ और कहा?’’

‘‘हां। उसने ये भी कहा था कि इसी महीने की पन्द्रह तारीख के बाद जाने पर इस टोकन से कुछ नहीं मिलने वाला। इसे पन्द्रह से पहले ही कैसिनो पहुंचाना होगा। और इसके बदले रकम निकालने के लिए कोई दो लोग ही क्लायंट बन सकते थे।’’

‘‘क्लायंट?’’

‘‘हां। अब क्लायंट से उसका क्या मतलब था, ये तो मुझे भी समझ नहीं आया। उसने कहा कि उस टोकन के लिए उसने अपने अलावा मेरा नाम कैसिनो में फीड किया है। यानि दुनिया में दो लोग ही पन्द्रह तारीख तक मार्शल कैसिनो में जा कर इस टोकन के बदले वो बड़ी रकम हासिल कर सकते हैं। वो और मैं।’’

‘‘प्रखर तो इस दुनिया में रहा नहीं।’’

‘‘इसका मतलब ये हुआ कि अब इस टोकन से कोई वो रकम हासिल कर सकता है तो वो सिर्फ मैं हूं।’’

‘‘लेकिन कैसिनो वो पैसे देगा किस बात के? क्या प्रखर ने वहां कोई जुए वगैरह में ये रकम जीती थी? ऐसे खेल में तो लोग टोकन का तुरंत ही भुगतान करा लेते हैं। और अगर भुगतान न भी कराया हो तो ये पन्द्रह तारीख की डैडलाइन, दो लोगों को क्लायंट बनाने का क्या चक्कर है?’’

‘‘ये तो मुझे भी समझ नहीं आया। सच कहूं तो मुझे विश्वास भी नहीं है कि इस टोकन को कैसिनो में ले जा कर देने पर वो लोग कोई पैसा देंगें। इसके अलावा...।’’

‘‘इसके अलावा?’’-उसे रूकते देख कर ऋषभ ने पूछा।

‘‘इसके अलावा मैं आज तक किसी कैसिनो वगैरह में गई भी नहीं। और मुझे ये मामला गड़बड़ भी लग रहा है। कैसिनो का चक्कर है। जुआघर चलाने वाले लोग कोई साधु-संत तो होते नहीं। अगर मैं ये टोकन ले कर पैसे लेने गई और कुछ गड़बड़ हो गई तो?’’

‘‘तुम्हारी चिंता बिल्कुल सही है। मामला गड़बड़ भी हो सकता है।’’

‘‘इसीलिए मैं परेशान थी। कई बार तो मन किया कि इस टोकन को फेंक कर इस फालतू के झंझट से ही मुक्ति पा लूं। लेकिन मुझ पर लोन शार्क का

पचास लाख का कर्जा है। तुमने तो देखा ही है कि पैसे नहीं मिलने पर वो लोग किस हद तक जा सकते हैं। मुझे किसी तरह उनका कर्जा उतारना ही पड़ेगा। ऐसे में ये मुझे उम्मीद की आखिरी किरण दिखाई दे रहा है।''

''उम्मीद की किरण जान का जंजाल भी साबित हो सकती है।''

''इसीलिए तो मैं इसे ले कर अब तक कैसिनो में नहीं गई।''

''तुम इसे ले कर अब तक पुलिस के पास क्यों नहीं गई? प्रखर और उसके साथियों की हत्या के बाद तुम्हें नहीं लगा कि ये टोकन पास में रखना खतरनाक हो सकता है?''

''सचमुच मुझे पुलिस के पास जाना चाहिए था।''-उसने शर्मिंदगी भरे भाव से कहा-''मुझे डर था कि इस टोकन का मामला कुछ गड़बड़ निकला तो मैं फंस जाऊंगीं। प्रखर ने मुझे जिद करके ये टोकन सिर्फ रखने के लिए दिया था। मैं तो यही सोच रही थी कि कुछ ही दिन में वो इसे मुझसे वापस मांगेगा और मैं इस झंझट से निकल जाऊंगीं। लेकिन उसी बीच प्रखर का खून हो गया। अब इस टोकन के बारे में मेरी जानकारी में कोई जानता है तो सिर्फ मैं हूं। या वो कैसिनो वाले लोग होंगें, जिन्हें इसके बदले कोई बड़ी रकम देनी है। अगर मैं इसके बारे में पुलिस को सूचना दे देती तो...।''-वो चुप हो गई।

''इस टोकन से हासिल होने वाली बड़ी रकम मिलने के चांस से हाथ धो बैठतीं।''-ऋषभ ने उसकी बात पूरी की।

उसने सहमति में सिर हिला दिया।

''तुमने ये टोकन लिया ही क्यों?''

''मैं सचमुच इसे लेना नहीं चाहती थी। और बात अगर ऐसी होती कि प्रखर ने मुझसे ये कहा होता कि इसे मैं कैसिनो में ले कर जाऊं तो मैं उसे साफ मना कर देती। मैं ऐसे किसी लफड़े में नहीं पड़ना चाहती थी। लेकिन वो इस टोकन के बारे में बता कर मुझे जता रहा था कि वो मुझ पर कितना विश्वास करता है। मेरे बारे में कितना सोचता है। इस टोकन को कैश करने के लिए क्लायंट के तौर पर अपने अलावा मेरा नाम दर्ज करवाया है। उसने ये टोकन मुझे ये कह कर दिया था कि मैं इसे बस कुछ दिनों के लिए अपने पास रखूं। फिर वो इसे मुझसे आ कर ले लेगा। उसने कुछ इस तरह कहा कि मैं मना नहीं कर पाई।''

''टोकन का सारा किस्सा कहां बताया उसने? टोकन उसे किस सिलसिले में मिला है, इससे मिलना वाला पैसा उसे किस चीज के बदले मिल रहा है, ये तो उसने बताया ही नहीं। बिना उस रकम का ओरीजिन जाने इस तरह का पैसा लेना भी खतरनाक हो सकता है।''

''मैंने उससे पूछा था। लेकिन नशे में था वो। मेरे ख्याल से...।''-बो वोलते बोलते चुप हो गई।

''तुम्हारे ख्याल से क्या?''-ऋषभ ने कहा।

''मेरे ख्याल से वो अगर नशे में न होता तो इस टोकन के बारे में मुझे बताता ही नहीं। वो नशे में मेरे सामने लंबी-लंबी हांक रहा था। मुझ पर अपना सिक्का जमाने की कोशिश कर रहा था। ये टोकन भी उसने मुझे ये कह कर दिया था कि वो मुझ पर बहुत विश्वास करता था। इसीलिए इतना कीमती टोकन मुझे दे रहा था। उसने ये भी कहा था कि कुछ ही दिनों में उसका एक प्रोजेक्ट शुरू होने वाला है, जिसके बाद वो मुझसे ये टोकन ले लेगा और उसके बदले पैसे ले आएगा। उसके बाद...।''-वो खामोश हो गई।

''उसके बाद क्या?''

''उसके बाद हम शादी कर लेंगें। ऐसा''-उसने जल्दी से जोड़ा-''प्रखर ने कहा था।''

''मतलब तुम्हारी उससे शादी करने की कोई मंशा नहीं थी?''

''मैंने तुम्हें बताया तो है। वो मेरे साथ भले ही अच्छा आदमी बन कर पेश आता था लेकिन मुझे उसके कैरेक्टर से एक नकारात्मकता, एक खतरे के लाल सिग्नल जैसा अहसास होता था। मैं तो जब भी उसके साथ होती थी-जो कि अपनी मर्जी से नहीं होती थी, वो खुद ही आ कर मेरे सिर पर सवार हो जाया करता था-यही सोचती रहती थी कि उससे पीछा कब छूटेगा।''

ऋषभ ने नई नजर से उस टोकन को देखा।

कत्ल की वजह।

शामली और उसके साथियों के कत्ल के केस में कत्ल की वजह शुरू से ही एक बड़ा सवाल बनी हुई थी।

तो क्या ऋषभ के हाथों में जो था, वही इस सवाल का जवाब था?

उस टोकन को कैसिनो में देने से कोई बड़ी रकम मिलने वाली थी?

तो क्या कातिल ने उसी रकम को हासिल करने के लिए विश्रांति विला में खून की होली खेली थी?
लेकिन अगर वो टोकन रूपाली के पास था, तब तो कातिल अपने मकसद में कामयाब नहीं हो पाया था।
अचानक ऋषभ के दिमाग में एक सवाल कौंधा।
''तुमने इस टोकन के बारे में और किस-किस को बताया है?''-ऋषभ ने सावधान स्वर में कहा।
''किसी को नहीं।''
''सच बताओ। जिस तरह तुमने मुझे इसके बारे में बताया है, जरूर किसी और को भी बताया होगा।''
उसने आहत भाव से ऋषभ को देखा।
''क्या हुआ?''-ऋषभ ने पूछा।
''तुम्हें लगता है मैं तुमसे झूठ बोलूंगीं? वो भी तब, जब थोड़ी ही देर पहले तुमने मुझे उन लोन शार्क से बचाया है?''
''सॉरी। मैं तुम्हें ठेस नहीं पहुंचाना चाहता था। मैं बस ये निश्चित करना चाहता था कि इस टोकन के बारे में हमारे अलावा और कौन-कौन जानता है?''
''मेरी जानकारी में तो इसके बारे में सिर्फ तुम और मैं ही जानते हैं।''
''हो सकता है प्रखर ने तुम्हारी तरह किसी और को भी इसके बारे में बताया हो?''
''हो सकता है। लेकिन उसने मुझसे तो ऐसा कुछ नहीं कहा था। मुझसे तो उसने इस टोकन के बारे में ऐसे ही कहा था, जैसे कोई राज शेयर कर रहा हो।''
''हम दोनों के अलावा वो कैसिनो वाले भी तो इस टोकन के बारे में जानते होंगें। आखिर इसके बदले उन्हें हमें वो बड़ी रकम देनी है जिसका अमाउंट हम नहीं जानते।''
''पन्द्रह तारीख भी कल ही है।''
ऋषभ हाथ में थमे उस टोकन को देखते हुए सोच में पड़ गया।

अगर सचमुच वो टोकन शामली, प्रखर और बाकी दोनों के कत्ल की वजह थी तो हत्यारे को विला में तो टोकन नहीं मिला होगा।
क्योंकि वो तो पूरे समय यहां-रूपाली के पास-था।
क्या कातिल ने मारने से पहले प्रखर से टोकन के बारे में पूछ लिया होगा?
अगर उस बड़ी रकम का चैक ये टोकन ही प्रखर के कत्ल की वजह था और अगर कातिल ने प्रखर को मारने से पहले उससे टोकन के बारे में उगलवा लिया था तो...।
तो इसका मतलब कातिल वो टोकन लेने के लिए कभी भी रूपाली के पास आ सकता था।
रूपाली को डबल सुरक्षा की जरूरत थी।
''क्या हुआ?''-रूपाली ने पूछा।
ऋषभ ने उसे वो सब कह सुनाया, जो उसके दिमाग में चल रहा था।
सुन कर रूपाली की आंखें फैल गईं।
''तुम्हारा मतलब...''-वो कांपते स्वर में बोली-''प्रखर...और उन तीनों का खून इस टोकन के कारण हुआ है?''
''गारंटी से नहीं कह सकता। लेकिन हो तो सकता है।''
''और वो कातिल इस टोकन के लिए मुझे मारने भी आ सकता है?''
''तुम्हें मारने?''-ऋषभ ने ठण्डी सांस भरी-''ये तो शायद गलत होगा। और हो सकता है इसी वजह से कातिल ने अब तुम्हारी ओर रूख न किया हो।''
''मतलब?''
''मतलब ये कि''-ऋषभ ने समझाने वाले ढंग से कहा-''अगर कातिल इस टोकन के बारे में जानता है तो हो सकता है वो ये भी जानता हो कि इसे सिर्फ प्रखर और तुम ही कैसिनो जा कर इसके बदले पैसे हासिल कर सकते हो। अब प्रखर को तो उसने मार दिया। अगर वो तुम्हें भी मार देगा तो इस टोकन का क्या अचार डालेगा?''
''मतलब इस टोकन से पैसे हासिल करने के लिए उसे मेरी जरूरत है?''
ऋषभ ने सहमति में सिर हिलाया।
''लेकिन मैं उसका साथ क्यों दूंगीं?''

''वो सब बाद की बात है। पहली बात तो प्रखर और उसके साथियों के खून का कारण सचमुच ये टोकन ही है, इसकी भी कोई गारंटी नहीं है। ये सिर्फ एक संभावना व्यक्त की है मैंने। हालांकि ये अंदाजा सही लगता है क्योंकि तुम्हीं ने बताया कि इस टोकन से कोई बड़ी रकम मिलने वाली है। और चार-चार लोगों के खून के पीछे कारण कोई बड़ी रकम का लालच होने की संभावना अधिक है। अगर ऐसा हो भी तो भी अभी हम ये भी नहीं जानते कि कातिल को ये टोकन तुम्हारे पास होने के बारे में पता है या नहीं। अगर पता हो तब हो सकता है कि कातिल कोई प्लान बना रहा हो कि वो किस तरह से तुम्हें माध्यम बना कर इस टोकन से वो रकम हासिल कर सकता है। लेकिन वो भी उस स्थिति में जब कातिल को ये पता हो कि इस टोकन को कैसिनो में ले जा कर पैसे हासिल करने के लिए तुम्हें साथ ले जाना जरूरी है। अगर कातिल को ये बात न पता हो, या उसके पास कोई ऐसी ट्रिक हो कि वो बिना तुम्हें ले जाए सिर्फ टोकन कैसिनो में ले जा कर वो रकम हासिल कर सकता है तो फिर तो उसके लिए तुम्हारी कोई जरूरत ही नहीं रह जाएगी। फिर वो किसी भी तरह तुमसे ये टोकन हासिल करने की कोशिश कर सकता है।''

रूपाली के चेहरे पर हवाईयां उड़ने लगीं।

''तुम फिक्र मत करो।''-ऋषभ ने कहा-''देर से ही सही लेकिन इस टोकन के बारे में मुझे बता कर तुमने ठीक किया। मैं तुम्हारी सिक्योरिटी की कुछ व्यवस्था करवा दूंगा।''

''सिक्योरिटी?''-उसकी आंखें फैल गईं-''मतलब पुलिस? अगर हम पुलिस को इस टोकन के बारे में बताएंगें, तब तो ये हमारे हाथों से निकल जाएगा। और हमें पुलिस को मार्शल कैसिनो के बारे में भी बताना पड़ेगा। पुलिस मार्शल कैसिनो जा कर पूछताछ करेगी कि वो लोग इस टोकन के बदले इतनी बड़ी रकम क्यों...।''

''इतनी दूर की मत सोचो।''-ऋषभ ने हंसते हुए कहा-''सिक्योरिटी का मतलब सिर्फ पुलिस ही नहीं होता। मेरे पास तुम्हारी सुरक्षा की व्यवस्था करने के लिए और भी रास्ते हैं।''

उसके चेहरे पर राहत के भाव उभरे।

‘‘मैंने...’’-फिर वो नर्वस भाव से बोली-‘‘इस टोकन को रख कर ठीक नहीं किया न? मुझे तो ये भी पता नहीं कि इस टोकन से कैसिनो वाले कोई रकम क्यों देंगें? उन पैसों पर हमारा कोई हक नहीं। मुझे ऐसा सोचना भी नहीं चाहिए था। मैं अभी पुलिस स्टेशन जा कर इस टोकन को पुलिस के हवाले कर...।’’

‘‘नहीं।’’-हालांकि हमारा सुन कर ऋषभ का माथा ठनका था लेकिन फिर भी उसने उसे बीच में ही रोकते हुए कहा-‘‘तुमने सही सलाह दी है। हमें कैसिनो जा कर एक बार ट्राई करना चाहिए।’’

‘‘सच?’’-उसका चेहरा खिल उठा।

‘‘मुच।’’

उसके चेहरे पर उलझन के भाव आए, फिर ऋषभ की बात समझ कर उसका चेहरा दोबारा खिल उठा।

‘‘हमारे पास टोकन है’’-ऋषभ ने कहा-‘‘कैसिनो में जा कर इसके बदले कोई बड़ी रकम मिल सकती है। अब जब मौका है तो ट्राई करके देखने में क्या हर्ज है?’’

उसकी आंखें फैल गईं।

‘‘लेकिन क्या मार्शल कैसिनो जाना सही रहेगा ?’’-वो बोली।

‘‘अगर इस टोकन की सच्चाई जाननी है, अगर इससे मिलने वाले पैसे हासिल करने हैं-जो कि पता नहीं सच है भी या नहीं-तो जा कर तो देखना ही पड़ेगा।’’

‘‘लेकिन...लेकिन...।’’

‘‘क्या?’’

‘‘इसमें खतरा नहीं है?’’

‘‘हो भी सकता है।’’

‘‘फिर?’’

‘‘फिर क्या? उस बड़ी रकम के लिए ये खतरा तो उठाना ही पड़ेगा। वैसे भी तुमने कहा था कि इस टोकन को भुनाने के लिए हमारे पास पन्द्रह तारीख-जो कि कल ही है-तक का ही समय है।’’

‘‘वो तो कहा था लेकिन...।’’

उसने बात अधूरी छोड़ दी।

इस बार ऋषभ ने भी बात आगे बढ़ाने की कोशिश नहीं की। वो गम्भीरता से उसे देखता रहा।

''तुम पहले कभी किसी कैसिनो में गए हो?''-रूपाली ने पूछा।

''अभी तक तो नहीं।''-ऋषभ ने कहा-''कल पहली बार जाऊंगा।''

''तुम्हें लगता है कि इस टोकन से मिलने वाले पैसों के लिए हमें ये रिस्क लेना चाहिए?''

''मैं ये रिस्क टोकन से मिलने वाले पैसों के लिए नहीं लूंगा।''

''फिर?''

''इस टोकन का रहस्य जानने के लिए करूंगा। पिछले कुछ दिनों से मुझे पता नहीं किस कीड़े ने काट लिया है कि मैं रहस्यों के पीछे भाग रहा हूं और रहस्य मेरे पीछे भाग रहे हैं। मैं जहां भी जाता हूं, जो भी करता हूं, कोई न कोई रहस्य मेरे सामने आ कर खड़ा हो जाता है और चीख-चीख कर कहने लगता है कि उसकी सच्चाई पता लगाऊं। उसकी मिस्ट्री सॉल्व करूं। और मैं भी आदत से मजबूर हो कर उस रहस्य का पीछा करने लगता हूं।''

वो आश्चर्य से उसे देखती रही।

''वैसे भी''-ऋषभ ने फिर उस टोकन पर नजर डाली-''इस टोकन का रहस्य शामली और उसके साथियों की हत्या के रहस्य से जुड़ा हुआ है। हो सकता है इस टोकन के रहस्य का पीछा करते-करते मैं उनके कत्ल के रहस्य तक भी पहुंच जाऊं।''

''मुझे तो अंदाजा भी नहीं था''-शामली ने कहा-''कि इस टोकन का संबंध प्रखर और शामली और बाकी लोगों के कत्ल से हो सकता है।''

''प्रखर ने तुम्हें मार्शल कैसिनो के बारे में और क्या-क्या बताया था? टोकन के बारे में कुछ और बताया था?''

''उसने सिर्फ कैसिनो का नाम बताया था। पता नहीं बताया था। लेकिन मैंने नेट पर सर्च किया तो मुम्बई में इस नाम के एक कैसिनो का पता चला। मेरे ख्याल से ये टोकन उसी कैसिनो का होगा। इसके अलावा इस टोकन को कैसिनो में ले जा कर वहां के मैनेजर तावड़े को देने को कहा था। उसने कहा था कि वो आदमी ही इस टोकन के बदले पैसे देगा।''

ऋषभ ने टोकन अपनी जेब में डाल लिया।

''प्रखर ने अपने किसी और करीबी दोस्त, किसी परिचित का नाम बताया? अपने डबिंग के साथियों के संबंध में?''

''वो किसी रिपुदमन का नाम लिया करता था।''

''रिपुदमन? शामली का बॉयफ्रेंड?''

''हां। प्रखर की बातों से लगता था कि उसकी रिपुदमन से अच्छी पटती थी।''

''प्रखर ने इस टोकन को भुनाने के लिए अपने अलावा तुम्हारा नाम दिया।''-ऋषभ ने कहा-''ये सब तुम्हें बताया। यहां तक कि ये टोकन भी तुम्हें दे दिया। इसका मतलब...।''

उसने सहमति में सिर हिलाया।

''हां।''-वो बोली-''शायद वो सचमुच मुझसे प्यार करता था। मुझे पता है कि वो ये सब मेरा विश्वास जीतने के लिए कर रहा था। लेकिन सच तो ये है कि इस सबके बाद भी उसके प्रति मेरी भावनाओं में कोई परिवर्तन नहीं हुआ था। मैं बस ये चाहती थी कि किसी तरह उससे पीछा छूट जाए।''

''पीछा तो छूट गया।''

''इस तरह भी नहीं चाहती थी।''

''तो हम कल इस टोकन को लेकर मार्शल कैसिनो जा रहे हैं-क्योंकि इसे भुनाने की आखिरी तारीख तुम्हारे मुताबिक कल की ही है-जहां देखते हैं ये क्या चमत्कार दिखाता है?''

''ठीक है।''-उसने सहमति में सिर हिलाया।

''अब एक सवाल का जवाब दो। सीधे-सीधे। बिना किसी लाग-लपेट के।''

''पूछो।''

''तुमने इस टोकन के बारे में अब तक किसी को नहीं बताया था तो मुझे क्यों बताया?''

''दो कारणों से। पहला तो ये कि मैं इसे ले कर अकेले कैसिनो जाने की हिम्मत नही जुटा पा रही थी। पुलिस को देने का मतलब इससे हाथ धो बैठना था। प्रखर ने जिस बड़ी रकम की बात की थी, वो कितनी भी हो सकती थी। दस लाख, तीस लाख, पचास लाख या उससे भी अधिक। जब

तुम पहली बार मुझसे मिलने ऑफिस में आए थे"-उसका स्वर स्वप्निल हो उठा जबकि उसकी दशा देख कर ऋषभ का मन अपने बाल नोंचने का कर रहा था-"मुझे लगा कि शायद किस्मत ने ही मुझे तुमसे मिलाया है। मैंने तुम्हारे बारे में पहले भी अखबार में पढ़ा था। किस तरह तुमने एक के बाद पुणे में कई मर्डर केस सुलझाए हैं...।''

''कई नहीं। सिर्फ तीन।''

''...उससे मुझे लगा कि इस टोकन वाले मामले को भी तुम हैंडल कर सकते हो। इसीलिए बाद में मैंने विश्रांति विला के केस में दिलचस्पी लेने का बहाना बना कर तुमसे कॉन्टैक्ट किया और इस टोकन के बारे में तुमसे बात करने के लिए सही वक्त का इंतजार कर रही थी।''

''अच्छा। ये पहला कारण था? और दूसरा कारण?''

''दूसरा कारण तुम्हें अब तक समझ जाना चाहिए था। अगर नहीं समझे तो शायद मुझमें ही कोई कमी होगी।''

'नहीं। नहीं।'-ऋषभ का हृदय चीत्कार कर उठा-'एक और नहीं।'

पलक के मामले में वो पहले ही भुक्तभोगी था। कंचन के बारे में सोचते ही उसके दिलोदिमाग में तूफान आ जाता था।

और अब ये तीसरी।

''ठीक है।''-ऋषभ बोला-''कल तैयार रहना। कल मैं तुम्हें लेने आऊंगा। उसके बाद हम मुम्बई जा कर देखते हैं कि ये टोकन किसी काम का भी है या नहीं?''

कहने के साथ ही ऋषभ टोकन को जेब में डाल कर उठ खड़ा हुआ।

वो उसे विदा करने दरवाजे तक आई।

ऋषभ इंतजार करता रहा कि वो एक बार भी टोकन के बारे में पूछती। उसे वापस मांगती।

लेकिन पूछना तो दूर, उसके चेहरे से कोई बेचैनी, कोई हड़बड़ी भी जाहिर नहीं हुई, जिससे ये पता चलता कि उसे उस टोकन की लेशमात्र भी फिक्र थी।

वो टोकन, जो उसके अनुसार दस लाख, तीस लाख, पचास लाख या उससे भी अधिक रकम का चैक हो सकता था।

इतनी बड़ी रकम का उसने ऋषभ पर आंख मूंद कर भरोसा कर लिया था।

OO

टोकन के बारे में पता चलने के बाद ऋषभ सीधा रिपुदमन के घर पहुंचा। उसे विश्वास था कि टोकन के बारे में अगर उसे कोई और कुछ बता सकता था तो वो रिपुदमन था।

ऋषभ ने रिपुदमन के घर की डोरबैल बजाई।

किस्मत से इस बार ताला नहीं लगा था। यानि रिपुदमन घर पर हो सकता था।

कुछ ही देर में दरवाजा खुला।

दरवाजा खुलते ही अंदर रिपुदमन नजर आया। ऋषभ पर नजर पड़ते ही उसकी आंखें फैल गईं।

''तुम?''-वो बोला।

''हां। मैं। क्यों? मुझे देखकर इतना हैरान होने वाली कौन सी बात है?''

''तुम मेरे घर तक आ गए।''-उसने अप्रसन्नता भरे स्वर में कहा।

''नथिंग इज ऑफ लिमिट व्हेन आई एम ऑन द हंट ऑफ द किलर ऑफ विश्रांति विला मैसेकर।''

ऋषभ ने इतनी तेजी से कहा कि वो एक बार को हकबका गया।

''तो जाओ किलर को पकड़ो न। मेरे पीछे क्यों पड़े हों?''-उसने कहा।

''तुमने मुझसे पिछली मुलाकात में झूठ क्यों बोला था?''-ऋषभ ने कहा।

रिपुदमन की भंवें तन गईं।

''क्या झूठ बोला?''-उसने कहा।

''यही कि तुम्हारी शामली के डबिंग प्रोजेक्ट में शामिल उसके साथियों से बस थोड़ी-बहुत जान-पहचान थी। जबकि प्रखर से तुम्हारी गहरी छनती थी। तुम उसके करीबी दोस्त थे।''

उसने बेचैनी से पहलू बदला।

''प्रखर के बारे में और क्या-क्या जानते हो तुम?''-ऋषभ ने कहा-''और सबसे बड़ी बात, जो जानते हो, वो छिपाने की कोशिश क्यों कर रहे हो?''

‘‘देखो।’’-वो गम्भीर स्वर में बोला-‘‘प्रखर था ही ऐसा आदमी कि उससे यारी-दोस्ती होने की बात को ढोल बजा बजा कर सबको न बताया जाए।’’

‘‘ढोल बजा कर नहीं बताते। लेकिन जब पूछा जा रहा है, जब चार-चार लोगों के मर्डर के संबंध में पूछा जा रहा है-जिनमें प्रखर खुद भी शामिल है-तब तो बताना चाहिए।’’

‘‘ठीक है। मैं मानता हूं प्रखर से अपनी दोस्ती, पुरानी जान-पहचान के बारे में न बता कर मैंने गलती की थी। अब क्या ये कोई इतना बड़ा गुनाह है, जिसके लिए तुम मुझे फांसी पर चढ़ा दोगे?’’

‘‘तो अब सही सही बताओ। तुम प्रखर को कब से जानते थे?’’-ऋषभ ने रिपुदमन से पूछा।

‘‘काफी समय से जानता था। करीब पांच सालों से।’’-रिपुदमन ने कहा।

‘‘तब तो टोकन के बारे में भी जानते होगे?’’

‘‘टोकन? कैसा टोकन?’’

ऋषभ ने गौर से उसका चेहरा देखा।

वो झूठ बोलता लग तो नहीं रहा था।

और अगर झूठ बोल रहा था तो कमाल की एक्टिंग कर रहा था।

‘‘वो टोकन, जो प्रखर मार्शल कैसिनो में ले जाने वाला था।’’-ऋषभ ने जान-बूझ कर टोकन से कोई रकम मिलने वाली थी ये बात कहने से बचने की कोशिश की।

‘‘तुम्हारी बातें मेरे सिर से ऊपर से गुजर रहीं हैं।’’-उसने कहा-‘‘मेहरबानी करके ऐसी भाषा में बात करो, जो समझ में आए।’’

‘‘एक टोकन है, जो प्रखर अपने पीछे छोड़ गया है। उस टोकन को मार्शल कैसिनो ले जाना है। इसमें कौन सी बात है जो तुम्हें समझ नहीं आ रही है?’’

‘‘कैसिनो में ले जा कर क्या होता?’’

‘‘अब ये तो तुम्हें मालूम होना चाहिए। आखिर तुम प्रखर के दोस्त हो।’’

उसने इनकार में सिर हिलाया।

‘‘क्या? दोस्त नहीं हो? या टोकन के बारे में नहीं जानते?’’

‘‘टोकन के बारे में नहीं जानता।’’

‘‘वैसे ही जैसे प्रखर से तुम्हारी सिर्फ थोड़ी बहुत जान-पहचान थी?’’

रिपुदमन ने अप्रसन्न भाव से ऋषभ को देखा।
''तुम्हें ऐसे ताने मार-मार कर बात करना है तो मुझसे किसी जवाब की उम्मीद मत रखो। और ये जो भी टोकन टोकन तुम भज रहे हो, पहले ये बताओ ये है क्या बला?''
''ये जो बला है, उसके बारे में तो प्रखर ही बता सकता था। तुम इसके बारे में कुछ जानते होगे इस उम्मीद में मैं तुम्हारे पास आया था लेकिन यहां पर तुम भी एकदम निरे सिलबट्टा बने बैठे हो। अगर तुम उस टोकन के बारे में नहीं जानते तो ऐसा और कौन हो सकता है, जो टोकन के बारे में जानता हो? मेरा मतलब...प्रखर का कोई करीबी? कोई विश्वस्त? जिस पर प्रखर बहुत भरोसा करता हो? क्योंकि टोकन के बारे में उसने बहुत कम लोगों को ही बताया होगा।''
उसने सोचने का भाव प्रदर्शित किया, फिर इनकार में सिर हिला दिया।
''ध्यान से सोचो। हो सकता है प्रखर का वो परिचित, वो करीबी, वो दोस्त, वो जानने वाला अंडरवर्ल्ड से संबंधित हो।''
रिपुदमन की आंखें फैल गईं।
''अंडरवर्ल्ड?''-वो बोला।
''ऐसा लगता है तुम सचमुच अपने दोस्त प्रखर के बारे में ज्यादा नहीं जानते।''
''जानता तो हूं। प्रखर गड़बड़ किस्म के कामों में था, ये भी जानता हूं। लेकिन मामला अंडरवर्ल्ड तक पहुंच गया है, ये नहीं जानता था।''
वो ऋषभ को सच बोलता लगा।
''तो अब जान लो।''-ऋषभ ने कहा-''और थोड़ा दिमाग पर जोर डाल कर बताओ कि ऐसा कौन सा शख्स हो सकता है तुम्हारी जानकारी में, जो प्रखर के इतना करीबी हो कि प्रखर उसे अपनी सीक्रेट बातें बताता हो?''
वो सोचने की मुद्रा में आ गया।
''विप्लव।''-थोड़ी देर सोचने के बाद रिपुदमन ने कहा-''विप्लव थापर के साथ मैंने प्रखर को अक्सर घूमते देखा था। वो काफी खतरनाक किस्म का आदमी लगता था। तुमने जो कहा न अंडरवर्ल्ड, थापर बिल्कुल उसी

कैटेगिरी का आदमी लगता था। उससे पता करो। वो तुम्हारे इस...टोकन के बारे में जरूर जानता होगा।''

''कहां मिलेगा ये थापर?''

''उसके घर का पता तो नहीं मालूम। लेकिन मुम्बई में लोअर परेल में एक बार है। लीमा बार। थापर अक्सर वहीं पाया जाता है। शाम 4 बजे के करीब उसके वहां मिलने की उम्मीद है। न भी मिले तो भी बार के वेटर वगैरह से उसके बारे में पता चल सकता है। वहां के स्टाफ से उसकी यारी-दोस्ती है तो अक्सर फ्री की शराब के जुगाड़ में वहीं मंडराता रहता है।''

''उसका हुलिया वगैरह कुछ?''

रिपुदमन ने बताया।

रिपुदमन से ऋषभ को कोई और काम की बात पता नहीं चल सकी।

उससे थोड़ी और पूछताछ करने के बाद ऋषभ उसके घर से रवाना हुआ।

○○

ऋषभ सुदेश निर्मलकर के घर पहुंचा।

दरवाजा एक 20-22 वर्षीय युवती ने खोला।

''मुझे सुदेश निर्मलकर जी से मिलना है।''-ऋषभ ने कहा-''वे घर पर हैं क्या?''

''पापा अभी थोड़ी देर में आने वाले हैं।''-युवती ने कहा-''आप कौन?''

''मेरा नाम ऋषभ सक्सेना है। प्रेस से हूं। शामली वाले केस के बारे में आपके पापा से मुलाकात हुई थी। शामली पहले उन्हीं के यहां काम करती थी न।''

''ओह।''-युवती ने कहा-''शामली। वो तो हमारे यहां कई साल से काम करती थी। उसके साथ जो हुआ, वो बहुत भयानक था।''

''भयानक तो था।''

''आप अंदर आइए न।''-वो दरवाजे के सामने से हटती हुई बोली-''जब तक पापा आते हैं, बैठ कर इंतजार कर लीजिए।''

उसके कहने पर ऋषभ घर के अंदर आ कर बैठ गया।

वो ऋषभ को जिस चंचलता से देख रही थी, वो ऋषभ के लिए कोई नई बात नहीं थी। वो लड़कियों की इस तरह की नजर का आदि था। हैंडसम चेहरा, शानदार व्यक्तित्त्व के कारण अक्सर लड़कियां उसमें दिलचस्पी लेने लगतीं थीं।

''मेरा नाम अर्चिता है।''-युवती ने कहा।

ऋषभ ने फर्माइशी मुस्कान उसकी ओर उछाल दी।

''आपको शामली का वीडियो देखना है?''-उसने पूछा।

''कैसा वीडियो?''-ऋषभ ने पूछा।

''मेरी बर्थडे पार्टी का वीडियो। उसमें उसने गाना भी गाया था।''

''दिखाओ।''

अर्चिता ने उसकी ओर देखते हुए अपना मोबाइल ओपन किया, फिर उसकी गैलरी में सर्च करके एक वीडियो प्ले किया और ऋषभ के बगल में आ बैठी।

उसके शरीर से उठती परफ्यूम की तेज खुशबू ऋषभ की नाक में घुसने लगी। खुशबू इतनी तेज थी कि लग रहा था कि वो परफ्यूम से नहाई हुई थी। इतना ही नहीं, ऋषभ को ये तक लगने लगा कि वो उस खुशबू को थोड़ी देर तक सूंघता रहा तो उसकी सूंघने की क्षमता ही खत्म हो जाएगी।

लेकिन फिर भी वीडियो देखने के लिए वो खुद को जब्त किए बैठा रहा।

वीडियो जन्मदिन की पार्टी का था। उसमें अर्चिता और उसके कई हमउम्र युवक-युवती हंस-बोल रहे थे, शोर मचा रहे थे। अर्चिता केक काट रही थी। उसके साथ खड़े लोगों में शामली भी थी, जिसे ऋषभ ने उसकी उन तस्वीरों के आधार पर पहचाना, जिन्हें वो पहले देख चुका था।

करीब दस मिनट के वीडियो में सब लोग मस्ती करते दिख रहे थे। बीच में शामली मजाक-मजाक में कुछ प्रसिद्ध नेताओं, हीरो-हीरोइनों की आवाज की मिमिक्री करती भी दिखाई दी।

वीडियो में जिस तरह शामली अर्चिता के साथ हिल-मिल रही थी, उसे देख कर लग रहा था कि वे दोनों काफी क्लोज थे।

मिमिक्री करने के बाद शामली ने पार्टी में एक एनाउंस किया, जिसे सुन कर ऋषभ की आंखें सिकुड़ गई।

‘‘शामली मिमिक्री भी कर लेती थी?’’-ऋषभ ने कहा।

‘‘शामली बड़ी स्मार्ट थी।’’-अर्चिता ने अपने बालों की लट से खेलते हुए कहा-‘‘वो कई हीरो-हीरोइन की आवाज निकाल लेती थी। मैंने तो उसे सलाह भी दी थी कि वो मिमिक्री आर्टिस्ट के रूप में कैरियर बना सकती थी। लेकिन उसने हंस कर टाल दिया था।’’

‘‘इसे देख कर लग रहा है शामली से अच्छी दोस्ती थी तुम्हारी।’’-ऋषभ ने कहा।

‘‘नहीं। उतना भी खास नहीं थी। वही मुझसे ज्यादा घुलने-मिलने की कोशिश करती थी।’’-अर्चिता ने इठला कर कहा-‘‘आखिर हमारे यहां काम करती थी न।’’

‘‘ये वीडियो कब का है?’’

‘‘बताया तो। मेरे जन्मदिन का।’’

‘‘मेरा मतलब...कितना पुराना है?’’

‘‘अच्छा हां। तुम्हें मेरा जन्मदिन कैसे पता होगा?’’-लड़की की बातों से समझ आ रहा था कि वो निरी बेवकूफ थी-‘‘दो महीने पहले था मेरा जन्मदिन।’’

‘‘शामली ने अपने डबिंग प्रोजेक्ट के बारे में तुम्हें कुछ बताया था?’’

‘‘नहीं।’’-उसने मुंह बिचकाया-‘‘जब हमारे यहां काम करती थी, तब मेरे आगे-पीछे घूमती थी। जैसे ही पैसा पास में आया, यहां झांकने तक की जरूरत नहीं समझी उसने।’’

ऋषभ उससे कुछ और पूछने ही वाला था कि तभी दरवाजे पर आहट हुई। दरवाजे से सुदेश निर्मलकर एक युवक के साथ अंदर प्रवेश कर रहा था।

‘‘तुम?’’-उसने ऋषभ को देखा-‘‘यहां?’’

‘‘आपसे मिलने आया था।’’-ऋषभ ने उठते हुए कहा।

‘‘अच्छा। इससे मिलो।’’-सुदेश ने अपने साथ के युवक का परिचय कराते हुए कहा-‘‘ये मेरा बेटा है। इसका नाम रंजन है। ये मेरे काम में मेरा हाथ बंटाता है।’’

‘‘भाई रूस में डॉक्टरी की पढ़ाई छोड़ कर आया है।’’-अर्चिता ने कहा।

रंजन अर्चिता से एक-दो साल ही बढ़ा होगा लेकिन उसके चेहरे के भावों से ऐसा लग रहा था, जैसे उससे जबरन मजदूरी करवाई जा रही हो। वो वैसे ही निराश और तल्ख भाव से ऋषभ की ओर देख रहा था।
अपनी बहन की बात सुन कर उसके चेहरे पर पीड़ा के भाव और भी गहरे हो गए।
''चुप।''-सुदेश ने अपनी बेटी को फटकार लगाई-''जब देखो, उल्टा-सीधा बकती रहती है। रंजन डॉक्टरी की पढ़ाई करने रूस गया था।"-फिर सुदेश ने ऋषभ की ओर देख कर कहा-"लेकिन वहां कुछ समय पढ़ने के बाद इसे महसूस हुआ कि ये डॉक्टर नहीं बनना चाहता। जिंदगी में कुछ और करना चाहता है। इसलिए वापस आ गया।''
ऋषभ ने रंजन की ओर देखा। उसके चेहरे पर पीड़ा के भाव और गहरे हो गए।
पिता की डांट सुनने के बाद अर्चिता मुंह लटका कर दूसरे कमरे में चली गई।
''आओ।''-सुदेश ने ऋषभ से कहा-''बाहर चल कर बात करते हैं।''
वे दोनों घर के बाहर छोटा सा लॉन था, उसमें टहलते हुए बातें करने लगे।
''इस तरह अचानक आपके घर आने के लिए माफी चाहता हूं।''-ऋषभ ने कहा-''दरअसल आपके घर का पता सुजान सिंह जी ने बताया था। मैं इधर से ही गुजर रहा था। कुछ सवाल दिमाग में थे तो सोचा आपसे ही मिलता चलूं।''
''नहीं। नहीं।''-सुदेश ने कहा-''ऐसी कोई बात नहीं है। तुम घर पर मुझसे मिलने आ सकते हो। बस, जिस कारण से आए हो, उसको ले कर आपत्ति है। विश्रांति विला की घटना का जिक्र मैं अपने घर पर नहीं करना चाहता। यहां परिवार के सभी लोग शामली को जानते थे। वे लोग उस घटना को ले कर पहले ही हिले हुए हैं। यहां बार-बार उस घटना का, शामली का जिक्र होने पर घर के सभी लोग उदास हो जाएंगें। इसीलिए मैं इस बारे में घर पर बात नहीं करना चाहता।''
''आप कहें तो मैं बाद में आपके ऑफिस पर मिलने आ जाता हूं।''
''अब यहां आ गए हो तो यहीं बात कर लेते हैं। वैसे भी हम घर के बाहर हैं। बाद में इस बारे में बात करनी हो तो ऑफिस पर ही आना।''

''शामली ने आपसे कभी किसी टोकन का जिक्र किया था?''

''टोकन? नहीं तो।''

''या उसके किसी साथी ने? जैसे प्रखर?''

सुदेश ने इनकार में सिर हिलाया।

''उसके साथियों से तो वैसे ही मेरी बहुत कम बातचीत हुई थी। सच कहूं तो मैं उनके नामों के अलावा उनके बारे में ज्यादा कुछ भी नहीं जानता। वैसे क्या किस्सा है टोकन का?''-उसने उत्सुकता से पूछा।

''कुछ खास नहीं। वैसे आप इसका जिक्र किसी से मत करिएगा।''

''इतने खास ढंग से बता रहे हो और कह रहे हो खास बात नहीं है।''

''फिलहाल तो नहीं है। लेकिन फिर भी कुछ कारणों से राज रखना जरूरी है।''

सुदेश ने समझने वाले भाव से सिर हिलाया।

''वैसे''-फिर उसने कहा-''मुझे भी तुमसे कुछ कहना था।''

''क्या?''

सुदेश ने इधर-उधर देखा, फिर बोला-''बात रीना के बारे में है।''

''रीना? शामली की दोस्त?''

''हां। उसमें और रीना में किसी बात को लेकर अनबन थी।''

''किस बात को लेकर?''

''ये तो मुझे नहीं पता। असल में मैं ये तुम्हें बताना भी नहीं चाहता था।"-उसके चेहरे पर हिचकिचाहट के भाव उभरे-"क्योंकि मैं रीना को जितना जानता हूं-और जितना शामली को जानता हूं-उसके आधार पर यही कह सकता हूं कि दोनों बहुत अच्छी दोस्त थीं। रीना ने तो अपनी सहेली के साथ हुई घटना के दुख में अपनी शादी तक कैंसल कर दी। लेकिन आखिरी बार जब शामली से मैं मिला था तो एक अजीब बात नोट की थी।''

''क्या?''

''मैं शामली से मिलने उसके घर गया था। वो घर नहीं, जिसमें शामली अपने माता-पिता के साथ रहती थी। शामली ने एक अलग फ्लैट किराए पर लिया हुआ था। मैं शामली से मिल कर उसके नए बिजनेस के बारे में बात करना चाहता था और मैंने उसे थोड़ी बहुत फाइनेंशियल हैल्प का भी

आश्वासन दिया था। लेकिन जब मैं उसके फ्लैट पर पहुंचा तो रीना को वहां से निकलते देखा।''

''तो इसमें अजीब बात क्या थी? हो सकता है वो शामली से मिलने आई हो।''

''रीना काफी गुस्से में लग रही थी। मेरा शामली की ओर से ही उससे परिचय था लेकिन उसने मेरी ओर देखने की जरूरत तक नहीं समझी। वो धड़धड़ाती हुई मेरे सामने से गुजर गई। ऐसा लगा जैसे उसका और शामली का किसी बात को लेकर झगड़ा हुआ था।''

''ओह।''

''मैं अंदर शामली से मिलने पहुंचा तो मुझे लगा कि मैं उनके बीच जो झगड़े वाली बात सोच रहा था, वो सही थी। क्योंकि शामली के चेहरे पर भी हवाइयां उड़ रहीं थीं।''

ऋषभ गम्भीरता से सुन रहा था।

''हालांकि शामली ने मेरे पूछने पर भी नहीं बताया कि क्या हुआ था? उसने बात बदलने की और ऐसा दिखाने की कोशिश की जैसे वहां कुछ हुआ ही नहीं था। फिर मजबूरन मैंने भी उससे उसके प्रोजेक्ट के संबंध में इक्का दुक्का बातें की, उसे अपने प्रोजेक्ट में किसी तरह की फाइनेंशियल हैल्प चाहिए हो तो वो करने का आश्वासन दिया, फिर वहां से वापस लौट आया।''

''आपने ये बात पुलिस को भी बताई थी?''

उसने इनकार में सिर हिलाया।

''क्यों?''

''मुझे लगा ये कोई विशेष बात नहीं थी। शामली और रीना को मैं काफी समय से जानता था और मुझे हमेशा यही लगा कि वे दोनों काफी अच्छी सहेलियां थीं। उनके बीच किसी तरह का मन मुटाव नहीं हो सकता था। रीना पहले से शामली के साथ जो हुआ उस घटना से दुखी थी। इसलिए मैं नहीं चाहता था कि पुलिस उस बात को आधार बना कर रीना से किसी तरह की पूछताछ करती या उसे परेशान करती। मैंने गलत किया क्या?''

‘‘शामली से जुड़ी ऐसी कोई भी बात आपके ध्यान में आए तो आपको पुलिस को बतानी चाहिए थी।’’

वो एक पल खामोश रहा, फिर बोला-‘‘अब बता देता हूं।’’

‘‘रहने दीजिए।’’-ऋषभ ने कहा-‘‘पुलिस को मैं बता दूंगा। या पुलिस अगर दोबारा आपसे पूछताछ करने आती है तब उन्हें बता दीजिएगा।’’

‘‘मैंने पुलिस को इसलिए भी नहीं बताया क्योंकि दोस्तों के बीच छोटे-मोटे-या बड़े-झगड़े हो ही जाते हैं। शामली और रीना के बीच जिस बात को लेकर भी झगड़ा हुआ था, वो उनका कोई पर्सनल मैटर हो सकता था।’’

‘‘शायद आप सही कह रहे हैं। कोई और बात?’’

उसने इनकार में सिर हिलाया।

फिर ऋषभ ने उससे इजाजत ली।

OO

शामली का किसी बात को लेकर रीना से झगड़ा हुआ था।

और रीना ने झूठ बोला था कि उसकी शामली से लम्बे समय से मुलाकात नहीं हुई थी।

वो विश्रांति विला वाली घटना से कुछ ही दिन पहले शामली से मिली थी।

वो भी खुद उसके फ्लैट पर जा कर।

रीना ने झूठ क्यों बोला था?

सुदेश निर्मलकर के अनुसार शामली और रीना के बीच जिस बात को लेकर भी झगड़ा हुआ था वो कोई मामूली बात हो सकती थी।

लेकिन ऋषभ एक बात जानता था, जो मामूली नहीं थी और शामली और रीना के बीच झगड़े का कारण हो सकती थी।

वो इसी बात की पुष्टि करने आशीष के पास पहुंचा।

‘‘अब क्या है?’’-आशीष ने पूछा।

‘‘तुमसे कुछ सवाल पूछने हैं।’’

‘‘पूछो। बस विश्रांति विला में हुए खून खराबे का इल्जाम मेरे सिर पर मत थोप देना।’’

ऋषभ का मन किया कि कोई सख्त बात कहे लेकिन फिर उसने इरादा बदल दिया।
''ये बताओ''-ऋषभ ने कहा-''कि विश्रांति विला वाली घटना से कुछ दिन पहले तक रीना का तुम्हारे प्रति व्यवहार कैसा था?''
''व्यवहार?''-उसके चेहरे पर आश्चर्य के भाव उभरे-''व्यवहार ठीक ही था। तुम ये क्यों पूछ रहे हो?''
''व्यवहार ठीक ही था। मतलब रीना की किसी बात से तुम्हें ऐसा नहीं लगा कि वो तुमसे नाराज थी? या तुमसे कोई बात छिपाने की कोशिश कर रही थी? जल्दबाजी मत करो। आराम से सोच कर बताओ।''
उसने कुछ पल विचार किया, फिर उसकी आंखें फैल गई।
''हां।''-वो बोला-''उसका व्यवहार थोड़ा बदल तो गया था। लेकिन मैंने विशेष ध्यान नहीं दिया था। यू नो। लड़कियां तो होती ही ऐसी हैं। कभी कभार बिना बात के नाराज हो जाती हैं। अचानक मूड बदल जाता है। इसलिए मैं उसके छोटे-मोटे टेन्ट्रम की ओर ध्यान नहीं देता था। विश्रांति विला वाली घटना से दो दिन पहले उसने फिल्म के शो के टिकट भी कैंसल करवा दिए थे जो हम दोपहर में देखने जाने वाले थे। लेकिन तुम ये सब क्यों पूछ रहे हो?''
''दूसरा सवाल।''-ऋषभ ने कहा-''तुम्हारी और शामली की अंतरंग तस्वीरें खींचीं गई। किसी ने वो तस्वीरें मेरे एक परिचित के घर में डाल दीं ये नोट के साथ कि वो तस्वीरें मुझ तक पहुंचा दी जाएं। जो कि पहुंचा भी दी गई। लेकिन ये दो सवाल अनुत्तरित बने रह गए कि वो फोटुएं मेरे परिचित के घर किसने डाली थीं? और उन्हें खींचने वाला कौन था? इसमें दूसरे सवाल का जवाब शायद तुम दे सकते हो।''
''मैं?''-उसका चेहरा पीला पड़ गया-''मैं कैसे दे सकता हूं? मुझे पता होता कि कोई हमारी उस तरह की फोटो खींच रहा है तो मैं वहीं पर उसके होश ठिकाने नहीं ला देता?''
ऋषभ ने चुभती नजरों से उसे देखा, फिर उसकी और शामली की फोटुएं उसकी ओर बढ़ाते हुए कहा-''इन फोटुओं को देखो और याद करने की कोशिश करो ये फोटुएं कहां खींची गईं थीं? और उस वक्त आसपास ऐसे

कौन कौन लोग थे, जो इस तरह की फोटुएं खींच कर तुम्हारे लिए ये मुसीबत खड़ी कर सकते थे?''

''मतलब''-उसने हैरानी से कहा-''ये फोटुएं तुम्हारे पास हैं और तुम्हें ही नहीं पता इन्हें किसने लिया?''

''ये फोटुएं मुझे मेरा सीक्रेट एडमायरर दे कर गया है। अब तुम ये सब छोड़ो और मैंने जो पूछा है उसका जवाब दो।''

उसने फोटुओं को देखा, फिर बोला-''मैं और शामली गोआ ट्रिप पर गए थे। हमने जिस होटल में समय बिताया था, ये फोटुएं वहीं की लग रहीं हैं। वहां मेरा तो ऐसा कोई परिचित-बल्कि दुश्मन कहना ज्यादा सही होगा-नहीं था, जो ऐसी फोटुएं खींच सकता।''

ऋषभ ने फोटुएं उससे वापस ले लीं।

''ये बात मेरे दिमाग में भी आई थी।''-आशीष ने कहा।

''कौन सी बात?''

''कि ये फोटुएं खींचीं किसने थीं? तुम तो नहीं खींच सकते। तुम तो अभी हाल ही में इस केस से जुड़े हो। लोनावला से तुम्हारा कोई वास्ता ही नहीं है। मुझे या शामली को तुम इस केस से पहले जानते भी नहीं थे। तो तुम्हारा इन फोटुओं को खींचने का तो सवाल ही पैदा नहीं होता। फिर ये फोटुएं किसने खींचीं? और क्यों खींचीं? और खींच कर खामोश क्यों बैठ गया? अगर वो मुझे ब्लैकमेल करना चाहता था तो उसने मुझसे सम्पर्क क्यों नहीं किया? फोटुओं को दबा कर क्यों बैठा रहा? मुझे तो तुम्हारे माध्यम से इन फोटुओं के होने का पता चला। और तुमने तो फूटी कौड़ी लेने से भी इनकार कर दिया। तुम्हारी दिलचस्पी तो सिर्फ शामली के कातिल का पता लगाने में है। और इस काम में तो मैं भी तुम्हारे साथ हूं। फिर ये फोटो खींचने वाला कौन है? और अब तुम बता रहे हो कि फोटो खींचने वाला बंदा तुम्हारे किसी परिचित के पास चुपचाप फोटुएं डाल कर चला गया था। ये सब चक्कर क्या है? इन फोटुओं का एक ही उद्देश्य नजर आता है। कि मुझे ब्लैकमेल किया जा सके। लेकिन वैसा तो किया नहीं गया। विश्रांति विला वाली घटना तक इन फोटोज को सामने तक नहीं लाया गया। उसके बाद तुम तक पहुंचाई भी गई तो ब्लैकमेल के इरादे से नहीं। क्योंकि ब्लैकमेल तो फोटो

खींचने वाला खुद भी कर सकता था। वो फोटो तुम्हें दे दे और तुम मुझे ब्लैकमेल करो, इसमें उसका क्या फायदा था? और फायदा था भी तो वो इतने दिनों तक फोटुएं दबा कर क्यों बैठा रहा?''

''हो सकता है वो तुम्हें ब्लैकमेल न कर रहा हो। शामली को कर रहा हो।''

''शामली को? लेकिन शामली के पास क्या था? वो तो फक्कड़ थी। एक छोटी प्राइवेट जॉब करती थी। वो किसी को क्या दे सकती थी?''

''फक्कड़ नहीं थी। फंड रेजिंग और तुम्हारे माध्यम से दिलवाए गए लोन के माध्यम से उसके पास एक करोड़ रूपए की बड़ी धनराशि थी। बहुत से लोगों को इतनी बड़ी रकम पूरी जिंदगी में भी देखने को नहीं मिलती।''

उसने एक पल विचार किया, फिर बोला-''ये तो तुम सही कह रहे हो। लेकिन अगर फोटो खींचने वाले ने शामली को ब्लैकमेल करने की कोशिश की थी तो शामली ने मुझे बिना बताए ब्लैकमेलर को पैसे दे दिए? आखिर इस गुनाह में मैं भी तो बराबर का भागीदार था। अगर शामली को ब्लैकमेल करने की कोशिश की गई होती तो वो सबसे पहले मुझे बताती। उसने तो मुझसे कुछ भी नहीं कहा।''

ऋषभ ने कुछ नहीं कहा लेकिन उसके दिमाग में एक शख्स का खाका तैयार हो रहा था, जिस पर आशीष द्वारा पूछे गए प्रश्नों-और उसके खुद के मन में उठ रहे प्रश्नों के भी-जवाब फिट बैठते थे।

लेकिन फिलहाल वो उसका नाम आशीष को बताने का इच्छुक नहीं था। क्योंकि उसका नाम जान कर आशीष को झटका लग सकता था।

वैसे भी अगर वो शख्स वही था, जिसके बारे में ऋषभ सोच रहा था तो देर सवेर तो आशीष को पता चल ही जाना था। फिर ऋषभ को ही वो बम उस पर फोड़ने की कोई जरूरत नहीं थी।

''ठीक है।''-ऋषभ ने गहरी सांस ली-''तो मैं चलता हूं।''

''चलते हो?''-उसने हैरानी से कहा।

''और क्या पूरा दिन यहीं बैठे रहूं?''

''अरे मैंने तुम्हें इतनी सारी बातें बताईं, इस फोटो खींचने वाले के बारे में इतनी सारी अजीब बातों की ओर तुम्हारा ध्यान आकर्षित कराया, और तुम

कह रहे हो कि तुम चलते हो? कैसे डिटेक्टिव हो तुम? कैसे जर्नलिस्ट हो तुम?''

''तो मुझे क्या करना चाहिए?''-ऋषभ ने निरूत्साहित भाव से कहा।

''क्या क्या करना चाहिए? तुम्हारे दिमाग में कोई घंटी नहीं बजी? कोई सवाल नहीं उठा? कि आखिर इस तरह से ये फोटुएं खींचने वाला कौन हो सकता है? जो फोटुएं तो खींचता है। लेकिन ब्लैकमेल करने की जगह फोटुएं आगे किसी और को भेज देता है।''

''घंटी बजी। सवाल उठा।''

''तो अब क्या करने का इरादा है?''

''वही तो तुम्हें बताया। यहां से जाने का इरादा है।''

उसके चेहरे पर रोष के भाव उभरे।

''देखो।''-ऋषभ ने कहा-''तुमने जिन जिन तथ्यों की ओर मेरा ध्यान आकर्षित कराया है, वे सब बेहद महत्त्वपूर्ण हैं। और मुझे तुम्हारी सराहना करनी पड़ेगी कि तुमने इतनी गम्भीरता से इस बारे में सोचा और ऐसे-ऐसे सवाल ढूंढ कर लाए। और सच कहूं तो यहां आने से पहले मेरे दिमाग में कातिल को लेकर थोड़ा-बहुत आइडिया था लेकिन तुम्हारे सवालों को सुनने के बाद अब पूरा-पूरा आइडिया है। अब मेरे दिमाग में उस बंदे की तस्वीर लगभग क्लीयर है, जो शामली का कातिल हो सकता है। लेकिन साथ में कुछ सवाल और हैं, जिनका जवाब मिलने के बाद ही किसी पर उंगली उठाना सही रहेगा। इसलिए मेरा उद्देश्य है कि पहले थोड़ा और भागदौड़ करके उन बचे हुए सवालों के जवाब भी ढूंढ लूं, उसके बाद हम दोनों मिल कर तुम्हारी इस जबरदस्त डिटेक्टिव रीजनिंग का जश्न मनाएंगें।''

वो खुश हो गया।

हालांकि डिटेक्टिव रीजनिंग वाली बात को व्यंग के रूप में ले कर वो बुरा भी मान सकता था लेकिन ऋषभ को इस बात की धेले भर भी परवाह नहीं थी कि वो बुरा मानता या सही।

''तुम सचमुच उस तरह के पत्रकार नहीं हो।''-आशीष ने कहा।

''किस तरह का पत्रकार?''

''ब्लैकमेल करने वाले पत्रकार। रिश्वत लेने वाले पत्रकार।''

''मैं समझा नहीं?''-ऋषभ ने उलझन भरे स्वर में कहा।

''तुम्हारे पास मौका था मेरे और शामली के संबंधों के बारे में रीना को बताने की धमकी देकर मुझे ब्लैकमेल करने का। लेकिन तुमने नहीं किया। मेरे कहने पर भी तुमने साफ मना कर दिया। तुमने सिर्फ उस केस के बारे में जानकारी मांगी जिस पर तुम काम कर रहे हो। मुझे इसके लिए तुम्हारी तारीफ करनी पड़ेगी।''

''थैंक्स।''-ऋषभ ने कहा-''एक मिनट।''-फिर वो बोला-''तुमने कहा कि मेरे पास तुम्हें ब्लैकमेल करने का मौका था। था से तुम्हारा क्या मतलब?''

उसके होंठों पर मुस्कान आ गई।

''यही कि अगर अब तुम चाहो भी तो-और कोई और भी चाहे तो वो भी-उन तस्वीरों के दम पर मुझे ब्लैकमेल नहीं कर सकता।''

''ऐसा क्या हो गया है?''

''मैंने रीना को सब कुछ साफ साफ बता दिया है।''

ऋषभ के चेहरे पर आश्चर्य के भाव उभरे।

''रीना ने क्या कहा?''-फिर उसने पूछा।

''भड़की। मुझे गालियां दीं। बुरा भला कहा। मैं सिर झुकाए सब सुनता रहा। मैं तो रिश्ता टूटने की बात उसके द्वारा कहे जाने के लिए भी तैयार था। हालांकि वो मेरे लिए काफी बड़ा धक्का होता। क्योंकि मैं रीना को सचमुच चाहता हूं। लेकिन वैसा नहीं हुआ। जो मेरे लिए राहत की बात थी।''

''वो अब भी तुमसे शादी करने के लिए तैयार है?''

''उसने न नहीं कहा है। और मुझे यही उम्मीद है कि वो गुस्सा तो है लेकिन इतनी नहीं कि शादी तोड़ दे। वो भी मुझे उतना ही प्यार करती है, जितना मैं उससे करता हूं। और जाने क्यों मुझे लगा कि वो मेरे और शामली के संबंधों के बारे में सुन कर ज्यादा हैरान नहीं हुई। शायद उसे पहले से अंदाजा था। हालांकि वो ये बात मुझ पर जाहिर नहीं होने दे रही थी।''

''चलो। इस मामले में तुम बहादुर निकले।''

''शामली के चक्कर में मुझसे बहुत बड़ी गलती हो गई थी। उस गलती से निबटने का यही रास्ता था। रास्ता मुश्किल था लेकिन था। इससे मुझे फायदे भी डबल-ट्रिपल हुए। मेरे दिमाग पर अपराधबोध हट गया। मेरे और रीना के

बीच अब कोई ऐसा छिपने वाला राज नहीं है। तीसरे अब मेरे सिर पर ब्लैकमेलिंग की तलवार भी नहीं लटकेगी।''

''मैं तुम्हें ब्लैकमेल नहीं करने वाला था।''

''तुम नहीं करने वाले थे लेकिन हो सकता है कोई और करता। वो फोटो खींचने वाला कर सकता था। आखिर तुम खुद भी तो नहीं जानते कि उन फोटोज को लेने वाला कौन था?''

ऋषभ ने सहमति में सिर हिलाया।

''मैंने रीना के सामने बस फर्श पर नाक घिस कर माफी नहीं मांगी है। बाकी सब कर लिया है। वो भी नर्म पड़ गई थी। मुझे विश्वास है कि जब मैं फिर उसके पास जाऊंगा तो उसकी नाराजगी कम हो चुकी होगी।''

फिर उसे उसके हाल पर छोड़ कर ऋषभ वहां से चलता बना।

OO

ऋषभ मुम्बई में लोअर परेल में रिपुदमन के बताए लीमा बार में पहुंचा, जहां उसे विप्लव थापर से मिलने की उम्मीद थी।

विप्लव थापर जो कि रिपुदमन के अनुसार प्रखर का दोस्त था और उससे ऋषभ को उस टोकन के बारे में कुछ पता चल सकता था, जो उसे रूपाली से प्राप्त हुआ था।

ऋषभ ने एक बीयर का पैग लिया और खाली पड़ी टेबल्स में से एक पर बैठ कर बार का जायजा लेने लगा।

उस घड़ी बार में कदरन कम भीड़ थी और जो चंद लोग वहां मौजूद थे, उनमें से किसी का भी हुलिया उससे मेल नहीं खा रहा था जो रिपुदमन ने बताया था।

शायद विप्लव थापर अभी वहां पहुंचा नहीं था।

ऋषभ को ज्यादा इंतजार नहीं करना पड़ा।

कुछ ही देर में एक युवक ने बार में प्रवेश किया, जो कि हुलिए से थापर ही लग रहा था।

वो कोई तीस के आसपास का युवक था, जिसका चेहरा आकर्षक तो था लेकिन साथ ही चेहरे पर खुरदुरापन था, जो इस बात की ओर इशारा कर रहा था कि वो आदमी गम्भीर किस्म का इंसान था।

ऋषभ अपना पैग टेबल पर ही छोड़ कर बार काउंटर की ओर बढ़ गया क्योंकि वो युवक भी बार काउंटर की ओर ही बढ़ रहा था।

दोनों लगभग साथ-साथ ही काउंटर पर पहुंचे।

''तुम विप्लव थापर हो?''-ऋषभ ने युवक से कहा।

उसने ऋषभ को खाली-खाली नजरों से देखा, फिर बार काउंटर ठकठकाया।

बारमैन उसके समीप आया।

''एक पैग बना।''-युवक ने कहा।

बारमैन ने उसके आदेश का पालन किया।

''मुझे तुमसे प्रखर के बारे में कुछ जरूरी बात करनी है।''-ऋषभ ने कहा।

उसने इस बार भी जवाब नहीं दिया। उसने पैग उठा कर एक ही सांस में खाली कर दिया और बारमैन को दोबारा हुकुम दनदनाया-''फिर से भर दे।''

जब वो गिलास उठा कर पी रहा था, ऋषभ की नजर उसके हाथों पर थी। उसके चेहरे की तरह ही हाथ भी काफी खुरदुरे थे, जो दो बातों की ओर इशारा करते थे।

या तो वो कोई ऐसा काम करता था, जिससे उसे हाथों से काफी कड़ी मेहनत करनी पड़ती थी।

या फिर उसे मारपीट का अच्छा-खासा अनुभव था।

ऋषभ को उससे एक अजीब सी वाइब का अहसास हो रहा था।

उसे थापर ऐसा आदमी लग रहा था, जो अच्छा भी था लेकिन खतरनाक भी और उससे पंगा नहीं लिया जाना चाहिए था।

लेकिन विडम्बना ये थी कि ऋषभ को उससे टोकन के बारे में बात करनी थी, जो अपने-आप में पंगे वाली बातचीत हो सकती थी।

बारमैन ने फिर पैग भर दिया।

''मुझे तुमसे टोकन के बारे में बात करनी है।''-ऋषभ ने कहा।

इस बार उसने ऋषभ की ओर देखा।

''टोकन?''-वो बोला-''कैसा टोकन?''

''वही, जो प्रखर के पास था। जिसके बदले उसे बड़ी रकम मिलने वाली थी। मार्शल कैसिनो वाला टोकन। और भी याद दिलाना पड़ेगा क्या?''

ऋषभ ने सावधानीपूर्वक शब्दों का चयन किया था। उसकी पूरी कोशिश थी कि उस मामले के बारे में बात करते हुए रूपाली का जिक्र न आने पाए। लेकिन उसने नोट किया कि उसकी बात सुन कर बारमैन की आंखें फैल गईं थीं। वो अचानक उनसे दूर हट गया और लंबे काउंटर के दूसरी ओर जा कर खड़ा हो गया और शेल्फ में लगी व्हिस्की की बोतलें पोंछ-पोंछ कर वापस लगाने में व्यस्त हो गया।

युवक ने ऋषभ की ओर से नजरें वापस मोड़ ली। सामने बार की शेल्फ को देखते हुए उसने गिलास से शराब का घूंट भरा।

''अच्छा।''-वो ऋषभ की ओर बिना देखे बोला-''वो टोकन।''

लगा तीर निशाने पर।

''मतलब तुम टोकन के बारे में जानते हो।''-ऋषभ ने विजयी भाव से कहा-''तब तो तुम्हें मालूम होगा कि टोकन इस वक्त कहां है?''

''तुम टोकन के बारे में कैसे जानते हो?''-उसने ऋषभ से पूछा-''कहां है टोकन?''

''कुछ ही दिन पहले जब तुम विश्रांति विला में गए थे, उस वक्त वहां उतना हंगामा बरपाने के बाद भी तुम्हें टोकन नहीं मिला, तो अब कैसे मिल जाएगा?''

''मैं? विश्रांति विला में गया था? मैं किसी विश्रांति विला में नहीं गया।''

''लेकिन प्रखर के अलावा एक तुम ही हो जो टोकन के बारे में जानते हो।''

''तुम भी तो जानते हो।''

ऋषभ के होंठ भिंच गए। वो उसे नहीं बता सकता था कि वो टोकन के बारे में किसके माध्यम से जानता था।

रूपाली का नाम लेना उसकी जान खतरे में डाल सकता था।

अगर कातिल ने उस टोकन को हासिल करने के लिए चार खून किए थे तो एक और करना उसके लिए क्या बड़ी बात थी?

''मैं टोकन के बारे में कैसे जानता हूं, वो छोड़ो। ये बताओ, टोकन के लिए क्या तुम फिर वो सब करने के लिए तैयार हो, जो विश्रांति विला में किया था?''

उसने भावहीन ढंग से ऋषभ की ओर देखा, फिर वापस सामने देखते हुए गिलास से शराब पीने लगा।

''अब नौटंकी करने से कोई फायदा नहीं।''-ऋषभ ने कहा-''तुम्हारा, प्रखर का और टोकन का कनेक्शन सामने आ चुका है।''

''अच्छा।''-उसने संक्षिप्त सा उत्तर दिया।

फिर उसने एक अप्रत्याशित हरकत की।

उसने अपना जूठा गिलास उठाया और बची हुई व्हिस्की जोर से ऋषभ के चेहरे पर फेंकी।

व्हिस्की ऋषभ के चेहरे से इतनी जोर से टकराई कि कुछ पलों के लिए ऋषभ की आंखें भी उनमें व्हिस्की चली जाने के कारण बंद सी हो गई।

ऋषभ पर व्हिस्की उछालने के बाद वो रूका नहीं। उसने बिजली की गति से काउंटर के ऊपर से छलांग मारी और काउंटर के उस पार-जिस पार बारमैन की जगह थी-पहुंच कर साइड में लगे एक दरवाजे की ओर लपका, जो बार के अंदर के हिस्से में जाने के लिए बना था।

ऋषभ ने मिचमिचाकर आंखें खोलीं तो उसे वो काउंटर के पीछे स्थित दरवाजे से अंदर प्रवेश करता दिखा। उसके पीछे परदा लहरा रहा था।

ऋषभ ने भी बिना सोचे-समझे काउंटर के ऊपर से छलांग लगा कर अंदर प्रवेश किया, फिर वो भी बारमैन की फटकार को नजरअंदाज करते हुए उसी दरवाजे में प्रवेश कर गया।

दरवाजे को पार करते ही ऋषभ के सामने एक गलियारा आया, जिसमें एक वेटर गंदी-गंदी गालियां बकते हुए फर्श पर से उठ रहा था और कुछ शराब की बोतलें फर्श पर गिरी हुई थीं, जिनमें से एक-दो के टूट जाने से फर्श पर शराब भी बिखरी हुई थी।

ऋषभ गलियारा पार करने के लिए झपटा लेकिन फर्श पर बिखरी पड़ी शराब से बचने की कोशिश करने के बाद भी उसका पैर शराब पर पड़ ही गया और वो फिसलने लगा। खुद को फिसलने से बचाने के लिए उसने उठ

कर खड़े होने की कोशिश कर रहे और गालियां बक रहे वेटर की पीठ पर हाथ रख कर बैलेंस बनाया।
हाथ थोड़ा जोर से पड़ गया, जिससे वेटर वापस फर्श पर ढेर हो गया।
उसने ऋषभ को भी गंदी-गंदी गालियां दीं।
लेकिन ऋषभ के पास समय नहीं था। वो तेजी से गलियारा पार करके आखिर में पहुंचा, जहां गलियारा दांयी ओर मुड़ रहा था और वहां एक दरवाजा था, जो खुला हुआ था।
उस दरवाजे के पार बाहर खुले में उसे भागते हुए थापर की झलक दिखाई दी।
ऋषभ भी तेजी से दरवाजे से बाहर निकला और थापर का पीछा करता रहा। वहां कई दुकानें बनी थीं, जिनके बीच की पतली-पतली गलियों में भागते थापर का पीछा करना बेहद मुश्किल साबित हो रहा था। बीच-बीच में वो किसी गली में मुड़ जाता था तो ऐसा लगता था कि अब उसे खोजना ही मुश्किल होगा।
लेकिन ऋषभ भी पूरी ताकत लगा कर उसका पीछा करता रहा।
आखिर पतली गलियों का सिलसिला खत्म हुआ।
थापर भागते-भागते एक जगह पर आ कर रूक गया था।
उसके आगे जमीन नीची थी। करीब पन्द्रह-बीस फीट के नीचे एक छोटा-सा मेला जैसा लगा था, जिसमें बच्चों के लिए मैरी गो राउण्ड, विशाल झूले और भी कई तरह की मनोरंजन की गतिविधि वाली चीजें लगी हुई थीं।
जमीन नीची का मतलब वहां ढलान नहीं थी बल्कि सीधे पंद्रह-बीस फीट नीचे मैदान जैसा था, जिसके चलते वहां खड़े आदमी को मेले की दीवार पर खड़े होने जैसा अहसास होता।
मेले में उस वक्त थोड़ी गहमा-गहमी भी थी। लोग अपने बच्चों को ले कर घूमने आए हुए थे।
जहां थापर के कदम थमे थे, उसके ऐन सामने मैरी गो राउण्ड घूम रहा था।
थापर ऊंचाई पर खड़े होने के कारण मैरी गो राउण्ड की छत से कुछ ही दूरी पर था, जो कि उस वक्त घूम रहा था।
उसने पलट कर ऋषभ की ओर देखा।

फिर सामने मैरी गो राउण्ड पर छलांग लगा दी।
छलांग लगाने के बाद वो भागा नहीं। घूमते मैरी गो राउण्ड की छत पर पहुंचने के बाद वो स्थिर खड़ा हो गया।
जाहिर था कि संतुलन बनाने में वो अभ्यस्त था। तभी घूमते मैरी गो राउण्ड की छत पर कूदने के बाद भी खुद को संभाल पाया था।
उसका लक्ष्य उस मैरी गो राउण्ड के आगे लगे वैसे ही एक और मैरी गो राउण्ड की छत थी।
घूमती छत का वो हिस्सा-जिस पर थापर खड़ा था-जैसे ही उस दूसरे मैरी गो राउण्ड की छत के पास पहुंचा, थापर ने उस मैरी गो राउण्ड से जिस पर कि वो खड़ा था दूसरे मैरी गो राउण्ड की घूमती छत पर छलांग लगा दी।
दूसरे मैरी गो राउण्ड की छत पर पहुंचने के बाद उसने पलट कर चुनौतीपूर्ण नजरों से ऋषभ की ओर देखा।
ऋषभ भी भागते हुए पहले मैरी गो राउण्ड के करीब तक पहुंच गया था।
ऋषभ ने उसकी चुनौतीपूर्ण नजरों का सामना किया, फिर सामने घूम रहे मैरी गो राउण्ड नंबर एक की छत पर नजर मारी।
ऋषभ मेले की पन्द्रह-बीस फीट से भी ऊंची दीवार के ऊपर जमीन पर खड़ा था और उसके और घूम रहे मैरी गो राउण्ड के बीच की दूरी लगभग पांच-छः फुट थी।
ऋषभ की समझ में आ गया था कि थापर को पकड़ना था तो उसके स्टंट को दोहराने के सिवाय कोई रास्ता नहीं था।
वो भी पहले मैरी गो राउण्ड की छत पर कूद गया।
घूमते मैरी गो राउण्ड की छत पर कूद कर वो गिरते-गिरते बचा।
उस छत पर पहुंच कर उसे अहसास हुआ कि दूर से देखने पर वो छत धीमे घूमती हुई लग रही थी लेकिन उस पर खड़े होने के बाद ऐसा लग रहा था, जैसे चकरघिन्नी पर सवार हो गए हों।
उसने छत पर संतुलन बनाए रखते हुए खड़े हो कर देखा तो उसे सब कुछ घूमता महसूस हुआ।
घूमती हुई छत का वो हिस्सा-जिस पर ऋषभ खड़ा था-दूसरे घूम रहे मैरी गो राउण्ड की छत के पास आता जा रहा था।

ऋषभ जानता था कि उसके पास एक ही मौका था।
दूसरे मैरी गो राउण्ड की छत के करीब आते ही ऋषभ ने उस पर छलांग लगा दी।
तब तक थापर मैरी गो राउण्ड के दूसरे सिरे पर पहुंच गया। दूसरे सिरे पर पहुंचते ही वो पास ही घूम रहे हिण्डोला झूले-फैरिस व्हील- पर कूद गया, जिसके नीचे की ओर जा रहे एक बॉक्स-जिसमें हिण्डोला झूले का मजा लेने के लिए लोग बैठते हैं-के किनारे पर उसके हाथ कस गए। झूले में सवार लोगों की चीख निकल गई।
बॉक्स के और नीचे जाते ही विप्लव ने उसे छोड़ दिया और जमीन पर कूद गया।
तब तक ऋषभ वाली मैरी गो राउण्ड की छत भी घूमते हुए उसी झूले के पास आ गई थी।
अपने शिकार तक पहुंचने की जल्दी में ऋषभ ने झूले पर कूदने की जहमत नहीं उठाई। वो सीधे जमीन पर कूद गया।
ज्यादा ऊंचाई से कूदने के कारण खुद को संभालने के चक्कर में वो पूरा का पूरा जमीन पर गिर पड़ा। उसका चेहरा जमीन की ओर था।
उसे आंखों के आगे जमीन पड़ी धूल दिखाई दी।
फिर वो उतनी ही फुर्ती से उठा और फिर विप्लव के पीछे दौड़ पड़ा, जो मेले में आए लोगों को धकियाते हुए एक तरफ बने दो विशाल पाइपों के सिरों के पास पहुंच चुका था।
वे पाइप वाटर पार्क या फन सिटी जैसी जगहों में लोगों के फिसलने के लिए लगाए जाने वाले पाइपों में से एक थे।
अगले ही पल वो उनमें से एक पाइप के सिरे के अंदर समा चुका था।
ऋषभ भी उस पाइप के समीप पहुंचा और उसने भी बिना एक भी पल गंवाए खुद को उस पाइप में धकेल दिया।
पाइप अंदर से काफी लंबा था। उसमें फिसलते हुए उसे एक-दो बार पाइप के आखिरी सिरे पर थापर की झलक दिखाई दी।
पाइप दूसरी ओर एक विशाल गद्दे में पहुंच रहा था, जहां बहुत सारे बच्चे खेल रहे थे और बहुत सारे गुब्बारे उड़ रहे थे।

थापर के उस गद्दे पर लैंड करने के चंद पलों बाद ही ऋषभ ने भी गद्दे पर लैंड किया।

गद्दा काफी गुदगुदा था, जिस पर बच्चे कूद-कूद कर मस्ती कर रहे थे। ऋषभ को उस पर खड़े होने में भी दिक्कत हो रही थी।

थापर गद्दे के आखिरी सिरे पर पहुंच कर गद्दे से बाहर निकलने के लिए रोकने के लिए बनाई गई लोहे की जालीदार दीवार को-जो ज्यादा ऊंची नहीं थी-कूद कर पार कर गया।

''कमीना।''-ऋषभ बुदबुदाया, फिर वो भी किसी तरह गद्दे पर खुद को संभालने की कोशिश करते हुए जालीदार दीवार के पास पहुंचा और उसे फलांग कर पहले की तरह फिर धूल भरी जमीन पर पड़ा नजर आया। इस बार कुछ धूल उसके मुंह में भी चली गई, जिसे फूंक से उड़ाने की कोशिश करते हुए वो फिर उठ खड़ा हुआ और सिर झटक कर पगलाए सांड की तरह थापर के पीछे दौड़ा।

तब तक थापर कार्निवाल की दीवार को पार कर दूसरी ओर कूद चुका था। ऋषभ को बस उसकी एक झलक दिखाई दी।

ऋषभ तेजी से दौड़ते हुए दीवार के पास पहुंचा और उसने कूदकर करीब आठ फीट ऊंची दीवार पर हाथ रखे और दीवार पार करके दूसरी ओर कूद गया।

उसने अपने आप को एक वीरान गली में पाया, जो कचड़ा फेंकने की जगह लग रही थी।

गली चौड़ी थी। लेकिन सुनसान थी। वहां ढेर सारा कचड़ा पड़ा हुआ था। एक बड़े आकार का कूड़ेदान भी रखा हुआ था, जिससे कूड़ा बाहर तक निकलकर बिखरा हुआ था। थोड़ी दूर पर एक टूटा-फूटा पुराना सा सार्वजनिक मूत्रालय बना हुआ था।

गली में दूर-दूर तक कोई बंदा नजर नहीं आ रहा था।

ऋषभ अपनी सांसों पर काबू पाने की कोशिश करते हुए अंदाजे से ही गली के एक सिरे की ओर बढ़ा।

जरूरी नहीं कि वो उसी ओर से भागा हो। हो सकता है वो गली के दूसरी ओर से निकल भागा हो।

ऋषभ को निराशा हुई।
इतनी भागदौड़ के बाद भी वो हाथ से निकल गया था।
''लगता है निकल गया...।''
ऋषभ के मुंह से निकले शब्द अधूरे ही रह गए।
पीछे किसी की मौजूदगी का आभास होने पर वो तेजी से घूमा लेकिन घूमते ही पीछे खड़े थापर ने अपना दांया हाथ मोड़ कर अपनी कोहनी इतनी जोर से ऋषभ के मुंह पर मारी की ऋषभ की नाक से खून की धार बह निकली और उसकी आंखों के आगे कुछ पलों के लिए अंधेरा छा गया।

उसके होश ठिकाने आए तो उसका चेहरा जमीन की ओर था और जमीन पर खून की बूंदें पड़ी दिख रहीं थीं, जो उसकी नाक से निकलकर गिरी थीं। उसके दोनों हाथ पीछे की ओर बेरहमी से मोड़े गए थे, जिन्हें थापर ने पकड़ रखा था और ऋषभ की पीठ में कोई बड़ी सी चीज जोर से गड़ रही थी।
वो थापर का घुटना था।
ऋषभ ने अपने होशो-हवास काबू करने की कोशिश करते हुए उसकी गिरफ्त से छूटने की कोशिश की लेकिन जवाब में उसने ऋषभ की पहले से पीठ की ओर मोड़ रखी बांहों को इतनी जोर से खींचा कि ऋषभ को लगा कि उसके हाथ ही कंधों से उखड़ जाएंगें।
उसके मुंह से घुटी-घुटी सी चीख निकल गई।
थापर ने इतने पर ही बस नहीं किया। उसने ऋषभ की पीठ पर दबा रखे अपने घुटने को भी और जोर से दबाया, जिससे ऋषभ को लगा कि उसकी पीठ ही टूट जाएगी।
''होशियारी नहीं।''-उसने चेतावनी दी-''होशियारी नहीं करने का अपने बाप के साथ।''

वो हाइट में भी ऋषभ से थोड़ा कम था और ऋषभ के मुकाबले थोड़ा कम हट्टा कट्टा भी दिखता था। लेकिन जिस तरह से उसने ऋषभ को दबोचा हुआ था, उसे देख कर किसी को भी हैरानी होती।

''कायदे से तो मुझे तुझको हलाक कर देना चाहिए।''-पीछे से उसकी आवाज सुनाई दी-''मेरी जेब में रखी गन भी बाहर निकलने के लिए फडफ़ड़ा रही है। मन तो करता है कि तुझे निबटा कर अपने हाथों इस दुनिया से रूख्सत हुए लोगों में एक और नाम शामिल कर लूं। लेकिन तेरी कमसिन जवानी पर तरस आ रहा है। इसलिए इस बार तुझे छोड़ रहा हूं। न सिर्फ छोड़ रहा हूं बल्कि एक सलाह भी दे रहा हूं। एक ऐसी सलाह, जिससे तेरी जिंदगी बच सकती है। इस बार जो मैं तुझे छोड़ रहा हूं, उसके अलावा। वैसे वो सलाह तुझे शायद पहले किसी ने नहीं दी होगी। दी होगी तो तूने मानी नहीं होगी। दी होती या तूने मानी होती तो तू आज इस हाल में नहीं होता। बात भेजे में घुसी?''

''हां।''-ऋषभ ने फंसे कंठ से कहा।

असल में ऋषभ काफी बेबस महसूस कर रहा था। उसने ऋषभ को इस तरह फंसा रखा था कि ऋषभ चाह कर भी कोई हरकत नहीं कर पा रहा था।

''सलाह सुनने से पहले ध्यान से सुन। मैं अभी तुझे छोडूंगा। लेकिन छूटते ही तुझे एकदम से जल बिन मछली, नृत्य बिन बिजली नहीं बनने का है, क्या?''

''हां।''-ऋषभ को कुछ नहीं सूझा तो उसने हामी भर कर अपनी जान छुड़ाई।

''मेरे छोडऩे के पांच मिनट तक तुझे ऐसे ही पड़े रहना है। टेंशन मत लेना। गली पूरी सूनी है। थोड़ी देर पड़ा रहेगा तो यहां कोई तेरा बैकडोर खटखटाने आने वाला नहीं है। थोड़ी देर आराम कर लेगा तो तेरी सेहत के लिए अच्छा रहेगा। उसके बाद उठना और नाक की सीध में निकल लेना। दोबारा मुझे कभी दिखाई नहीं देना और न लीमा बार के आजू-बाजू पंख मारना। क्योंकि पंख मारा तो तू दूसरी बार इतना खुशकिस्मत साबित नहीं होगा।''

'इस बार ही कौन सा खुशकिस्मत साबित हुआ हूं।'-ऋषभ ने मन ही मन उसे गाली दी।

''ठीक है।''-प्रत्यक्षत: गुस्से और अपमान का घूंट पीते हुए ऋषभ ने कहा।
''अब सलाह सुन। इस बार तेरी जान बच गई इसके लिए घर जा कर गणपति बप्पा को धन्यवाद देना और दोबारा कभी सत्तर लाख के मामले में नाक घुसाते मत घूमना। वो मामला तेरी औकात से कहीं बढ़ा है। समझा? तू जो भी है तेरी औकात से बढ़ा है वो मामला।''
फिर ऋषभ को अपने हाथ आजाद होते हुए और अपनी पीठ पर से वजन कम होता महसूस हुआ।
वो तुरंत पलट कर अपने हमलावर से पूछना चाहता था कि उसने आखिरी में जो बात कही थी, उसका क्या मतलब था लेकिन उसकी चेतावनी याद करके उसने खुद को पलटने से रोके रखा।
ऋषभ को हैरानी इस बात की हुई कि उसे उसके दूर जाते कदमों की आहट नहीं सुनाई दी।
ऋषभ पूरी तरह उसकी आज्ञा का पालन नहीं कर पाया।
उससे पांच मिनट तक उस तरह जमीन पर पड़े नहीं रहा गया। वैसे भी उसकी नाक से खून बह रहा था और उस हालत में चेहरा नीचे की ओर करके जमीन पर पड़े रहना खतरनाक था।
वो उठ कर हाथ झाड़ते हुए खड़ा हो गया।
उठते ही उसने अपने पीछे नजर दौड़ाई।
गली में कोई नहीं था।
इतनी लंबी भागदौड़ के बाद भी थापर ऋषभ को गच्चा दे कर भाग निकला था।
और छोड़ गया था एक नया सवाल।
सत्तर लाख।

OO

ऋषभ पार्टी ऑन बार के प्रथम तल पर स्थित देवेश के ऑफिस-जिसे वो और निरंजन देवेश की आरामगाह कहते थे क्योंकि वो ऑफिस तो नाम का

ही था, देवेश वहां पर करता-धरता तो कुछ था नहीं, सारा काम तो मैनेजर तनेजा ही संचालित करता था-में पहुंचा।

मुम्बई से वापस पुणे आने से पहले विप्लव थापर द्वारा की गई कृपा के कारण ऋषभ को अस्पताल जाना पड़ा था, जहां उसने अपनी नाक पर मरहम पट्टी करवाई थी।

डॉक्टर का कहना था कि उसे ऐसी कोई विशेष चोट नहीं लगी थी लेकिन फिर भी ऐहतियात बरते।

देवेश के ऑफिस पहुंचते-पहुंचते तक उसका पहले से खराब दिमाग और भी ज्यादा खराब हो चुका था।

बार के फ्रंट डोर से ले कर देवेश के ऑफिस तक पहुंचते-पहुंचते रोशन सहित कम से कम तीन लोग उसकी नाक पर लगी बैंडेज देख कर पूछ चुके थे कि उसे क्या हुआ था?

और वो अच्छी तरह जानता था कि देवेश के ऑफिस में देवेश और निरंजन द्वारा इस सवाल का और भी लंठई वाले ढंग से उसे सामना करना पड़ेगा।

और सामना ही नहीं करना पड़ेगा बल्कि उन्हें सच-सच पूरी बात भी बतानी पड़ेगी। रोशन और बाकी लोगों को तो उसने कुछ नहीं यार, बाथरूम में गिर गया था, चोट लग गई थी बोल कर टाल दिया था।

वो जैसे ही ऑफिस में पहुंचा, उसके चेहरे पर नजर पड़ते ही देवेश और निरंजन की आंखें फैल गईं।

''बताता हूं।''-उनके मुंह खोलने से पहले ही ऋषभ ने टोक दिया और उनके सामने एक चेयर पर जमते हुए बोला-''विस्तार से बताता हूं। लेकिन पहले कुछ पीने-पिलाने का इंतजाम करो।''

आम स्थिति में देवेश उसकी बात की टांग पकड़ कर कोई जोक मारता या कोई उल्टी-सीधी बात करता लेकिन ऋषभ के चेहरे पर लगी बैंडेज देखकर उसके चेहरे पर चिंता के भाव थे, जिसके चलते उसने खामोशी से तीनों के लिए पैग तैयार किए।

ऋषभ ने एक पैग गटकने के बाद पूरा किस्सा उन्हें कह सुनाया।

''विप्लव थापर?''-देवेश ने कहा-''विप्लव थापर से टकराने पहुंच गए तुम? वो भी अकेले?''

उसका लहजा ऐसा था कि ऋषभ के साथ-साथ निरंजन भी उसे देखने लगा।
''लो''-देवेश ने फिर कहा-''ये करता घूम रहा है ये।''
''मैंने क्या किया?''-ऋषभ ने आश्चर्य से कहा।
''तूने नहीं किया तो और किसने किया? उस खूनी बदमाश के पीछे ठुड्डे खाने की तलाश में बार में कौन गया था?''
''ठुड्डे खा...?''-ऋषभ बोलते-बोलते रूक गया। उसके चेहरे पर रोष के भाव उभरे।
''भाई मेरे, तूने विप्लव थापर का नाम सुना और चल दिया शिकार करने? जैसे वो कोई खरगोश हो, जिसे तूने बस कान पकड़ कर उठा लेना है? तेरे जैसे बेवकूफ लोग ही होते हैं जो खुद को शिकारी समझते घूमते हैं लेकिन अपने साइज और औकात से बड़े जानवर का शिकार करने के चक्कर में खुद शिकार बन जाते हैं।''
''तुम जानते हो विप्लव थापर को?''-ऋषभ ने कहा।
''पर्सनली नहीं जानता। लेकिन उसके किस्से सुन रखे हैं। खतरनाक आदमी है। विप्लव थापर से टकराए और सिर्फ नाक पर चोट लगी तो तुम्हें खैर मनानी चाहिए। सस्ते में छूट गए।''
ऋषभ और निरंजन दोनों की ही नजरें देवेश पर जा टिकीं।
''मतलब?''-ऋषभ ने पूछा।
''मतलब तुम्हें नहीं पता?''-देवेश ने निरंजन से पूछा-''तुम तो अपराध की दुनिया के एनसाइक्लोपीडिया बने फिरते हो?''
''ये कोई मर्डर केस से रिलेटेड मामला है?''-निरंजन ने पूछा।
''मर्डर केस तो नहीं है।''
''मेरी दिलचस्पी होमीसाइड केसेज की इन्वेस्टिगेशन में ही रहती है।''
''इसीलिए।''-देवेश ने सिर हिलाया-''ये मामला मुम्बई अंडरवर्ल्ड के सबसे चौंका देने वाले अध्यायों में से एक है। बल्कि''-उसने एक पल रूक कर कहा-''अध्याय कहना गलत होगा। अध्याय की शुरूआत कहना ज्यादा सही होगा।''
''अब कुछ बक के भी दोगे''-ऋषभ ने कहा-''या सस्पेंस ही क्रिएट किए जाओगे?''

''कहते हैं विप्लव थापर पहले किसी बड़े अंडरवर्ल्ड डॉन का काफी करीबी रहा था। उसका बॉडीगार्ड समझ लो। लेकिन बाद में दोनों के बीच किसी बात को ले कर अनबन हो गई। वो मामला कुछ ऐसा था कि थापर और उसके साथी डॉन के बीच खूनखराबे की नौबत आने वाली थी। पूरा मुम्बई अंडरवर्ल्ड उस समय सकते में आ गया था। क्योंकि डॉन तो डॉन था ही। लेकिन थापर भी कोई चलता पुर्जा नहीं था। बल्कि ये तक कहा जाता था कि डॉन के डॉन बनने के सफर में भी थापर का बहुत बड़ा योगदान था। लेकिन उसके बाद भी वो जो भी मामला था उसको लेकर ये माना जा रहा था कि डॉन और थापर के बीच एक ऐसी जंग छिड़ने वाली थी, जिसका परिणाम दोनों में से किसी एक के खत्म होने के रूप में ही सामने आता। और दोनों के बीच की उस जंग में जो भी दोनों के बीच आता, उसे भी मारा जाना था। हालांकि थापर की साइड ज्यादा लोग नहीं थे लेकिन फिर भी थापर को अकेला ही सैंकड़ों के बराबर कहा जाता है। यानि गैंगवार जैसी स्थिति बनने वाली थी। पूरा शहर दम साधे उस गैंगवार का साक्षी बनने की प्रतीक्षा कर रहा था। लेकिन फिर न जाने क्या हुआ। विप्लव थापर अण्डरग्राउण्ड हो गया। और डॉन भी ऐसे अपने कामों में बिजी हो गया, जैसे कुछ हुआ ही नहीं था। कुछ समय तक तो लोग समझते रहे कि बम में चिंगारी बाकी थी और वो किसी भी वक्त फट सकता था। यानि किसी भी वक्त विप्लव थापर और उसके रहनुमा रहे डॉन के बीच टकराव की खूनी शुरूआत हो सकती थी। लेकिन फिर धीरे-धीरे समय बीतता चला गया। और लोगों को यकीन आ गया कि थापर और डॉन के बीच कोई सौदा, कोई समझौता हो गया था। और वो सौदा या समझौता होने से मुम्बई शहर एक बड़ी गैंगवार का साक्षी बनने से बच गया। हालांकि थापर और उसके साथी रहे डॉन के बीच उस तरह का समझौता-जिसके बारे में आज तक कोई नहीं जानता कि वो हुआ भी था या नहीं-होना कोई हैरानी की बात भी नहीं थी। आखिर दोनों लंबे समय से साथी रहे थे। थापर ने डॉन का काफी साथ दिया था।''

कुछ पल उनके बीच खामोशी रही।

''मुझे सचमुच अंदाजा नहीं था''-फिर ऋषभ ने कहा-''कि मैं इतनी ऊंची चीज से टकरा रहा था।''

''पता नहीं था तो टकराने क्यों चला गया था मेरे बाप?''-देवेश ने कहा।

ऋषभ को याद आया कि थापर ने किस तरह से उसे जमीन पर पटक कर बेबस कर दिया। मारपीट के मामले में ऋषभ अक्सर ही सामने वाले पर भारी पड़ता था लेकिन जिस तरह से थापर ने उसे दबोच लिया था, उससे ऋषभ को उसी वक्त समझ जाना चाहिए था कि वो कोई छोटी-मोटी चीज नहीं था।

ऋषभ ने बातचीत का रूख मोड़ने के लिए की कोशिश की।

''पांचवी के बारे में इंस्पैक्टर ने एक संभावना जताई थी।''-ऋषभ ने कहा।

''कैसी संभावना?''-निरंजन ने पूछा।

ऋषभ ने एआई वाली बात बताई।

''एआई वाली बात फिट नहीं लग रही।''-निरंजन ने उसके विपक्ष में तर्क दिया-''अगर शामली पांचवी कैरेक्टर के लिए एआई का उपयोग कर रही थी तो बाकी चारों की क्या जरूरत थी? उनकी आवाज के लिए भी वो एआई का इस्तेमाल कर सकती थी।''

''वो भी तब''-ऋषभ ने कहा-''जब सचमुच एक फिल्म की पूरी डबिंग में किसी कैरेक्टर के सभी डायलॉग्स के उपयोग के लिए सचमुच एआई का उपयोग संभव हो।''

''संभव होगा ही।''-निरंजन ने कहा-''आज नहीं तो कल संभव हो जाएगा। ये एआई बड़ी खतरनाक चीज है। सुरसा के मुख की तरह विस्तार लेती जा रही है। और लोगों की नौकरियां खाती जा रही है। जो-जो काम एआई से संभव हो सकेंगें, उससे जुड़े वर्कर्स तो जॉबलैस हो जाएंगें।''

''और दुनिया को भी टेक्नोलॉजी पर इतना डिपेंड होने से खतरा है, जिस पर कोई ध्यान नहीं दे रहा।''

''स्काईनेट दुनिया पर कब्जा कर लेगा।''-देवेश ने कहा-''ठरकीनेटर ही दुनिया को बचा सकता है।''

''टर्मिनेटर।''-निरंजन ने कहा।

''यहां टर्मिनेटर की बात किसने की?''

''तुमने।''
''तो मैं टर्मिनेटर बनाऊंगा तो क्या वो सामान्य टर्मिनेटर होगा? नहीं। वो एक नंबर का ठरकी होगा। इसीलिए उसका नाम ठरकीनेटर होगा। तुम हर बार मेरी बात पकड़ कर मत लटक जाया करो।''
निरंजन खामोश हो गया।
''अगर पांचवे पात्र के लिए एआई का यूज किया जाने वाला था''-ऋषभ ने कहा-''तो जहां शामली और उसके साथियों का खून हुआ, वहां पांचवी शख्स की मौजूदगी के निशान क्या कर रहे थे? बैग, सैंडल भी बरामद हुए थे, जो शायद तुम लोग भूल रहे हो।''
''अरे हां। वो तो मैं भूल ही गया था।''
''यानि एआई वाली थ्योरी बेबुनियाद है। वहां कोई पांचवी शख्स मौजूद थी। इसके अलावा कातिल द्वारा लैपटॉप, मोबाइल नष्ट किए जाना, कागजों को जलाया जाना भी इस बात की ओर इशारा करता है कि वहां कोई पांचवी मोजूद थी, जिसकी मोजूदगी के सबूत मिटाने के लिए वो लैपटॉप, मोबाइल वगैरह नष्ट किए गए।''
''लैपटॉप, मोबाइल वगैरह नष्ट किए गए तो सैंडल और बैग वगैरह क्यों नष्ट नहीं किए गए?''-देवेश बोला।
ऋषभ अवाक रह गया।
''हां यार।''-वो बोला-''ये तो तुमने जबर्दस्त पॉइंट पकड़ा है। लेकिन इसका कोई फायदा नहीं हुआ।''
''मतलब?''-उसकी भंवें उठीं।
''सैंडल, बैग वगैरह नष्ट न करने की जो भी वजह हो लेकिन पांचवी शख्स उनके बीच थी ये निर्विवाद रूप से साबित हो चुका है।''-उसने बताया कि किस तरह प्रोवीजन स्टोर वाले ने कार में शामली के साथ प्रखर, विनोद और सुनैना के अलावा भी एक युवती को देखा था।
''तो उतनी देर से बता नहीं सकता था?''-निरंजन भड़का-''कि पांचवी के होने की तस्दीक हो चुकी है?''
''मैंने सोचा पहले तुमसे थोड़ी मेहनत करवा लूं। उसके बाद राज खोलूं।''
''बड़ा आया राज खोलने वाला।''-देवेश ने बुरा सा मुंह बनाया।

''ये वीडियो देखो।''-ऋषभ ने मोबाइल निकाल कर उसमें एक वीडियो ओपन किया, जो उसे पुलिस से प्राप्त हुआ था।

वीडियो विश्रांति विला में शामली और उसके साथियों के कत्ल की पिछली रात का था जब किसी अज्ञात शख्स ने विला में घुस कर सीसीटीवी कैमरे खराब कर दिए थे।

वीडियो में घर के अंदर बिल्डिंग के गेट पर लगे कैमरे से आयरन गेट का दृश्य दिखाई दे रहा था।

रात के अंधेरे में एक पतला-दुबला युवक गेट पर पहुंचा और गेट को फलांग कर अंदर प्रवेश कर गया। फिर वो विला के दरवाजे की ओर बढ़ने की जगह विला के बगल की ओर बढ़ गया-जिधर से बाउंड्रीवाल और भवन के बीच की पतली सी गली थी, जो कि मकान के पिछले हिस्से की ओर जाती थी- और नजरों से ओझल हो गया क्योंकि कैमरा केवल घर के सामने का सीमित हिस्सा ही कवर कर पा रहा था।

रिकॉर्डिंग में टाइम भी दिखाई दे रहा था।

करीब दस मिनट बाद रिकॉर्डिंग खत्म हो गई।

''अरे?''-निरंजन ने कहा-''बाकी की रिकॉर्डिंग कहां है?''

ऋषभ ने उसे घूरा।

''बाकी की रिकॉर्डिंग कहां से होगी?''-ऋषभ ने कहा-कैमरा तो इसने खराब कर दिया न?''

''अरे हां।''-निरंजन ने सहमति में सिर हिलाया।

युवक जिस रास्ते से गया था, उसी रास्ते से वापस लौटा और उस कैमरे के समीप आया, जिसमें वो सब रिकॉर्ड हो रहा था। युवक कैमरे के नीचे आ गया, जिसकी वजह से दिखना बंद हो गया। उसके कुछ ही देर बाद वीडियो खत्म हो गया।

मतलब साफ था कि युवक ने उस कैमरे को भी खराब कर दिया था।

''इतनी दूर क्या पैदल ही आया था?''-निरंजन ने कहा-''इसकी गाड़ी कहां है?''

''बाइक वगैरह से आया होगा।''-ऋषभ ने कहा-''कैमरे के बारे में इसे भी पता होगा ही। इसलिए बाइक कहीं झाड़ियों में खड़ी कर दी होगी।''

‘‘हूं।’’
‘‘दस मिनट।’’-ऋषभ ने कहा।
‘‘अब दस मिनट का क्या?’’
‘‘इसे बाहर निकलने में दस मिनट लगे।’’
‘‘वो तो दिख ही रहा है।’’
ऋषभ ने निरंजन की ओर देखा।
‘‘तो इससे क्या पता चलता है?’’-ऋषभ ने पूछा।
निरंजन अचकचाया।
‘‘यही कि...ये जो भी है, दस मिनट में कैमरों को खराब करके लौट आया।’’
‘‘और कुछ?’’
‘‘अरे यार, तुम्हें कुछ सूझ गया है तो साफ-साफ बता दो। सस्पेंस मत क्रिएट करो।’’
‘‘देखो।’’-ऋषभ ने स्क्रीन की ओर इशारा किया-‘‘घर में तीन जगह सीसीटीवी कैमरे लगे हैं। और तीनों जगह कोई पास-पास नहीं है। एक कैमरा फ्रंट डोर पर लगा है, जिसकी हमने रिकॉर्डिंग देखी। दूसरा कैमरा, मेन हॉल में है। और तीसरा कैमरा ऊपरी मंजिल के हॉल में है। डाइनिंग रूम घर के पिछले हिस्से की ओर है। केवल दस मिनट में इस आदमी ने तीनों कैमरे खराब कर दिए। इसका साफ मतलब है कि इसे पता था कि कैमरे कहां-कहां लगे हैं? इसे घर के चप्पे-चप्पे की जानकारी थी।’’
‘‘ऐसा शख्स कौन हो सकता है?’’
‘‘जिस तरह विला में शामली और बाकी लोगों का कत्ल किया गया था’’-ऋषभ ने कहा-‘‘उससे भी यही लगता है कि कातिल घर के हर हिस्से से वाकिफ था। अब यही बात इस शख्स पर भी लागू होती है, जो गेट से अंदर घुस कर कैमरे खराब कर रहा है।’’
‘‘यानि कातिल’’-निरंजन ने कहा-‘‘और ये कैमरे खराब करने वाला शख्स, दोनों घर के अंदरूनी हिस्से को अच्छी तरह जानते थे?’’
‘‘कहीं हम’’-ऋषभ ने निरंजन की ओर देखा-‘‘इस वीडियो में जिसे देख रहे हैं, उसी ने तो शामली और उसके तीनों साथियों की जान नहीं ली?’’

उस नए तथ्य को नोटिस करके ऋषभ और निरंजन दोनों को ही अपने बदन पर चींटियां सी रेंगने का अहसास हुआ।
''हमें पता करना होगा''-फिर ऋषभ ने कहा-''हाल ही में विश्रांति विला में शामली के अलावा और कौन-कौन शख्स आया था? या ऐसा और कौन हो सकता है, जो विला के चप्पे को पहचानता हो और उसका शामली और उसकी टीम से कोई कनेक्शन हो।''
''हमें क्या पता करना होगा?''-देवेश ने मुंह बिचकाया-''तुझे ही पता करना होगा, भाई मेरे। ये जासूसी की दुकान एक्सक्लूसिवली तेरी है। हमारा इसमें कोई शेयर नहीं है। है भी तो हम स्लीपिंग सेल वाले हैं। बैठे-बैठे राय दे सकते हैं। हाथ-पांव मारना, मजूरी करना, ये सब काम तुझे ही मुबारक।''
''मुझे मदद की जरूरत पड़ेगी, तब भी मदद नहीं करोगे?''
''ओए ओखली में सिर तू दे रहा है। और मूसल देख कर याद हमें कर रहा है। गला तूने फंसाया है, गरज तेरी है, हम क्यों अपना गला फंसाएंगें? क्यों भई निरंजन?''
''वाह।''-इससे पहले निरंजन कोई जवाब दे पाता, ऋषभ ने कहा-''वाह मेरे भाई। देख ली तेरी दोस्ती। दोस्त को मदद की जरूरत पड़े तो बहाने बना कर पल्ला झाड़ लो। वाह दोस्त वाह।''
''ज्यादा ड्रामेटिक होने की जरूरत नहीं है। मदद की जरूरत पड़ी तो तुझे सबसे आगे मैं ही नजर आऊंगा।''
''ये सब कहने की बातें हैं। अभी-अभी तो तुमने साफ कहा कि जहां मेरा गला फंसा हो, वहां तुम क्यों अपना गला फंसाओगे?''
''अरे वो तो मैं मजाक कर रहा था।''
''मजाक नहीं, वो तुम्हारे अंदर की सच्चाई थी, जो तुम्हारे मुंह पर आ गई थी।''
''अबे''-देवेश ने निरंजन की ओर देखा-''ये क्या बक रहा है?''
''तुमने ही इसे भडक़ाया है।''-निरंजन ने आराम से गिलास से व्हिस्की का घूंट भरते हुए कहा-''अब तुम ही जानो।''
''ऋषभ मैं...।''

‘‘कोई ऋषभ-विषभ नहीं। आज से तेरी-मेरी कट्टी। अब से मैं बस निरंजन से ही बात करूंगा।’’-ऋषभ ने ताना मारने वाले अंदाज में कहा।

देवेश ने असहाय भाव से निरंजन की ओर देखा। निरंजन ने कंधे उचका दिए।

‘‘देख रहा है?’’-देवेश बोला।

‘‘देख रहा हूं।’’-निरंजन ने कहा।

‘‘सुन रहा है?’’

‘‘सुन रहा हूं।’’

‘‘कैसे ताने पर ताने मारे जा रहा है तेरे यार दिलदार को।’’

‘‘वो तो है।’’

‘‘तो तू क्यों चुपचाप बैठा हुआ है? कुछ करता क्यों नहीं?’’

‘‘कर तो रहा हूं।’’

‘‘क्या कर रहा है?’’

‘‘पी रहा हूं।-निरंजन ने गिलास उठाया।

देवेश ने आग्नेय नेत्रों से उसे देखा।

‘‘वैसे भी गलत क्या कह रहा है?’’-निरंजन ने कहा-‘‘तुम कोई भी काम बोलने पर नखरे ज्यादा करते हो। काम कम करते हो।’’

‘‘ऐसा मत बोल याड़ी।’’-देवेश ने कहा-‘‘मैं तुम दोनों के लिए और तुम दोनों मेरे लिए हमेशा ओका हैं।’’

निरंजन की भंवें उठीं।

‘‘अब ये ओका क्या बला है?’’-उसने पूछा।

‘‘ओका नहीं समझता? कैसा पढ़ा-लिखा इंसान है तू? मेरी छोटी-छोटी शब्दों की गलती को सुधारने के लिए तो कूद कर आगे आ जाता है। इतना सा अब्रीविएशन नहीं पल्ले पड़ रहा तेरे? ओका मतलब वन कॉल अवे।’’

‘‘अरे तो सीधे सीधे वन कॉल अवे नहीं कह सकते थे?’’

‘‘ठीक है। मैं सीधे सीधे वन कॉल अवे कहूंगा। लेकिन शर्त ये है कि फिर तुझे भी जीएसटी को हमेशा गुड्स एंड सर्विस टैक्स कहना पड़ेगा। एलबीडब्ल्यू को लेग बिफोर विकेट कहना पड़ेगा। टीआरपी को टेलीविजन रेटिंग पॉइंट कहना पड़ेगा। बीएसडीके को...।’’

''बस बस।''-निरंजन ने जल्दी से कहा-''मैं समझ गया। ओका ही ठीक है।''

''और तू''-देवेश ने ऋषभ की ओर देखा-''ये मत सोच कि तूने मुझे चकमा दे दिया है। असल मुद्दे से भटका दिया है। विप्लव थापर के पंजे में जा कर भी तू बच निकला तो इसे लाखों में एक संयोग समझ। ऐसा मत सोचना कि ये बार-बार होने वाला है। इस तरह के स्टंट करने के चक्कर में अपनी जान खतरे में डालने का कोई फायदा नहीं है।''

''बस करो।''-ऋषभ ने कहा।

''ये केस हल होने से तुझे कोई मैडल नहीं मिलने वाला''-देवेश ने कहा-''इसमें तो शायद उस राणा जैसा कोई दिलदार अरबपति बंदा भी नहीं है, जो तेरी जांमारी के ईनाम के तौर पर तुझे चार-पांच लाख पकड़ा दे। लेकिन वो बदमाश तुझे टपका देता तो? हम तो चल दारू पी कर और तुझे दो गालियां दे कर कि तू हमें बिना बताए अकेले ही ऐसे आदमी से भिड़ने क्यों चला गया था, अपना दिल हलका कर लेते। मगर तेरे भाई का क्या हाल होता? तेरी भाभी का क्या हाल होता? ये कभी सोचा है?''

ऋषभ ने जवाब नहीं दिया। उसने गिलास से बियर का घूंट भरा।

''नहीं सोचा।''-देवेश ने कहा-''सोचा होता तो ऐसा काम नहीं करता। सोचा होता तो ऐसे पचड़ों में ही नहीं फंसता। जासूसी, हीरोगीरी करने में कुछ नहीं रखा। ये सब चीजें फिल्मों, किताबों में ही अच्छी लगती हैं। असल जिंदगी में इस लाइन के लोगों को हर वक्त सावधान रहना पड़ता है। एक-एक कदम फूंक-फूंक कर रखना पड़ता है। एक छोटी सी गलती उस हालत में ले जा सकती है, जिस हालत में उस गली में उस बदमाश ने तुझे पहुंचा दिया था। मैं तो कहता हूं कि विप्लव थापर के बारे में चाहे कुछ भी कहा जाता हो लेकिन वो भला इंसान था, जो उसने तुझे जीता छोड़ दिया। सोच, उसकी जगह अगर सचमुच विश्रांति विला मैसेकर का हत्यारा होता तो क्या इस वक्त तू हमारे साथ बैठ कर दारू पी रहा होता? नहीं। बल्कि हम भी नहीं पी रहे होते। इस वक्त हम शायद तुझे कंधा दे कर वापस आए होते।''

''देवेश।''-निरंजन ने उसे टोका।

''नहीं, निरंजन।''-देवेश का स्वर सख्त हो गया-''मुझे बोलने दो। जासूसी और क्राइम इन्वेस्टिगेशन के किस्से सुना-सुना कर तुमने ही इसे झाड़ पर चढ़ा दिया है। अगर वो बदमाश ऋषभ को छोड़ने की दयानतदारी नहीं दिखाता तो इसका जिम्मेदार कौन होता?''

निरंजन के होंठ भिंच गए।

''ये लाइन मैंने खुद चुनी है।''-निरंजन के चेहरे के भाव बदलते देख कर ऋषभ ने जल्दी से कहा-''इसमें निरंजन या किसी भी अन्य व्यक्ति की कोई गलती नहीं है।''

''है। तेरी गलती है। संयोग से दो-तीन केसों में तुझे सफलता मिल गई तो तू खुद को कहीं का बहुत बड़ा फन्ने खां जासूस समझने लगा है। हर ऐसे मामले में अपनी टांग फंसाने पहुंच जाता है, जहां तुझे टांग नहीं फंसानी चाहिए। तुझे पता होना चाहिए मेरे भाई। काठ की हांडी बार-बार नहीं चढ़ती।''

''मैं काठ की हांडी हूं?''

''मेरे कहने का मतलब था कि एक-दो बार तुझे ऐसे केसेज में सफलता मिल गई तो जासूसी को अपना स्थाई लाइन ऑफ कैरियर बना कर तू खुद को खतरे में डाल रहा है।''

''तुम बात को बहुत बढ़ा-चढ़ा कर कह रहे हो। ऐसा लग रहा है मैं विनीत से बात कर रहा हूं।''

''विनीत?''-देवेश हंसा-''गलतफहमी में हो। इस सबका पता विनीत को चलेगा-जो कि कम से कम तेरे माध्यम से तो नहीं ही चलने वाला-तब वो तेरा जो हाल करेगा, उसके सामने मेरी डांट तो तुझे खरगोश की घुड़की लगेगी।''

''अब भगवान के लिए तुम विनीत को फोन करके ये सब मत बता देना।''

''मैं नहीं बताऊंगा तो कौन बताएगा? मेरे अलावा निरंजन ही रह जाता है।''

''नहीं।''-ऋषभ का स्वर सख्त हो गया-''मैं तुम्हारे कहने का मतलब समझ गया। मुझे पता है तुम्हें मेरी चिंता है। मुझे खुद भी इस बात का अहसास है कि वो आदमी थोड़ा ज्यादा हाई लेवल का बंदा था और मुझे इस तरह उसका पीछा करते हुए लापरवाह नहीं होना चाहिए था। उस गली में जब

उसने मुझे काबू कर लिया था तो कुछ भी हो सकता था। लेकिन इसका मतलब ये नहीं है कि मैं घर में दुबक कर बैठ जाऊं। मैं आगे से ज्यादा सावधानी बरतूंगा। और तुम दोनों को वादा करना होगा कि इस बारे में मेरे घर में किसी को कुछ नहीं कहोगे।''

''मैं ऐसा कोई वादा नहीं करने वाला।''-देवेश ने कहा।

''तो आज के बाद मैं यहां नहीं आऊंगा।''

''धमकी देता है?''

''हां।''

देवेश ने निरंजन की ओर देखा। निरंजन ने आंखों ही आंखों में उसे सांत्वना दी, फिर ऋषभ से बोला-''ठीक है। हम वादा करते हैं कि इस बार विनीत से इस बारे में कुछ नहीं कहेंगें। लेकिन बदले में तुम्हें भी एक वादा करना होगा।''

''क्या?''

''यही कि तुम आगे से और ज्यादा सावधानी बरतोगे। इस तरह आंखें मूंद कर किसी भी गुण्डे-बदमाश के पीछे नहीं चले जाओगे।''

''वो तो मैं बिना वादा किए भी करूंगा।''

''वादा भी करो।''

''ठीक है।''

फिर तीनों के बीच वादों का आदान-प्रदान हुआ।

○○

अगले दिन सुबह।

ऋषभ सुबह जल्दी उठ कर तैयार हो गया।

ऋषभ ने एक नीले रंग का थ्री-पीस सूट पहना हुआ था, जिसमें वो काफी हैडसम लग रहा था।

हैंडसम तो खैर वो था ही, लेकिन उस सूट में तो साफ शब्दों में कहें तो वो कहर ही ढा रहा था।

वैसा सूट ऋषभ के पास एक ही था। उसे भी ऋषभ बहुत खास मौकों पर ही पहनता था। वैसे भी ऋषभ को ज्यादा दिखावेबाजी पसंद नहीं थी। लेकिन इस वक्त ये सूट पहनने का मकसद ये था कि कैसिनो में वो पहली बार जा रहा था। इसलिए उसकी कोशिश यही थी कि वहां के माहौल में घुल-मिल सके।

ऋषभ ने शीशे में अपना चेहरा देखा।

नाक पर लगी बैंडेज उसने हटा ली थी। चेहरा ठीक-ठाक ही दिख रहा था। बस नाक के ऊपर हल्का सा कट का निशान दिख रहा था, जिसे छिपाने के लिए वो कुछ नहीं कर सकता था।

कोई बात नहीं।-उसने अपने-आप को तसल्ली दी-इतने से निशान से कुछ नहीं होता।

रात में वो घर आया था तो देवेश और निरंजन के सामने से अधिक सफाइयां उसे विनीत और वर्षा को देनी पड़ी थीं। उसने बहाना बनाया था कि एक जगह रास्ते में ठोकर खा कर गिर जाने से चेहरे पर चोट लग गई थी। लेकिन उसके बाद भी वे लोग खोद-खोद कर पूछते रहे थे कि उसे वो चोट कैसे लगी थी। ऋषभ को मजबूरन अपने झूठ पर अड़े रहना पड़ा था क्योंकि उन्हें सच बताना वो अफोर्ड नहीं कर सकता था।

विनीत और वर्षा इस बात पर भी सख्त नाराज हुए कि ये सब वो घर आने के बाद उन्हें बता रहा था।

दोनों ने उसे सख्त निर्देश दिए थे कि इस तरह की चीजों में लापरवाही बिल्कुल न बरते और घर में तुरंत फोन करके बताए।

ऋषभ ने सूट के अंदर वाली जेब से वो बॉक्स निकाल कर उसे खोल कर उसमें रखे टोकन को चैक किया, फिर संतुष्ट हो कर उसे वापस जेब में रख लिया।

वो नहीं चाहता था कि कैसिनो पहुंचने पर उसे ये पता चलता कि सबसे जरूरी चीज ही वो घर भूल आया था।

उसने एक आखिरी बार उस योजना पर पुनर्विचार किया।

क्या ये सही रहेगा?

रूपाली को इस तरह कैसिनो में ले कर जाना।

वो भी उस टोकन के साथ, जिसके बदले उन्हें कथित रूप से बड़ी रकम मिलने वाली थी।

ऋषभ की दिलचस्पी पैसों में नहीं थी। पैसे रूपाली पूरे भी रख लेती तो उसे कोई दिक्कत नहीं थी। लेकिन उसमें भी दिक्कत थी कि टोकन से कितनी रकम मिलने वाली थी, ये भी कोई पक्का नहीं था। पचास लाख तो लोन शार्क का मुंह बंद करने के लिए चाहिए थे।

उसे तो बस ये दिलचस्पी थी कि उस टोकन का राज क्या था? और क्या वो राज शामली एंड कंपनी की हत्या के राज से भी जुड़ा था?

इसके अलावा सबसे बड़ी बात तो यही थी कि उन पैसों से रूपाली को अपने ऊपर चढ़े कर्ज से मुक्ति मिल सकती थी।

लेकिन इसके बाद भी उस काम में जोखिम भी हो सकता था।

बिना उस टोकन के चक्कर में पड़े रूपाली का कर्ज चुकाने के लिए पैसों का इंतजाम करने का कोई रास्ता था?

उसके दिमाग में ख्याल आया।

क्या राणा उसे पचास लाख रूपए दे सकता था?

दे तो सकता था। अरबपति आदमी था। पैसा तो उसके लिए हाथ का मैल था।

मालेकर वाला केस हल करने पर ऋषभ के लाख मना करने पर भी उसने पांच लाख रूपए तो ऋषभ को एक तरह से जबर्दस्ती दे दिए थे। और ये भी कहा था कि भविष्य में भी ऋषभ को कैसी भी-रूपए-पैसे या कैसी भी-मदद की जरूरत हो, वो बेहिचक उससे कह सकता था।

तो क्या राणा से मदद मांगने का वक्त आ गया था?

नहीं।-उसने वो ख्याल दिमाग से झटका-पचास लाख छोटी-मोटी रकम नहीं होती। भले राणा के लिए न होती हो। लेकिन उसके लिए तो थी।

इस तरह राणा के आगे हाथ पसारना ठीक नहीं होगा।

वो भी तब, जब पांच लाख रूपए जैसी बड़ी रकम तो राणा ने अभी हाल ही में-कुछ दिनों पहले ही-बिना मांगे, एक तरह से जबर्दस्ती उसे दी थी।

फिर वो इतनी जल्दी दोबारा-उससे भी दस गुनी रकम की मांग को ले कर-राणा के सामने कैसे जा सकता था?

उस टोकन को कैश कराना ही एकमात्र विकल्प था।
वैसे भी उसे कैश कराने से एक तीर से दो शिकार किए जा सकते थे।
एक तो रूपाली के लिए लोन शार्क का कर्जा पटाने के लिए रूपयों का इंतजाम हो जाता।
दूसरे, उस टोकन का रहस्य भी सुलझ जाता।
वैसे भी उस रहस्य ने अब ऋषभ को भी इतना उलझा लिया था कि उसकी सच्चाई जाने बिना उससे भी नहीं रहा जाने वाला था।
उसमें जोखिम तो था।
क्योंकि कैसिनो पहुंचने पर टोकन का मामला बहुत ज्यादा पेचीदा निकलने पर मामला गड़बड़ हो सकता था।
लेकिन अब ऋषभ वो जोखिम उठाने के लिए तैयार था।
फिर अपना शोल्डर बैग ले कर-जिसमें उसका कैमरा और कुछ अन्य जरूरी सामान था-वो अपने कमरे से निकल कर बाहर वाले कमरे में पहुंचा।
उसे इतना सजा-संवरा देख कर वहां मौजूद विनीत की भंवें उठीं, जो उस वक्त नाश्ता कर रहा था। जबकि वर्षा ऋषभ को सजे-संवरे देख कर पुलकित हो गई।
''ओए।''-विनीत ने कहा।
''क्या है?''-ऋषभ ठिठका।
''किधर चला?''
''लोनावला। बताया तो था। विश्रांति विला वाले केस पर काम कर रहा हूं।''
''केस पर काम करने के लिए हीरो बन कर घूमना भी जरूरी है? ये लक-दक करता सूट पहन कर किसे इम्प्रैस करने जा रहा है?''
''आज एक बड़े आदमी से मुलाकात है। थोड़ा हाई सोसायटी का दिखना मांगता।''
''कितना बड़ा आदमी है? सौ फुट का तो नहीं है?''
''फिजूल की बकवास मत करो।''-ऋषभ झल्ला कर बोला।

‘‘लगता है देवर जी किसी कन्या पर अपना जादू चलाने के चक्कर में हैं।’’-वर्षा ने कहा-‘‘वैसे भी अब वक्त आ गया है कि घर में एक मेम्बर बढ़ा लिया जाए।’’
‘‘ऐसा कुछ नहीं है भाभी।’’-ऋषभ के चेहरे पर हल्की सी लाली आ गई।
‘‘वाओ।’’-मोनिका बोली-‘‘चाचा तो एकदम हीरो लग रहे हैं।’’
मोनिका की बात पर तीनों ही हंस पड़े।
ऋषभ अपने मार्शल कैसिनो के एडवेंचर के बारे में वो विनीत या वर्षा को नहीं बताना चाहता था।
क्योंकि उस मामले की अगर विनीत को भनक लग जाती तो इस बात की प्रबल संभावना थी कि विनीत उसका वहां जाना ही कैंसल करवा देता।
फिर ऋषभ घर से बाहर निकल गया

OO

ऋषभ ने कार रूपाली के घर के बाहर रोकी।
कार उसने नॉटी-शॉटी एंड गैरेज से अरेंज की थी। कार की जरूरत उसे इसलिए थी क्योंकि कैसिनो में वो थोड़ा ऊंचे स्टेटस का लगने वाला आदमी बन कर जाना चाहता था। भले ही वहां के रेगुलर करोड़पति-अरबपति कस्टमरों जैसा न लगता लेकिन दोपहिया पर जाना शायद कुछ ज्यादा ही निचले स्टैण्डर्ड का हो जाता।
वैसे भी ये मामला खास था।
उन्हें पता ही नहीं था कि उस कैसिनो में क्या था? उस टोकन का राज क्या था? क्या उस टोकन को कैसिनो के मैनेजर तावड़े को दे कर सचमुच बड़ी रकम मिल जाने वाली थी? कोई घपला तो नहीं होने वाला था?
और मिल भी जाने वाली थी तो वो बड़ी रकम किस बात के लिए मिलने वाली थी?
प्रखर ने ऐसा क्या किया था, जिसके बदले उसे उस बड़ी रकम के रसीदी टिकट के रूप में टोकन मिला था?
क्या विश्रांति विला में हुए हत्याकाण्ड के तार उससे सीधे जुड़े हुए थे?

जो भी हो-उसने गहरी सांस ली-अब इस रहस्य पर पर्दा उठने में ज्यादा समय नहीं था।

प्रखर, टोकन और उस रकम का क्या चक्कर था, ये कैसिनो जा कर पता चल ही जाने वाला था।

लेकिन उसमें रिस्क भी इन्वॉल्व्ड था।

और वो रिस्क कितना बड़ा हो सकता था, इस बारे में कुछ भी निश्चित रूप से नहीं कहा जा सकता था।

सबसे ज्यादा प्रॉब्लम इस बात की थी कि रूपाली भी उसके साथ जा रही थी।

ऋषभ को अपने से ज्यादा उसकी सुरक्षा की चिंता थी।

और बिना उसे ले जाए काम भी नहीं चलने वाला था।

रूपाली के अनुसार प्रखर ने उससे साफ कहा था कि उस टोकन को सिर्फ दो लोग ही कैसिनो में भुना सकते थे।

एक प्रखर खुद-जो अब इस दुनिया में नहीं था।

दूसरी रूपाली।

तभी ऋषभ को एक आइडिया आया।

उसने देवेश को फोन लगाया।

''क्या है?''-दूसरी ओर से देवेश का रूखा स्वर सुनाई दिया।

''मैं यहां मुम्बई में हूं।''-हालांकि वो उस वक्त लोनावला में था लेकिन देवेश की मदद की जरूरत उसे मुम्बई में पड़ने वाली थी, जहां वो जा रहा था, इसलिए उसने खुद को मुम्बई में ही होना बताया।

''गुड। ये अच्छा काम किया तूने। वैसे भी आज कल जैसे पचड़ों में तू फंसा हुआ है, उसे देखते हुए मुझे लग भी रहा था कि तेरी क्रैश लैंडिंग बॉलीवुड में ही जा कर होनी है। अब ये बता तेरे पर फिल्म बन रही है या वेबसीरिज? जो भी बन रहा है, उसमें तेरा रोल कोई और कर रहा है या तू खुद? अगर कोई और कर रहा है तो कौन? अक्षय? रणवीर? राजकुमार राव? या फिर...।''

‘‘अरे पहले पूरी बात तो सुन लिया करो।’’-ऋषभ झल्ला कर बोला-‘‘बात सुनते नहीं हो और अपनी ट्रैन दौड़ाने लग जाते हो। न मुझ पर कोई फिल्म बन रही है, न वेबसीरिज। अभी उस मुकाम तक नहीं पहुंचा हूं मैं।’’

‘‘नहीं पहुंचा? लेकिन तूने तो कहा था कि तू मुम्बई पहुंच गया है?’’

‘‘रोज लाखों लोग आते हैं मुम्बई। हर किसी पर क्या कोई फिल्म या वेबसीरिज बन जाती है?’’

‘‘हर किसी पर नहीं बनती। लेकिन तू हर किसी नहीं है। तू ऋषभ सक्सेना है। एक के बाद एक तीन मर्डर केस सॉल्व करने वाला। सुपर डिटेक्टिव। अनकन्वेंशनल डिटेक्टिव। इन्वेस्टिगेटिव जर्नलिस्ट...।’’

‘‘कहां-कहां से ढूंढ कर ला रहे हो ये उपमाएं?’’

‘‘मुझे क्या जरूरत पड़ गई तेरे लिए उपमाएं ढूंढने की? उसके लिए अखबार वाले बैठे हैं। खास तौर पर तेरे ही अखबार वाले बैठे हैं। उन्होंने ही तुझे इन सब खिताबों से नवाजा है।’’

ऋषभ को ये जान कर मन-ही-मन खुशी हुई कि देवेश उसके बारे में छपी खबरों को इतने ध्यान से पढ़ रहा था।

‘‘वो तो अखबार वाले यूं ही छाप देते हैं।’’-प्रत्यक्षत: उसने कहा-‘‘मेरे अखबार वाले खासतौर पर इसलिए क्योंकि इससे उन्हें लीवरेज मिल रहा है। मैं उनके अखबार से जुड़ा हुआ हूं न। मेरा नाम होगा तो उनका भी नाम होगा।’’

‘‘बल्ले भई। बहुत तरक्की कर ली तूने। बल्कि बहुत बहुत बहुत से भी ज्यादा बहुत तरक्की कर ली। मेरे सामने होता तो ब्लैक वैक्सीन लगा देनी थी मैंने तुझे।’’

‘‘ब्लैक वैक्सीन?’’

‘‘काला टीका। इतने बड़े अखबार में काम करता है और इतनी सी इंग्लिश नहीं समझता?’’

‘‘तुम्हारी इंग्लिश समझना और आयरन ग्राम चबाना एक बराबर है।’’

‘‘अब ये आयरन ग्राम क्या बला है?’’

‘‘लोहे के चने। इतना बड़ा बार चलाते हो और इतनी सी इंग्लिश नहीं समझते?’’

''लो। इसे कहते हैं। नल्ले पे दल्ला मारना।''
''नहले पे दहला।''
''हां। वही।''
''अब फिजूल की बकवास बंद करो और वो काम की बात सुनो, जिसके लिए मैंने तुम्हें फोन लगाया है।''
''तूने रिवर्स पोलराइजेशन का नाम सुना है?''
''क्या?''
''विपरीत ध्रुवीकरण।''
''नहीं सुना। अब ये रिवर्स पोलराइजेशन का मेरे काम से क्या संबंध?''
''देख।''-उधर से देवेश समझाने वाले अंदाज में बोला-''तूने कहा कि मैं फिजूल की बकवास बंद करूं। जबकि असल में होता ये है कि जो बात मैं कर रहा होता हूं, वही काम की बात होती है। और जिसे तू काम की बात कहता है, वो मेरे लिए बकवास होती है। यानि मेरे लिए जो काम की बात है, वो तेरे लिए बकवास है। और तेरे लिए जो काम की बात है, वो मेरे लिए बकवास है। इसलिए इसे रिवर्स पोलराइजेशन कहते हैं। अब मैं बकवास का मीटर डाउन करता हूं, जिससे तू जो बकवास करे, उसका पाई-पाई किराया...।''
''देवेश...।''-ऋषभ धमकाने वाले अंदाज में बोला।
''अच्छा, अच्छा। बोल क्या काम लग पड़ा है तुझे मुम्बई मायानगरी में, जिसके लिए तूने मुझे फोन खड़का दिया?''
''मैंने सुना है मुम्बई में भी तुम्हारे अच्छे कॉन्टैक्ट हैं?''
''ठीक सुना है। बोल, क्या काम करवाना है? बिग बी के साथ फोटो खिंचानी है? रणवीर के साथ मुलाकात करनी है? ऊर्वशी के साथ डांस...।''
''किसी प्रवीण या रोशन जैसे ठीक-ठाक बंदे को जानते हो, जो यहां मेरी मदद कर सके?''
''मदद?''-तब पहली बार देवेश का स्वर संजीदा हुआ-''क्या हुआ? सब ठीक तो है? फिर किसी लफड़े में फंस गया? तू कहां है इस वक्त?''
''अरे ऐसी घबराने की कोई बात नहीं है।''-ऋषभ ने उसे दिलासा दी-''और मदद की जरूरत भी अभी नहीं है। थोड़ी देर बाद है।''

''कैसी मदद चाहिए? हुआ क्या है?''

''कोई खास बात नहीं है। न ही कुछ हुआ है। मैं बस एक जगह जा रहा हूं, जहां कुछ गड़बड़ हो सकती है। इसलिए मैं चाहता हूं कि जब तक मैं कैसिनो के अंदर रहूं, बाहर कोई मेरा साथ देने के लिए मौजूद रहे।''

''तू ये बता, आदमी कब और कहां भेजना है।''

ऋषभ ने उसे मार्शल कैसिनो के पास स्थित ओशन व्यू होटल के पास दो घंटे में आदमी भेजने के लिए कहा, जिससे उतनी देर में वो मुम्बई पहुंच सके।

''तू टेंशन मत ले। बंदा पहुंच जाएगा। अगर ज्यादा दिक्कत वाली बात है तो मैं अभी फौरन किसी बंदे को...।''

''नहीं। नहीं। ऐसी कोई दिक्कत वाली बात नहीं है। दो घंटे बाद ही भेजना अभी मैं वहां पहुंचा भी नहीं हूं।''

''ओके। ले केयर।''

टेक केयर के उस नए रूपांतरण पर मन-ही-मन देवेश को गाली देते हुए ऋषभ ने कॉल डिस्कनेक्ट की।

उसने कार से बाहर झांक कर देखा तो रूपाली उसे घर को लॉक करके कार की ओर आती दिखाई दी।

ऋषभ ने उसे पहले ही कह दिया था कि कैसिनो में जाने के लिए वो उसके पास उपलब्ध सबसे अच्छी ड्रैस पहन कर तैयार रहे।

ऋषभ को निराशा नहीं हुई। वो सचमुच काफी स्टाइलिश और खूबसूरत लग रही थी।

''अरे।''-उसके चेहरे पर नजर पड़ते ही रूपाली के चेहरे पर चिंता के भाव उभरे-''तुम्हारी नाक को क्या हुआ?''

''लंबा किस्सा है।''-ऋषभ ने कहा-''बाद में बताऊंगा।''

''चलें?''-वो जैसे ही कार में बैठी, ऋषभ ने कहा।

उसने सहमति में सिर हिला दिया।

ऋषभ ने कार मुम्बई की ओर बढ़ा दी, जहां उन्हें मार्शल कैसिनो से उस टोकन के बदले मोटी रकम-जो पता नहीं कितनी मोटी थी, मोटी थी भी या नहीं-की वसूली का मिशन रूपी किला फतह करना था।

बशर्ते वो हवाई किला नही साबित होता।

○○

मुम्बई पहुंचने के बाद ओशन व्यू होटल के पास ऋषभ और रूपाली को ज्यादा इंतजार नहीं करना पड़ा।
कुछ ही देर में एक नीले रंग की कार उनकी कार से थोड़ी दूरी पर आ कर रूकी। देवेश ने उसे मैसेज करके कार का रंग और मॉडल बता दिया था, जिससे कार को पहचानने में ऋषभ को आसानी हुई।
ऋषभ रूपाली को कार में ही रूकने की बोल कर कार से उतर कर उस कार की ओर बढ़ा।
थोड़ी ही दूर पर एक विशाल आयरन गेट था, जो खुला हुआ था।
गेट के अंदर चौड़े ड्राइव वे की झलक दिखाई दे रही थी, जिस पर यदा-कदा एकाध कार आती जाती दिख जाती थी। गेट के दोनों ओर बारह फीट से भी अधिक ऊंची दीवार थी हालांकि सजावट भी अच्छी थी। गेट के बगल में ही अंदर की ओर से स्टील के जंगलों पर टिका एक विशाल कट आउट काफी ऊंचाई तक गया हुआ था, जिस पर ऊपर नीचे लिखे दो शब्दों में इंग्लिश में मार्शल कैसिनो लिखा हुआ था। वे अक्षर उसी तरह के कट आउट के स्टाइल में थे जैसे लास एंजिल्स में हॉलीवुड का प्रसिद्ध साइन है। हालांकि हॉलीवुड के साइन की तरह एक ही लाइन में न लिखा हो कर शब्द ऊपर नीचे लिखे हुए थे। मार्शल ऊपर कैसिनो नीचे।
गेट के बाहर और अंदर दोनों ओर ही दो गार्ड केबिन्स की झलक दिख रही थी, जिनमें पांच-छ: नीली वर्दी पहने गार्ड तो वहीं से दिखाई दे रहे थे। उनकी संख्या ज्यादा भी हो सकती थी।
बाहर वाला गार्ड केबिन छोटा था जबकि अंदर वाला गार्ड केबिन काफी बड़ा लग रहा था। उसमें चार-पांच कमरे हो सकते थे।
जिस कैसिनो का गेट और बाहर ही दो-दो गार्ड केबिन थे, वो अंदर से कितना विशाल होगा?
ऋषभ ने कैसिनो की ओर से नजरें हटा कर सामने कार की ओर नजर मारी।

तब तक नीले रंग की कार का ड्राइविंग सीट का शीशा खुल चुका था, जिसमें से ऋषभ को देवेश की झलक दिखाई दी।
देवेश को खुद आया देख कर ऋषभ को हैरानी हुई।
फिर ऋषभ के दिमाग में ख्याल आया। शायद देवेश इसलिए रोशन या किसी और आदमी को न भेज कर खुद आ गया था क्योंकि पिछली रात ही ऋषभ ने उसे मदद न करने की बात पर ताना मारा था।
उसके होंठों पर मुस्कान आ गई।
जरा सी बात पर ऋषभ को मनाने के लिए देवेश खुद परेड करने चला आया था।
इसे ही तो दोस्ती कहते हैं।
ऋषभ पर नजर पड़ते ही देवेश ने होंठ गोल करके सीटी बजाई।
ऋषभ उसकी कार के समीप पहुंचा, तब तक देवेश कार का दरवाजा खोल कर बाहर आ चुका था।
''बल्ले भई।''-देवेश प्रशंसात्मक स्वर में बोला-''इतने शानदार सूट में तुझे पहले तो कभी नहीं देखा। अब तक कहां छिपा रखा था ये हुश्र?''
''हुश्र नहीं छिपाया था। सूट छिपाया था।''
''वही। कहां छिपा रखा था सूट में छिपा रखा ये हुश्र?''
''ये सब छोड़ो''-हालांकि वो अब भी गलत बोल रहा था लेकिन ऋषभ ने पॉइंट पर आते हुए कहा-''तुम खुद कैसे आ गए?''
''कार से।''
''अरे मेरा मतलब है कि मैंने तुम्हें थोड़े ही बुलाया था। तुमसे किसी आदमी को भेजने के लिए कहा था।''
''तो मैं आदमी नहीं हूं? जनानी दिख रहा हूं क्या?''
''हे भगवान। तुमसे तो बात करना बेकार है।''
''मेरे बार में आने वाले ज्यादातर लोगों का यही मानना है। इसीलिए वे लोग मुझसे बात करने ऊपर नहीं आते। चुपचाप नीचे शराब पी कर वापस निकल जाते हैं।''
''देवेश।''-ऋषभ ने चेहरा और भी ज्यादा सीरियस बनाते हुए कहा-''मजाक छोड़ो। यहां मामला सीरियस है।''

''मामला क्या है पहले वो तो बता।''
''सीरियस हो तो बताऊं।''
''हो गया सीरियस। ये बताओ तुमने मुझे यहां बुलाया क्यों है?''
''मैं कैसिनो में जा रहा हूं।''
''बल्ले भई।''-देवेश ने हर्षित स्वर में कहा-''बधाई हो। बहुत बहुत बधाई हो। दारूबाज तो तू था ही। जुआड़ी भी बन गया। एय्याशी में मुझसे भी एक कदम आगे निकल गया। जा जा। और ज्यादा ऊंचे-ऊंचे दांव मत लगइयो। पैर उतने ही फैलइयो, जितनी तेरी मैट्रेस है। फटूग्राफर है तू। वो जो राणा जी मुझको माफ करना वाले केस में राणा जी ने जो पांच लाख तेरी झोली में डाल दिए थे, उन्हीं में से उतने ही दांव पर लगइयो कि दाल-रोटी के लिए पैसे बचे रहें। वरना कसीनो में जाने वाला अक्सर नंगा ही बाहर आता है। एक बार तो मैं खुद चड्डी में...।''
''देवेश।''-ऋषभ ने दांत पीस कर कहा-''भगवान के लिए अपनी इस बकवास पर लगाम लगाओ। मैं कैसिनो में दांव लगाने के लिए नहीं जा रहा हूं।''
''दांव लगाने नहीं जा रहा है? तो क्या डेयरी मिल्क के प्रोडक्ट खरीदने जा रहे हो बंधु? या फिर सिरदर्द की दवा खरीदने जा रहे हो? कैसिनो न हो गया, मॉल हो गया। कसीनो में एक ही काम होता है। जुआ खेलना।''
''हां।''-ऋषभ ने दोबारा दांत पीसे-''जैसे तुम्हें एक ही काम है। बकवास करना।''
''कौन कहता है?''
''मैं कहता हूं।''
''तू कहता है?''-देवेश तत्काल नर्म पड़ा-''फिर तो ठीक ही कहता है। आखिर यार है मेरा।''
''अब दो मिनट के लिए अपनी बकवास बंद करो और मेरी बात ध्यान से सुनो। मैं कैसिनो में उस टोकन को ले कर जा रहा हूं, जिसके बारे में मैंने तुम्हें बताया था।''
''टोकन? लेकिन तूने तो कहा था कि टोकन तभी कैश हो सकता है, जब टोकन वाला बंदा-या उसकी गर्लफ्रैंड-उसे ले कर जाएं।''

‘‘अब टोकन वाले बंदे को तो ले कर जा नहीं सकता। क्योंकि वो उस दुनिया में ही नहीं है। होता, तो शायद इस सबकी नौबत ही नहीं आती।’’
देवेश की आंखें फैल गईं।
‘‘मतलब...?’’-वो बोला।
‘‘हां। रूपाली मेरे साथ है।’’-कह कर ऋषभ ने थोड़ी दूर पर खड़ी कार की ओर संकेत किया, जिसकी खिडक़ी से रूपाली उन्हीं की ओर देख रही थी।
देवेश ने भी उधर देखा, फिर बोला-‘‘मानना पड़ेगा।’’
‘‘क्या मानना पड़ गया तुम्हें?’’
‘‘शकरखोरे को शक्कर मिल ही जाती है।’’
‘‘न मैं शक्करखोरा हूं। न वो शक्कर है।’’
‘‘तू शक्करखोरा हो या न हो मेरे भाई लेकिन वो तो शक्कर बराबर है। बल्कि मिश्री है। बल्कि रसमलाई...।’’
‘‘देवेश...।’’-ऋषभ ने धमकाने वाले अंदाज में कहा।
‘‘अच्छा अच्छा ठीक है।’’-देवेश ने कहा-‘‘तू बता, यहां क्या गुल खिलाने की फिराक में है तू और तेरी सखी?’’
‘‘हम दोनों कैसिनो में जा रहे हैं। टोकन को कैश कराने।’’-ऋषभ ने इधर उधर देखा, फिर जेब से वो टोकन वाला बॉक्स निकाल कर उसकी एक झलक देवेश को दिखाई और टोकन वापस जेब में रख लिया।
‘‘टोकन कैश कराने ही जा रहे हो न? कैसिनो को ओयो समझकर तो नहीं जा रहे हो?’’
‘‘घटियापने की बातें बंद करो।’’
‘‘चल-चल। ज्यादा साधु-संन्यासी बनने की कोशिश मत कर। ऐसी कमाल की आइटम को देख कर किसी के दिल में फुलझड़ियां न छूटें, ऐसा हो ही नहीं सकता।’’
‘‘हद है, देवेश। कभी तो शर्म कर लिया करो। अगर उसे सुनाई दे गया तो वो क्या सोचेगी?’’
‘‘मैं कोई जनानी हूं, जो शर्म करूं? और सुनाई दे गया तो ये तो तेरे ही फायदे की बात है। अगर तेरे और उसके बीच अब तक कोई चिंगारी नहीं भड़की है, तो मेरी बात सुनने के बाद अब भड़क जाएगी। अब तू वापस

उसके पास जाएगा, तो वो तुझसे नजरें चुराएगी, शर्माएगी, दूसरी ओर देखेगी, तुझसे बदन चुराने की कोशिश करेगी...।''
''हे भगवान।''-ऋषभ ने आर्तनाद किया-''मैंने तुम्हें बुलाया ही क्यों?''
''तूने भगवान को बुलाया था? कमाल है? तेरे बुलाने से आ जाते हैं भगवान?''
ऋषभ ने उसे जलती निगाहों से देखा, फिर घूम कर वापस अपनी कार की ओर बढ़ गया।
''अरे, अरे।''-देवेश ने हंसते हुए उसकी बांह पकड़ ली-''तू तो नाराज हो गया।''
''तुम बात ही नाराज होने वाली कर रहे हो। मैं यहां तुमसे इतने गम्भीर मामले पर बात करने की कोशिश कर रहा हूं और तुम हो कि हर बात में कॉमेडी पंच घुसाने में लगे हुए हो।''
''अच्छा, अच्छा। ठीक है। लोड न ले। मैं अब गम्भीर हो कर तेरी बात सुनता हूं। बोल, क्या मामला है?''
''रहने दो। मैंने तुम्हें यहां बुला कर ही गलती की। बल्कि मैंने तो तुम्हें बुलाया भी नहीं था। किसी को भेजने को कहा था।''
''तो मैं आ गया तो तेरा कौन सा घाटा हो गया? अब तू फटाफट वो काम बता, जिस काम के लिए तूने बुलाया था।''
ऋषभ अनिश्चय के भाव से उसे देखता रहा।
''अब मान भी जा, खसम।''
''ठीक है।''-ऋषभ ने कहा-''पर पहले ये बताओ कि तुम खुद कैसे आ गए?''
''तूने कहा था मुम्बई में कोई प्रवीण या रोशन जैसा विश्वासपात्र आदमी हो, जो किसी गड़बड़ को संभालने का काम कर सके, तो उसे भेजूं। संयोग से मैं ही यहीं था। और यहां से ज्यादा दूर भी नहीं था। तो मैं ही चला आया। मैंने सोचा कि तेरा काम भी हो जाएगा और साथ में मेरा काम भी हो जाएगा।''
''तुम्हारा कौन सा काम है?''
''यार के साथ क्वालिटी टाइम स्पेंट हो जाएगा। वही मेरा काम है।''

''अब आ ही गए हो तो कोई बात नहीं।''-ऋषभ ने कहा-''इसमें तेरा घाटा। मेरा कुछ नहीं जाता।''

''घाटा?''-देवेश ने आंखें निकालीं-''मेरा घाटा करने के लिए तूने बुलाया है यहां?''

''अरे भाई, तुम्हारे जैसा बड़ा आदमी, इतने बड़े बार का मालिक, अपना काम-धाम छोड़ कर, पेट्रोल खर्च करके यहां आया है तो ये घाटा ही हुआ न? वैसे भी मैंने जिस काम के लिए बुलाया है, हो सकता है, उसमें कुछ करने की जरूरत ही न पड़े।''

''ऐसा कौन सा काम है?''

''मैंने तुम्हें यहां इसलिए बुलाया है, जिससे मैं जब रूपाली के साथ कैसिनो के अंदर टोकन को कैश कराने जाऊं-जो कि पता नहीं हो भी सकता है या नहीं, क्या पता प्रखर ने शुरू से ही रूपाली के सामने उल्टी-सीधी हांक रखी हो और टोकन से कोई पैसे मिलने वाली बात में कोई सच्चाई न हो-तो उस वक्त अगर अंदर कुछ गड़बड़ होती है, हालात मेरे काबू से बाहर होते हैं तो बाहर मेरी मदद के लिए कोई ओका रहे।''

''क्या रहे?''

''वन कॉल अवे। खुद ही ईजाद किया था, खुद ही भूल गए?''

''ओह। वन कॉल अवे। हां। हां। तू बेफिक्र हो कर कैसिनो के अंदर जा। मैं तेरी मदद के लिए बाहर मौजूद रहूंगा। कोई भी जरूरत हो तो बस एक फोन खड़का देना। फिर देखना देवेश रंधावा क्या प्रलय मचाता है।''

''प्रलय नहीं मचानी है। पहले मामला पता करना। कि क्या हुआ है? वैसे अगर एकदम जरूरी नहीं हुआ तो मैं कॉल ही नहीं करूंगा।''

''गुड। गुड। समझदार आदमी है। इतनी सुन्दरियों को भोगने के बाद भी तेरे दिमाग के कलपुर्जे सही जगह पर हैं।''

''क्या बकवास कर रहे हो?''

''मेरा मतलब था कि...अरे तू जल्दी जा न। तुझे लेट हो रहा होगा।''

''कोई लेट-वेट नहीं हो रहा। रूपाली ने जो बताया था, उसके अनुसार आज के दिन टोकन कैश कराना है। यानि हमारे पास पूरे दिन का समय है।''

''अरे पूरे दिन का समय है तो क्या पूरा दिन यहीं बकवास करते हुए बिताएगा?''
''लो। उल्टा चोर कोतवाल को डांटे।''
''चल तू ही कोतवाल सही। अब जा। तेरी कोतवाली तेरा वेट कर रही है।-उसने कैसिनो के गेट की ओर इशारा किया।''
ऋषभ ने फिर कैसिनो के गेट पर नजर मारी।
कैसिनो का मेनगेट ही इतना विशाल और भव्य था कि ऋषभ सोचने पर मजबूर हो गया कि कैसिनो की मेन बिल्डिंग कैसी होगी?
उसे देख कर ऋषभ को शक हो रहा था कि वो मुम्बई से निकल कर एकदम से लास वेगास तो नहीं पहुंच गया था?
''यार।''-फिर ऋषभ ने कहा-''मैं आज तक किसी कैसिनो में नहीं गया।''
''लो। अब ऐसे सवाल कर रहा है, जैसे कोई एकदम ही बौड़म नया-नया दूल्हा पूछ रहा हो कि मैंने आज तक सुहागरात नहीं मनाई। वैसे ये पूछ रहा होता तो मैं तुझे डिटेल में, एमएस एक्सल के चार्ट और पॉवरपॉइंट की प्रेजेंटेशन दिखा-दिखा कर समझा भी देता। लेकिन तेरा सवाल ही इतना टुच्चा है कि मुझे जवाब देते हुए शर्म आ रही है। एक काम कर।''-उसने दोस्ताना अंदाज में दाहिने हाथ से ऋषभ का कंधा पकड़ कर उसे खींच कर अपने बाजू में कर लिया और दूसरे हाथ से कैसिनो की ओर इशारा करते हुए कहा-''तू इसे एक बड़ी दुकान समझ। क्या है ये?''
''दुकान।''-ऋषभ ने कहा।
''गुड। अब दुकान में क्या होता है?''
''सामान बेचा जाता है। खरीदा जाता है।''
''ये भी गुड। तो ये भी एक दुकान ही है। थोड़ी बड़ी है। थोड़ा तड़क-भड़क ज्यादा है। लेकिन यहां भी लोग खरीदने ही आते हैं।''
''क्या खरीदने आते हैं?''
''अपने मन की शांति। अपने ऊंचे स्टैण्डर्ड का होने के भ्रम की संतुष्टि। अपनी जुए की लत को पूरा करने आते हैं। तू इसे बस एक बड़ी दुकान समझ। शान से अंदर जा। याद रख। तू खरीददार है। वो बेचने वाले हैं। तू ग्राहक है। वो दुकानदार हैं। तो तेरा पलड़ा भारी है।''

''लेकिन मैं कुछ खरीदने थोड़े ही जा रहा हूं? मैं तो वो टोकन कैश कराने जा रहा हूं।''

''टोकन यहां खड़े हो कर मुझसे गप्पें मारने और कैसिनो के गेट को ऐसे देखने से-जैसे बकरी कसाई के हाथ में थमी छुरी को देखती है-कैश हो जाएगा?''

''नहीं।''

''तो जा न मेरे बाप।''

''जाता हूं।''

जाते टाइम ऋषभ के चेहरे पर संतोष के भाव थे कि जितना दिमाग देवेश ने उसका खाया था, उसका पांच-दस परसेंट ही सही, आखिर में उसने भी देवेश का दिमाग खा लिया था।

OO

''कौन है वो?''-ऋषभ कार के पास पहुंचा तो रूपाली ने उत्सुकता से पूछा।

''मेरा एक दोस्त।''-ऋषभ ने कार में बैठ कर कार स्टार्ट करते हुए कहा-''समझ लो ट्रबलशूटर के रूप में बुलाया है।''

''अगर यहां कोई ट्रबल हुआ''-उसने सशंकित भाव से कार के पास खड़े देवेश की ओर देखा-''तो ये शूट करेगा?''

''मदद करेगा। अब कोई तो होना चाहिए न बाहर जो जरूरत पड़ने पर हमारा साथ दे सके। अंदर अगर कुछ गड़बड़ होती है तो पता नहीं किस तरह के हालात बनें।''

''तुम तो डरा रहे हो।''

''डरा नहीं रहा हूं। हम इस जादुई टोकन को कैश करने-जो इस कैसिनो के मैनेजर तावड़े को देने पर हमें कोई बड़ी रकम दिलवाने वाला है-कैसिनो में जाते हैं और अंदर ऊंट किसी ऐसी करवट बैठने लगता है, जो हमारे फेवर में न हो, तो ऐसी परिस्थिति से निबटने के लिए हमें तैयार रहना चाहिए।''

कह कर उसने कार कैसिनो की ओर बढ़ा दी।

पीछे देवेश अपनी कार में बैठा उन्हें जाते देखता रहा, फिर उसने मोबाइल निकाला और किसी को कॉल करने लगा।

OO

ऋषभ विशाल और भव्य आयरन गेट के अंदर कार प्रवेश करके ड्राइव करते हुए कैसिनो की मेन बिल्डिंग के पास पहुंचा।

मार्शल कैसिनो एस्टेट स्टाइल में बनाया हुआ था।

अंदर उन्हें एक लंबा ड्राइव वे पार करना पड़ा, जो अंत में जा कर वृत्ताकार हो जाता था, जिस पर किसी ओर भी कार मोड़ो, कैसिनो की मुख्य बिल्डिंग के प्रवेश द्वार के सामने पोर्च में पहुंच कर ही समाप्त होता था।

और विशेष आकर्षण था, उस वृत्ताकार ड्राइव वे के बीचों-बीच स्थित एक विशाल बिच्छू।

बिच्छू मैटल का बना हुआ था और टाइटेनियम जैसे चमकते रंग का था, जिससे काफी स्टाइलिश लग रहा था। बिच्छू की लंबाई करीब 25 फीट थी और उसी अनुपात में उसकी बाकी कद-काठी भी थी।

हालांकि इतना विशाल बिच्छू वहां लगाने का औचित्य ऋषभ की समझ में नहीं आया।

लोग तो ऐसी जगहों पर आकर्षण के लिए कोई सुन्दर मूर्ति लगवाते हैं।

फव्वारा लगवाते हैं।

लेकिन बिच्छू?

ऐसा नहीं था कि बिच्छू बिल्कुल ही वाहियात लग रहा था। बल्कि वो इतने अच्छे ढंग से बना था कि ड्राइव वे को एक स्टाइलिश लुक ही प्रदान कर रहा था। पोर्च की खूबसूरती बढ़ाता-एक अलग अंदाज में-प्रतीत हो रहा था।

फिर भी उस तरह के बिच्छू का स्टेचू ऋषभ को न जाने क्यों काफी अजीब लगा।

तभी उसे याद आया।

वे जो टोकन कैश होने की उम्मीद में ले कर वहां आए थे।

उस पर भी तो बिच्छू बना था।

क्या वो बिच्छू किसी तरह का खास निशान था?

इस सवाल का जवाब भी शायद उन्हें उस टोकन से जुड़े बाकी सवालों के जवाबों के साथ जल्द ही मिलने वाला था।

वो कार वृत्ताकार ड्राइव वे पर लेफ्ट की ओर चलाते हुए कैसिनो की बिल्डिंग के फ्रंट गेट की ओर बढ़ा।

पीछे कैसिनो की भव्य बिल्डिंग नजर आ रही थी।

कैसिनो की बिल्डिंग दस मंजिला थी। हालांकि मुम्बई जैसे शहर में चालीस-पचास मंजिल की इमारतें होना भी आम बात हैं लेकिन वो बिल्डिंग इतनी शानदार थी कि उसका कम मंजिल की होना कहीं से भी उसकी भव्यता को प्रभावित नहीं कर रहा था।

बिल्डिंग की बनावट ऐसी थी कि वो एक ही बार में मार्डन लुक और किसी राजमहल का सा लुक दोनों दे रही थी।

पोर्च में वे कैसिनो की बिल्डिंग के मुख्य द्वार के सामने पहुंच कर कार से उतरे। एक बैलबॉय उनका स्वागत करने के लिए तैयार था। उसने सम्मानपूर्वक ऋषभ की ओर हाथ बढ़ाया। ऋषभ ने कार की चाभी उसे सौंप दी। फिर ऋषभ और रूपाली कैसिनो के गेट की ओर बढ़ गए।

''बाप रे।''-कैसिनो की भव्य बिल्डिंग को देख कर रूपाली की आंखें फैल गईं-''ये है कैसिनो?''

उसकी प्रतिक्रिया पर ऋषभ को कोई आश्चर्य नहीं हुआ। कमोबेश थोड़ा-बहुत वो भी वैसा ही अनुभव कर रहा था।

कैसिनो की भव्यता ने उसे भी साफ तौर पर प्रभावित किया था।

''ये तो सचमुच बहुत बड़ा है।''-रूपाली ने धीमे से कहा।

वो साफ-साफ कैसिनो की बिल्डिंग की भव्यता से प्रभावित नजर आ रही थी।

''हमें अपना काम करना है और निकलना है। बस।''-ऋषभ ने कहा।

''और अगर न निकल पाए तो?''

''ऐसा कुछ नहीं होने वाला। अगर कुछ गड़बड़ होती भी है तो मुझे विश्वास है मेरा दोस्त संभाल लेगा।''

''इतना भरोसा है अपने दोस्त पर?''

''दोस्त पर तो जान से भी ज्यादा भरोसा है।''

ऋषभ गेट की ओर बढ़ते हुए एकदम से रूक गया।

''क्या हुआ?''-रूपाली ने पूछा।

वे लोग गेट से इतनी दूरी पर थे कि धीमे स्वर में बात करने पर उनकी बातें गेट पर खड़े दोनों में से किसी दरबान को सुनाई नहीं देने वाली थीं।

''हमें एक ड्रामा करना होगा।''-ऋषभ ने कहा।

''कैसा ड्रामा?''

''मुझे प्रखर बनने का नाटक करना होगा।''

रूपाली की आंखें फैल गईं।

''मतलब?''-वो बोली।

''तुम्हीं ने तो कहा''-ऋषभ ने कहा-''कि प्रखर ने तुम्हें बताया था कि इस टोकन को सिर्फ दो लोग कैश करा सकते हैं। एक प्रखर, और दूसरी तुम।''

उसने सहमति में सिर हिलाया।

''तो मेरे ख्याल से मुझे प्रखर होने का दिखावा करना चाहिए।''

''लेकिन अंदर कोई प्रखर को पहचानता होगा तो?''

''अगर वैसी स्थिति आती है तो मैं कह दूंगा कि मैं प्रखर का दोस्त हूं और संयोग से मेरा नाम भी प्रखर है। तब तक मैं अपना परिचय हल्के तौर पर प्रखर के रूप में ही दूंगा।''

''लेकिन इससे फायदा क्या होगा?''-उसके चेहरे पर उलझन के भाव आ गए।

''टोकन को कैश करने के लिए जिन दो क्लायंट के नाम बताए गए हैं, वे दोनों एक साथ होने पर शायद इसके कैश होने में आसानी हो। अगर ज्यादा पूछताछ की नौबत आती है, तो तुम सामने आ कर मामला संभाल लेना। प्रखर ने क्लायंट के तौर पर तुम्हारा नाम तो दिया ही है। बात बिगड़ती देख कर मैं अपनी इच्छाधारी शक्ति से उस प्रखर से दूसरे प्रखर में बदल जाऊंगा और चुप करके बैठ जाऊंगा। तुम बात करना, पैसे लेना, फिर हम यहां से नौ दो ग्यारह।''

उसके चेहरे से उलझन के भाव नहीं गए।

''नकली प्रखर मैं बस थोड़ी प्रीकॉशन के तौर पर बन रहा हूं।''-ऋषभ ने कहा-''मेरा खुद ऐसा ड्रामा करने का कोई मन नहीं है। लेकिन इस वक्त मेरे दिमाग में यही है कि हम जल्दी से जल्दी इस टोकन को कैश करके यहां से निकल चलें। जिसके लिए थोड़ी देर के लिए नकली आइडेंटिटी अपनाने में कोई बुराई नहीं है।''

''और उन लोगों ने पकड़ लिया तो?''

''तो मैंने कहा न कि मैं सिर्फ अपना नाम प्रखर बताऊंगा। वही प्रखर होने का कोई दावा नहीं करूंगा, जिस प्रखर को तुम्हारे साथ या अकेले ये टोकन कैश कराने के लिए यहां होना चाहिए था। ज्यादा पूछताछ होने की नौबत आने पर मैं सीधे-सादे ये कह कर पल्ला झाड़ लूंगा कि मैं उस प्रखर का दोस्त हूं और संयोग से मेरा भी नाम प्रखर ही है।''

वो चुप हो गई।

''ठहरो।''-जैसे ही वो कैसिनो के प्रवेश द्वार की ओर कदम बढ़ाने लगा, रूपाली ने व्याकुल स्वर में कहा।

''क्या हुआ?''-ऋषभ ने उसकी ओर देखा।

''क्या ये करना जरूरी है?''-वो बोली-''इस टोकन के चक्कर में पड़ना?''

उसने पहले कैसिनो की ओर देखा, फिर रूपाली की ओर।

''ये बात तुम यहां आ कर कह रहीं हों?''-वो बोला।

''वो कहते हैं न-देर आये, दुरूस्त आये।''

''तुम चाहती हो कि हम अंदर न जाएं? टोकन से मिलने वाली रकम को भूल जाएं?''

''मुझे ये पैसा सही नहीं लगता। न ही प्रखर सही आदमी लगता था। मैंने तुमसे कहा था न। मैं आखिरी तक उसे पसंद नहीं करती थी।''

''यहां बात प्रखर की नहीं हो रही है। हम प्रखर के लिए यहां नहीं आए हैं।''

''मेरे लिए आए हो न? तो तुम अपने-आप को खतरे में क्यों डाल रहे हो?''

''तो क्या करूं? तुम्हें अकेले अंदर जाने दूं?''

''मेरे ख्याल से यही सबसे बेस्ट आइडिया रहेगा।''

ऋषभ ने उसकी ओर देखा।

''तुम सचमुच अकेले अंदर जाना चाहती हो?''-उसने पूछा।

‘‘मैं तो इस टोकन को ही फेंक देना चाहती हूं।’’-उसने रूआंसे स्वर में कहा-‘२पता नहीं कहां फंस गई मैं? न ये टोकन होता, न हम इस झमेले में पड़ते।’’

‘‘झमेला? अभी कहां है कोई झमेला? अगर कोई झमेला होगा भी तो अंदर जाने के बाद पता चलेगा।’’

‘‘मैं नहीं चाहती कि तुम भी मेरे साथ अपने-आप को खतरे में डालो।’’

‘‘तुम्हें लग रहा है कि हम दोनों अंदर जाएंगें और इस टोकन से कोई बड़ी रकम मिल जाए-जैसा कि प्रखर ने तुमसे कहा था-तो मैं उसमें से हिस्सा मांगने लगूंगा? बेफिक्र रहो। मुझे उसमें से फूटी कौड़ी भी नहीं चाहिए।’’

‘‘मैंने ऐसा कब कहा?’’-वो और भी रूआंसी हो गई।

‘‘फिर एकदम से मुझे साथ ले कर चलने में तकलीफ क्यों होने लगी? अकेली जाने की जिद क्यों?’’

‘‘मैंने कहा न, अगर अंदर कोई गड़बड़ होती है, इस टोकन का मामला कुछ खतरनाक निकलता है तो मैं अपने साथ-साथ तुम्हारी जान भी खतरे में नहीं डालना चाहती।’’

उसके स्वर में कुछ ऐसा अपनेपन का भाव था, जिसे महसूस कर के ऋषभ अंदर तक हिल गया।

‘‘और तुम पर जो कर्ज है’’-ऋषभ ने कहा-‘‘उसका क्या होगा?’’

‘‘उसका जो होगा, वो देखा जाएगा। आखिर मेरे पिता ने इस आसरे से कर्ज थोड़े ही लिया था कि उसे पटाने के लिए कोई टोकन आसमान से मेरी झोली में आ गिरेगा? वैसे भी कोई गारंटी नहीं है कि इस टोकन से पैसा मिले ही मिले। जो मेरी किस्मत में लिखा होगा, वो तो झेलना ही पड़ेगा।’’

‘‘यानि टोकन को भूल जाएं?’’

‘‘मैं अंदर जा कर पता करती हूं। तुम अपने दोस्त के साथ बाहर ही रहो। अगर में आधे-एक घंटे में बाहर नहीं आई तो जैसा ठीक समझो, वैसा करना।’’

ऋषभ ने उसका हाथ पकड़ा और कैसिनो की ओर बढ़ते हुए बोला-

‘‘फिजूल की बात मत करो। अंदर क्या होता है, ये हम दोनों एक साथ ही देखेंगें।’’

ऋषभ ने ध्यान नहीं दिया लेकिन कैसिनो के प्रवेश द्वार तक पहुंचने वो उसे जुनूनी भाव से देखती रही।
वहीं ऋषभ विप्लव थापर वाला किस्सा रूपाली को न बताने के अपने निर्णय के लिए मन ही मन अपनी पीठ थपथपा रहा था क्योंकि रूपाली बिना वो किस्सा जाने ही जब इतनी पैनिक हो रही थी तो विप्लव थापर वाले वाकये के बारे में बताने पर तो शायद वहां आने के लिए तैयार ही नहीं होती।

○○

वे दोनों कैसिनो के रिसेप्शन हॉल के बाद एक गलियारे से होते हुए कैसिनो के मेन हॉल में पहुंचे, जो काफी विशाल था। चमक-दमक से भरपूर था और वहां रौलेट टेबल, गैम्बलिंग टेबल जैसी वो सारी फेसीलिटीज मौजूद थीं, जिनके इतने बड़े कैसिनो में होने की उम्मीद की जा सकती थी।
वहां फिलहाल कस्टमर या मन बहलाने आने वाले लोगों की संख्या कम ही लग रही थी, जिससे हॉल थोड़ा खाली-खाली जरूर लग रहा था लेकिन वो रश ऑवर नहीं था इसलिए वैसा होना कोई आश्चर्य की बात नहीं थी।
लेकिन भीड़ नहीं होने के बाद भी हॉल की भव्यता से दोनों ही प्रभावित हुए बिना नहीं रह सके।
वो उससे भी कहीं ज्यादा शानदार लग रहा था, जैसा ऋषभ ने हॉलीवुड की फिल्मों में दिखाए जाने वाले लॉस-वेगास के कैसिनोज में देखा था।
हालांकि कुछ लोग मौजूद थे-जो कि पहनावे से ही काफी अमीर लग रहे थे-उन टेबल्स पर अपनी किस्मत आजमाने में लगे हुए थे।
हॉल काफी विशाल था और चमक-दमक से भरपूर था। हॉल की बांयी दीवार पर छत से लगा हुआ एक विशाल केबिन बना हुआ था, जिसकी शीशे की दीवारों से अंदर शानदार सजा हुआ ऑफिस जैसा दिख रहा था। वो केबिन जैसा इस अंदाज में बना हुआ था कि दीवार से निकल कर हवा में बना प्रतीत हो रहा था। उस केबिन की बनावट ऋषभ को एयर ट्रैफिक

कंट्रोलर के टॉवरों के शीर्ष पर बने एटीसी ऑफिस की संरचना की याद दिला रही थी।
उस केबिन तक पहुंचने के लिए एक लंबी सीढ़ी भी थी, जो केबिन के दांये ओर से निकलकर दीवार के साथ-साथ नीचे तक बनी हुई थी। हालांकि वो सीढ़ी उस विशाल हॉल की दीवार के साथ चिपकी हुई थी इसलिए ऐसी प्रतीत हो रही थी, जैसे हॉल में मौजूद लोगों के लिए उसका अस्तित्त्व ही न हो। कुछ ऐसा ही वो केबिन भी था क्योंकि वो भी भी काफी ऊंचाई पर छत से लगभग सट कर बना हुआ था।
लोग बिना उस केबिन को नोटिस किए हॉल में गैम्बलिंग आदि में मशगूल रह सकते थे जबकि केबिन में बैठे लोग हॉल के कोने कोने पर नजर रख सकते थे।
शायद वो केबिन बनाया ही इस बात को ध्यान में रख कर गया था।
वैसे हॉल के कोने-कोने पर नजर रखने के लिए वहां कई सीसीटीवी कैमरे भी मौजूद थे।
ऋषभ ने एक युवक-जो वेशभूषा से कैसिनो के स्टाफ का आदमी दिख रहा था-को संकेत किया।
युवक उसके समीप पहुंचा।
''हमें मैनेजर तावड़े साहब से मिलना है।''-ऋषभ ने कहा।
युवक की भंवें उठीं।
''आपका नाम?''-उसने पूछा।
''प्रखर।''
''जान सकता हूं''-उसने कहा-''आपको मैनेजर साहब से क्यों मिलना है?''
''हमारे पास टोकन है।''
युवक ने पलट कर हॉल में रौलेट टेबल्स और कार्ड टेबल्स और उन पर खेल रहे लोगों पर सरसरी नजर डाली, फिर गहरी निगाहों से ऋषभ को देखा।
''इस हॉल में मौजूद लोगों के पास टोकन्स की भरमार है।''-युवक ने कहा।

‘‘हमारे पास दूसरा टोकन है।’’-ऋषभ ने कहा-‘‘जिसके बारे में तावड़े साहब ज्यादा अच्छी तरह जानते हैं।’’

युवक के चेहरे के भाव तत्काल परिवर्तित हुए।

‘‘आइए।’’-अचानक उसने इतने सम्मानित स्वर में कहा कि ऋषभ को असहज अनुभव होने लगा।

उसका इशारा कैसिनो के विशाल हॉल के दीवार से लगी वो सीढ़ियाँ थीं, जो ऊपर बने केबिन की ओर जा रहीं थीं।

रूपाली ने ऋषभ की ओर देखा। उसकी व्याकुलता को भांप कर ऋषभ ने आंखों ही आंखों में आश्वासन दिया और उसका हाथ थाम कर सीढ़ियों की ओर बढ़ गया।

○○

युवक ने उन्हें ऊपर केबिन में पहुंचने के बाद केबिन में मौजूद विशाल ऑफिस डेस्क में अतिथियों के बैठने के लिए रखे सोफे पर बैठने का संकेत किया।

वहां एक काला सूट काला चश्मा पहने सख्त चेहरे वाला आदमी मौजूद था लेकिन सोफा वगैरह होने के बावजूद वो खड़ा ही था और ऋषभ और रूपाली के बैठने के बाद भी खड़ा रहा।

‘‘आप तावड़े साहब से मिलने आए हैं?’’-युवक के जाने के बाद उस आदमी ने उनसे पूछा।

‘‘हां।’’-ऋषभ ने कहा।

‘‘सर बस आ ही रहे हैं।’’

ऋषभ ने सहमति में सिर हिला दिया।

उस आदमी ने एक तरफ लगा एक बटन दबाया, जिसके साथ ही केबिन के तीन ओर बनी शीशे की पारदर्शी दीवार पर ऑटोमैटिक पर्दे खिंच गए, जिससे नीचे कैसिनो के हॉल का दृश्य उनकी नजरों से ओझल हो गया।

ऋषभ ने उसकी उस हरकत से असहज महसूस किया लेकिन उसने कुछ कहा नहीं।

थोड़ी ही देर बाद केबिन में कैसिनो की दीवार की ओर बना एक दरवाजा खुला, जिसमें से एक चालीस-पचास के पेटे में-लेकिन फिट दिखने वाले-व्यक्ति ने प्रवेश किया। उसने एक शानदार सूट पहना हुआ था और चेहरे पर काईयां सी मुस्कान थी। बाकी उसका व्यक्तित्त्व प्रभावशाली लग रहा था लेकिन निगेटिव मायनों में। उसके आने के बाद केबिन में पहले से मौजूद काले सूट वाला व्यक्ति सतर्क नजर आने लगा।

अभी-अभी आया व्यक्ति डेस्क के पीछे मौजूद आरामदेह चेयर पर विराजमान हो गया और उसने सामने बैठे ऋषभ और रूपाली पर नजर डाली। प्रत्यक्षत: वही मैनेजर तावड़े था।

''तो मिस्टर प्रखर''-उसने गर्मजोशी से कहा-''मेरा मानना है कि ये आपकी स्कॉरपियन के साथ पहली डील है। मैंने सही कहा न?''

ऋषभ जैसे आसमान से गिरा।

OO

स्कॉरपियन।

बाहर कैसिनो के विशाल फ्रंटसाइड में मौजूद वो विशाल टाइटेनियम का लगने वाला बिच्छू।

एक टोकन से मिलने वाली बड़ी रकम।

अचानक सब कुछ उसके सामने दिन की तरह साफ हो गया।

ऋषभ ने स्कॉरपियन के बारे में अच्छी तरह सुन रखा था।

बल्कि हकीकत तो ये थी कि किसने नहीं सुना होगा?

ऋषभ तो प्रेस लाइन से जुड़ा इंसान था।

पहले विप्लव थापर। और अब स्कॉरपियन।

अचानक उसे अपनी जेब में बॉक्स में रखा वो टोकन किसी दहकते अंगारे से भी ज्यादा असुविधाजनक महसूस होने लगा।

स्कॉरपियन का भय और प्रभाव तो इतना था कि मुम्बई और आसपास के इलाके में-जिसमें ऋषभ का शहर पुणे भी आता था-बच्चा-बच्चा स्कॉरपियन और उसके सदस्यों के काले कारनामों से वाकिफ था।

स्कॉरपियन विगत कई वर्षों से सक्रिय एक अंडरवर्ल्ड ऑर्गेनाइजेशन-एक संगठित अपराधियों का गिरोह-थी, जो मुम्बई या महाराष्ट्र ही नहीं, पूरे देश में जड़ें जमा चुका था।

कुछ समय पहले तक इस क्रिमिनल ऑर्गेनाइजेशन को एक दूसरे नाम-सिंडिकेट-से जाना जाता था। लेकिन पिछले कुछ समय से पता नहीं क्या हुआ था, जो ऑर्गेनाइजेशन का नया नाम प्रचलित होना शुरू हो गया था। स्कॉरपियन।

जो ज्यादा खतरनाक, ज्यादा कैची लगता था। और कम समय में ही मुम्बई अंडरवर्ल्ड में बच्चे-बच्चे की जुबान पर चढ़ चुका था।

अचानक ऋषभ को लगने लगा कि उसने गलत जगह हाथ दे दिया है।

जिसे वो मामूली संपोला समझ कर आया था, वो तो एनाकोंडा निकला।

ऋषभ को अपने से ज्यादा रूपाली की फिक्र होने लगी।

अगर वहां बात बिगड़ती थी तो क्या वो उसे किसी तरह सुरक्षित वहां से बाहर निकाल सकता था?

उसने मन ही मन खुद को ढाढस बंधाया।

संयम से काम लेने के अलावा और कोई रास्ता नहीं था।

''आपने बिल्कुल सही कहा।''-ऋषभ ने अपने चेहरे को सामान्य बनाए रखते हुए कहा।

''तो''-उसने दोनों हाथ सामने मेज पर टिका कर हथेलियों को पास कर उंगलियां आपस में मिला लीं-''सिक्का कहां है?''

''सिक्का?''

तावड़े की भंवें उठीं।

ऋषभ ने रूपाली की ओर देखा।

वहां से किसी तरह की सांत्वना मिलने की जगह उसे एक और झटका लगा। रूपाली का चेहरा पीला पड़ा हुआ था। आंखों में खौफ था। उसके हाव-भाव से साफ जाहिर हो रहा था कि वो अपने अंदर के भय को चेहरे पर आने से रोकने देने के लिए-और शायद अपने आप को वहां से भाग खड़े होने से रोकने के लिए भी-भरपूर जद्दोजहद कर रही थी।

शायद स्कॉरपियन का नाम सुन कर जो इफैक्ट ऋषभ पर हुआ था, उसका कई गुना ज्यादा रूपाली पर हुआ था।
ऋषभ ने वापस मैनेजर की ओर देखा।
वो अब भी भंवें चढ़ाए ऋषभ की ओर देख रहा था।
''ओह।''-अचानक ऋषभ के दिमाग की लाइट जली, उसे अफसोस हुआ, क्या वो इतना कायर था कि सिर्फ स्कॉरपियन का नाम सुन कर ही अपने सोचने-समझने की शक्ति गंवा बैठा था-''ये रहा आपका सिक्का।''-ऋषभ ने अपने कोट की जेब से वो बॉक्स निकाला, जो कल उसे हासिल हुआ था और उसे ओपन करके मैनेजर की ओर बढ़ा दिया।
तावड़े के चेहरे पर मुस्कान आ गई।
उसने ऋषभ के हाथ से टोकन ले लिया और उसे उलट-पलट कर देखा।
''गुड।''-वो बोला-''जिस तरह सिक्का सुन कर आप उलझ गए थे, उससे लगता है मीडिएटर ने आपको इस सिक्के की खूबी नहीं बताई है। मैं ही बता देता हूं। इसी बहाने कुछ फार्मेलिटीज पूरी होने में लगने वाला टाइम भी पास हो जाएगा। और हमारी सिंडिकेट के तौर-तरीकों के संबंध में आपके ज्ञान में भी वृद्धि हो जाएगी। है कि नहीं?''
''सिंडिकेट?''-ऋषभ ने कहा-''मैंने तो सुना है आजकल नया नाम स्कॉरपियन अधिक प्रचलन में है?''
उसने चुभती निगाहों से ऋषभ को देखा।
''आपने सही कहा।''-फिर उसने कहा-''लेकिन पुरानी आदतें मुश्किल से जातीं हैं। कई जगह हम अब भी पुराने नाम का ही इस्तेमाल कर रहे हैं।''
''ओह।''
''ये''-तावड़े ने टोकन को हाथ में ले कर उंगलियों के बीच घुमाते हुए कहा-''साधारण टोकन नहीं है। इसे सिंडिकेट-यानी स्कॉरपियन-के कुछ खास कैसिनोज या स्कॉरपियन से एफीलिएटेड ऑफिस, संस्थानों में ही उपयोग किया जा सकता है। इसे जारी करने की अथॉरिटी तो मार्शल कैसिनो के पास ही है लेकिन ये कैसिनो में बंटने वाले आम टोकन्स से हट कर है। बहुत हट कर है।"-उसने आखिरी शब्दों पर जोर दिया।
''वो कैसे?''-ऋषभ ने उत्सुक होने का प्रदर्शन करते हुए कहा।

''सबसे बड़ी बात तो ये है कि ये बाकी टोकन्स की तरह कैसिनो की गैम्बलिंग जोन में बंटता ही नहीं है। ये कोई तीन पत्ती, कोई पोकर जीतने पर आपको दिया जाने वाला सिक्का नहीं है। ये स्कॉरपियन से जुड़े उन खास कामों के लिए"-उसने खास शब्द पर जोर दिया-"दिया जाता है, जिनमें इंस्टेंट पेमेंट किया जाना होता है। पेमेंट की प्रक्रिया पूरी हो चुकी होती है। अब इस सिक्के के धारक को हमारे किसी भी ऑफिस या कैसिनो में जा कर ये सिक्का दिखाना भर होता है। उसे सिक्के से जुड़ी रकम मिल जाती है। जितनी रकम सिक्के के लिए असाइन होती है। ये रकम कितनी भी हो सकती हे। सौ रूपए से ले कर सौ करोड़ तक।''

अगर वो बात कोई और कह रहा होता तो ऋषभ को लगता कि वो मजाक कर रहा था या लंबी-लंबी हांक रहा था। आखिर सौ करोड़ कोई छोटी-मोटी रकम तो नहीं होती।

लेकिन सामने बैठा आदमी उसे कहीं से भी मजाक करता नहीं लगा।

''इसे हम टोकन न कह कर सिक्का या कॉइन कहते हैं। शायद इसीलिए आप कन्फ्यूज हो गए थे।''

ऋषभ ने सहमति में सिर हिलाया।

''और इस सिक्के को-और इसके जैसे अन्य सिक्कों को-हैंडल करने के लिए-मतलब इन्हें मैन्युफैक्चर करने, ईशू करने से ले कर इनका हर तरह का ट्रांजेक्शन करने का-हमारे यहां जो सिस्टम है, उसके हैड को कॉइनमास्टर कहते हैं। पिछले कई महीनों से ये टाइटल खाकसार को हासिल है।''-उसने शाइस्तगी से सिर नवाया-''आपको ये सब बताने का मकसद है''-तावड़े ने उसे गहरी निगाहों से देखते हुए कहा-''कि आप इस बात को याद रखें कि आप स्कॉरपियन के कॉइनमास्टर हेमराज तावड़े के सामने बैठे हैं।''

''ये कैसे पता चलता है''-ऋषभ ने ये दर्शाने की कोशिश की वो विशेष प्रभावित नहीं हुआ था-''कि टोकन...मेरा मतलब सिक्के के साथ कितनी रकम असाइन की गई है? टोकन पर तो रकम जैसा कुछ नहीं लिखा।''

उसके होंठों पर मुस्कान आ गई।

''पता चल जाता है, मिस्टर प्रखर।''-उसने कहा-''पता चल जाता है। सारे राज आपको ही बता दूंगा तो ये आपके लिए ही नुकसानदेह होगा। आखिर आपको जिंदा वापस भी तो जाना है।''

कह कर वो ऐसे हंसा, जैसे उसने कोई बहुत बड़ा जोक मार दिया हो।

ऋषभ अपने चेहरे के भावों को सामान्य बनाए रखने की भरसक कोशिश कर रहा था।

साथ ही उम्मीद कर रहा था कि उसके बगल में बैठी रूपाली भी अपने डर को जाहिर न होने देने में सफल हो रही हो।

''इस सिक्के को कैश कराने के कुछ नियम होते हैं।''-तावड़े ने कहा-''और आप उन तीनों में से दो नियमों का अब तक पालन कर चुके हैं।''

''दो?''-ऋषभ की भंवें उठीं।

''पहला तो ये कि सिक्का स्कॉरपियन की ओर से जिस व्यक्ति को दिया जाता है, उसे वो व्यक्ति ही कैश करा सकता है।''

ऋषभ को अपने शरीर पर चींटियां सी रेंगती महसूस हुई।

वो तो प्रखर नहीं था।

वो तो झूठ-मूठ ही खुद को प्रखर बता कर वहां घुस आया था।

अगर सिक्के की रकम प्रखर को ही मिलनी थी तो प्रखर तो अब इस दुनिया में था ही नहीं।

''इसके अलावा''-तावड़े ने कहना जारी रखा-''इस सिक्के को कैश कराने के लिए सिक्का लेने वाला क्लायंट एक नॉमिनी भी पेश कर सकता है। आपके मामले में नॉमिनी का नाम''-उसने मुस्कुरा कर रूपाली की ओर देखा-''रूपाली नागर है। जो कि आप हैं। हैं न?''

रूपाली के चेहरे पर एक फर्माइशी मुस्कान प्रकट हुई।

रूपाली के होश जिस तरह उड़े हुए लग रहे थे, उससे ऋषभ को डर लग रहा था कि कहीं उनकी पोल-पट्टी न खुल जाए।

लेकिन तावड़े ने बाद में जो बताया था, उससे उसे राहत मिली।

''दूसरा नियम ये कि सिक्का ईशू किए जाने के बाद एक निश्चित तारीख तक कैश कराना होता है। उस तारीख के बाद उस सिक्के की वैल्यू जीरो हो जाती है। निल। जैसे''-उसने गहरी निगाहों से ऋषभ को देखा-''आप जो

सिक्का लाए हैं, प्रखर साहब''-जाने क्यों ऋषभ को लगा कि वो जान-बूझ कर प्रखर साहब अजीब ढंग से बोल रहा था-''उसके कैश होने की आज अंतिम तारीख है। अगर आप उसे आज के बाद लाए होते तो''-उसने नकली अफसोस की मुद्रा बनाते हुए कहा-''आपके हाथ सिक्के बदले कुछ भी नहीं लगने वाला था।''

''ओह।''-ऋषभ ने बनावटी खुशी जाहिर करते हुए कहा-''तब तो मैं खुशकिस्मत हूं कि समय रहते यहां आ गया। वरना अगर कल आता तो शायद मेरा अच्छा-खासा नुकसान हो जाता।''

''कितना?''-अचानक तावड़े का स्वर तीखा हो गया।

''जी?''

''आपका कितना नुकसान हो जाता, प्रखर साहब?''-उसने अपलक ऋषभ को देखते हुए कहा-''यही इस सिक्के से जुड़ी तीसरी शर्त है, जो आपने अब तक पूरी नहीं की है। जिसे सिक्का दिया जाता है, उसकी वैल्यू भी उसे ही बताई जाती है। और उस वैल्यू को किसी के साथ शेयर न करने के लिए भी कहा जाता है। जैसा आपसे भी कहा गया होगा। कहा गया था न?''

''हां।''

''तो बस। अब ये तीसरी शर्त आपको पूरी करनी है। सिक्के की वैल्यू बताइए।''

ऋषभ ने रूपाली की ओर देखा।

''आपने स्कॉरपियन के लिए जो काम किया था, वो जो भी काम था''-उसने हाथ सामने हवा में लहरा कर लापरवाही का प्रदर्शन किया-''मैं नहीं जानता और जानना भी नहीं चाहता, क्योंकि मेरा यानि कॉइनमास्टर का काम सिर्फ सिक्कों को कैश करना ही है। उसकी वैल्यू भी उतनी ही होगी, जितनी इस सिक्के की वैल्यू है। यानि सिक्के को असाइन रकम जितनी बड़ी होगी, आपने हमारे लिए, स्कॉरपियन के लिए उतना ही महत्त्वपूर्ण काम भी किया होगा। समझ लीजिए, सिक्के की वैल्यू सिक्के को कैश कराने के लिए पासवर्ड की तरह है।''

''सत्तर लाख।''-ऋषभ ने कहा।

वो कुछ पलों तक एकटक ऋषभ को देखता रहा।

ऋषभ दम साधे उसकी प्रतिक्रिया का इंतजार करता रहा।
विप्लव थापर ने उस वीरान गली में उसे जिस सत्तर लाख के मामले से दूर रहने के लिए कहा था, उसके आधार पर उसने ये दांव खेलने की सोची थी कि शायद सिक्के पर असाइन रकम सत्तर लाख ही थी।
ऋषभ अब मन ही मन ईश्वर से यही प्रार्थना कर रहा था कि कोई नया फच्चर न निकल जाए।
तभी जैसे किस्मत उन पर मेहरबान हो गई।
''गुड।''-तावड़े ने संतुष्टि भरे भाव से सिर हिलाया, जिससे ऋषभ को राहत महसूस हुई-''कांग्रेचुलेशन प्रखर साहब। आपने तीसरी शर्त भी पूरी कर ली है।''
एक वैसा ही काला सूट पहने व्यक्ति-जैसा तावड़े के बगल में उसके बॉडीगार्ड जैसी मुद्रा बनाए व्यक्ति पहले से खड़ा था, वहां पहुंचा। उसके साथ नीली वर्दीधारी दो गार्ड थे, जो एक स्टील का पहियों वाला रैक धकेलते हुए ला रहे थे, जिसमें एक चमचमाता हुआ स्टील का ट्रंक रखा था। ट्रंक ज्यादा बड़ा नहीं था। छोटे-मोटे सूटकेस जैसा ही था।
वे लोग उनके पास पहुंचे, फिर दोनों गार्ड्स ने बड़ी शाइस्तगी से ट्रंक रैक से उठाया और टेबल पर ऋषभ और रूपाली के सामने रख दिया।
''रकम''-तावड़े ने कहा-''आप गिन सकते हैं।''
तावड़े के इतना कहने के साथ ही एक ने बड़ी तत्परता के साथ ट्रंक के लैचलॉक खोल कर उसे खोल दिया और उसका मुंह ऋषभ और रूपाली की ओर कर दिया।
ऋषभ ने ट्रंक के अंदर नजर डाली।
अंदर पांच-पांच सौ के नोटों की गड्डियां करीने से सजी हुईं थीं।
लेकिन रकम से ज्यादा सुकून पहुंचाने वाली बात ये थी कि अब उन्हें कैसिनो से छुट्टी मिलने वाली थी।
वरना ऋषभ को डर लगने लगा था कि किसी भी पल वहां हालात कोई और मोड़ ले सकते थे।
उसने तावड़े की ओर देखा।
तावड़े एकटक ऋषभ की ओर ही देख रहा था।

‘‘गिनने की जरूरत नहीं है। हमें आप पर भरोसा है।’’

‘‘एज यू विश।’’-तावड़े ने मुस्कुराते हुए कहा।

‘‘तो’’-ऋषभ ने कहा-‘‘हम चलें?’’

‘‘इतनी जल्दी भी क्या है?’’-तावड़े ने कहा-‘‘पहले बायोमैट्रिक्स तो हो जाने दीजिए।’’

ऋषभ को अपनी रीढ़ की हड्डी में सिहरन दौड़ती महसूस हुई।

वे लोग उनकी पहचान करने वाले थे?

वो भी बायोमैट्रिक्स से?

तब तो उनका राज खुलना तय था।

बाद में भेद खुलने से अच्छा था अपने मुंह से सच्चाई कबूल लो।-उसके दिमाग ने कहा।

‘‘तावड़े साहब...।’’-ऋषभ ने कहा।

तावड़े जोर से हंसा।

उसे हंसते देख कर उसके साथी और दोनों गार्डों के होंठों पर भी मुस्कान आ गई

‘‘आप दोनों को अपने चेहरे देखने चाहिए, मिस्टर ऋषभ सक्सेना।’’-तावड़े ने कहा।

उसके मुंह से अपना असली नाम सुन कर ऋषभ स्तब्ध रह गया।

वो प्रखर के नाम का इस्तेमाल ये सोच कर कर रहा था कि शायद वहां मौजूद लोग प्रखर को चेहरे से न पहचानते हों। और अगर उसकी सच्चाई सामने भी आ जाती है तो वो खुद को कोई और प्रखर-वो प्रखर नहीं, जिसे वो सत्तर लाख का टोकन दिया गया था-बता कर पीछा छुड़ा सकता था। लेकिन स्कॉरपियन का नाम सामने आने के बाद उसे न सिर्फ अपना झूठ खुद पर ही भारी पड़ता लग रहा था बल्कि ये भी लग रहा था कि उसने रूपाली के साथ वहां आ कर उससे कहीं ज्यादा-बहुत ज्यादा-जोखिम लिया था, जितना कि वो वहां आने से पहले सोच रहा था।

‘‘अरे मैं पहले ही आपको बता चुका हूं।’’-तावड़े ने कहा-‘‘जो भी इस सिक्के से जुड़ी तीनों शर्तों को पूरा कर लेता है, वो इसमें असाइन रकम का

मालिक होता है। फिर हमें किसी और बात से कोई लेना-देना नहीं होता। हम तो शुरू से जानते हैं कि आप मिस्टर प्रखर नहीं हैं।''

ऋषभ को झटका सा लगा।

''आपका नाम ऋषभ सक्सेना है और आप पुणे के न्यूज ऑन नामक अखबार में काम करते हैं...।''

तब ऋषभ को सचमुच पहली बार डर महसूस हुआ।

एक माफिया से जुड़ा आदमी-जिसे ऋषभ अब तक गलत नाम बता कर अपनी पहचान छिपाने की सोच कर खुश हो रहा था-उसके सामने बैठा उसकी असली पहचान बता रहा था।

''...और हम तो ये भी जानते हैं कि प्रखर की मृत्यु हो चुकी है। उसके साथ तीन अन्य लोगों को भी पहले ही मार दिया गया है। लोनावला में विश्रांति विला में हुए ब्लडशेड की घटना तो यहां से कुछ ही किलोमीटर दूर हुई है। हमें तो स्विट्ज़रलैंड, शिकागो, शंघाई में होने वाली घटनाओं की पल-पल की खबर मिलती रहती है। आपने स्कॉरपियन को इतना बेवकूफ समझ लिया? मुझे हैरानी है।''

''आपको''-ऋषभ ने पूछा-''मेरा असली नाम कैसे पता चला?''

''कैसे पता चला?''-तावड़े हंसा-''जिस घड़ी आपने हमारे बार के गेट से अंदर कदम रखा, उसी वक्त आपकी पूरी जानकारी मेरे कम्प्यूटर पर आ गई थी मिस्टर ऋषभ। मुझे तो आपको देख कर खुशी हो रही है। आपके कारनामों से भी वाकिफ हूं। मैं तो शरलॉक होम्स का बचपन से ही फैन रहा हूं। रियल लाइफ शरलॉक होम्स से मिलना मेरे लिए खुशी की बात है। अपने मूल फोटोग्राफी के पेशे को छोड़ कर आजकल आप जो कर रहे हैं, उससे आपकी छवि शरलॉक होम्स वाली ही बन रही है। बस, मुझे डर इसी बात का है कि कहीं आप यहां भी हमारी जासूसी करने के चक्कर में तो नहीं आए हैं? क्योंकि अगर ऐसा है तो''-उसके स्वर में अचानक मौत की सी ठण्डक आ गई-''आपका जासूसी का कैरियर शुरू होने के साथ ही खत्म हो जाएगा। और आपकी जिंदगी भी।''

कुछ पल कमरे में सन्नाटा रहा।

''अगर आप मेरे बारे में सब जानते ही हैं''-ऋषभ ने कहा, अब जब सारे पत्ते टेबल पर थे ही तो उसने भी बेहिचक अपनी बात कहने का फैसला किया-"तो मुझे ये कहने में कोई हिचक नहीं है कि मेरे यहां आने के दो उद्देश्य हैं।"

''कौन से दो उद्देश्य?''

''पहला, इस सिक्के को कैश कराना। दूसरा, इस सिक्के और विश्रांति विला में हुए हत्याकाण्ड के बीच के संबंध के बारे में जानना। अगर"-फिर उसने जल्दी से जोड़ा-"कोई संबंध है तो।''

तावड़े ने अपने बगल में खड़े काले सूटधारी खुरदुरे चेहरे वाले आदमी की ओर देखा।

उसका हाथ सूट के अंदर सरक गया।

तावड़े ने आंखों ही आंखों में उसे शांत रहने का संकेत किया, फिर वापस ऋषभ से मुखातिब हुआ।

''सच कहूं तो''-तावड़े ने कहा-''आपकी दिलेरी मुझे पसंद आई मिस्टर ऋषभ। आपके बारे में जैसा सुना था, वैसा ही पाया। और शायद ये आपकी दिलेरी ही है, जिसकी वजह से मैं आपको और आपकी साथी को मार्शल कैसिनो से जिंदा जाने दे रहा हूं। आपने मेरे सामने कबूल कर लिया कि आप यहां जासूसी के सिलसिले में ही आए हैं। कोई बात नहीं। मैं इसे आपकी पहली गलती मान कर आपको अभयदान देता हूं। और आपके सवाल का जवाब भी देता हूं। आपका पहला उद्देश्य तो पूरा हो ही चुका है। सिक्का कैश हो चुका है, जो कि होना ही था। क्योंकि सिक्के को कैश करने की तीनों ही शर्तों पर आपने अमल किया है। सिक्का जिन दो शख्स के नाम पर असाइन किया गया था, उनमें से एक को आप अपने साथ ले कर आए हैं। आज सिक्के को कैश कराने की अंतिम तारीख थी। और तीसरा, सिक्के पर असाइन रकम भी आपने बता दी है। लेकिन आपका दूसरा उद्देश्य। ये थोड़ा गड़बड़ है और हमारे जैसे लोगों के लिए तकलीफ पैदा करता है। लेकिन स्कॉरपियन के लोग तकलीफ को पैदा होने से पहले ही उसका सिर कुचल देने में विश्वास रखने वाले लोग हैं।''

ऋषभ ने साफ-साफ महसूस किया कि रूपाली के शरीर ने झुरझुरी ली थी।

''लेकिन आप घबराइए मत।''-उसके चेहरे पर दिलासा देने वाली मुस्कान आ गई-''मैंने कहा न आपके हालिया कारनामों ने मुझे भी काफी इम्प्रैस किया है। इसलिए मैं आपके मामले में एक एक्सेप्शन रखते हुए इस बार आपको यहां से जाने दे रहा हूं। वो भी आपके सवाल के जवाब के साथ। जवाब ये है कि हमारे इस सिक्के और विश्रांति विला में हुए प्रखर और उसके साथियों के खून के बारे में ऐसा कोई कनेक्शन नहीं है, जिसे मैं जानता हूं। और अब मेरे पास आपके लिए एक सलाह है। एक फैन होने के नाते आपके लिए इतना तो मैं कर ही सकता हूं। सलाह ये है कि आप इस कैसिनो से बाहर निकल कर जाते हैं और विश्रांति विला वाले केस की इन्वेस्टिगेशन जारी रखते हैं-जो कि आपका पुराना ट्रैक रिकॉर्ड देखते हुए लगता है कि आप रखेंगें हीं-तो उसमें अगर मार्शल कैसिनो या स्कॉरपियन का कोई कनेक्शन निकलता भी है तो भी उसे खंगालने की बिल्कुल भी कोशिश न करें। क्योंकि ऐसी कोई भी कोशिश आपके लिए जानलेवा साबित होगी। मैं आपकी प्रसिद्धी से इम्प्रैस हूं, प्रभावित हूं इसलिए आपके साथ हद से ज्यादा नर्मी से-जितना नर्मी से मैं आमतौर पर लोगों के साथ पेश नहीं आता-पेश आ रहा हूं वरना जितनी देर में मैंने आपसे ये सब कहा है, उतनी देर में आपकी और आपकी साथी की लाशें भी ठिकाने लग चुकीं होतीं और क्लीनिंग डिपार्टमेंट का कोई बंदा यहां आ कर फर्श पर से खून साफ कर रहा होता।''

''इस फेवर के लिए शुक्रिया।''-ऋषभ ने कहा।

''अगर मुझे एक जरूरी काम से नहीं जाना होता''-अचानक उसके चेहरे पर व्यस्तता के भाव आ गए और वो चेयर से उठ खड़ा हुआ-''तो मैं आपके साथ और समय बिताना पसंद करता। लेकिन अभी के लिए मैं आप दोनों से इजाजत चाहूंगा। आपको जीने का एक और चांस मिला है। अपनी जिंदगी को एंजॉय कीजिए। दूसरों के कामों में अपनी टांग मत फंसाइए। और ऐसी जगह पर तो बिल्कुल नहीं, जहां टांग फंसाने का मतलब ऊपर का टिकट कटना पक्का हो।''

ऋषभ ने मन ही मन उसके जरूरी काम को धन्यवाद दिया, जिसकी बदौलत उसे उससे जल्दी पीछा छूटने को मिल रहा था।

तावड़े अपनी चेयर से उठ खड़ा हुआ, उसने एक फर्माइशी मुस्कान ऋषभ और रूपाली की ओर उछाली, फिर बगल की दीवार में दिख रहे दरवाजे के समीप पहुंचा, जिससे वो आया था, जो ऑटोमैटिक था और उसके सामने आते ही खुल गया। तावड़े उस दरवाजे में प्रवेश कर गया और दरवाजा बंद होने के साथ ही उनकी नजरों से ओझल हो गया।
तावड़े की खाली पड़ी कुर्सी के बगल में खड़े खुरदुरे चेहरे वाले व्यक्ति ने अपने काले चश्मे के पीछे से ऋषभ और रूपाली पर नजर डाली।
उसका इशारा समझ कर वे दोनों ही उठ खड़े हुए।

OO

ऋषभ ने कार मार्शल कैसिनो के वृत्ताकार ड्राइव वे पर चलाते हुए मेन गेट की ओर बढ़ाई।
रूपाली उसके बगल में बैठी थी।
जो गार्ड उन्हें नोटों से भरा स्टील ट्रंक देने के लिए आए थे, वही स्टील ट्रंक ले कर ऋषभ और रूपाली के साथ कैसिनो के फ्रंटगेट तक आए थे, जहां एक अन्य गार्ड उनकी कार ले कर पहले से तैयार था। दोनों गार्ड्स ने नोटों से ठसाठस भरे ट्रंक को उठा कर कार की डिक्की में रखा और बिना ऋषभ पर दूसरी नजर डाले वापस लौट गए थे।
गेट की ओर बढ़ते समय ऋषभ ने ड्राइव वे के बीच में लगे विशाल बिच्छू को देखा तो इस बार नजरिया बिल्कुल अलग था।
गेट से बाहर निकलने तक न ऋषभ ने कुछ कहा, न रूपाली ने। दोनों जैसे भूल ही गए थे कि उनके मुंह में जुबान भी थी।
ऋषभ प्रखर के बारे में सोच रहा था।
तो प्रखर सिर्फ रूपाली को झूठे इम्प्रैशन में लेने के लिए सिक्के का रौब गांठ रहा था।
अगर उसका इरादा सचमुच में ऐसा होता कि रूपाली के साथ सिक्के का राज शेयर करे तो वो रूपाली को सिक्के के साथ असाइन रकम-यानि सत्तर लाख-भी बताता। रकम बताए बिना सिक्के के बदले पैसा नहीं मिलने वाला

था। वो स्कॉरपियन की सिक्के के संबंध में तीसरी शर्त थी। यानि प्रखर सचमुच रूपाली से प्यार करता था या उस पर भरोसा करता था, ऐसी कोई बात नहीं थी। वो कभी नहीं चाहता था कि रूपाली स्वयं जा कर सिक्के को दे कर पैसा हासिल कर पाती। प्रखर ने नॉमिनी के रूप में रूपाली का नाम जरूर दिया था लेकिन उसके पीछे भी ये कारण हो सकता था कि शायद प्रखर का ऐसी कोई करीबी, कोई विश्वस्त हो ही न, जिस पर वो इतनी बड़ी रकम के सिक्के का भरोसा कर पाता और रूपाली को नॉमिनी बना कर ये बात रूपाली को बता कर वो रूपाली को अपने प्रभाव में लेना चाहता था, जिससे रूपाली उस पर भरोसा करके उसके जाल में फंस जाए।

जैसे ही ऋषभ की कार कैसिनो से बाहर निकली, देवेश लपकता हुआ उसके पास पहुंचा।

वो कार के समीप पहुंचा तो ऋषभ ने ड्राइविंग सीट के बगल वाली विंडो ओपन की, जिससे देवेश से बात कर सके।

''भिड़ के छत्ते में हाथ डाल दिया था तूने?''-देवेश ने कार की विंडो के पास आ कर कहा।

ऋषभ ने उसकी ओर देखा।

''ये अब बता रहे हो?''

''मुझे खुद अभी पता चला है।''-देवेश ने एक गुप्त निगाह बगल में बैठी रूपाली पर डाली, फिर वापस ऋषभ को देखते हुए बोला।

''कैसे पता चला?''

''इस कैसिनो की कुछ चर्चा मैंने सुन रखी थी। लेकिन ज्यादा स्पष्ट जानकारी नहीं थी। मेरा इससे-या जो लोग इसके पीछे हैं, उनसे-कोई सीधा वास्ता भी नहीं था इसलिए मैंने कोई इंटरेस्ट भी नहीं लिया। लेकिन तेरे अंदर जाने के बाद मैंने सोचा कुछ टोह ले ली जाए। आखिर यार का मामला है। टोह ली, कुछ मुम्बई के ही जान-पहचान वालों से बात की तो पता चला कि जिसे मैं मामूली कैसिनो समझ रहा था, वो तो स्कॉरपियन का किला है।''

''फिलहाल के लिए इतना काफी है कि हम किले से सुरक्षित वापस लौट आए। उस टोकन-या सिक्के-का जो भी मामला था, वो ऐसा नहीं था, जिसकी वजह से हम किसी बड़े चक्कर में फंस जाते।''

''स्कॉरपियन के साथ नाम जुडन्ना ही किसी बड़े चक्कर में फंसने से कम नहीं है।"-देवेश का चेहरा संजीदा हो गया-"मुझे पहले पता होता तो मैं तुझे जाने ही नहीं देता।''

''जाना तो मैं भी नहीं चाहता था। लेकिन सत्तर लाख का मामला था।''

''सत्तर लाख मैं अपने दोस्त के लिए एक पल में तेरे सामने ला कर फेंक सकता हूं।''

ऋषभ के होंठों पर मुस्कान आ गई।

''फिलहाल उसकी जरूरत नहीं पड़ेगी।''-ऋषभ ने कहा-''सत्तर लाख आलरेडी कार की डिक्की में मौजूद हैं।''

देवेश ने एक बार डिक्की की ओर देखा, फिर बोला-''इस पैसे को ले कर सावधान रहना। मुझे ये रकम सही नहीं लग रही।''

ऋषभ एक घंटे से भी कम समय में उस तरह का वाक्य दूसरी बार सुन रहा था।

''चिंता मत करो।''-ऋषभ ने कहा-''इस पैसे से मैं एक रूपया भी खर्च नहीं करने वाला हूं। इस पर रूपाली का हक है।''

''तो फिर तुम अंदर अपनी गर्दन ओखली में देने क्यों गए थे?''

''तो क्या रूपाली को अकेले जाने देता?''

देवेश कुछ पल उसे घूरता रहा, फिर बोला-''चलो अब यहां ज्यादा देर रूक कर बात करना ठीक नहीं है। शाम में बार में मुलाकात होगी, फिर इस बारे में आराम से बैठ कर ठंडे दिमाग से बात करेंगें।''

ऋषभ ने सहमति में सिर हिला दिया।

देवेश वापस अपनी कार की ओर बढ़ गया।

OO

ऋषभ ने कार आगे बढ़ा दी लेकिन रफ्तार ज्यादा नहीं बढ़ाई। वो रियर व्यू मिरर में पीछे की ओर देख रहा था। वो सुनिश्चित करना चाहता था कि देवेश भी उसके साथ ही निकल चले।

कुछ ही देर में देवेश की कार भी पीछे आती दिखाई दी।

ऋषभ के चेहरे पर संतुष्टि के भाव उभरे और उसने अपना ध्यान सामने सडक़ पर फोकस किया।

''हे भगवान।''-रूपाली ने कहा-''मुझे पता होता...पता क्या, अंदाजा भी होता कि वो टोकन का चक्कर स्कॉरपियन से जुड़ा होगा तो मैं सपने में भी यहां आने की नहीं सोचती।''

ऋषभ ने जवाब नहीं दिया। वो कार ड्राइव कर रहा था। उसकी नजरें सडक़ पर स्थिर थीं।

वैसे वो उससे असहमत नहीं था।

अगर उसे भी पहले इस बात का अंदाजा होता कि उस टोकन-सिक्के-का वास्ता स्कॉरपियन से निकलेगा, तो शायद वो भी वहां आना पसंद नहीं करता।

वैसे भी तावड़े ने जिस तरह से उन्हें धमकाया था-और ऋषभ को कहीं से भी वो कोरी धमकी नहीं लग रही थी-उससे ऋषभ को लग रहा था कि उन्हें ईश्वर का शुक्रगुजार होना चाहिए था कि वे मार्शल कैसिनो से सही सलामत वापस लौट आए थे।

अब तो उसे लग रहा था कि अगर कैसिनो के अंदर हालात बिगड़ते, बातचीत का रूख किसी और जाता-उस ओर, जिस ओर ऋषभ नहीं चाहता था कि जाए-तो उसकी मदद के लिए बाहर तैनात देवेश भी शायद ही कुछ कर पाता।

बल्कि उनकी मदद करने के चक्कर में वो और फंस सकता था।

देवेश को स्कॉरपियन के मुकाबले खड़ा करना तो ऐसा था, जैसे किसी निहत्थे आदमी को टैंक के सामने खड़ा कर दिया जाए। हालांकि ये बात अलग थी कि ऋषभ ने ऐसा जान-बूझ कर नहीं किया था। उसे इस बात का भान भी नहीं था कि उस टोकन-जिसे अंडरवर्ल्ड की दुनिया में सिक्का कहा जाता था जो कि ऋषभ को बिल्कुल अभी डायरेक्ट फ्रॉम द हॉर्सेज माउथ

यानि कॉइनमास्टर के मुंह से ही पता चला था-के पीछे स्कॉरपियन नाम का माफिया संगठन है।

''अब क्या करें?''-रूपाली ने पूछा।

''क्या क्या करना है? पैसा मिल गया। टोकन-या सिक्का, वो जो भी था-कैश हो गया। बल्ले बल्ले। इस पैसे से तुम अपना लोन चुका सकती हो।''

''और बाकी बीस लाख?''

''वो तुम्हारे काम आएंगें।''

रूपाली ने जवाब नहीं दिया लेकिन उसके हवास उड़े हुए लग रहे थे। अच्छा ये हुआ था कि उनकी किस्मत ने साथ दिया और वे बिना किसी लफड़े के कैसिनो से जीते-जागते बाहर आ गए थे।

कैसिनो के अंदर जाने से लेकर वापस लौटने तक के पूरे घटनाक्रम को अपने मस्तिष्क में रिपीट करने के बाद ऋषभ को लग रहा था कि वहां आना ही एक बहुत बड़ी गलती थी।

हालांकि उस गलती का फल बहुत सुखद था जो कार की डिक्की में स्टील के ट्रंक में सत्तर लाख रूपयों के रूप में मौजूद था।

''डोंट वरी।''-फिर भी वो रूपाली की घबराहट को महसूस करते हुए उसे सांत्वना देने के लिए बोला-"टोकन का चक्कर सॉल्व हो चुका है। स्कॉरपियन से भी हमारा अब कोई वास्ता नहीं है। जो थोड़ा बहुत वास्ता बना भी था वो भी चंद मिनटों के लिए बना था। और हमें पता भी नहीं था कि हम स्कॉरपियन से वास्ता बनाने जा रहे हैं। पैसा मिल चुका है। अब तुम इससे अपना कर्ज भी उतार सकती हो और बचे हुए पैसे का अपने भविष्य के लिए काम में ला सकती हो।"

वो चुप रही। लेकिन उसके चेहरे से लग रहा था कि वो उस पैसे के उस इस्तेमाल से सहमत नहीं थी।

''क्या हुआ?''-ऋषभ ने पूछा।

''प्रखर ने ये पैसा पता नहीं कैसे कमाया होगा।''-रूपाली ने कहा-''पता नहीं उसने स्कॉरपियन के लिए ऐसा कौन सा काम किया होगा, जिसके बदले वो लोग उसे इतनी बड़ी रकम दिए हैं।''

''तुम कहना क्या चाहती हो?''-ऋषभ ने परेशान से स्वर में कहा-''इतना जोखिम हमने इस पैसे को ही तो हासिल करने के लिए उठाया था। जिससे तुम्हारा कर्ज उतारा जा सके। और अब जब ये पैसा हमारे हाथ में है, तब तुम इसमें उदासीनता प्रदर्शित कर रही हो।''

''इस पैसे में उदासीनता प्रदर्शित करने वाली मैं अकेली भी तो नहीं हूं।''

''मतलब?''

''तुम भी तो इसमें से एक भी रूपया नहीं लेना चाहते। पचास लाख कर्ज पटाने के बाद बाकी रकम में से एक रूपया भी नहीं मांग रहे। जबकि कायदे से इसमें हम दोनों का आधा-आधा बनता है। अगर मेरे कर्ज को अलग भी रख दिया जए तो भी बीच बीस लाख की रकम का आधा दस लाख रूपए तुम्हें लेना चाहिए।''

''मुझे इसमें से कुछ नहीं चाहिए।''

''और मुझे इसे लेना मजबूरी है। क्योंकि मेरे पास और कोई रास्ता नहीं है।''

ऋषभ हैरानी से उसे देख रहा था।

''तुम ऐसी बहकी-बहकी बातें क्यों कर रही हो?''-फिर उसने कहा।

''मैं बिल्कुल सही कह रही हूं। सच्चाई ये है कि जिस तरह तुम्हें इस रकम से फूटी कौड़ी भी नहीं चाहिए, उसी तरह मुझे भी अंडरवर्ल्ड के इस पैसे में कोई दिलचस्पी नहीं है।''

''तो अब तुम क्या चाहती हो? क्या करें इस पैसे का?''

वो कुछ पल खामोश रही, फिर निर्णायक स्वर में बोली-''अभी इस बारे में बात नहीं करते हैं। इस पैसे का क्या करना है, वो बाद में देखा जाएगा।''

''और तब तक इस ट्रंक का क्या होगा? ये डिक्की में ही पड़ा रहेगा?''

''और कहां पड़ा रहेगा? तुम तो इसमें से एक रूपया लेने के लिए तैयार नहीं हो। इतनी बड़ी रकम मैं एकदम से बैंक में जमा करा दूं तो लोग मुझसे सवाल पूछेंगें। मेरे जैसी मामूली प्राइवेट जॉब करने वाली लड़की के पास इतना पैसा होने की सफाई मैं कहां से दूंगीं?''

ऋषभ चुप रहा।

उस पैसे की कुछ व्यवस्था तो करनी ही थी।

अगर वो इस तरह रूपाली के घर में रहता तो रूपाली पर भी खतरा हो सकता था। पहले वो सिक्के के रूपाली से कनेक्शन के कारण रूपाली की सुरक्षा को ले कर चिंतित था।
और अब उस सिक्के से जो रकम मिली थी, वो भी रूपाली के लिए खतरे का कारण बन सकती थी।
कोई ऐसा रास्ता सोचना था, जो उस पैसे को कहीं सुरक्षित रखने की व्यवस्था भी हो जाती और रूपाली पर भी किसी तरह का खतरा नहीं होता।
''ये सचमुच सत्तर लाख हैं?''-रूपाली ने पूछा-''हमने तो गिना भी नहीं है। और तुम्हें कैसे पता चला कि उस टोकन से मिलने वाली रकम सत्तर लाख थी? प्रखर ने मुझे इस बारे में कुछ नहीं कहा था।''
ऋषभ ने उसे विप्लव थापर वाला किस्सा बताया।
उसकी आंखें फैल गई।
''तुम अकेले उस आदमी से भिडऩे चले गए?''-वो बोली।
''ये सब छोड़ो। तुमने गिनने वाली बात सही कही। घर पर चल कर गिनते हैं।''-ऋषभ ने कहा।
''किसके घर पर?''
''तुम्हारे घर पर। और किसके घर पर?''
''मेरे घर पर?''-उसके स्वर में घबराहट थी-''इस पैसे को मेरे घर ले जाएंगें?''
तब काफी देर बाद ऋषभ के होंठों पर मुस्कान आ गई।
कहां तो वो सिक्के से मिलने वाली रकम को ले कर इतनी उत्साहित थी कि ऋषभ को उस सिक्के के बारे में बता कर उससे रकम हासिल करके अपना कर्ज चुकाने का सपना देख रही थी।
और कहां अब उस रकम के मिल जाने के बाद भी उसे अपने घर ले जाने के नाम से ही दहशत में आ रही थी।
''चिंता मत करो।''-ऋषभ ने उसे तसल्ली दी-''अब हम उन लोगों से दूर आ गए हैं। अब हमारा उनसे कोई वास्ता नहीं है। जो कुछ था, मार्शल कैसिनो तक था। उन्हें हमें सिक्के के बदले पैसे देने थे, जो कि हमने ले लिए।

अब न हमें उन्हें याद करने की कोई जरूरत है और उनके रवैये से तो यही लगता है कि न वो हमें याद करने वाले हैं।''

''लेकिन...लेकिन ये पैसा माफिया का है।''

''माफिया का होता तो वो हमें एक फूटी कौड़ी नहीं ले जाने देते। ये पैसा प्रखर का था। प्रखर के पास के सिक्के का था। सिक्का हमारे पास था। इसलिए ये पैसा भी अब हमारा है।''

''हमारा है?''-उसके चेहरे पर अविश्वास के भाव आ गए।

''हां।''-ऋषभ का दिमाग तेज दौड़ रहा था।

उसका दिमाग कह रहा था कि सिक्के के बारे में पहले ही पुलिस को न बता कर उन लोगों ने गलती कर दी थी।

और अब उनके पास वो ऑप्शन भी नहीं बचा था।

सिक्के को ले कर स्कॉरपियन के जो भी रूल थे-भले ही वे कितने ही बेहूदे थे-फिर भी स्कॉरपियन वालों ने उनके प्रति कोई दुर्भावना व्यक्त नहीं की थी।

अगर सिक्के को ले कर स्कॉरपियन के वो स्पेशल रूल नहीं होते, तो कैसिनो में उनके साथ क्या हो सकता था, ये सोच कर ही उसे फिक्र हो रही थी।

इसलिए वो अब न उस सिक्के के बारे में पुलिस को बता सकते थे, न उस रकम के बारे में।

क्योंकि बताते, तो उन्हें स्कॉरपियन के बारे में भी बताना पड़ता।

और स्कॉरपियन के बारे में पुलिस को जानकारी देने का मतलब था, सीधे-सीधे माफिया से उलझना।

और ऋषभ का ऐसा करने का कोई इरादा नहीं था।

OO

रूपाली के घर पहुंचने के बाद उन्होंने ट्रंक अंदर ले जा कर कमरे में रखा और उसे खोल कर गड्डियों को गिना।

सत्तर लाख।

सारी गड्डियां गिनने के बाद ऋषभ एक हाथ में एक गड्डी पकड़े ट्रंक में हाथ लटकाए सोच रहा था।

क्या यही वो कारण था, जिसके चलते विश्रांति विला में शामली और उसके तीनों साथियों की जान गई?

कातिल को किसी तरह प्रखर के पास वो सिक्का होने की भनक थी। उसने ये सोच कर सबको मार दिया कि वो सिक्का ले कर उससे कैसिनो में जा कर रकम हासिल कर लेगा। उस स्थिति में कई बातें हो सकतीं थीं। हो सकता था कि कातिल सिक्के से जुड़ी प्रोसेस के बारे में न जानता हो। ये सोच रहा हो कि सिक्का प्रखर से मिलने के बाद उसे सीधे कैसिनो ले जा कर रकम हासिल कर सकता था। शायद कातिल सिक्के के रूपाली के पास होने से अनभिज्ञ था। तभी उसने अब तक रूपाली से सम्पर्क नहीं किया था।

अचानक उसके दिमाग में बिजली सी कौंधी।

रूपाली से सम्पर्क हुआ तो था।

कोई रूपाली के घर शामली और आशीष की तस्वीरें डाल गया था।

तो क्या वो तस्वीरें डालना वाला ही कातिल था?

लेकिन उसने सिक्के के संबंध में तो रूपाली से कोई कॉन्टैक्ट नहीं किया था।

तो क्या कातिल सिक्के के बारे में जानता ही नहीं था?

या हो सकता है रूपाली के घर फोटो डालने वाला शख्स कातिल था ही नहीं?

शायद कातिल सिक्के के बारे में भी जानता था।

और रूपाली के बारे में भी।

और उस सिक्के और रूपाली तक पहुंचने के लिए सही वक्त का इंतजार कर रहा था।

अगर कातिल का उद्देश्य उस रकम को हासिल करना था तो कातिल का आधा काम तो ऋषभ और रूपाली ने ही कर दिया था।

वे मार्शल कैसिनो से पैसे ले आए थे।

अब कातिल को पैसों के लिए टोकन हासिल नहीं करना था। सीधे पैसे ही उड़ा लेने थे।

ये सब तब मुमकिन था जब कातिल का शामली, प्रखर और बाकी दोनों साथियों को मारने का उद्देश्य वो टोकन ही था।
लेकिन अगर ये सच था, तब तो कातिल असफल रहा था।
चार-चार लोगों को मार कर भी कातिल के हाथ में घंटा भी नहीं आया था।
लेकिन कातिल अब भी आजाद था।
और किसी तरह उसे भनक लग जाती कि ये सत्तर लाख रूपाली के पास थे तो...?
तो वो रूपाली की जान का भी दुश्मन बन जाता।
न वो उस रकम को पुलिस को दे सकते थे।
न अपने पास रख सकते थे।
वो तो उनके गले में अटकी हड्डी बन चुकी थी, जो न निगलते बन रही थी, न उगलते।
सत्तर लाख।
तभी उसके कानों से रूपाली का स्वप्निल स्वर टकराया।
''इतनी बड़ी रकम''-वो कह रही थी-''मुझे लग रहा है मैं हवा में उड़ रही हूं। जिस कर्ज के कारण मेरा जीना मुश्किल हो गया था उसे अब मैं चुटकी में उतार सकती हूं। और उसके बाद भी बीस लाख रूपए बचेंगें। मैं कभी सपने में भी नहीं सोच सकती थी कि एकदम से मुझे इतनी बड़ी रकम मिल जाएगी।''
साफ दिख रहा था कि कैसिनो से निकलते के बाद तक जो माफिया का डर उसके दिलो दिमाग पर छाया हुआ था, वो अब कम हो गया था।
और उस डर के कम होने में कहीं न कहीं उस रकम का भी हाथ था, जो उनके सामने ट्रंक में पड़ी थी।
''सपने में नहीं सोच सकतीं थीं''-ऋषभ ने कहा-''लेकिन अब ये रकम तुम्हारी है।''
''और तुम्हारी भी।''-उसने कहा।
''मेरी भी? ओह, तुम्हारा मतलब है इसमें से मेरा हिस्सा?''
''नहीं। हिस्सा नहीं। ये पूरी रकम तुम्हारी है। और मैं भी तुम्हारी हूं।''
''ये क्या कह रही हो?''

''सच कह रही हूं। ऋषभ''-उसने ऋषभ का हाथ पकड़ लिया-''अब तो हमारे पास ढेर सारा पैसा है। चलो, ये सब छोड़ कर कहीं दूर चलते हैं। जहां हमें कोई न ढूंढ पाए। जहां सिर्फ तुम हो। और मैं।''

ऋषभ ने अपने हाथ को पकड़े उसके हाथ की ओर देखा, फिर उसकी ओर देखा।

उसकी नजरों में कुछ ऐसा था कि रूपाली ने उसका हाथ छोड़ दिया।

''क्या तुम्हारी जिंदगी में कोई और है?''-रूपाली ने पूछा।

उसका स्वर कांप रहा था।

ऋषभ ने धीरे से सहमति में सिर हिलाया।

उसने दूसरी ओर मुंह फेर लिया।

''रूपाली।''-ऋषभ ने उसकी ठोड़ी पर उंगली रख कर उसका चेहरा अपनी ओर किया।

उसकी आंखों में आंसू थे। ऋषभ की ओर देखते ही वो फफक कर रो पड़ी।

''आई एम सॉरी रूपाली।''-ऋषभ ने कहा-''मुझे शायद तुमसे पहले ही कह देना चाहिए था।''

वो बदस्तूर रोती रही।

''अब तो तुम्हारे पास ढेर सारा पैसा है।''-ऋषभ ने कहा-''और सच कहूं तो मुझे इसमें से एक फूटी कौड़ी भी नहीं चाहिए। यानि ये पूरी रकम तुम्हारी है। तुम इससे जो चाहे कर सकती हो। घर खरीद सकती हो। कोई बिजनेस चालू कर सकती हो। चाहो तो यहां से कहीं दूर जा कर सुख भरी जिंदगी गुजार सकती हो। नई जिंदगी की शुरूआत कर सकती हो। तुम खूबसूरत हो। टैलेंटेड हो। अब तो तुम्हारे पास ढेर सारा पैसा भी है। तुम्हें मुझसे भी अच्छा कोई लड़का जीवनसाथी बनाने के लिए मिल जाएगा।''

''मुझे कुछ समझ में नहीं आ रहा है।''-वो बोली-''तुम चले जाओ। और इस पैसे को भी ले जाओ।''

ऋषभ ने ट्रंक की ओर देखा।

पैसे को तो वो सचमुच इस वक्त रूपाली के पास नहीं छोडऩा चाहता था। ठीक उसी वजह से, जिस वजह से उसने कल वो टोकन रूपाली के पास नहीं छोड़ा था।

वो पैसा रूपाली के लिए खतरा बन सकता था।
लेकिन वो उस पैसे को रखता कहां?
वो उसे अपने घर पर भी नहीं रखना चाहता था। न ही स्टूडियो पर।
फिर उसे एक आइडिया आया।
''मेरा एक प्लान है।''-ऋषभ ने कहा।
''कैसा प्लान?''-रूपाली ने कहा।
''इन पैसों के माध्यम से शामली और उसके साथियों के हत्यारे तक पहुंचने का प्लान। और साथ ही इस पैसे को कुछ समय तक छिपा कर रखने की व्यवस्था भी हो जाएगी। लेकिन उसमें तुम्हें मेरा साथ देना होगा।''
''करना क्या होगा?''
ऋषभ ने बताया।
''मैं तैयार हूं।''-रूपाली ने कहा।
''लेकिन इसमें तुम्हारे लिए जोखिम भी है।''
''कोई बात नहीं। तुमने भी तो मेरे लिए जोखिम उठाया। उस सिक्के को भुनाने के लिए मेरे साथ कैसिनो गए थे।''
''मेरी बात अलग है।''
''तुम्हारी बात अलग क्यों है?''
''मैं पिछले कुछ समय से इस तरह के चक्करों में पड़ता आ रहा हूं। तो मुझे थोड़ा-बहुत अनुभव हो गया है। हालांकि कैसिनो में स्कॉरपियन वाला मामला निकल आने से मैं भी थोड़ा हड़बड़ा गया था-क्योंकि वो मेरे लेवल से काफी ऊपर की चीज है-लेकिन फिर भी ईश्वर की कृपा से कुछ हुआ नहीं और हम दोनों ही सकुशल वापस लौट आए।''
''लेकिन फिर भी वो खतरा तुमने उठाया तो मेरे कहने पर ही था न।''
''तुम चाहो तो मना भी कर सकती हो। मैंने सिक्के वाले मामले में तुम्हारी जो मदद की थी, वो तुम पर अहसान नहीं किया था। मुझे खुद भी उस सिक्के की सच्चाई जाननी थी। मुझे उम्मीद थी कि उसके माध्यम से कातिल का कोई क्लू मिलेगा।''
''मैं तुम पर अहसान नहीं कर रही। मैं अपनी मर्जी से तुम्हारा साथ देने के लिए तैयार हूं।''

‘‘थैंक्स।’’
रूपाली के तैयार होने पर अब वो बेफिक्र था।

OO

‘पार्टी ऑन’ बार में ऋषभ, देवेश और निरंजन की महफिल शाम से भी पहले जम गई थी।
लेकिन आज महफिल का मूड मौज मस्ती का नहीं बल्कि गम्भीर था।
कारण-दोपहर में ऋषभ के साथ मार्शल कैसिनो में हुआ वाकया।
लोनावला से पुणे आते समय ऋषभ रूपाली को भी अपने साथ लेता आया था। हालांकि वो बार के फर्स्ट फ्लोर के गेस्ट रूम में थी, जहां उसकी खातिरदारी की व्यवस्था तनेजा कर रहा था।
‘पार्टी ऑन’ बार को रूपाली का स्थाई ठिकाना बनाने का ऋषभ का कोई इरादा नहीं था। वो तो बस अपने प्लान को अमल में लाने तक रूपाली को साथ ले कर डोल रहा था।
निरंजन पूरे किस्से से वाकिफ हो चुका था और उसका चेहरा भी गम्भीर था।
‘‘मार्शल कैसिनो के बारे में ऐसी कुछ सुगबुगाहट मैंने सुनी तो थी।’’-देवेश ने गम्भीर स्वर में कहा, उसका गम्भीर होना मायने रखता था, ऋषभ ने उसे बहुत कम गम्भीर देखा था-‘‘कि वो मुम्बई अंडरवर्ल्ड का सेंटर बनता जा रहा है। लेकिन मैंने ध्यान नहीं दिया था क्योंकि वो मेरा मामला नहीं था। मुझे लगा अफवाह होगी। मुम्बई जैसे शहर में हर तरह की अफवाह उड़ती रहती है।’’
‘‘छोड़ो यार।’’-ऋषभ ने कहा।
‘‘बात इतनी हल्की नहीं है ऋषभ।’’-देवेश ने गम्भीरता से सिर हिलाया-‘‘स्कॉरपियन। ये तो मैंने सोचा ही नहीं था। अगर सोचा होता तो तुम्हें पहले ही सावधान कर देता। वहां जाने ही नहीं देता।’’
‘‘तुम्हें कैसे पता चलता?’’-ऋषभ ने कहा-‘‘हमें सिर्फ कैसिनो का नाम पता था। और हमें कौन सा उस कैसिनो में जा कर डेरा जमा कर बैठ जाना था।

सिर्फ इन एंड आउट का दस मिनट का काम था। जो कि दस मिनट में ही हो गया।''

''बात काम के छोटे या बड़े होने की नहीं है। स्कॉरपियन की है। अब ये मत कहना कि तुमने स्कॉरपियन के बारे में नहीं सुना है।''

''मैंने सुना है।''-ऋषभ ने कहा-''लेकिन मुझे भी तो कोई अंदाजा नहीं हुआ था कि ये मामला स्कॉरपियन से जुड़ा हुआ है। फिर तुम्हें कैसे हो जाता?''

''मुझे होना चाहिए था।''-देवेश का स्वर और भी ज्यादा संजीदा हो गया, निरंजन और ऋषभ दोनों उसे देख रहे थे, वे जानते थे कि देवेश बहुत कम ही सीरियस हुआ करता था-''तुम भूल रहे हो कि मैं किस पेशे में हूं। मेरा एक बार है। नशे की दुनिया जरायमपेशा की दुनिया से चंद कदमों के फासले पर ही होती है। स्कॉरपियन के सिक्का डीलिंग के बारे में मैंने सुन रखा था। लेकिन मैं खुद को खुशकिस्मत मानता था कि मेरा आज तक स्कॉरपियन से कोई वास्ता नहीं पड़ा। मुम्बई ज्यादा दूर नहीं है। हमारे शहर में भी स्कॉरपियन की जड़ें हैं। बल्कि पुणे क्या, पूरे देश में ही इस क्रिमिनल ऑर्गेनाइजेशन ने अपना जाल बिछा लिया है। आज के दौर में जब बड़े-बड़े नेता, मंत्री, यहां तक कि मुख्यमंत्री भी, पलक झपकते ईडी, सीबीआई जैसी बड़ी संस्थाओं द्वारा पकड़ कर जेल में डाल दिए जाते हैं, ऐसे वक्त में एक संगठित क्रिमिनल ऑर्गेनाइजेशन के साम्राज्य का इस तरह बढ़ना ये साबित करता है कि ये ऑर्गेनाइजेशन कितनी खतरनाक है। इससे जुड़े लोग कितने शक्तिशाली हैं।''

कुछ पल उनके बीच खामोशी रही।

''मेरी तो ये समझ में नहीं आ रहा है''-ऋषभ ने कहा-''उन सत्तर लाख का क्या करूं, जो मैं स्कॉरपियन के कैसिनो से उठा लाया?''

''लड़की के चक्कर में किसी दिन लंबा नपेगा तू।''-निरंजन ने कहा-''पहले पलक के चक्कर में ऐसा फंसा कि अब तक उसका नाम भजता रहता है जबकि कंचन जैसी लड़की तुझे सीधी लाइन दे रही है। और अब इस...इस...क्या नाम बताया था?''

''रूपाली।''

''हां। रूपाली के चक्कर में स्कॉरपियन के दरवाजे तक पहुंच गया।''

''अगर मामला स्कॉरपियन का नहीं होता''-देवेश ने कहा-''तो मैं तेरा सत्तर लाख का बोझ हल्का करने में एक पल भी नहीं लगाता।''

''वाह।''-ऋषभ ने तिरस्कारपूर्ण स्वर में कहा-''माफिया का नाम आया तो दोस्त से पल्ला झाड़ने लगा?''

''दोस्त से पल्ला कहां झाड़ रहा हूं?''-देवेश ने मासूमियत से कहा-''सत्तर लाख से झाड़ रहा हूं। और इसके लिए तो तुझे मेरी तारीफ करनी चाहिए। कि तेरा दोस्त इतना निस्पृह, इतना साधु-संन्यासी प्रवृत्ति का है कि सत्तर लाख को एक पल में न कहे दे रहा है।''

''क्योंकि उस सत्तर लाख के साथ''-निरंजन ने कहा-''स्कॉरपियन का नाम जुड़ा है।''

''तुझे हर चीज को नकारात्मक ढंग से देखना जरूरी है।''-देवेश ने मुंह बिसूर कर कहा-''मैं अपनी थोड़ी सी तारीफ कर रहा था, वो बर्दाश्त नहीं हुई तुझे?''

''लेकिन''-निरंजन ने ऋषभ से कहा-''तुमने तो बताया था कि तावड़े ने कहा कि सिक्के और पैसों के लेन-देन के बाद अब तुम्हारा और स्कॉरपियन का मामला खत्म। यानि अब स्कॉरपियन का इस सत्तर लाख रूपए से कोई लेना-देना नहीं है।''

''कहा तो था।''-ऋषभ ने कहा-''लेकिन क्या सचमुच इस बात को इतनी आसानी से भुलाया जा सकता है कि मैं इतनी बड़ी रकम ले कर स्कॉरपियन के कैसिनो से बाहर निकला था? ये पैसा किसका है? किसी धर्म-कर्म के काम का तो है नहीं। एक अपराधिक संगठन का है। क्या पता कितनों का खून, नशे से कितने परिवारों को बर्बाद करके ये पैसा कमाया गया होगा। मैं इसमें से एक फूटी कौड़ी भी लेना हराम समझता हूं। लेकिन अब हालत ये है कि न ये गले से उगलते बन रहा है, न निगलते। पुलिस को देता हूं, तो उन्हें ये बताना पड़ेगा कि ये पैसा कहां से आया? और तब स्कॉरपियन का नाम लेने पर माफिया से सीधे दुश्मनी मोल लेने वाली बात हो जाएगी। अपने पास भी रख नहीं सकता। क्योंकि हराम की कमाई रखना नहीं चाहता।''

''तो फिर उसी लड़की को दे दे।''-देवेश ने गिलास से शराब की चुस्की लेते हुए कहा-''आखिर ये सब रायता उसी का फैलाया हुआ तो है। वही तो तुझे

अपना टोकन पकड़ा कर कैसिनो में ले गई थी कि बलम जी, पैसे दिलवा दो। अब पैसे मिल गए हैं तो काहे का रोना?''

''हम ये पता करने गए थे कि वहां उस टोकन से क्या होने वाला था। स्कॉरपियन के इन्वॉल्वमेंट की जानकारी हमें नहीं थी। और तुम्हारा कहना सही है। रूपाली को ये पैसा देने में मुझे कोई समस्या नहीं है। बल्कि मेरे लिए तो बला टलने वाली बात हो जाएगी। लेकिन...।''

''लेकिन क्या?''-उसे चुप होते देख कर निरंजन ने पूछा।

''मैं उसको ले कर भी चिंतित हूं।''-ऋषभ ने कहा-''मुझे वो पैसा ठीक नहीं लग रहा। अगर वो पैसा रूपाली के पास रहा और उसके कारण रूपाली के लिए कोई मुश्किल खड़ी हो गई, तो उसके लिए मैं जिम्मेवार होऊंगा।''

''क्यों भई?''-देवेश ने उसे घूर कर देखा-''तू क्यों जिम्मेवार होगा? फर्स्ट प्लेस पर वो लड़की ही नहीं व्याकुल हो रही थी टोकन भनाने के लिए?''

''मेरी तरह वो भी इस मामले में स्कॉरपियन के दखल से अनजान थी। और मुझे विश्वास है कि उस रकम के साथ जिस तरह की बातें मैं सोच रहा हूं, वही वो भी सोच रही है। वो भी रकम मिलने के बाद कोई खास खुश दिखाई नहीं दे रही थी।''

''तो तू खुश कर उसे। कुछ पप्पियां-झप्पियां पा उसके साथ। किस्सी-विस्सी दे। थोड़ा फोरप्ले...।''

''बको मत। मैं यहां इतने सीरियस मुद्दे पर चर्चा कर रहा हूं और तुम बात को मजाक में उड़ाए दे रहे हो।''

''तो और क्या करूं? दुनिया भर की जनानियों को खुश करने का ठेका तूने अकेले ने ही तो कंधे पर उठा रखा है। और बनाने वाले ने सूरत भी तुझे ऐसी तौबाशिकन दे रखी है कि उस पर नजर पड़ते ही जनानियों का दिल उनके पिंजड़े से निकल कर तेरी पॉकेट में आ कर अटक जाता है।''

''यार इसे चुप करा लो।''-ऋषभ ने निरंजन से रिक्वेस्ट की।

''सही तो कह रहा है।''-निरंजन ने देवेश का पक्ष लिया।

''मैं हमेशा सही कहता हूं।''-देवेश ने तत्काल बात पकड़ी।

''स्कॉरपियन के मामले से जितना दूर रहो''-निरंजन ने कहा-''उतना ही अच्छा।''

''पैर उतने ही फैलाने चाहिए, जितनी मैट्रेस होती है।''

''चादर।''-निरंजन ने कहा।

''चादर? क्यूं? चादर ओढ़ कर बियर पिएगा? ठण्ड लग रही है? व्हिस्की पीने से शरीर में गर्मी आती है। लंबे लंबे पैग मार। चादर की जरूरत नहीं पड़ेगी।''

''पैर उतने ही फैलाने चाहिए, जितनी चादर होती है। सही मुहावरा ये है।''

''तेल लेने गया मुहावरा। तू चौड़ा हो कर मेट्रैस पर लेट। मुहावरा जब मैं कह रहा हूं तो टर्म्स एंड कंडीशंस भी मेरे ही एप्लाई होंगें। चादर का नाम भी मत ले।''

निरंजन ने असहाय भाव से सिर हिलाया।

''कभी-कभी''-ऋषभ ने कहा-''मेरे मन में सवाल आता है।''

''ख्याल आता होगा।''-देवेश ने कहा।

''वो गाने में आता है। मेरे मन में सवाल आ रहा है।''

''क्या सवाल है?''

''तुम ये जो बकवास करते हो, ये स्वाभाविक रूप से करते हो? या इसके लिए अलग से कोई कोर्स किया है?''

''पीजीबीसीए किया है।''

''अब ये पीजीबीसीए क्या बला है?''

''पोस्ट ग्रेजुएट इन बकवास एज ए कम्पलसरी एप्लीकेशन।''

''धन्य हो।''

''वो तो मैं हूं ही। तू पैग की ओर भी ध्यान दे। हाथ लगाना ही भूल गया है। पैग खुद उठ कर तेरे मुंह में नहीं जाने वाला। वो हमारे यहां श्लोक नहीं है? उद्यमेन ही सिद्धन्ति, कार्याणि न मनोरथे, न ही सुप्तस्य बेवड़स्य, प्रविशन्ति मुखे मदिरा:।''

''अब तक हिन्दी के मुहावरों की ही ऐसी-तैसी करते थे। आज संस्कृत के श्लोक पर भी मेहरबान हो गए?''

''मेहरबान आदमी सब पर मेहरबान होता है। किसी को नहीं छोड़ता। वो हिन्दी-संस्कृत, इंग्लिश-लैटिन, सचिन-रोनाल्डो नहीं देखता। तेरा-मेरा जो बोले, वो है छोटे दिल का।''

‘‘हिन्दी-संस्कृत, इंग्लिश-लैटिन तो समझ में आया।’’-निरंजन ने कहा-‘‘ये सचिन-रोनाल्डो की क्या तुक थी?’’

‘‘जहां तुक नहीं होती, वहां हम बना देते हैं। सचिन क्या है?’’

‘‘क्रिकेटर।’’

‘‘खिलाड़ी है या नहीं?’’

‘‘है।’’

‘‘गुड। रोनाल्डो क्या है?’’

‘‘फुटबॉल प्लेयर।’’

देवेश ने उसे घूरा।

‘‘खिलाड़ी।’’-निरंजन ने उसका मनमाफिक उत्तर दिया।

‘‘तो? कैसे नहीं बनी तुक?’’

‘‘बनी।’’

‘‘बहुत प्यारे होते हैं। छोटे-छोटे। सफेद रंग के। दो बड़े-बड़े कान।’’

‘‘मैं खरगोश वाले बनी की बात नहीं कर रहा। तुम्हारी हां में हां मिला रहा हूं।’’

‘‘शाबास। ऐसे ही मेरी हां में हां मिलाता रह। ऐश करेगा।’’

निरंजन ने गिलास उठाया और ऐश की।

‘‘वैसे ये सत्तर लाख की क्या तुक बनती है?’’-देवेश ने पूछा।

ऋषभ की भंवें उठीं।

‘‘मतलब?’’-उसने पूछा।

‘‘कोई भी डील होती है, सौदा होता है तो दस लाख, पचास लाख, एक करोड़ में होता है। राउंड फिगर। सत्तर लाख की क्या सेंस है?’’

‘‘होगी कोई सेंस। वैसे भी पैसा पैसा होता है। पचास लाख राउंड फिगर है लेकिन फिर भी सत्तर लाख आठ हजार पिचासी रूपए और पचास लाख में से तुम्हें कोई एक रकम तुम्हें मिल रही होगी तो तुम कौन सी रकम चुनोगे?’’

‘‘सत्तर लाख आठ हजार पिचासी रूपए।’’-देवेश ने एक ही सांस में कहा।

‘‘दैट्स माई बॉय।’’-ऋषभ ने संतोषपूर्ण भाव से सिर हिलाया।

‘‘मैंने कातिल को पकडऩे के लिए एक जाल बिछाया है।’’-फिर ऋषभ ने कहा।

''कैसा जाल?''-निरंजन ने पूछा।
ऋषभ ने बताया।
''ओह।''-निरंजन ने गम्भीरता से सिर हिलाया-''नाइस प्लान।''
''मेरे इस नाइस प्लान में तुम्हें भी साथ देना है। जब तक ये सब निबट नहीं जाता तब तक रूपाली के रहने के लिए जो जगह मैंने सोची है, वो तुम्हारा घर है।''
''दुर फिट्टे मूं।''-देवेश ने कहा।
''क्या हुआ?''-ऋषभ ने कहा।
''ओए क्या नहीं हुआ? इत्ती बड़ी गुस्ताखी करके पूछता है क्या हुआ?''
''क्या गुस्ताखी कर दी मैंने?''
''दुनिया भर के फिजूल काम होते हैं तब तो तुझे मेरी याद आ जाती है। देवेश, अपने आदमी को यहां भेज कर फलां चीज का पता लगवा दो। देवेश अपने आदमी को वहां भेज कर उस चीज को पता लगवा दो। लेकिन जब कोई काम का काम था तब तुझे इस सड़ेले मिजाज निरंजन की याद आ गई। लड़की को रखने के लिए तुझे मेरा इतना भरा-पूरा फोर थाउजैंड स्क्वैयर फीट का बार नहीं दिखाई दिया?''
''ये किसी लड़की को रखे जाने की जगह नहीं है।''
''अरे कैसे नहीं है? नहीं है तो हम बना लेंगें। कोई सोफा खिसकवा देंगें। कोई काउंटर इधर से उधर करवा देंगें। लेकिन लड़की के रखे जाने के लिए जगह की कमी नहीं पड़ने देंगें।''
''मेरे कहने का मतलब था कि ये उस लायक जगह नहीं है। यहां शराबियों के बीच तुम उसे कहां रखोगे?''
''ओए वो तू मुझ पर छोड़ दे। मैं कहीं न कहीं रख लूंगा। और निरंजन के यहां से तो लाख गुनी अच्छी रहेगी यहां पर। इसके यहां रख कर तो तू पाप कर्म करने वाला था, जिसके लिए तुझे गरूड़ पुराण की अलग वाली सजा मिलने वाली थी।''
''क्या मतलब?''

''अबे वेल्ला है ये। इसके घर पर अकेली रखेगा लड़की को? फिर क्या होगा खुद ही सोच। या अगले दिन वो लड़की लागा चुनरी में दाग, छुपाऊं कैसे गाती हुई मिलेगी तभी बात तेरे भेजे में घुसेगी?''

''निरंजन के यहां उसकी चुनरी पर कोई दाग नहीं लगेगा इस बात का मुझे विश्वास है। तुम्हारे मामले में उल्टा है।''

''क्या उल्टा है मेरे मामले में?''

''तुम दाग लगा दोगे फिर कहोगे-दाग अच्छे हैं।''

''बस करो।''-निरंजन ने कहा-''मुद्दे पर आओ।''

''आ जाते हैं।''-देवेश ने कहा-''तू कहता है तो आना ही पड़ेगा।''

''तो कैसा लगा मेरा प्लान?''-ऋषभ ने कहा।

''लगा तो दो कौड़ी का''-देवेश ने कहा-''लेकिन तेरा मन रखने के लिए तो कहना ही पड़ेगा-''वाह वाह।''-उसके स्वर में प्रशंसा के भाव आ गए-''कमाल कर दिया। झण्डा गाड़ दिया। शरलॉक होम्स की कब्र पर लात मार दी।''

ऋषभ ने बुरा सा मुंह बनाया जबकि निरंजन हंसा।

''साफ-साफ बोलो''-ऋषभ ने कहा-''और प्लान में कोई कमी, कोई सुधार की गुंजाइश हो तो वो भी बताओ।''

''मेरे यहां रख लड़की को।''-देवेश ने कहा।

ऋषभ ने उसे कहर ढाती नजरों से घूरा।

''ठीक है। ठीक है।''-देवेश ने बुरा सा मुंह बनाया-''जो करना है कर। मेरी बला से अचार बना दे उसका।''

''अचार-वचार नहीं बनाना है। उसका ध्यान रखना है।''

''तो अब तू इंतजार करेगा''-देवेश ने कहा-''कि कातिल खुद आ कर तेरे जाल में चूहे की तरह फंस जाए?''

''नहीं। इंतजार तो नहीं करूंगा। मैं खुद भी हाथ-पांव मार ही रहा हूं। क्योंकि कातिल सचमुच मेरे जाल में चारा खाने आएगा, इसकी भी कोई गारंटी नहीं है।''

‘‘मैं थोड़ा पहले निकल जाता हूं।’’-निरंजन ने कहा-‘‘मुझे घर पर तुम्हारी उस गेस्ट के लिए-क्या नाम है उसका-रूपाली के लिए कमरा ठीक करके रखना होगा।’’

‘‘थैंक्स।’’-ऋषभ ने कहा।

फिर निरंजन उनसे थोड़ा पहले बार से रवाना हो गया।

OO

ऋषभ देवेश के पास से छुट्टी पाने के बाद रूपाली को लेकर निरंजन के घर पहुंचा।

दरवाजा खुला।

निरंजन ने ऋषभ को देखा, फिर उसके पीछे कार पर नजर मारी।

निरंजन उसके साथ कार के पास तक तो पहुंचा लेकिन जब ऋषभ कार की डिक्की खोलने लगा तब उसका ध्यान इस बात पर गया कि निरंजन उसके बगल में नहीं था बल्कि कार की ड्राइविंग सीट के बगल वाली सीट के पास रूक गया था और रूपाली से कुछ बात कर रहा था।

‘‘निरंजन।’’-उसने आवाज दी।

कोई जवाब नहीं दिया गया।

उसने कुछ पल इंतजार किया, फिर जोर से आवाज दी।

निरंजन उसके पास पहुंचा लेकिन उसके चेहरे पर खिन्नता के भाव थे।

‘‘क्या है?’’-वो बोला।

‘‘पैसा।’’-ऋषभ ने डिक्की में रखे ट्रंक की ओर इशारा किया-‘‘तुम्हें बताया था न।’’

निरंजन ने उपेक्षा की दृष्टि से ट्रंक की ओर देखा, फिर उसे उठाने में ऋषभ की मदद की।

दोनों ट्रंक ले कर घर के अंदर चले गए।

ट्रंक को अंदर वाले कमरे में रखने के बाद दोनों खड़े हुए तो निरंजन ने कहा-‘‘रूपाली को अंदर बुला लो। बेचारी इतनी दूर से आई है। थक गई होगी। मैं उसके लिए चाय बनाता हूं।’’

ऋषभ ने गहरी निगाहों से उसे देखा।
''उसके लिए?''-ऋषभ ने पूछा-''वो क्या अकेली आई है? उसके साथ एक नश्वर प्राणी और भी आया है।''
''तुम्हारे लिए भी। अब उसके लिए बनाऊंगा तो तुम्हारे और अपने लिए बनाऊंगा न।''
''तुमने बेचारी भी कहा। क्या बात है?''-ऋषभ ने कहा-''बहुत चिंता हो रही है बेचारी की?''
''अरे।''-निरंजन हड़बड़ाया-''भई अब इंसानियत के नाते इतना तो बनता है।''
''खूब समझ में आ रही है तुम्हारी इंसानियत। साला सत्तर लाख का बक्सा छोड़ कर रूपाली से बात करने से ऐसे चिपके हुए थे, जैसे शहद से मक्खी चिपकती है।''
''तुम...तुम गलत समझ रहे हो।''
''गलत भी है तो भी इसे सही नहीं बनाया तो आज से तू मेरा दोस्त नहीं।''
निरंजन के चेहरे पर एक पल के लिए उलझन के भाव उभरे लेकिन फिर ऋषभ की बात समझ कर उसका चेहरा खिल उठा।
ऋषभ रूपाली को बुलाने बाहर निकल कर कार की ओर बढ़ गया।

OO

ऋषभ ने कार मर्सीनरी गैराज में ले जा कर रोकी।
नॉटी-शॉटी गैराज में ही मौजूद थे। नॉटी एक बैंच पर बैठा गैरेज में चल रहे काम पर नजर मार रहा था जबकि शॉटी के हाथ में कोई उपन्यास था, जिसमें वो ऐसे खोया हुआ था, जैसे उसे दीन-दुनिया की खबर ही न हो।
ऋषभ को देख कर नॉटी ने खड़े होते हुए शॉटी का कंधा थपथपाया। उस पर भी उसकी तंद्रा भंग नहीं हुई तो नॉटी ने उसका कंधा पकडक़र जोर से हिला दिया। शॉटी ने हकबका कर उपन्यास पर से नजरें हटाईं तो उसकी नजर भी ऋषभ पर पड़ी। उसने उपन्यास साइड में रख दिया और दोनों लपक कर ऋषभ के पास आ गए।

ऋषभ ने कार से उतरते हुए कार की चाभी नॉटी के हवाले की और कहा-
''थैंक्स।''
''गाली मत दो, बॉस।''-नॉटी ने कहा।
''मैंने कब गाली दी?''
''थैंक्स बोलने से अच्छा गाली ही दे लेते।''
''ओह। मॉडेस्ट बन रहे हो।''
नॉटी ने शर्माने का अभिनय किया।
''वैसे भी मैंने थैंक्स कहने में जल्दबाजी कर दी। अभी मुझे तुम दोनों की और मदद चाहिए।''
''कैसी मदद? आप हुकुम करो। तू उपन्यास से एक शेर पढ़ कर सुना रहा था न।''-नॉटी ने शॉटी से कहा-''जरा फिर से तो सुना। अभी के लिए बहुत मौजूं है।''
''सरे तसलीम खम है, जो मिजाजे यार में आए।''-शॉटी ने पूरे शायराना अंदाज में कहा।
''वाह। शायरी भी कर लेते हो।''
शॉटी ने शाइस्तगी से सिर झुका दिया।
''बोलिए।''-शॉटी ने कहा-''और कोई आदेश?''
''इस बार मुझे तुमसे जो काम है, वो सचमुच थोड़ा ज्यादा फिल्मी है।''-ऋषभ ने हिचकिचाते हुए कहा।
''अरे, कितना भी फिल्मी क्यों न हो, हम कर लेंगें। आप दागो तो सही।''
ऋषभ ने बताया।
''डोंट वरी।''-नॉटी ने कहा-''ये तो अपने बांये हाथ का खेल है। आप फालतू ही इतने शाई हो रहे थे इतने छोटे से काम के लिए।''
''पहली बात तो''-ऋषभ ने कहा-''काम छोटा नहीं है। दूसरी बात, खतरनाक है। तुम दोनों इस दौरान अपनी सुरक्षा का पूरा ध्यान रखोगे। वादा करो।''
''किया वादा। अब बस आप हमें एक बार उन मोहतरमा से मिलवा दीजिए और उनके सामने बात फाइनल करवा दीजिए, जिससे रिश्ता पक्का किया जा सके।''

‘‘क्या?’’
‘‘इसका मतलब’’-नॉटी ने कहा-‘‘बात पक्की की जा सके।’’
‘‘बात पक्की है। मतलब मैंने उससे पहले ही बात कर ली है।’’
‘‘फिर टेंशन किस बात की? आप डेट और जगह बता दीजिए। हम दोनों भाई आपकी सेवा में हाजिर हो जाएंगें।’’
‘‘थैंक्स।’’
‘‘पहली बात तो आपको हमें थैंक्स बोलने की कोई जरूरत नहीं है। दूसरी बात, अगर बोलना भी हो तो पहले काम हो तो जाने दीजिए।’’
‘‘तुम लोगों ने मेरी मदद करने के लिए हां कहा, इसके लिए थैंक्स।’’
‘‘न कहो बॉस। अपने लोगों में ये थैंक्स, सॉरी की फॉर्मेलिटीज अच्छी नहीं लगती।’’
‘‘आप तो इसी तरह बस हमें याद कर लिया करो।’’-शॉटी ने हर्षित स्वर में कहा-‘‘हम इतने में ही खुश हो जाते हैं।’’
ऋषभ सोचने पर विवश हो गया।
ये उसकी खुशकिस्मती थी कि उसे नॉटी-शॉटी जैसे मेहरबान दोस्त मिल गए थे।

OO

ऋषभ की आंख मोबाइल की रिंगटोन से खुली।
उसने कॉल रिसीव करने से पहले टाइम चैक किया तो पाया कि रात के डेढ़ बज रहे थे।
इतनी रात में कौन फोन कर रहा था?
रूपाली को निरंजन की देखरेख में छोडऩे के बाद वो सीधा घर आया था और लंबी तान कर सो गया था।
‘‘हैलो।’’-उसने कॉल रिसीव की।
‘‘क्या कर रहे हो?’’-दूसरी ओर से निरंजन की आवाज आई।
‘‘क्या क्या कर रहा हूं? इतनी रात को भजन तो नहीं कर रहा होऊंगा। सो रहा हूं।’’

''कुछ पता भी है क्या हो गया है?''
''क्या हो गया है?''
निरंजन ने बताया।
ऋषभ की आंखें फैल गईं।
वो बिस्तर पर संभल कर बैठ गया।
''ये कब हुआ?''-उसने पूछा।
''टाइम का ठीक-ठीक पता तो मुझे भी नहीं है। लेकिन एक-दो घंटे पहले की ही बात होगी।''
''तुम्हें कैसे पता चला?''
''कैसे क्या पता चला? पुलिस में मेरे सूत्र हैं। मैं इस केस की पल पल की अपडेट ले रहा था। जिससे काम की बात पता चले तो तुम्हें बता सकूं।''
''मैं अभी वहां पहुंचता हूं।''
''इतनी रात को?''
''हां। मेरा वहां जाना जरूरी है।''
''अरे यार''-उधर से निरंजन का अफसोस भरा स्वर सुनाई दिया-''मुझे तुम्हें फोन ही नहीं करना चाहिए था।''
''तुमने फोन करके ठीक किया। थैंक्स कल बार में मिल कर अदा करूंगा। अभी फोन रखता हूं।''
कॉल कट करने के बाद ऋषभ ने अपने भैया-भाभी के बैडरूम के दरवाजे पर दस्तक दी।
कुछ देर के इंतजार के बाद उनींदी सी वर्षा ने दर्शन दिए।
''क्या है ऋषभ?''-वो उबासी लेते हुए बोली-''इतनी रात को क्या हो गया?''
वर्षा को देख कर ऋषभ ने मन ही मन चैन की सांस ली। वो उसकी बात आसानी से मान जाया करती थी।
''भाभी।''-ऋषभ ने कहा-''मुझे जरूरी काम से जाना है। उसी केस के सिलसिले में, जिस पर मैं आज कल काम कर रहा हूं।''
''अरे। इतनी रात में कहां जाना है? रूको मैं विनीत को जगाती हूं।''-वर्षा ने प्रतिरोध किया।

''उस मरदूद को सोने दीजिए। जगेगा तो फालतू में किचकिच ही करेगा। मैंने आपको इसलिए जगाया है, जिससे मैं जाऊं तो आप दरवाजा बंद कर सकें।''

वर्षा के थोड़े-बहुत विरोध के बावजूद ऋषभ उसे उल्टी-सीधी पट्टी पढ़ा कर घर से बाहर निकल गया।

बाहर गली सूनी थी।

घर के बगल में बाइक स्टार्ट करने पर उसकी आवाज से विनीत के जग जाने की आशंका थी इसलिए ऋषभ पहले बाइक को धकेलते हुए सडक़ तक लाया, फिर बाइक स्टार्ट करके आगे बढ़ा दी।

वर्षा दरवाजे पर खड़ी तब तक देखती रही, जब तक बाइक नजरों से ओझल नहीं हो गई।

OO

ऋषभ विश्रांति विला पहुंचा।

वहां विला के सामने से थोड़ा हट कर पीछे घाटी की ओर पुलिस की दो कारें खड़ी दिखाई दे रहीं थीं।

घाटी की ओर वाले हिस्से में कुछ पुलिस वाले खड़े दिखाई दे रहे थे, जिनमें से कुछ ने हाथ में बड़ी-बड़ी टॉर्चे पकड़ी हुईं थीं, जिनकी रोशनी वे घाटी में डाल कर कुछ ढूंढने का प्रयास कर रहे थे। वहां एक छोटी क्रेन भी मौजूद थी, जिसकी सहायता से एक सर्चलाइट भी फिट की गई थी। उसकी रोशनी भी घाटी की ओर जा रही थी।

ऋषभ पुलिस वालों के पास पहुंचा।

उनमें सबसे आगे इंस्पैक्टर प्रभाकर था।

''इंस्पैक्टर साहब।''-ऋषभ ने उसका ध्यानाकर्षण किया।

''तुम?''-उसे देख कर इंस्पैक्टर चौंका-''इतनी रात को? यहां?''

''मुझे इस घटना की सूचना मिली तो मैं घर से सीधा यहां दौड़ा चला आया।''

''सूचना किससे मिली?''

''पुलिस में मेरे कुछ खबरी हैं। उन्हीं में से एक खबरी से।''

उस विचित्र जवाब पर इंस्पैक्टर ने विचित्र भाव से ऋषभ को देखा, फिर वापस घाटी की ओर देखने लगा।

''यहां क्या हुआ है?''-ऋषभ ने पूछा।

''पता तो है तुम्हें। तभी तो यहां आए हो।''

''थोड़ा पता है। नीम हकीम खतरा-ए-जान होता है। मुझे नीम हकीम बनना कभी पसंद नहीं रहा। इसलिए आप थोड़ा फिल कर देंगें तो मेहरबानी होगी।''

उसने फिर विचित्र नजरों से ऋषभ को देखा, फिर बोला-''हमें सूचना मिली थी कि अभिराज ने घाटी में कूद कर आत्महत्या कर ली। उसी की बॉडी तलाश कर रहे हैं।''

''कौन है ये अभिराज? और इतनी दूर, यहां इस सुनसान में आ कर उसे आत्महत्या करने की क्या जरूरत पड़ी?"-हालांकि ऋषभ अभिराज को जानता था लेकिन फिर भी उसने पूछा।

''अभिराज विश्रांति विला के मकान मालिक के यहां काम करता था। हमने उन्हें भी सूचना भिजवा दी है। वे भी आने वाले ही होंगें।''

''आप इतने यकीन से कैसे कह रहे हैं कि इसने आत्महत्या ही की होगी?''

''अभी तो यही बात निकल कर सामने आई है।''

वे लोग घाटी के एकदम किनारे पर खड़े थे।

ऋषभ ने एक कदम आगे बढ़ कर घाटी में झांकने की कोशिश की।

नीचे अंधेरा ही अंधेरा दिख रहा था।

जहां सर्चलाइट की रोशनी पड़ रही थी, बस वहीं चट्टानें और झाड़-झंखाड़ दिख रहे थे। लेकिन रोशनी इधर-उधर होती थी तो घाटी की अंतहीन लगने वाली गहराई दिखाई पड़ती थी, जो कि एक भयानक दृश्य था।

वहां से गिरने वाले का शरीर तलाश करना भी बेहद मुश्किल काम ही था। और रात के अंधेरे में तो और भी ज्यादा।

तभी उसके पैरों के नीचे की मिट्टी खिसक कर अंधेरी घाटी में गिरी। रात के सन्नाटे में नीचे मिट्टी गिरने की आवाज भी साफ सुनाई दी।

मिट्टी खिसकने के साथ ही ऋषभ को अपना पैर फिसलता महसूस हुआ। वो डगमगाया।

एक हाथ मजबूती से उसके हाथ पर कस गया।

किसी ने उसे पीछे की ओर खींच लिया।

ऋषभ ने पलट कर देखा।

इंस्पैक्टर उसकी बांह पकड़े उसे घूर रहा था।

''पागल हुए हो?''-उसने कड़े स्वर में कहा-''जान देना चाहते हो?''

''मैं झोंक में कुछ ज्यादा ही आगे चला गया था।''-ऋषभ ने खेदपूर्ण मुस्कान के साथ कहा।

''अभी गिर जाते रिपोर्टर साहब''-इंस्पैक्टर के साथ ही खड़े एसआई ने कहा-''तो हमारा काम बढ़ा जाते।''

''वो कैसे?''-ऋषभ ने कहा।

''अभी हम एक बॉडी ढूंढ रहे हैं। फिर दो बॉडी ढूंढ रहे होते।''

ऋषभ को उसकी बात पर सचमुच हंसी आ गई।

''बैड जोक।''-इंस्पैक्टर ने कहा।

''और क्या-क्या पता चला इस अभिराज के बारे में?''-ऋषभ ने कहा।

''उसने एक सुसाइड नोट छोड़ा है।''-इंस्पैक्टर ने कहा।

''सुइसाइड नोट। यानि ये पक्का आत्महत्या है।''

''आत्महत्या है तभी तो बंदा यहां तक, इतनी रात में, इस वीराने में आया। सुइसाइड नोट छोड़ा और घाटी में छलांग लगा गया।''

''पुलिस को कैसे खबर लगी?''

''टैक्सी वाले का फोन आया। उसने कहा कि वो एक बंदे को यहां छोड़ कर गया था। लेकिन उस बंदे के इरादे उसे ठीक नहीं लग रहे थे। इसलिए वो थोड़ी दूर जाने के बाद टैक्सी घुमा कर वापस लाया तो उसने देखा कि यहां कोई नहीं था। एकमात्र मकान पर भी ताला पड़ा हुआ था। ऐसे में उसे शंका हुई तो उसने पुलिस को फोन किया।''

''फोन किया तो हम आए।''-एसआई ने कहा।

''टैक्सी ड्राइवर कहां है?''

''उसका बयान हमने ले लिया है। लोकल आदमी है। रात ज्यादा हो रही थी, बॉडी कब मिलेगी कोई ठिकाना नहीं। इसलिए हमने उसे सुबह पुलिस स्टेशन में उपस्थिति दर्ज कराने की बोल कर जाने दिया।''

''सुइसाइड नोट कहां है?''-ऋषभ ने पूछा।

''वैसे वो सुसाइड नोट कम विश्रांति विला में हुए हत्याकांड पर से पर्दा उठाने वाला नोट ज्यादा है।''

''क्या लिखा है उसमें?''-ऋषभ ने हैरानी से कहा।

''अभिराज ने शामली, प्रखर, विनोद और सुनैना के कत्ल की जिम्मेदारी अपने सिर ले ली है।''

ऋषभ का मुंह खुला का खुला रह गया।

''क्या?''-वो बोला।

''अपने सिर ले ली है।''-एसआई सिर को आगे की ओर करके अंधेरी घाटी में झांकने का प्रयास करते हुए बोला-''बशर्ते कि उसका सिर बचा हो।''

''तुमने घटिया जोक मारने की कोई कसम वसम खाई हुई है क्या?''-इंस्पैक्टर ने कहा।

एसआई ने होंठ भींच लिए।

''और क्या-क्या लिखा है उस सुइसाइड नोट में?''-ऋषभ ने पूछा।

''सुइसाइड नोट में लिखा है''-इंस्पैक्टर ने गहरी सांस ले कर कहा-''कि शामली और उसकी टीम के सभी सदस्यों की हत्या अभिराज ने की थी। इसमें उसकी कोई गर्लफ्रेंड भी उसकी सहयोगी बनी थी, जिसका नाम उसने नहीं लिखा है। उसका कहना था कि वो अपनी गर्लफ्रैंड को बचाना चाहता है। इसीलिए उसके बारे में कुछ नहीं बता रहा है। उसने पुलिस से अपील भी की है कि हम उसकी गर्लफ्रैंड की तलाश न करें। शामली और उसके साथियों के खून में अभिराज की गर्लफ्रैंड का बस इतना हाथ था कि उसने इस घर में घुसने में अभिराज की मदद की थी। अभिराज ने तो उसे बताया तक नहीं था कि वो किस इरादे से घर में घुसना चाहता था।''

''अभिराज ने उन चारों का खून किया क्यों?''-ऋषभ ने पूछा-''उसकी उनसे दुश्मनी क्या थी?''

''सुइसाइड नोट के अनुसार अभिराज उनके डबिंग प्रोजेक्ट का पैसा लूटना चाहता था। उसकी गर्लफ्रैंड ही शामली की डबिंग टीम की वो पांचवी सदस्य थी, जिसकी तलाश में हम सिर फोड़ रहे थे। अभिराज को उसकी गर्लफ्रैंड ने ही बताया था कि शामली और उसकी टीम के पास काफी पैसा था। जो उन्होंने इस प्रोजेक्ट के लिए इकट्ठा किया था। उसे अपनी गर्लफ्रैंड से-जिसका उसने नोट में नाम तक नहीं लिखा है-ये गलत जानकारी मिल गई थी कि वो सारी रकम शामली अपने साथ ले कर आई थी, जो इस घर की किसी सेफ में रखने वाली थी। आखिर वे यहां अपनी डबिंग कंपनी का ऑफिस शुरू कर रहे थे। लेकिन अभिराज को जो खबर मिली थी, वो गलत थी। शामली केवल कुछ हजार रूपयों को छोड़ कर अपने साथ कोई पैसा नहीं लाई थी। उन चारों का खून करने के बाद अभिराज को पूरे घर में कोई लाखों की रकम नहीं मिली। इससे वो बेहद हताश हो गया। वो काफी गरीबी में जिंदगी बिता रहा था। छोटी-सी जॉब करता था। लेकिन उसके सपने बड़े-बड़े थे। और वो बड़े-बड़े सपने उस छोटी-छोटी रकम से पूरे नहीं हो पा रहे थे, जो उसे तनख्वाह के रूप में मिलती थी। इसीलिए उसने लालच में अंधे हो कर चार-चार लोगों के खून से अपने हाथ रंगने का फैसला किया। लेकिन उस पर किस्मत की मार ये हुई कि इतने भयंकर अपराध को अंजाम देने के बाद भी उसके हाथ वो लाखों की दौलत नहीं लगी। पूरे घर की तलाशी लेने के बाद भी जब उन्हें वो लाखों रूपए नहीं मिले तो दोनों निराश हो गए। लेकिन अभिराज अपनी गर्लफ्रैंड को बहुत चाहता था। उसने इतना सब होने के बाद भी उसे कोई दोष नहीं दिया। बल्कि उसे गायब होने में मदद ही की। वो इंतजार करता रहा, जब तक उसे कन्फर्म नहीं हो गया कि उसकी गर्लफ्रैंड पुलिस की पहुंच से बाहर थी। फिर उसने पश्चाताप के रूप में ये''-इंस्पैक्टर ने सामने घाटी की ओर इशारा किया-''कदम उठा लिया।''

''ऐसा कदम उठाया''-एसआई ने कहा-''जो गिरता ही चला गया।''

''काम्बले।''-इंस्पैक्टर ने सख्ती से कहा-''इनफ विद दिस।''

एसआई ने होंठ भींच लिए।

''अभिराज ने नोट में लिखा है''-इंस्पैक्टर ने ऋषभ से कहा-''कि उसकी गर्लफ्रैंड ने उसे शामली और उसके साथियों के पास ढेर सारा पैसा होने की

जानकारी तो दी थी। लेकिन उन्हें मार कर वो पैसा लूटने की योजना में अभिराज की गर्लफ्रैंड-यानि उस पांचवी सदस्य-का कोई हाथ नहीं था। वो योजना अभिराज ने अपने मन से बनाई थी। अपनी गर्लफ्रैंड को अंधेरे में रख कर बनाई थी। अभिराज नहीं चाहता था कि इतनी बड़ी लूट की वारदात को अंजाम देने के बाद पीछे कोई गवाह छूटे।''

''लूट की वारदात?''-ऋषभ ने कहा-''लेकिन पैसा तो यहां था ही नहीं। पैसा तो बैंक में था। जो शामली ने इस प्रोजेक्ट के लिए फंड रेजिंग कर इकट्ठा किया था।''

''ये बात शायद अभिराज की गर्लफ्रैंड को नहीं मालूम थी। शायद उसे किसी तरह की गलतफहमी हो गई थी कि वो पैसा शामली की टीम अपने पास रखने वाली थी। लिए-लिए घूमने वाली थी। और उसकी उस गलतफहमी के कारण चार निर्दोष लोगों की जान चली गई।''

''सिर्फ गलतफहमी के कारण नहीं। अभिराज की पैसों की हवस के कारण भी।''

''वो भी। सुइसाइड नोट में अभिराज ने लिखा है कि उसने पहले घर में घुसते ही अपनी गर्लफ्रैंड को छोड़ कर बाकी चारों लोगों को मार दिया। उसकी गर्लफ्रैंड उसके इस रूप से सदमे में रह गई थी। शायद उसे भी अंदाजा नहीं था कि अभिराज वैसा कदम उठा सकता था। फिर अभिराज ने पैसों की तलाश में पूरा घर छान मारा। लेकिन उसे वो रकम कहीं नहीं मिली। यानि ये उसके लिए गुनाह बेलज्जत ही साबित हुआ। अब उसके सामने बड़ी मुसीबत ये थी कि अपनी गर्लफ्रैंड को कैसे बचाए? उसका इरादा डबिंग टीम के बाकी चारों सदस्यों को मार कर पैसों के साथ एवं अपनी गर्लफ्रैंड को ले कर किसी ऐसी जगह चले जाने का था, जहां कोई उन्हें नहीं ढूंढ पाता। लेकिन अब पैसे तो उसके पास थे नहीं। उसने घर में मौजूद ऐसे कागज वगैरह जल्दबाजी में नष्ट कर दिए, जिन पर डबिंग टीम की पांचवी सदस्य-यानि उसकी गर्लफ्रैंड-का नाम हो सकता था-जिससे उसकी मौजूदगी छिपाई जा सकती और फिर गर्लफ्रैंड को समझा-बुझा कर ये कह कर वहां से भगा दिया कि कुछ समय के लिए वो कहीं दूर चली जाए और उसके बुलाने पर ही वापस लौटे।''

''यानि हम उस पांचवी-अभिराज की गर्लफ्रैंड-के बारे में अब भी कुछ नहीं जानते।''

''कहते हुए कलेजा फटता है पर हां।''-एसआई ने कहा।

''क्या मैं वो सुसाइड नोट देख सकता हूं?''-ऋषभ ने पूछा।

इंस्पैक्टर ने एक कांस्टेबल को इशारा किया। कांस्टेबल वहां से हट कर कार की ओर गया, फिर थोड़ी ही देर में एक फाइल के साथ हाजिर हुआ, जो उसने ऋषभ की ओर बढ़ा दी।

ऋषभ ने फाइल खोल कर देखी, उसमें एक कम्प्यूटर से टाइप किया हुआ सुसाइड नोट का प्रिंट आउट था, जिसमें वही सब बातें लिखी हुईं थीं, जो उसे इंस्पैक्टर ने बताईं थीं।

''इस सुसाइड नोट में मरने वाले ने एक और अजीब बात भी लिखी है।''-इंस्पैक्टर ने कहा।

''क्या?''-ऋषभ ने उसकी ओर देखा।

''ये कि उसे शामली और उसके साथियों की आत्माएं तंग करतीं थीं। वे चारों उसे सपने में दिखाई देते थे। उसे अपने साथ ले जाने की बात करते थे। यहां तक कि दिन में भी वो आंखें मूंदता था तो उसे वो चारों दिखाई देने लगे थे। इस सब से तंग आ कर ही उसने दुनिया छोडऩे का, जान देने का फैसला किया था।''

तभी शोर की आवाजें सुनाई दीं।

''बॉडी मिल गई।''-एसआई ने कहा और उस ओर बढ़ गया, जिस ओर से शोर आ रहा था।

इंस्पैक्टर और ऋषभ भी उसके पीछे पीछे चल रहे थे।

वे लोग कुछ कदम दूर घाटी के किनारे पर पहुंचे, जहां कुछ पुलिस वाले नीचे झांक रहे थे।

सर्च लाइट बहुत नीचे घाटी की दीवार में उभरी एक चट्टान पर फोकस थी, जिस पर कुछ मानव शरीर जैसा पड़ा दिख तो रहा था लेकिन काफी नीचे होने के कारण साफ-साफ नहीं दिख रहा था।

एक-दो पुलिस वाले कमर में रस्सी बांध कर नीचे उतरने की तैयारी कर रहे थे, जिससे लाश को ऊपर लाया जा सके।

‘‘इतनी गहरी घाटी में’’-इंस्पैक्टर ने कहा-‘‘बॉडी मिल गई, यही बहुत बड़ी बात है। मुझे तो लग रहा था रात भर सर्च करने पर भी कुछ नहीं मिलने वाला। हमें खाली हाथ ही लौटना पड़ेगा।‘‘

ऋषभ सोच रहा था वो और निरंजन इस बात की आशंका जता रहे थे कि उस घर में घुस कर कैमरे खराब करने वाला शख्स ही शामली और उसके साथियों का कातिल हो सकता था।

और इतनी जल्दी वो आशंका सही भी साबित हो गई।

‘‘क्या हुआ?’’-इंस्पैक्टर ने कहा।

‘‘इसी बारे में सोच रहा हूं इंस्पैक्टर साहब’’-ऋषभ ने कहा-‘‘विश्रांति विला में हुए उस खूनी काण्ड का पर्दाफाश इतने नाटकीय ढंग से होगा, ये मैंने नहीं सोचा था।’’

‘‘तुमने क्या किसी ने भी नहीं सोचा होगा।’’

‘‘ऐसा लगता है ये सब किसी के लिए बहुत सुविधाजनक ढंग से हो रहा है।’’

‘‘मतलब?’’-इंस्पैक्टर की भंवें उठ गईं।

‘‘मतलब भी जल्द ही पता चल जाएगा।’’

‘‘अब जब केस क्लोज होता दिख रहा है, कातिल का पता चल गया है तो तुम जबर्दस्ती इसमें ट्विस्ट ढूंढने की कोशिश कर रहे हो।’’

ऋषभ ने जवाब में कुछ नहीं कहा।

कुछ देर की मशक्कत के बाद लाश को एक स्ट्रेचर में बांध कर क्रेन की सहायता से ऊपर लाया गया।

लाश की हालत देख कर ऋषभ का मन भी खिन्न हो उठा।

काफी ऊंचाई से गिरने के कारण उसके हाथ-पैर टूट कर मुड़ गए थे और सिर भी फट गया था।

‘‘तुमने शुरू में संभावना जताई थी’’-इंस्पैक्टर ने कहा-‘‘कि कातिल घर के अंदरूनी हिस्से से भली-भांति परिचित था। तुम्हारी संभावना सही साबित हुई।’’

‘‘मतलब?’’-ऋषभ ने कहा।

''अभिराज ने ही शामली और उसके तीनों साथियों के खून किए थे। सुसाइड नोट में उसने ये बात कबूल की है। और''-इंस्पैक्टर ने उसकी ओर देखा-''अभिराज घर के चप्पे-चप्पे से अच्छी तरह परिचित था।''

ऋषभ खामोश रहा।

''चलो।''-इंस्पैक्टर ने गहरी सांस ली-''मरते-मरते एक काम तो नेक कर गया बंदा। सुसाइड नोट लिख कर...।''

''टाइप कर।''-ऋषभ ने संशोधन किया।

''वही।''-इंस्पैक्टर ने ऋषभ को घूर कर देखा-''सुसाइड नोट टाइप कर अपनी करतूत स्वीकार तो कर ली। वरना बिना कुछ लिखे-कबूले मर जाता तो हम तो अंधेरे में हाथ-पैर मारते रह जाते।''

''साहब।''-तभी एक पुलिस वाला सुजान सिंह के साथ उनके पास पहुंचा-''सुजान सिंह जी आ गए।''

ऋषभ ने सुजान सिंह की ओर देखा। उसकी आंखें अभिराज की लाश पर टिकी थीं और ऐसे फैल गईं थीं मानो कटोरों से बाहर निकल कर गिर जाएंगीं।

''ये आपके यहां काम करता था?''-इंस्पैक्टर ने पूछा।

सुजान सिंह कुछ बोल नहीं पाया। उसने बस सिर हिला दिया, लेकिन वो भी ऐसे, जैसे बड़ी मुश्किल से कर पा रहा हो।

''अब आपने उसे पहचान ही लिया है तो''-ऋषभ ने धीरे से सुजान सिंह से कहा-''आप मुंह दूसरी ओर कर सकते हैं।''

उसने तत्काल ऋषभ की आज्ञा का पालन किया।

अभिराज की लाश को ढंक कर पास ही खड़ी मुर्दागाड़ी में रख दिया गया, जिससे उसे पोस्टमार्टम के लिए ले जाया गया।

''आपको पता है आपके कर्मचारी ने आत्महत्या क्यों की?''-इंस्पैक्टर ने सुजान सिंह से पूछा।

''नहीं।''-सुजान सिंह ने फंसे कण्ठ से कहा।

''क्योंकि कुछ ही दिनों पहले विश्रांति विला में हुई डबिंग टीम के सदस्यों की हत्याओं को उसने ही अंजाम दिया था।''

सुजान सिंह की पहले से फटी हुई आंखें और भी ज्यादा फट गई।

''आपके मुंह में जबान है या नहीं?''-एसआई ने कहा।
''क्या बोल रहे हो?''-सुजान सिंह फट पड़ा-''एक तो इतनी रात को बिस्तर से उठवा कर यहां बुलवा लिया, यहां बुलाने के बाद मेरे पुराने कर्मचारी की लाश दिखा रहे हो, वो भी इस हालत में, और उल्टे मुझे ही उल्टा सीधा कह रहे हो?''
''अब लाश जिस हालत में है, उसी हालत में दिखाई जाएगी।''-एसआई ने कहा-''उसे दूसरी हालत में करना तो सबूत से छेड़छाड़ करने जैसा हो जाएगा।''
''सब इंस्पैक्टर काम्बले।''-इस बार इंस्पैक्टर का स्वर तेज हो गया-''दिस इज माई लास्ट वार्निंग टू यू।''
एसआई ने तत्काल होंठ भींच लिए।
''हम आपको हुई असुविधा के लिए माफी चाहते हैं।''-फिर इंस्पैक्टर ने सुजान सिंह से विनम्र स्वर में कहा-''लेकिन हमारी भी मजबूरी है। यहां एक साथ दो बड़े कांड हो गए हैं। पहला तो आपके कर्मचारी ने घाटी में कूद कर आत्महत्या कर ली है। दूसरा, विश्रांति विला में हुए चार लोगों के खून का इल्जाम भी उसने अपने सिर पर ले लिया है।''
''मुझे तो कुछ समझ में नहीं आ रहा है।''-सुजान सिंह बड़बड़ाया-''उन चारों की हत्या अभिराज ने की? लेकिन क्यों? उसकी उन चारों से क्या दुश्मनी थी? वो तो उन लोगों को ठीक से जानता तक नहीं था।''
''लेकिन उसकी गर्लफ्रैंड जानती थी।''
''गर्लफ्रैंड?''
''आप अभिराज की गर्लफ्रैंड को जानते थे?''-इंस्पैक्टर ने पूछा।
''मैं क्यों जानूंगा उसकी गर्लफ्रैंड को?''-सुजान सिंह ने चिढ़े हुए स्वर में कहा-''मेरा काम क्या अपने नौकरों की गर्लफ्रैंडों का हिसाब रखना ही रह गया है?''
''नाराज मत होइए, सिंह साहब। ये सवाल जरूरी हैं।''
''अभिराज की गर्लफ्रैंड''-एसआई काम्बले ने कहा-''ही वो पांचवी है, जिसने शुरू से इस केस में सबको चकरघिन्नी बना कर रखा है।''
सुजान सिंह की आंखें फैल गईं।

''ये संयोग कैसे हो सकता है कि शामली की टीम ने जिस पांचवी डबिंग आर्टिस्ट को हायर किया वो अभिराज की गर्लफ्रेंड थी?''-सुजान सिंह ने कहा।

''हो सकता है संयोग न हो।''-ऋषभ ने कहा-''अभिराज ने शामली को ये घर दिखाया था। हो सकता है उसी दौरान उनकी बात हुई हो और अभिराज के माध्यम से ही शामली उनकी टीम की पांचवी सदस्य बन गई हो। ये तो हम पहले ही जानते हैं कि शामली को जिस महिला डबिंग आर्टिस्ट की तलाश थी वो लगभग अंत तक नहीं मिली थी। हो सकता है अभिराज ही अपनी गर्लफ्रेंड को लेकर शामली के पास डबिंग टीम में शामिल करवाने पहुंच गया हो, जिस दिन वे यहां आने वाले थे।''

''वो पांचवी''-सुजान सिंह के मुंह से निकला-''अभिराज की गर्लफ्रेंड थी? लेकिन...लेकिन अभिराज की गर्लफ्रेंड का विला में हुए खून खराबे से क्या वास्ता? है कौन वो?''

''ये पता लगना अभी बाकी है।''-इंस्पैक्टर ने कहा-''क्योंकि उसका नाम सुसाइड नोट में नहीं लिखा है। अभिराज ने अपने सुसाइड नोट में लिखा है कि उसकी गर्लफ्रेंड को शामली की टीम ने फिल्म की डबिंग के पांचवे कैरेक्टर-जो कि एक फीमेल कैरेक्टर है-की डबिंग करने के लिए हायर किया था। इसी दौरान अभिराज की गर्लफ्रेंड को उनके पास बहुत बड़ी रकम होने की भनक लग गई। जो कि हकीकत में उनके पास नहीं थी। ये गलत जानकारी अभिराज की गर्लफ्रेंड ने अभिराज को दी, अभिराज ने रातोंरात अमीर बनने के लालच में अपनी गर्लफ्रेंड की सहायता से विला में घुसकर शामली सहित बाकी तीनों लोगों को भी मार डाला लेकिन पैसे न मिलने पर वो निराश हो गया। उसने अपनी गर्लफ्रेंड के यहां से सुरक्षित दूर निकल जाने का इंतजार किया, फिर खुद भी घाटी में कूद कर आत्महत्या कर ली।''

''यहीं से कूद कर क्यों?''

''क्या पता? हो सकता है ये उसका पश्चाताप करने का तरीका हो।''

सुजान सिंह के चेहरे पर अब भी उलझन के भाव थे।

''वैसे अभिराज ने अपने लैटर में सपने में शामली और उसके साथियों की आत्माओं को देखे जाने की बात भी लिखी है''-एसआई ने कहा-''हो

सकता है वो इतनी बेरहमी से उनका खून करने के बाद अपराधबोध के कारण-या घटना की भयंकरता के कारण-मानसिक रूप से प्रभावित हो कर उनके भूत-प्रेत को अनुभव करने लगा हो और उसी डर के कारण उसका इस जगह से जुड़ाव हो गया हो, जिसके चलते उसने यहीं आ कर आत्महत्या की।''

''लगता है मनोहर कहानियां के फैन हैं एसआई साहब।''-ऋषभ ने कहा।

एसआई साहब शर्मा गए।

''हमें आपके कर्मचारी अभिराज के बारे में अभी और भी पूछताछ करनी है।''-इंस्पैक्टर ने एसआई और ऋषभ दोनों को घूरा फिर सुजान सिंह से बोला-''अब तो ये केस क्लोज्ड होता दिख रहा है। अगर आपको तकलीफ न हो तो क्या आप हमारे साथ चल सकते हैं?''

''चलिए।''-सुजान सिंह ने मरे से स्वर में कहा।

इंस्पैक्टर ने ऋषभ पर नजर डाली, फिर उससे बिना कुछ बोले पुलिस कार की ओर बढ़ गया।

ऋषभ भी थोड़ी दूर खड़ी अपनी बाइक की ओर बढ़ गया।

वो अपनी बाइक पर बैठा तो लेकिन उसने बाइक को स्टार्ट नहीं किया।

वो जान-बूझ कर स्लो मोशन में काम कर रहा था। शायद उसे वहां से जाने की कोई जल्दी नहीं थी।

कुछ ही पलों के बाद पुलिस की दोनों कारें स्टार्ट हो कर वहां से जा चुकीं थीं।

वहां बाकी जांच-पड़ताल और अन्य काम पुलिस ऋषभ के आने से पहले ही कर चुकी थी।

क्रेन की सहायता से लगाई गई सर्च लाइट उसी वक्त बंद कर दी गई थी, जब वे लोग सुजान सिंह से बात कर रहे थे। बॉडी घाटी से बरामद कर ली गई थी। अब सर्चलाइट की कोई जरूरत नहीं थी।

क्रेन भी घाटी के किनारे से हट कर सडक़ पर आई, फिर आगे बढ़ गई।

कुछ ही देर में क्रेन भी वहां से जा चुकी थी।

अब वहां केवल बाइक पर सवार ऋषभ था।

नितांत अकेला।

उसने अपनी बाइक विला के ठीक सामने खड़ी की थी।
ऋषभ अपनी बाइक पर बैठा अंधेरे में किसी भूतमहल की तरह दिख रही विश्रांति विला को कुछ पलों तक देखता रहा।
फिर उसने बाइक का इंजन स्टार्ट किया।
''केस क्लोज्ड, माई फुट।''-वो होंठों में बुदबुदाया।
अगले ही पल उसकी बाइक उसी दिशा में दौड़ी जा रही थी, जिस दिशा में पुलिस कारें और क्रेन गईं थीं।
पीछे अंधेरे में डूबी विश्रांति विला-जिसमें कुछ ही दिन पहले चार लोगों की भयावह हत्याएं हुईं थीं और अब एक युवक की घाटी से लाश बरामद हुई थी-किसी उदास इमारत की तरह अपनी जगह पर स्थिर खड़ी थी, जैसे अपने आप में न जाने कितने रहस्य समेटे हो।

OO

अगले दिन सुबह ऋषभ, निरंजन और देवेश पार्टी ऑन की पहली मंजिल पर देवेश के रूम में एकत्र हुए।
देवेश का चेहरा ऐसे लग रहा था, जैसे अभी अभी बिस्तर से उठकर आया हो। जबकि निरंजन का चेहरा खिला हुआ था। ऋषभ को शक था कि निरंजन का वो रूप रूपाली की संगत के कारण था।
वे तीनों ऋषभ के कहने पर उतने सवेरे वहां एकत्र थे।
''क्या हुआ भाई?''-देवेश उबासी लेते हुए बोला-''क्यों जगा दिया इतनी सुबह सुबह मन्ने?''
ऋषभ ने रात में जो कुछ हुआ था, सब उन्हें बता दिया।
देवेश के चेहरे पर ऐसे भाव थे, जैसे ऋषभ ने उसके सिर पर बम मार दिया हो। जबकि निरंजन ने गम्भीरता से उसकी पूरी बात सुनी।
''इस कहानी में झोल ही झोल हैं।''-ऋषभ ने कहा।
''मसलन?''-निरंजन ने पूछा।
''अचानक दो नए कैरेक्टर इंट्रोड्यूस हुए, जिनमें से एक चारों खून का इल्जाम अपने सिर पर ले लेता है, और दूसरी का कोई पता ही नहीं है।

मृतक उसी घर के पास घाटी में कूद कर कथित तौर पर-ऋषभ ने अपने शब्दों पर जोर देते हुए कहा-आत्महत्या कर लेता है। और पुलिस''-उसके चेहरे पर व्यंग्यात्मक हंसी आ गई-''हंह। पुलिस इसे सच भी मान लेती है।''

''तो तुम इसे झूठ मान रहे हो?''

''तो क्या सच मानूं? फॉर गॉड सेक''-ऋषभ ने बात एक्सप्लेन करने वाले अंदाज में हाथ सामने की ओर लहराया-''जरा देखो तो सही यहां हुआ क्या है। मृतक का सुसाइड नोट तक प्रिंटेड है। प्रिंटेड सुसाइड नोट कौन लिखता है? मृतक क्या इतना टेक्नोसेवी था कि आत्महत्या करते समय उसे पेन और कागज पकडऩे से भी एलर्जी हो गई?''

''ये कोई बात नहीं हुई।''-देवेश ने कहा-''आज कल सभी इतने टेक्नोसेवी हो गए हैं। बल्कि मुझे तो लग रहा है कि हालात ऐसे ही रहे तो कुछ सालों में ऐसी नौबत आ सकती है कि तुम किसी को लिखने के लिए पेन पकड़ाओ तो वो कहेगा कि ये क्या बला है? इसका क्या उपयोग करना है?''

''मुझसे तो कोई ऐसा कहेगा''-निरंजन ने कहा-''तो मैं तुरंत उसे बता दूंगा कि उसे उस पेन का क्या इस्तेमाल करना चाहिए।''

देवेश हंसा।

''सीरियस हो जाओ यार।''-ऋषभ ने दोनों हाथ टेबल पर टिका कर कहा-''मुझे लगता है कि इस केस में कोई बहुत बड़ा लोचा है।''

''सिर्फ लगने से कहां बात बनती है दोस्त?''-निरंजन ने शायराना अंदाज में कहा-''साबित करने का दम भी होना चाहिए।''

''तुझे तो अब तेरी पांचवी भी मिल गई।''-देवेश ने कहा-''अब क्यूं कलप रहा है?''

''पांचवी मिल गई?''-ऋषभ ने कहा-''क्या मतलब?''

''अरे भई, तुम्हीं लोग तो रो रहे थे न पांचवी कौन, पांचवी कौन? अब पता चल गया न पांचवी कौन? मरने वाले की गर्लफ्रैंड थी वो पांचवी। डबिंग टीम में फिल्म के पांचवे कैरेक्टर को अपनी आवाज देने आई थी। उसी की मुखबिरी पर अभिराज ने उन चारों को मार कर रकम लूटने का प्लान बनाया था, जो कि बैकफायर कर गया। उसने उन चारों को मार तो दिया लेकिन लूटने के लिए लाखों की रकम के नाम पर उसके हाथ घंटा ही लगा।''

‘‘ये सब तो मैंने ही तुम्हें बताया है।’’-ऋषभ ने कहा।
‘‘तो मैंने कब कहा कि आकाशवाणी हुई थी?’’
‘‘मेरा मतलब तुम दोहरा क्यों रहे हो? और पांचवी मिली कहां है? उसके बारे में आधी-अधूरी जानकारी ही तो मिली है। अभिराज ने अपने सुसाइड नोट में उसके नाम तक का जिक्र नहीं किया है।’’
‘‘और ये भी जिक्र तो किया है कि उसने जिक्र क्यों नहीं किया है।’’-देवेश ने नाटकीय स्वर में कहा-‘‘अरे बुड़भक। अभिराज की उस गर्लफ्रैंड ने-जो भी भला सा नाम होगा बेचारी का-अभिराज को सिर्फ यही तो बताया था कि शामली और उसकी टीम के पास वहां ढेर सारा पैसा होने वाला था। ये उसने थोड़े ही कहा था कि रैम्बो बन कर धड़धड़ाते हुए घुसे चले आना और एक-एक को गोलियों से भून देना? ये काम तो अभिराज महोदय ने स्व प्रेरणा से किया था न? तो बाद में जब अभिराज को अपनी गलती का अहसास हुआ तो उसने अपनी गर्लफ्रैंड को इस सबसे दूर रखने, बचाने का फैसला किया तो क्या गलत किया?’’
ऋषभ उसे घूरता रहा।
‘‘रूक जा। किचन से किसी को बुलवा कर अपने ऊपर नमक-मिर्च छिडक़वा देता हूं तेरे लिए।’’
‘‘क्या बक रहे हो?’’
‘‘और नही तो क्या? घूर तो ऐसे ही रहा है, जैसे कच्चा ही चबा जाने के चक्कर में हो। कम से कम थोड़ा तो स्वाद आए।’’
‘‘आप देवेश रंधावा भुना हुआ लेना पसंद करेंगें’’-निरंजन ने किसी हाईक्लास वेटर की तरह दांयां हाथ सीने से लगा कर आगे की ओर हल्का सा झुकते हुए कहा-‘‘या तला हुआ? सॉस के साथ या बटर लगा हुआ? हल्की आंच पे भुना हुआ या तडक़ा मार के?’’
‘‘तुम दोनों अपनी बकवास बंद करोगे?’’
‘‘कर देते हैं।’’-देवेश दयानतदारी भरे स्वर में बोला-‘‘क्यों नहीं करेंगें? हम अपनी बकवास बंद कर देते हैं, जिससे तू अपनी बकवास शुरू कर सके।’’
‘‘मैं बकवास नहीं कर रहा।’’

‘‘तो और क्या कर रहा है तू? अरे भई, तुझे किस चीज का रोना था? केस हल होने का ही न? तो हल हो गया केस। अब तू बार-बार उतनी दूर के चक्कर काटने से भी बच गया। तुझे तो खुश होना चाहिए। तू है कि यहां बैठ कर बार की शराब निकालने में लगा हुआ है।’’

‘‘मेरे ख्याल से’’-निरंजन ने कहा-‘‘तुम कहना चाहते थे बाल की खाल निकालने में लगा हुआ है।’’

‘‘हम कहां बैठे हैं?’’-देवेश ने पूछा।

‘‘बार में।’’

‘‘बोतलों से क्या निकाल-निकाल कर पी रहे हैं?’’

‘‘शराब।’’

‘‘तो बार की शराब निकालने में लगा हुआ है ही कहूंगा न?’’

‘‘लेकिन सही मुहावरा बाल की खाल निकालना....।’’

‘‘गोली मारो सही मुहावरे को।’’-ऋषभ फट पड़ा।

दोनों खामोश हो गए।

‘‘मैं तुम दोनों से इतनी सीरियस बात कर रहा हूं’’-ऋषभ ने कहा-‘‘और तुम हो कि मेरा मजाक बनाए जा रहे हो।’’

‘‘मजाक बनाना चाहिए, याड़ी।’’-देवेश ने कहा-‘‘हंसी-खुशी करने से दिल हल्का रहता है। हार्ट की मशीन पर लोड कम हो जाता है। आदमी चार दिन ज्यादा गुजार सकता है। वो भी हंसी-खुशी के।’’

‘‘मैं जा रहा हूं।’’-ऋषभ उठने लगा।

‘‘अरे बैठ, बैठ।’’-निरंजन ने उसका हाथ पकड़ कर उसे जबरन वापस बिठाते हुए कहा, फिर देवेश की ओर देख कर कदरन संजीदा टोन में बोला-‘‘वैसे सच कहूं तो मुझे ऋषभ की बात में दम लग रहा है।’’

‘‘हां।’’-देवेश ने कहा-‘‘अब इसने जाने की धमकी दे कर हमें इमोशनल ब्लैकमेल करना शुरू कर ही दिया है तो मुझे भी इसकी बेहूदा, बेबुनियाद, अव्वल दर्जे की वाहियात बात, जो किसी दीन की नहीं है, में दम लगने लगा है।’’

‘‘खून हो जाएगा।’’-ऋषभ ने चेतावनी भरे शब्दों में कहा।

‘‘और किसका खून हो जाएगा? इतने खून तो लिए-लिए घूम रहा है तू। जब से मैं वापस लौटा हूं, हर वक्त खून-खून करता रहता है। देख रहा है बिनोद’’-उसने निरंजन से कहा-‘‘कितना खून सवार है इसके सिर पर।’’
‘‘मजाक नहीं।’’-निरंजन ने गम्भीर स्वर में कहा।
‘‘मैं तो गम्भीरता से ही बोल रहा था। तुम दोनों कौन सी मेरी भाभी लगे हो, जो तुमसे मजाक करूंगा।’’
‘‘तो अब तुम्हारा क्या करने का इरादा है?’’-निरंजन ने ऋषभ से कहा।
‘‘इसका सिर फोडऩे का इरादा है।’’-ऋषभ ने देवेश को घूरते हुए कहा।
‘‘वो तो फोड़ते रहना। ये कहीं भागा नहीं जा रहा। मेरा मतलब था कि केस के सिलसिले में तुम्हारा क्या करने का इरादा है?’’
‘‘जो भी इरादा है, वो अब तुम दोनों को तो नहीं बताऊंगा। यहां नहीं बताऊंगा। पेपर में छपेगा, तब पढ़ लेना।’’
‘‘पेपर की धौंस दे रहा है मन्ने।’’-देवेश ने कहा-‘‘ओए, तेरा दो कौड़ी का पेपर पांच रूपए में खरीद कर पढ़ता है देवेश सेठ।’’
ऋषभ उठ खड़ा हुआ और निरंजन द्वारा रोकने की लाख कोशिशें किए जाने के बाद भी जमीन रौंदते हुए कमरे से बाहर निकल गया।

OO

ऋषभ जिस वक्त लोनावला में सुजान सिंह के घर पहुंचा, उस वक्त ग्यारह बज रहे थे।
एक कर्मचारी ने उसे घर के मेहमानों से मिलने वाले कमरे में बिठाया और साहब आ रहे हैं कह कर इंतजार करता छोड़ कर चला गया।
ऋषभ को ज्यादा देर इंतजार नहीं करना पड़ा।
कुछ ही देर में उबासी लेता हुआ सुजान सिंह वहां आ पहुंचा।
‘‘रात में घर आने में देर हो गई होगी।’’-ऋषभ ने कहा।
‘‘और नहीं तो क्या?’’-सुजान सिंह ने उसके सामने सोफे पर बैठते हुए बुरा सा मुंह बनाया-‘‘पुलिस वालों ने देर तक बिठाए रखा। घर आया, तब तक दो बज चुके थे। अभी थोड़ी देर पहले नींद खुली।’’

‘‘इस समय आपको तकलीफ देने के लिए माफी चाहता हूं।’’

‘‘अरे इसमें माफी वाली कौन सी बात है? तुम श्यामली के कातिल का पता लगाने के लिए मेहनत कर रहे थे। आखिर वो मेरा भी काम था। आखिर मेरे मकान पर हुआ था इतना बड़ा काण्ड। कातिल जल्दी से जल्दी पकड़ा जाता इसमें मेरा भी फायदा था। मेरे मकान पर लगा कलंक थोड़ा बहुत तो मिटता। बाकी ये अंदाजा नहीं था कि ये सब अभिराज ने ही किया होगा।’’

‘‘आपको सचमुच लगता है शामली और उसके साथियों ने अभिराज का खून किया होगा?’’

उसने ऋषभ की ओर देखा।

‘‘क्या मतलब?’’-उसने कहा-‘‘अब मेरे लगने या न लगने से क्या होता है? अभिराज ने बकायदा सुसाइड नोट छोड़ा है। उसमें पूरा अपराध कबूल किया है। पुलिस भी केस को क्लोज मान रही है।’’

‘‘लेकिन मैं नहीं मान रहा।’’

सुजान सिंह की भंवें उठीं।

‘‘क्यों?’’-उसने कहा।

‘‘वजह भी जल्द ही पता चल जाएगी। फिलहाल तो आप ये बताइए कि क्या आपको सचमुच अभिराज ऐसा आदमी लगता था? आपके घर में जैसा खूनी काण्ड अंजाम दिया गया था, वैसा करने वाला शख्स लगता था?’’

‘‘नहीं।’’-सुजान सिंह ने कहा-‘‘लगता तो नहीं था। पर आजकल क्या पता चलता है?’’

‘‘आपकी बात भी सही है।’’

‘‘अभिराज के बारे में ज्यादा तो मैं भी नहीं बता सकता। मेरे एक दोस्त ने उसे रिकमेंड किया था जिस पर मैंने उसे अपने यहां काम पर रखा था। अभिराज का काम भी ठीक ठाक था। इसलिए कभी शिकायत भी नहीं हुई।’’

‘‘एक बात और।’’

‘‘कहो।’’-सुजान सिंह ने कहा।

‘‘आप मुझे अभिराज का एड्रेस बता सकते हैं?’’-ऋषभ ने कहा।

''क्यों नहीं?''-सुजान सिंह ने उसे अभिराज का पता बता दिया।
''अभिराज के बारे में कोई और खास बात? जो आपको लगता हो कि इस केस से जुड़ी हो सकती है?''
सुजान सिंह के चेहरे पर हिचकिचाहट के भाव उभरे।
ऋषभ को एक पल को लगा कि वो कुछ बताने वाला था लेकिन फिर उसने इरादा बदल दिया।
''नहीं।''-उसने कहा-''ऐसी तो कोई खास बात नहीं है। जो भी है, वो मैं पुलिस को पहले ही बता चुका हूं।''
"अगर आपको कोई भी बात याद आ रही हो"-ऋषभ ने कहा-"तो बेहिचक बताइए."
"एक बात तो है"-सुजान सिंह ने कहा-"लेकिन वो अभिराज से रिलेटेड नहीं है."
"बताइए?"
सुजान सिंह ने बताया.
ऋषभ ने सुजान सिंह का धन्यवाद किया और वहां से रवाना हो गया।

OO

सुजान सिंह के यहां से निकल कर ऋषभ ने नॉटी को फोन लगाया।
''हैलो, बॉस।''-दूसरी ओर से नॉटी की आवाज सुनाई दी।
''कहां हो?''-ऋषभ ने कहा।
''रूपाली जी के घर के अंदर लेटा उनके टीवी पर फिल्म देख रहा हूं। और कोल्ड ड्रिंक पी रहा हूं। मेरे साथ शॉटी भी है।''
''तुम दोनों इस वक्त रूपाली के घर के अंदर क्या कर रहे हो?''
''रूपाली जी ने आज छुट्टी ली है। हम उन्हें रात में निरंजन सर के घर छोडऩे गए थे, तभी उन्होंने बता दिया था। आज का प्रोग्राम इसी आधार पर बनाया गया है। अब आज उन्हें ऑफिस तो जाना नहीं था। तो हम यहां उनके घर के मालिक बने बैठे हैं। आपके आदेशानुसार।''
''ठीक है। ठीक है। वैसे अब तुम चाहो तो वहां से जा सकते हो।''

‘‘जा सकते हैं? मिशन कम्प्लीट?’’
‘‘हां। कम्प्लीट हो गया ही समझ लो। और मुझे तुम दोनों से माफी भी मांगनी है।’’
‘‘माफी? माफी किस बात की?’’
‘‘मैंने तुम दोनों से फिजूल में ही मेहनत करवाई। असल में कातिल के सिक्के के लालच में रूपाली पर हमला करने की मेरी आशंका गलत थी।’’
‘‘अरे।’’
‘‘हां। अब तुम दोनों शाम तक चाहे तो वहीं रूके रहो। या घर जाने के लिए भी फ्री हो।’’
‘‘घर? घर कौन जाता है, बॉस?’’
‘‘हर भला इंसान काम से छुट्टी होने के बाद घर ही जाता है।’’
‘‘भला इंसान न। हम कौन से भले इंसान हैं?’’
उसने इस ढंग से कहा कि ऋषभ को हंसी आ गई।
‘‘और घर पर कौन सा हमारी लुगाइयां बैठी हमारा इंतजार कर रहीं हैं। जो हमें घर जाने की जल्दी पड़ी हो। आज तो यहीं लोनावला में घूमने-फिरने का प्लान बनाते हैं।’’
ऋषभ ने उन्हें बेस्ट ऑफ लक कह कर कॉल डिस्कनेक्ट कर दी।

OO

ऋषभ सुजान सिंह द्वारा बताए गए अभिराज के पते पर पहुंचा।
अभिराज के घर पर ताला पड़ा था।
ऋषभ ने उसके पड़ोस के घर की सीढ़ियों पर बैठे एक युवक-जिसकी उम्र 30-35 साल होगी और वो अखबार पढ़ रहा था-के पास पहुंच कर उससे सवाल किया-
‘‘ये बगल वाले घर के लोग कहां गए हैं?’’
युवक ने अखबार पर से नजरें हटा कर ऋषभ को चुभती नजरों से देखा, फिर दाहिने हाथ की उंगली आसमान की ओर उठा दी।
‘‘मैं समझा नहीं।’’-ऋषभ ने कहा।

''ऊपर।''-युवक ने कहा-''ऊपर चला गया है बगल के घर में रहने वाला। इतनी सी बात समझ में नहीं आती?''

''मुझे लगा घर में तीन-चार लोग तो रहते ही होंगें। आपने इस तरह ऊपर की ओर इशारा किया तो समझ नहीं आया। सब लोग एक साथ कैसे ऊपर जा सकते हैं?''

''अभिराज नाम है बगल में रहने वाले का। अकेला ही रहता था। कल रात घाटी में कूद कर आत्महत्या कर ली उसने। अखबार नहीं पढ़ते क्या?''

''एक्चुअली, मैं अखबार में ही काम करता हूं। और कल रात जब पुलिस घाटी से उसके शव को बाहर निकाल रही थी, तब मैं वहीं मौजूद था।''

उस युवक की आंखें फैल गई।

''यहां इसलिए आया था कि अभिराज के बारे में कुछ जानकारी मिल सकेगी।''

''पूछिए। मैं कई सालों से यहीं रहता हूं। अभिराज को अच्छी तरह जानता था।''

''क्या नाम है तुम्हारा।''-ऋषभ ने पूछा।

''पीताम्बर। पीताम्बर कनौजे।''

ऋषभ उसके बगल में ही सीढ़ियों पर बैठ गया।

ऋषभ के मना करने के बावजूद युवक ने हाथ के इशारे से थोड़ी दूर पर स्थित एक छोटी सी चाय की टपरी में चाय बना रहे लड़के को दो चाय लाने का इशारा कर दिया।

''उस पर जो इल्जाम लगे हैं''-ऋषभ ने कहा-''उसके बारे में तुम्हें क्या लगता है?''

''इल्जाम? अच्छा। विश्रांति विला में उन चार लोगों को मारने के बारे में।''-युवक ने इधर-उधर देखा, फिर उसका स्वर सस्पेंस भरा हो गया-''यहां कोई यकीन नहीं करेगा साहब कि अभिराज वैसा कर सकता था।''

''अच्छा?''

''हां। वो मिलनसार किस्म का इंसान था। लोगों से हंसता-बोलता था। गली के लड़कों के साथ क्रिकेट भी खेलता था। कभी किसी के साथ मारपीट तक

नहीं की। ऐसा इंसान चार-चार लोगों का खून कर देगा, ये कोई मानने वाली बात है?''

''लेकिन पुलिस तो मान रही है।''

''पुलिस गलत मान रही है, भईया।''-चाय वाला लड़का दो कांच के गिलासों में चाय ले आया, जिनमें से एक पीताम्बर ने खुद लिया और दूसरा ऋषभ को पकड़ा दिया-''सुसाइड नोट में चाहे कुछ भी लिखा हो, लेकिन अभिराज ऐसा काम कर ही नहीं सकता। हमने तो कभी उसे सड़क पर घूम रहे आवारा कुत्ते को लात मारते नहीं देखा। चार-चार लोगों को जान से मारना तो दूर की बात है।''

ऋषभ ने चाय की चुस्की ली। स्पष्ट था कि सुसाइड नोट की बात पीताम्बर को अखबार से पता चली होगी।

''वो यहां अकेला ही रहता था?''-ऋषभ ने पूछा।

''हां। उसका एक भाई है। लेकिन वो यहां नहीं रहता। कहीं दूर रहता है। सुना है पुलिस ने उसे इन्फार्म कर दिया है। आज-कल में आ जाएगा।''

''उसकी कोई गर्लफ्रैंड भी थी सुना है?''

''वो भी बकवास है, साहब। कोई गर्लफ्रैंड नहीं थी बेचारे की। दिन में काम पर जाता था। रात में आता था तो या तो मोहल्ले के लड़कों के साथ बातचीत, खेलकूद करता था, या दूसरे मोहल्ले में रहने वाले उसके कुछ दोस्त आ जाते थे। या वो खुद दोस्तों के पास चला जाता था। हमने तो कभी किसी लड़की को उसके घर आते नहीं देखा। न उसे किसी लड़की के साथ घूमते देखा था।''

''इसका मतलब पुलिस गलत समझ रही है?''

''कुछ कहा नहीं जा सकता भईया।''-पीताम्बर के चेहरे पर अफसोस के भाव आ गए-''मेरी तो उससे कभी-कभार ही बातचीत होती थी। लेकिन कौन आदमी दिखने में जैसा है, अंदर से भी वैसा ही हो, आजकल कहा नहीं जा सकता।''

''ये तो है। अच्छा, सुजान सिंह के यहां काम करने से पहले अभिराज क्या करता था?''

पीताम्बर ने बताया।

ऋषभ का माथा ठनका।
''हो सकता है''-पीताम्बर अपनी ही धुन में बोल रहा था-''हम ही उसे गलत समझे हों। वो ऊपर से ही अच्छा दिखता हो। हकीकत में विला वाली घटना को उसी ने अंजाम दिया हो।''
''विश्रांति विला में हुए चार लोगों के मर्डर के बारे में उसने कभी यहां किसी से बात की थी?''
''अरे? बात कैसे नहीं करता? उसी घर के मालिक के यहां तो वो काम करता था। अगले दिन जैसे ही सबको उस घटना का पता चला, पूरे मोहल्ले में सनसनी फैल गई थी। मोहल्ला क्या पूरे शहर में सनसनी फैल गई थी। सब लोग उसी घटना की बात कर रहे थे। अभिराज सुबह से ही काम पर चला गया था इसलिए दिन में तो कोई उससे नहीं पूछ पाया लेकिन दिन भर सभी में यही चर्चा रही कि अभिराज उसी मकान-जिसमें वो घटना हुई थी-के मालिक के यहां काम करता था तो जरूर कुछ जानता होगा। शाम में जैसे ही वो काम से वापस लौटा, मोहल्ले के लोगों ने उसे घेर लिया। वो बता रहा था कि मालिक के साथ वो भी उस घर में गया था। वहां उसने देखा था कि कैसे लाशें पड़ी थीं। हत्यारा, जो भी था, उसने बड़ी बेरहमी से चारों को मारा था।''
''उसकी बातचीत से कैसा लग रहा था? कुछ हिचकिचाहट? या बातें छिपाने की कोशिश?''
''नहीं। वो तो खुल कर बता रहा था। उसकी बातों से तो लग ही नहीं रहा था कि उन चारों के खून में उसका कोई हाथ हो सकता है। और इस मोहल्ले में तो न कोई तब सपने में भी सोच सकता था कि उस घटना में अभिराज का हाथ होगा, न अब सोच सकता है।''
वो बोलते-बोलते खामोश हो गया।
''क्या हुआ?''-ऋषभ ने पूछा।
''अब आपने पूछा है''-उसने कहा-''तो अब मुझे भी याद आ रहा है कि अभिराज थोड़ा परेशान, थोड़ा गम्भीर तो लग रहा था। ऐसे जैसे कुछ छिपाने की कोशिश कर रहा हो। लेकिन उस वक्त उस चीज को नोटिस करना आसान नहीं था। वो भी शायद इसलिए क्योंकि अभिराज खुद नहीं चाहता

था कि किसी के ध्यान में आए कि वो किसी बात से परेशान था। शायद इसीलिए वो सामान्य व्यवहार करने की कोशिश कर रहा था।''

''तुम्हें ऐसा लगा कि वो कुछ छिपाने की कोशिश कर रहा था?''

''उस वक्त ऐसा नहीं लगा था। लेकिन अब जब आपने कहा तो मुझे याद आ रहा है कि उसकी बातें, और उसका हाल-चाल कुछ अजीब था। जैसे वो किसी चीज पर पर्दा डालने का प्रयास कर रहा हो। सामान्य बनने का दिखावा कर रहा हो।''

''कल रात विश्रांति विला की ओर जाने से पहले यहां किसी ने उसे देखा था? उससे बात की थी?''

''मेरी ही बात हुई थी उससे। हम दोनों मोहल्ले के दो चार और दोस्तों के साथ गोवा जाने की प्लानिंग बना रहे थे।''

''अभिराज ने कोई खास बात बताई? किसी का जिक्र किया?''

''किसका?''

''किसी का भी। अरे भई बात उसकी तुमसे हुई थी तुम्हें पता होगा न? याद करने की कोशिश करो।''

वो कुछ पल तक सोचता रहा।

''उसने बताया था कि रात वो किसी से मिलने प्रीतम ढाबे पर जाने वाला था।''-फिर उसने कहा।

''प्रीतम ढाबा? ये कहां है?''

''शहर के आउटर पर है।''

''आउटर मतलब पुणे की ओर वाला आउटर?''

उसने इनकार में सिर हिलाया।

''मुम्बई की ओर वाला आउटर।''-उसने कहा-''लोनावला से निकलते ही सबसे पहले प्रीतम ढाबा ही पड़ता है।''

ऋषभ को निराशा हुई।

उसका अंदाजा था कि वो ढाबा-जिस पर अभिराज किसी से मिलने जाने वाला था-पुणे की ओर जाने वाले आउटर पर होगा।

क्योंकि उधर ही तो अभिराज ने कथित रूप से घाटी में कूद कर आत्महत्या की थी।

लेकिन पेंच तो यहां भी था।

अगर अभिराज किसी से मिलने जाने वाला था तो शहर के दूसरे छोर से उल्टी दिशा में कैसे पहुंच गया? वो भी आत्महत्या करने?

हो सकता है वो उसी रहस्यमयी लड़की से मुलाकात करने गया हो, जिसका जिक्र उसने अपने सुइसाइड नोट में किया था।

और उस मुलाकात में कुछ ऐसा हुआ हो, जिसके बाद उसका आत्महत्या करने का इरादा बन गया हो।

''किससे मिलने जाने वाला था?''-ऋषभ ने सीधा सवाल किया।

''पता नहीं।''

''उसने बताया नहीं?''

''नहीं। लेकिन उसने इतना बताया कि वो जिससे भी मिलने जाने वाला था, उससे मिलने के बाद उसकी समस्याएं खत्म हो जाने वाली थीं।''

''समस्याएं खत्म हो जाने वाली थीं? मतलब?''

''अब मतलब तो अभिराज ही बता सकता था।''

'समस्याएं तो खत्म नहीं हुई।'-ऋषभ ने सोचा-'अभिराज खुद ही खत्म हो गया।'

''वैसे मुझे उसके बताने के ढंग से लगा कि वो जिस बंदे से मिलने जा रहा था, उससे अभिराज को मोटी रकम मिलने वाली थी।''

''बंदे से? बंदी से नहीं?''

''बंदी?''-उसने उलझनपूर्ण भाव से ऋषभ की ओर देखा।

''महिला। स्त्री। फेयर सेक्स।''

''ओह। नहीं नहीं। वो किसी बंदे से ही मिलने जा रहा था। उसकी बातों से साफ था कि वो किसी आदमी से ही मिलने जा रहा था।''

''लेकिन किस आदमी से मिलने जा रहा था, ये उसने नहीं बताया?''

''नहीं। न मैंने पूछा।''

'पूछ लेता तो क्या चला जाता तेरा?'-ऋषभ ने मन ही मन कहा।

''कोई बात नहीं।''-प्रत्यक्षत: ऋषभ ने कहा-''तुमने काफी हैल्प की दोस्त।''

''आप इसका समाचार बनाओगे न?''-उसने कहा।

‘‘हां।’’
‘‘हो सके तो उसमें मेरा भी नाम डाल देना।’’
‘‘अरे बिल्कुल। तुमने इतनी मदद की है तुम्हारा नाम तो डालना ही पड़ेगा।’’
उसका चेहरा खिल उठा।
फिर ऋषभ ने उसका धन्यवाद अदा किया। ऋषभ द्वारा कोशिश करने के बाद भी पीताम्बर ने उसे चाय के पैसे नहीं देने दिए।

OO

ऋषभ प्रीतम ढाबे पर पहुंचा।
उसने ढाबे के मैनेजर से दो-चार मीठी-मीठी बातें करके उसे विश्वास में लिया, अपने प्रैस से होने का हवाला दिया। मैनेजर अच्छा इंसान था। उसने ऋषभ को विश्रांति विला वाली घटना की पिछली रात के सीसीटीवी फुटेज देखने की अनुमति दे दी।
रिकॉर्डिंग देखते ही ऋषभ के मुंह से सीटी निकल गई।
‘‘क्या हुआ?’’-मैनेजर ने पूछा।
‘‘कुछ नहीं।’’-ऋषभ ने कहा-‘‘मुझे लगता है यहां तक आने की भागदौड़ बेकार नहीं गई।’’
‘‘मतलब आपके काम की चीज मिल गई? जो आप ढूंढ रहे थे?’’
‘‘बिल्कुल मिल गई मैनेजर साहब। जिसकी उम्मीद थी उससे कहीं ज्यादा धांसू चीज मिल गई। आपका बहुत बहुत शुक्रिया।’’
ऋषभ के होंठों पर मुस्कान थी।
वो कातिल के बारे में गलत समझ रहा था।
रूपाली से टोकन वाली बात पता चलने पर उसे शक हुआ था कि शामली और उसके साथियों की हत्या का कारण कोई ऐसी कीमती चीज थी, जिसके बारे में पुलिस को पता नहीं चल पाया था।
और उस सिक्के से बढ़ कर वो कीमती चीज और क्या हो सकती थी?
इसीलिए उसने नॉटी-शॉटी को रूपाली की सुरक्षा पर तैनात कर दिया था।

रूपाली दिन के समय तो अपने घर में ही रहती थी। रोजमर्रा की तरह ऑफिस भी जाती थी। लेकिन रात में नॉटी-शॉटी की देख-रेख में उसे चुपके से पिछले दरवाजे से घर से निकाल कर निरंजन के यहां पहुंचा दिया जाता था। नॉटी-शॉटी में से एक रूपाली को निरंजन के घर पहुंचाने जाता था और एक रूपाली के घर में ही रूक जाता था। जो रूपाली को निरंजन के घर पहुंचाने जाता था, वो वापस रूपाली के घर लौट आता था, जिससे रूपाली के घर पर नॉटी-शॉटी दोनों मौजूद रहते थे। हालांकि ये बात बाहर वाले किसी शख्स को-ऋषभ, रूपाली, निरंजन वगैरह को छोड़ कर-नहीं पता थी। इस पूरी कसरत का उद्देश्य था कि कातिल रूपाली को घर पर समझ कर उस पर हमला करने की कोशिश करे तो उसे पकड़ा जा सके।

हालांकि अगर सचमुच कातिल हमला करने की कोशिश करता तो इसमें नॉटी-शॉटी के लिए खतरा हो सकता था। लेकिन फिर भी कातिल को जाल में फंसाने के लिए ऋषभ को ये प्लान जरूरी लग रहा था। ऊपर से नॉटी-शॉटी ने भी प्लान सुनने के बाद उसे आश्वासन दे दिया था कि उसमें कोई खतरे वाली बात नहीं थी। वे अपने ऊपर आने वाले छोटे-मोटे खतरे से आराम से निबट सकते थे।

इस प्लान में एक और बात थी, जो नॉटी-शॉटी की सुरक्षा को ले कर चिंतित ऋषभ को राहत दे रही थी।

और वो बात ये थी कि अगर कातिल सचमुच रूपाली पर हमला करता, तो घर में उसकी जगह नॉटी-शॉटी को देख कर चौंक जाता।

उसे वहां एक असावधान लड़की नहीं, बल्कि पहले से ऐसे किसी हमले की अपेक्षा कर रहे दो सावधान युवक मिलते। इस तरह नॉटी-शॉटी के पास इस मामले में अपर हैंड था।

लेकिन वैसी कोई नौबत ही नहीं आई।

आने वाली भी नहीं थी।

कातिल ने शामली और उसके साथियों का कत्ल टोकन के लिए नहीं किया था।

कत्ल की वजह दूसरी थी।

और ऋषभ को विश्वास था कि कातिल पुलिस के सामने खुद वो वजह कबूल करेगा।
मैनेजर को धन्यवाद करने के बाद ऋषभ को बस एक चीज पता लगाना बाकी था।
जो कि ऋषभ को अपने बस का काम नहीं लग रहा था।
क्योंकि वो उस काम को करने में जुटता तो उसका समय बेकार जा सकता था। ऊपर से उस काम को तेजी से करना था।
और तेजी से काम करने के लिए उसके पास दो बहुत अच्छे कैंडिडेट थे।
उसने नॉटी-शॉटी को फोन लगाया।

OO

ऋषभ को ज्यादा इंतजार नहीं करना पड़ा।
नॉटी-शॉटी चूंकि लोनावला में ही थे इसलिए कुछ ही देर में ढाबे पर आ पहुंचे।
''क्या हो रहा है, बॉस।''-कार से उतरते हुए नॉटी ने प्रफुल्लित स्वर में कहा-''पार्टी देने के लिए बुलाया है क्या?''
''पार्टी भी हो जाएगी। लेकिन फिलहाल तो एक काम के लिए बुलाया है।''
''कैसा काम?''
ऋषभ ने उन्हें वीडियो क्लिप दिखाई जो वो ढाबे के सीसीटीवी कैमरे की थी।
''इस कार का पता करना है।''-ऋषभ ने कहा।
''तब तो आपने हम दोनों को बिल्कुल सही याद किया।''-शॉटी का स्वर उत्साहित था-''एकदम अपनी टाइप का काम है।''
''दिन-रात गैरेज पर मत्था फोड़ने के बाद भी हम इतना सा काम नहीं कर सके तो हमारे लिए चुल्लू भर शराब में डूब मरने की बात होगी।''-नॉटी ने कहा।
''चुल्लू भर शराब?''-ऋषभ ने कहा-''शायद देवेश से तुम दोनों को मिलवा कर मैंने गलती कर दी।''

''नहीं बॉस।''-नॉटी ने खींसें निपोरीं-''उनसे मिलवा कर तो आपने हम पर उपकार किया है। जिसके बदले आप हमारी खाल के स्केट्स शूज भी बनवा लें तो भी आपका अहसान नहीं उतार पाएंगें।''

''खाल के स्केट्स शूज? मेरे ख्याल से खाल के जूते कहा जाता है। वैसे भी खाल से स्केट्स शूज कैसे बनेंगें? उसमें पहिए भी तो होते हैं।''

''तो खाल के नीचे हड्डियां भी तो होतीं हैं।''-शॉटी ने कहा-''हड्डियों के पहिए बन जाएंगें। लेकिन स्केट्स शूज बनने में कोई कमी नहीं रहनी चाहिए।''

''अच्छा ये सब छोड़ो। तुम अभी से इस काम में लग जाओ। क्योंकि रिजल्ट जितनी जल्दी मिल जाए, उतना अच्छा है।''

''आप टेंशन न लो। आपने हुकुम दे दिया। बाकी काम करना हमारी जिम्मेदारी। क्यों शॉटी?''

''बिल्कुल सही।''-नॉटी ने सहमति में जोर-जोर से सिर ऊपर नीचे हिलाया।

उनकी ओर से आश्वासन पा कर ऋषभ संतुष्ट हो गया।

नॉटी-शॉटी जिस तरह उसका काम करने के लिए उत्सुक रहते थे, तुरंत तैयार हो जाते थे, उससे ऋषभ स्वयं को उनके प्रति कृतज्ञ महसूस करता था।

OO

काम ऋषभ की उम्मीद से कहीं जल्दी हो गया।

कुछ ही घंटे बाद नॉटी का फोन आया।

उधर से उसने बताया कि ऋषभ ने जो काम उन्हें सौंपा था, वो पूरा हो चुका था। और उसकी डिटेल भी दी।

अब ऋषभ के पास ठोस सबूत थे।

विश्रांति विला के हत्यारे का पर्दाफाश करने का वक्त आ चुका था।

OO

इंस्पैक्टर प्रभाकर का मोबाइल बजा।

उसने कॉल रिसीव की तो पाया कि वो ऋषभ की थी।

''हैलो।''-उसने कहा।

''इंस्पैक्टर साहब''-ऋषभ ने कहा-''मुझे अभिराज के सुसाइड नोट की एक कॉपी मिल सकती है?''

''मैं अभी किसी को बोल कर तुम्हें उसकी फोटो व्हाट्सएप करवाता हूं। लेकिन अब तुम्हारा इसमें क्या इंट्रेस्ट है? केस तो क्लोज हो चुका है।''

''ये सेमीफाइनल था, इंस्पैक्टर साहब। फाइनल अभी बाकी है।''

''क्या मतलब?''

''वो मैं जल्द ही बता दूंगा। फिलहाल आप सुइसाइड नोट भेजने की मेहरबानी करिए। और ये बताइए कि अपने क्लोज किए हुए केस को खोलने के लिए तैयार हैं?''

''क्या मतलब?''-इंस्पैक्टर की भृकुटियां तन गई।

''विश्रांति विला में हुए मर्डर्स के असली कातिल को पकडऩा है या नहीं?''

''विश्रांति विला का कातिल तो किसी की भी पहुंच से बाहर जा चुका है। उसे कौन पकड़ सकता है?''

''आप पकड़ सकते हैं। क्योंकि वो किसी की पहुंच से बाहर नहीं गया है।''

''यार ये क्या पहेलियां बुझा रहे हो?''

''अगर आप विश्रांति विला के असली कातिल को पकडऩा चाहते हैं तो मेरे साथ छोटा सा सहयोग करना होगा।''

''कैसा सहयोग?''

''मैं आपको कुछ लोगों के नाम बताता हूं। इन्हें ले कर मेरे बताए एड्रेस पर मिलिए। वहीं मैं इस पूरे केस पर से पर्दा हटाऊंगा। और असली कातिल को थाली में परोसकर आपके सामने पेश करूंगा।''

''लेकिन कातिल है कौन?''

''थोड़ा सब्र रखिए इंस्पैक्टर साहब। शाम तक आप ही कातिल को सलाखों के पीछे पहुंचा रहे होंगें।''

''सलाखों के पीछे? लेकिन कातिल तो अभिराज था जिसे अब सलाखों के पीछे नहीं पहुंचाया जा सकता।''

‘‘सिर्फ एक सुइसाइड नोट के आधार पर-वो भी प्रिंटेड हाथ से लिखा हुआ नहीं-आप अभिराज को कातिल मान रहे हैं?’’

‘‘एक सबूत और भी है। जिसकी ओर तुमने ध्यान नहीं दिया। अपनी आंखों से देखा लेकिन फिर भी ध्यान नहीं दिया।’’

‘‘कौन सा सबूत?’’

‘‘सीसीटीवी कैमरों की रिकॉर्डिंग में कैमरे खराब किए जाने का सबूत। हालांकि उस आदमी ने चेहरा ढंक रखा था। लेकिन अब जब इस सुइसाइड नोट में अभिराज ने अपराध स्वीकार कर लिया है तो कोई भी शख्स-जिसने अभिराज को करीब से देखा हो-उस कैमरे की रिकॉर्डिंग को देख कर आराम से बता सकता है कि कैमरे खराब करने वाला वो शख्स अभिराज ही था। हमने सुजान सिंह जी भी से इस बात की पुष्टि कर ली है। उन्होंने खुद स्वीकार किया है कि सीसीटीवी में जो शख्स कैमरों को खराब कर रहा था, उसकी न सिर्फ कद काठी अभिराज से मिलती है बल्कि ध्यान से देखने पर उसकी चाल ढाल से भी वो अभिराज ही लगता है।’’

‘‘मैं ये नहीं कह रहा कि सीसीटीवी कैमरे अभिराज ने नहीं खराब किए होंगें। मैं ये कह रहा हूं कि अभिराज ने शामली और उसके चारों साथियों का कत्ल नहीं किया। और न ही अपनी जान ली।’’

‘‘फिर कौन है कातिल?’’

‘‘थोड़ी देर और सब्र रखिए इंस्पैक्टर साहब।’’

फिर इंस्पैक्टर को वे नाम बता कर-जिन्हें उसके बताए एड्रेस पर इकट्ठा करना था-ऋषभ ने कॉल डिस्कनेक्ट कर दी।

इंस्पैक्टर कुछ देर तक मोबाइल को घूरता रहा, फिर उसने इंस्पैक्टर प्रधान को कॉल लगाई।

इंस्पैक्टर प्रधान पुणे का वो पुलिस इंस्पैक्टर था, जिससे पिछले तीन केसों में ऋषभ का वास्ता पड़ा था। जब जोशी जी की ओर से ऋषभ के साथ सपोर्ट करने के लिए इंस्पैक्टर प्रभाकर पर प्रैशर पड़ा था तो उसने ऋषभ के बारे में इंस्पैक्टर प्रधान से फोन पर बात करके जानकारी ली थी, जिस पर प्रधान ने ऋषभ की तारीफ ही की थी।

दूसरी ओर से प्रधान ने कॉल रिसीव की।

संयोग से उसी वक्त इंस्पैक्टर के पास प्रधान का फोन आ गया।
"तुमसे जिस प्रेस वाले के बारे में बात की थी"-इंस्पैक्टर ने कहा-"उसने बड़ी अजीबोगरीब फरमाइश रखी है।"
दूसरी ओर प्रधान के चेहरे पर मुस्कान आ गई।
''एक मिनट।''-प्रधान ने कहा-''मुझे अंदाजा लगाने दो। उसने तुम्हें इस केस से जुड़े कुछ लोगों के नाम बताए हैं न?''
''हां।''-इंस्पैक्टर ने आश्चर्य से कहा।
''और उन लोगों को एक जगह पर इकट्ठा करने के लिए कहा है?''-प्रधान ने विनोदपूर्ण स्वर में कहा।
''हां।''
''बधाई हो। तुम्हें भी और हमारे फोटोग्राफर साहब को भी। तुम्हारे विश्रांति विला वाले केस को सॉल्व करने का सेहरा भी उनके ही सिर बंधेगा।''
''लेकिन वो मुझे सीधे सीधे कातिल का नाम भी तो बता सकता है? ऊपर से अब ये दूसरा कातिल कहां से आ गया? विश्रांति विला वाले केस का कातिल तो पहले ही आत्महत्या कर चुका है। फिर ये ऋषभ क्या करना चाह रहा है?''
''ऐसा ही है वो।''-इंस्पैक्टर प्रधान ने रंग में आ कर अमिताभ बच्चन बनते हुए कहा-''घड़ी घड़ी ड्रामा करता है। भाई, तीन केसों से उसे झेल रहा हूं। अब तुम भी थोड़ा मजा लो।''
इंस्पैक्टर प्रभाकर को उलझन में छोड़ कर दूसरी ओर प्रधान ने मुस्कुराते हुए फोन रख दिया।

OO

ऋषभ, आशीष, रीना, सुजान सिंह, इंस्पैक्टर प्रभाकर, सुदेश निर्मलकर सुजान सिंह के घर पर मौजूद थे।
ऋषभ की विशेष दरख्वास्त पर वो अरैंजमेंट इंस्पैक्टर ने ही किया था।
''बोलो।''-इंस्पैक्टर ने ऋषभ की ओर देखा-''क्यों बुलाई है ये मीटिंग?''

''वो भी बताता हूं, इंस्पैक्टर साहब।''-ऋषभ ने नाटकीय स्वर में कहा-''मेरी जिंदगी की दो ही ख्वाहिशें थीं। पहली, एक ऐसे शहर को देखने की, जहां कोई न रहता हो। दूसरी, पांचवी कौन की गुत्थी सुलझाने की। प्रिपयत मैं पिछले हफ्ते हो आया, और पांचवी कौन की गुत्थी अभी आपके सामने, यहां, सबके बीच सुलझाई जाएगी।''

''प्रिपयत हो आए?''-इंस्पैक्टर के मुंह से निकला-''पिछले हफ्ते? व्हाट नॉनसेंस? अभी की परिस्थितियों में कोई यूक्रेन कैसे जा सकता है?''

''आप तो सीरियस हो गए इंस्पैक्टर साहब। प्रिपयत वाली बात मैंने यूं ही कही थी। समझ लीजिए, वो मेरा ट्रेडमार्क है।''

''ट्रेडमार्क?''-इंस्पैक्टर ने उलझन भरे स्वर में कहा।

''छोड़िए ये सब। आप सीधे मतलब की बात पर आइए। मतलब की बात ये है कि हमें उस पांचवी की सच्चाई सबके सामने लानी है, जिसने इस केस के शुरू से ही हम सबका दिमाग घुमा रखा है। जो शामली की टीम के साथ थी, लेकिन विश्रांति विला में कत्ल वाली घटना के बाद हवा की तरह गायब हो गई। जिसने उस फिल्म की पांचवी कैरेक्टर को अपनी आवाज देनी थी, जो शामली की टीम द्वारा डब होने वाली पहली फिल्म होती। लेकिन हो नहीं सकी। क्योंकि डबिंग शुरू होने से पहले ही किसी अज्ञात हत्यारे ने पूरी टीम के हर शख्स को चुन-चुन कर मौत के घाट उतार दिया।''

''कौन है वो पांचवी?''

ऋषभ के होंठों पर मुस्कान आ गई।

''बता दूंगा तो आप उसके साथ क्या करेंगें?''-ऋषभ ने ऐसे अंदाज में कहा, जैसे इंस्पैक्टर को छेड़ रहा हो।

इंस्पैक्टर ने हैरानी से ऋषभ को देखा। कमरे में मौजूद बाकी लोगों के चेहरे पर भी उलझन के भाव थे।

''क्या करूंगा? उसे गिरफ्तार करूंगा? उससे पूछूंगा कि उस दिन क्या हुआ था? शामली, प्रखर, विनोद और सुनैना की हत्याएं किसने की थीं? और जिसने भी की थीं, उसने उसे क्यों छोड़ दिया? क्या वो भी कातिल के साथ मिली हुई थी? या फिर''-इंस्पैक्टर एक पल रूक कर बोला-''वो खुद ही कातिल है?''

‘‘हूं।’’-ऋषभ ने गम्भीरता का प्रदर्शन करते हुए सिर हिलाया-‘‘उसकी हकीकत आपके सामने उजागर करने से पहले आपको ये बता दूं इंस्पैक्टर साहब कि ये पांचवी जो है, ये कातिल नहीं है।’’

‘‘तो कातिल की सहयोगी होगी। अपने चारों साथियों के खून में उसने किसी तरह कातिल का साथ दिया होगा। तभी तो कातिल ने उसे जिंदा छोड़ दिया।’’

‘‘किसने कहा’’-ऋषभ ने हैरानी से कहा-‘‘कि कातिल ने उसे जिंदा छोड़ दिया है?’’

इंस्पैक्टर की-साथ ही कमरे में मौजूद लगभग सभी लोगों की-आंखें फैल गईं।

‘‘तुम्हारा मतलब’’-इंस्पैक्टर ने कहा-‘‘कातिल ने उसे भी मार दिया?’’

‘‘मेरा ये मतलब तो नहीं था।’’

‘‘फिर तुम कहना क्या चाहते हो?’’-इंस्पैक्टर फट पड़ा-‘‘उतनी देर से चकरघिन्नी की तरह घुमाए जा रहे हो। पांचवी का पता चल गया है। कातिल ने उसे जिंदा नहीं छोड़ा। मारा भी नहीं। तो असल में हुआ क्या था? उसे जमीन खा गई या आसमान निगल गया?’’

‘‘ये भी एक गम्भीर सवाल है, इंस्पैक्टर साहब। लेकिन उससे पहले मैं आपका एक वहम दूर करना चाहूंगा।’’

‘‘कैसा वहम?’’

‘‘ये कि आप उसे गिरफ्तार कर सकते हैं।’’

‘‘क्यों? वो कहीं की कलेक्टर है? किसी बहुत बड़े आदमी का हाथ है उसके सिर पर? ऐसी कौन सी तोप है वो, जो कानून की पहुंच से बाहर है?’’

‘‘कानून की पहुंच से कोई बाहर नहीं है, इंस्पैक्टर साहब, लेकिन हवा को गिरफ्तार नहीं किया जा सकता।’’

OO

कमरे में सन्नाटा छा गया।

‘‘हवा को?’’-इंस्पैक्टर के मुंह से निकला-‘‘तुम्हारा मतलब...?’’

''पांचवी कोई है ही नहीं।''-ऋषभ ने कहा-''कभी थी ही नहीं। पांचवी के होने का केवल एक भ्रम उत्पन्न किया गया था। एक छलावा। जिससे लोग इसी उलझन में रहें कि जब शामली, प्रखर, विनोद और सुनैना का खून हो रहा था, उस वक्त कोई पांचवी भी वहां मौजूद थी। वो उन चारों के खून के बाद वहां से गायब हो गई, इसकी दो ही वजहें हो सकतीं थीं। या तो वो खुद कातिल थी। या कातिल की सहयोगी थी।''

''तीसरी वजह भी तो हो सकती थी।''-आशीष ने कहा-''हो सकता है वो किसी तरह बच निकली हो। और डर के कारण सामने नहीं आ रही हो।''

''ये वजह भी हो सकती थी लेकिन ऐसा होने की संभावना बेहद कम थी।''-ऋषभ ने कहा-''क्योंकि जब शामली और उसके साथियों का खून हो रहा था, उस वक्त तो उस पांचवी का-अगर कोई होती तो-डर कर भाग जाना समझ में भी आता था। लेकिन इतने दिनों तक वो गायब क्यों रही? उसने किसी से कॉन्टैक्ट क्यों नहीं किया? पुलिस की बार-बार अपील के बाद भी कॉन्टैक्ट क्यों नहीं किया? पुलिस तो उसे सुरक्षा ही देती। इसके अलावा कातिल ने वहां जो खूनी खेल खेला, वो उसने अचानक किसी आवेश में आ कर, किलिंग स्प्री का शिकार हो कर नहीं खेला था, बल्कि सोची-समझी साजिश के तहत उस पूरी वारदात को अंजाम दिया था। इसलिए वहां अगर कोई पांचवी होती तो इस बात की संभावना बेहद कम थी कि कातिल को उसके वहां होने का पता नहीं होता। पता होता तो बाकियों की तरह वो उसे भी मार देता। और चूंकि कातिल ने बाकी चारों में से किसी की लाश गायब करने की जहमत नहीं उठाई थी, इसलिए ये सवाल भी नहीं पैदा होता कि वो उस पांचवी की लाश ही गायब करने की तकलीफ करता।''

''पांचवी की मौजूदगी क्रिएट करने के लिए जाल बिछा दिया गया था। कुछ किस्मत ने भी इस मामले में कातिल का साथ दिया था। फिर वही हुआ। पुलिस-और मैं भी-हवा का पीछा करते रहे, उस पांचवी को ढूंढने में अपना वक्त जाया करते रहे, जो कहीं थी ही नहीं, और इस मर्डर केस की असली वजह, असली कातिल से अनजान बने रहे। लेकिन वो कहते हैं न, खून सिर

चढ़ कर बोलता है। इस केस में भी यही हुआ। कातिल की फूलप्रूफ प्लानिंग के बाद भी, देर से ही सही, उसकी हकीकत दुनिया के सामने आ ही गई।''

''तो क्या अभिराज कातिल नहीं था?''-इंस्पैक्टर ने कहा।

''नहीं इंस्पैक्टर साहब।''

''फिर सुइसाइड नोट में विश्रांति विला में मारे गए लोगों की हत्या का इल्जाम अपने सिर पर क्यों लिया?''

''इस पूरे मामले में लोचा है।''-ऋषभ ने कहा-''अभिराज ने अपने सुइसाइड नोट में लिखा था कि विश्रांति विला में शामली और उसके तीनों साथियों का खून करने के बाद उसने और उसकी गर्लफ्रैंड ने विला की तलाशी ली लेकिन उन्हें वो पैसे नहीं मिले, जिनके उन्हें वहां होने की उम्मीद थी। जिसके लिए उन्होंने इतना बड़ा हत्याकाण्ड किया था।''

''तो?''

''तो यही''-ऋषभ ने पूरे सब्र के साथ कहा-''कि वास्तविकता में ऐसा कुछ नहीं हुआ था।''

''मतलब?''

''मतलब यही कि कातिल ने चौथा खून किया था, उसके बाद उसके पास इतना समय ही नहीं बचा था कि वो रूक कर विला की तलाशी ले पाता। आखिरी खून सुनैना का हुआ था, जिसे कातिल ने मेनगेट के पास मारा था। सुनैना की चीख सुन कर सडक़ पर जा रही कार में सवार लोग लौट कर आए थे, जिसके चलते कातिल को वहां से हड़बड़ी में भागना पड़ा था। ये तथ्य तो हम सब शुरू से ही जानते हैं। फिर अभिराज के उस तथाकथित सुइसाइड नोट में लिखी ये बात सही कैसे हो सकती है कि कातिल ने चारों का खून करने के बाद उस अज्ञात पांचवी के साथ आराम से पूरे घर की तलाशी ली, पैसे नहीं मिलने पर उस पांचवी को गायब कर दिया और खुद भी आराम से वहां से निकल कर अपने घर वापस लौट गया?''

कोई ऋषभ की बात से इनकार नहीं कर सका।

''कौन है कातिल?''-इंस्पैक्टर ने कहा।

''वो भी पता चल जाएगा, इंस्पैक्टर साहब। पहले हम इस बात पर तो चर्चा कर लें कि कातिल जो भी था, इतना चालाक था कि उसने पुलिस के सामने

संदेही के रूप में एक ऐसी हवा-हवाई चीज को खड़ा कर दिया था, जिसका कहीं कोई अस्तित्त्व ही नहीं था। इतने शातिर कातिल का पता लगाना कोई आसान काम है क्या? और पता लगा भी लिया है तो ऐसे मास्टरमाइंड का चेहरा क्या इतनी आसानी से बेनकाब कर देना चाहिए? कम से कम कुछ देर तक तो उसे इस उलझन में रखना ही चाहिए कि उसका पर्दाफाश हुआ है या नहीं?''

''तुमने मुझे यहां पहेलियां बुझाने के लिए बुलाया है?''-इंस्पैक्टर ने कहा।

''नहीं, इंस्पैक्टर साहब। मैंने आपको यहां शामली और उसके तीनों साथियों के कातिल को गिरफ्तार करने के लिए बुलाया है।''

''कौन है कातिल?''

''शामली का भूतपूर्व बॉस।''

OO

कमरे में सन्नाटा छा गया।

सबकी नजरें सुदेश निर्मलकर की ओर उठ गईं।

सुदेश निर्मलकर कुछ पल के लिए हकबकाया सा दिखा, फिर भडक़ कर बोला-''क्या बकवास कर रहे हो?''

''बकवास नहीं कर रहा हूं सुदेश जी। आपकी करतूत पर से पर्दा उठा रहा हूं।''

''मुझ पर ऐसा घटिया इल्जाम लगाते तुम्हें शर्म नहीं आई? शामली मेरी बेटी जैसी थी। और...और उसके तीनों साथियों से तो मेरा कोई वास्ता भी नहीं था। मैं भला उन्हें क्यों मारूंगा?''

''वो भी मैं आपको बता दूंगा। लेकिन उससे पहले यहां मौजूद सभी लोगों को ये बताना चाहूंगा कि शामली और उसके साथियों की हत्या के मामले में जिस पांचवी की तलाश में हम सब इतने दिनों से सिर ठोंक रहे थे, वो पांचवी कोई थी ही नहीं। उसका किरदार गढ़ा गया था। कातिल द्वारा गढ़ा गया था। और इतनी खूबसूरती और चालाकी के साथ गढ़ा गया था कि

किसी को एक पल के लिए भी संदेह नहीं हुआ कि वहां कोई पांचवी थी ही नहीं।''

''अगर कोई पांचवी नहीं भी थी''-निर्मलकर भन्नाए हुए स्वर में बोला-''तो इससे मेरा क्या संबंध? तुमने मुझ पर जो ये घटिया इल्जाम लगाया है उसके लिए मैं तुम्हें कोर्ट में घसीटूंगा।''

''अरे।''-ऋषभ ने आश्चर्य व्यक्त किया-''आप तो मुझे कातिल का पता लगाने पर ईनाम देने वाले थे। और अब जब मैं कातिल को बेपर्दा कर रहा हूं तो मुझे कोर्ट में घसीटने की बात कर रहे हैं। ये तो सरासर नाइंसाफी है।''

निर्मलकर ने कुछ बोलने के लिए मुंह खोला लेकिन इंस्पैक्टर ने हाथ उठा कर उसे चुप रहने का संकेत किया।

''अगर पांचवी कोई नहीं थी''-इंस्पैक्टर ने ऋषभ से सवाल किया-''तो वो कौन थी, जिसे शामली और उसके साथियों के साथ कार में देखा गया था? उसकी खबर तो तुम्हीं पुलिस के पास ले कर आए थे। हमसे तो जांच में चूक हो गई थी और शामली की टीम के साथ कार में मौजूद उस पांचवी का हम पता नहीं कर पाए थे। उसके अलावा भी उस पांचवी के घटनास्थल पर मौजूद होने के ढेरों सबूत हैं। और इतना ही नहीं"-इंस्पैक्टर एक पल ठिठक कर बोला-"अभिराज ने तो अपने सुइसाइड नोट तक में इस बात को स्वीकार किया था कि वो पांचवी उसकी दोस्त थी। फिर तुम एकदम से ये कैसे कह सकते हो कि पांचवी कोई थी ही नहीं?''

ऋषभ के होंठों पर रहस्यमयी मुस्कान आ गई।

''यही तो इस केस की मजेदार बात है इंस्पैक्टर साहब।''-ऋषभ ने कहा-''पांचवी के होने के इतने सारे सबूत थे। लेकिन सबूत ही थे। पांचवी कोई थी ही नहीं।''

''भगवान के लिए पहेलियां बुझाना बंद करो।''

''ओके।''-ऋषभ ने दयानतदारी भरे अंदाज में कहा-''तो मैं शुरू से बताता हूं। सुदेश निर्मलकर ने शामली और उसके साथियों को मारने की साजिश रची तो उसे शामली और उसके साथियों की पहली डबिंग में एक अनजान, एक पांचवीं शख्स के रूप में एक ऐसी विंडो दिखाई दी, जो उसके बचने का रास्ता हो सकती थी। जिसका इस्तेमाल करके वो शक की सुई अपने ऊपर

से हटा सकता था। अपने ऊपर से हटाने के साथ ही शक की सुई एक ऐसी गुमनाम शख्स पर लगा सकता था, जो कि कोई थी ही नहीं। और सुदेश ने इस ट्विस्ट का पूरा फायदा उठाया। घटना की शाम-जब शामली और उसके तीनों साथियों को चुन-चुन कर मारा गया-घटनास्थल पर पांच लोग जरूर थे। लेकिन पांचवा शख्स शामली की टीम का नहीं था। बाहर से आया था। उन चारों को मारने आया था। सुदेश ने शामली और उसके साथियों को मारने के साथ ही घर में एक जोड़ी सैंडल और एक बैग-जिसमें मौजूद सामान से ऐसा लगे कि वो किसी महिला का था-वहां प्लांट कर दिया। हालांकि आखिरी कत्ल करते समय-जो कि सुनैना का था-सुदेश को हड़बड़ी में वहां से भागना पड़ा क्योंकि सुनैना भाग कर गेट तक पहुंच गई थी और उसकी चीख सुन कर वहां से गुजर रही कार में सवार लोग उसकी मदद करने के इरादे से आ गए थे वरना अगर सुदेश को और समय मिलता तो शायद वो घटनास्थल पर और भी समय बिताने वाला था और अपने पहले से फूलप्रूफ प्लान की नोंक-पलक सुधार कर ही वहां से जाने वाला था। हालांकि वैसा नहीं करने से भी कोई विशेष फर्क नहीं पड़ा क्योंकि पुलिस इन्वेस्टिगेशन को भटकाने के लिए शामली की टीम की पांचवी सदस्य की फर्जी उपस्थिति के सबूत तो ये वहां गढ़ ही चुका था।''

''मैंने कोई सबूत नहीं गढ़े।''-निर्मलकर ने कहा-''बंद करो अपनी बकवास।''

''घर के मालिक सुजान सिंह से तुम्हारी जान-पहचान थी। तुमने ही शामली को उस मकान को किराए पर लेने का आइडिया सरकाया था। इसलिए सरकाया था क्योंकि शामली, प्रखर, विनोद और सुनैना के लिए जो षड्यंत्र तुम रच रहे थे, उसे अंजाम देने के लिए वो घर तुम्हारे लिए बेहद मुफीद जगह थी। सुनसान इलाके में, जहां कोई आता-जाता नहीं था। वहां तुम जो भी करते, तुम्हें रोकने-टोकने वाला कोई नहीं था। उन चारों की चीखें सुनने वाला कोई नहीं था। तुम आराम से अपनी करतूत को अंजाम दे कर वहां से निकल सकते थे। जो कि तुमने किया भी।''

''ये सब बकवास है।''-सुदेश ने कहा-''तुम्हारे पास कोई सबूत नहीं है।''

''सबूत?''-ऋषभ के होंठों पर मुस्कान आ गई-''क्या तुम इस बात से इनकार कर सकते हो कि शामली और उसके साथियों को उस घर को किराए पर लेने का आइडिया सुझाने वाले, उन्हें डैथ ट्रैप में धकेलने वाले, तुम ही थे? अगर तुम इनकार कर भी दोगे तो भी तुम्हारे मित्र सुजान सिंह नहीं कर पाएंगें। क्योंकि मेरे पास उनका रिकॉर्डेड बयान है, जिसमें उन्होंने न सिर्फ ये कहा है कि विश्रांति विला को शामली को किराए पर देने के लिए तुमने ही सुजान सिंह को फोन किया था। और इतना ही नहीं, उस घटना के बाद सुजान सिंह को फोन करके तुमने उनसे ये भी कहा था कि पुलिस को बयान देते समय सुजान सिंह तुम्हारा नाम छिपा लें। तुम्हारा जिक्र न करें। क्योंकि ऐसा करने से पुलिस तुम्हें परेशान करती। सुजान सिंह चूंकि तुम्हारे पुराने परिचित हैं, मित्र हैं, उस समय इन्हें सपने में भी इस बात का गुमान नहीं हुआ कि उन चारों की हत्याओं में तुम्हारा हाथ हो सकता है, इसलिए ये तुम्हारी बात मानने के लिए राजी हो गए। इन्होंने पुलिस के सामने तुम्हारा जिक्र तक नहीं किया। मेरे सामने किया भी, तो इस तरह से कि मैं तुम्हारा उस वारदात से कोई कनेक्शन जोड़ नहीं पाया। लेकिन बाद में मेरे दिमाग में एक बात आई तो मैंने नए सिरे से सुजान सिंह से पूछताछ की, तब कहीं जा कर तुम्हारी करतूत का खुलासा हुआ।''

''ऐसा क्या आया तुम्हारे दिमाग में?''

''यही कि सुजान सिंह सुदेश निर्मलकर के दोस्त हैं। अब इसे संयोग तो नहीं कहा जा सकता कि शामली दुनिया भर को छोड़ कर अपने भूतपूर्व बॉस के दोस्त का मकान ही किराए पर लेने पहुंच गई थी। इसके पीछे दो ही बातें होने की संभावना अधिक थी। पहली तो ये कि शामली ने यूं ही कभी सुदेश के मुंह से या इसके यहां काम करते हुए सुजान सिंह का मकान खाली होने के बारे में सुन लिया हो। या सुदेश ने खुद ही शामली को उस मकान के बारे में बताया हो लेकिन हकीकत में सुदेश के मन में कोई बुरा इरादा न हो। लेकिन-ऋषभ एक पल रूक कर बोला-दूसरी बात ये भी हो सकती थी कि ये कोई संयोग नहीं था। सुदेश ने जान-बूझ कर, एक सुनियोजित योजना के तहत शामली को सुजान सिंह का मकान सुझाया था, सुजान सिंह से शामली को मकान देने की सिफारिश भी की थी, जिससे शामली अपने

साथियों के साथ उस मकान में जाए और सुदेश वहां अपने खूनी षड्यंत्र को चरम पर पहुंचा सके।''

''ये कोई पुख्ता सबूत नहीं है।''-सुदेश ने खोखले स्वर में कहा-''अगर मैंने शामली को वो मकान सुझाया भी था, सुजान सिंह से पुलिस के सामने मेरा जिक्र करने से मना भी किया था तो ये कोई जुर्म नहीं है। मैं बस पुलिस के लफड़े से बचना चाहता था। क्या इतनी सी बात के लिए तुम मुझ पर कत्ल का इल्जाम थोप दोगे?''

''नहीं निर्मलकर साहब। मैं आप पर कोई इल्जाम नहीं थोप रहा। बस आपको हकीकत से रू ब रू करवा रहा हूं। जिस हकीकत से आप भागने की कोशिश कर रहे हो। लेकिन आप ऐसा करने की कोशिश कभी नहीं करते, अगर आपको पता होता कि सबूत के रूप में आपके पैरों से ऐसी बेडिय़ां जकड़ी हुई हैं, जो भागना तो दूर, आपका चलना भी मुहाल कर देंगीं।''

''ऐसा कौन सा ठोस सबूत है तुम्हारे पास?''

''अभिराज।''

OO

सुदेश निर्मलकर हंसा।

उतनी देर में पहली बार वो हंसा।

ऋषभ ने कुछ कहा नहीं। वो उसकी हंसी के जवाब में बस मुस्कुरा दिया।

''अभिराज?''-इंस्पैक्टर ने कहा-''वो तो मर चुका है।''

''देख लीजिए, इंस्पैक्टर साहब।''-सुदेश का स्वर व्यंग्यात्मक हो गया-''आपका जासूस, रिपोर्टर यहां ऐसे शख्स को सबूत के रूप में मेरे खिलाफ पेश कर रहा है, ऐसे सबूत के आधार पर मुझे शामली और उसके साथियों के कत्ल के इल्जाम में जेल भेजने के सपने देख रहा है, जो शख्स अब दुनिया में ही नहीं है।''

''अभिराज भले ही इस दुनिया में नहीं है''-ऋषभ ने कहा-''लेकिन तुम तो इस दुनिया में हो। या तुम्हारा भी दुनिया से चले जाने का इरादा है? वैसे

अगर तुम्हें फांसी होती है तो तुम्हारे दुनिया से चले जाने का सीनेरियो भी बन सकता है।''

''क्या बक रहे हो?''

''अभिराज सुजान सिंह के यहां काम करता था। लेकिन उससे पहले वो तुम्हारा कर्मचारी था। तुम्हारे यहां का काम छोड़ने के बाद करीब दो साल से वो सुजान सिंह के यहां काम कर रहा था। लेकिन इसके बाद भी वो तुम्हारा वफादार था। अभिराज से तुमने ही कहा था कि उस घर में घुस कर कैमरे खराब कर दो। अभिराज ने तुम्हारी आज्ञा का पालन भी किया। लेकिन उसे शायद उस वक्त इस बात का अंदाजा नहीं था कि तुम वहां क्या गुल खिलाने वाले थे? उसे बस यही लगा था कि तुम वहां कोई छोटी-मोटी गड़बड़ करना चाहते थे और कैमरे में रिकॉर्ड होने से बचना चाहते थे। लेकिन अगले दिन अभिराज को जब वहां हुए कांड का पता चला तो तुम्हारी हकीकत उसके सामने आ गई।''

''मेरी हकीकत उसके सामने आ गई?''-निर्मलकर ने व्यंग्य भरे स्वर में कहा-''और हकीकत सामने आने के बाद वो चुपचाप सुजान सिंह के यहां अपनी डेली ड्यूटी पर आता रहा? उसने किसी से कुछ कहने की जरूरत नहीं समझी?''

''जरूरत इसलिए नहीं समझी क्योंकि तुमने पहले ही नोटों से उसका मुंह भर दिया था। दुनिया भर में वही एक शख्स ऐसा था, जो शामली और उसके तीनों साथियों के कत्ल से तुम्हारे इस डायरेक्ट सम्बन्ध को जानता था। तुमने उसका मुंह बंद करने के लिए उसे पांच लाख रूपए भी दिए थे। लेकिन बाद में अभिराज फैलने लगा। तुम्हें धमकाने लगा। कि तुम्हारी हकीकत पुलिस को बता देगा। और पैसे मांगने लगा। तब तुम्हें भी ये समझ में आ गया कि सिर्फ एक बार और पैसे दे देने से बात खत्म नहीं होने वाली थी। तुम हमेशा के लिए अभिराज की मुट्ठी में आ चुके थे। वो तुम्हारे राज का डर दिखा कर जब चाहे, जितने चाहे, तुमसे पैसे वसूल कर सकता था। तुमसे कुछ भी करवा सकता था। तुम्हें सारी उम्र अपने इशारों पर नचा सकता था। तब तुमने उसे रास्ते से हटाने का फैसला किया। जो कि तुम्हारे लिए कोई

बड़ी प्रॉब्लम भी नहीं थी। चार लोगों का खून तुम एक साथ कर चुके थे। एक और को मार देना तुम्हारे लिए कोई बड़ी बात नहीं थी।''

''एक और को? यानि अभिराज को भी मैंने मारा था? लगता है तुम दुनिया के सारे मर्डर केसेज का आरोप मुझ पर ही थोप दोगे।''

''इतने भोले मत बनो सुदेश साहब।''-ऋषभ का स्वर शुष्क हो गया-''अभिराज को मारने वाले तुम ही हो, ये बात तो इसी से स्पष्ट हो जाती है कि शामली और उसके तीनों साथियों का खून करने वाले तुम ही थे। जब अभिराज ने शामली और बाकी का कत्ल किया ही नहीं था तो वो उनके खून का इल्जाम अपने सिर पर ले कर घाटी में क्यों कूद गया? जाहिर है वो अपने आप से नहीं कूदा था। उसे कुदवाया गया था। और उसे कुदवाने वाले तुम थे।''

''क्योंकि ऐसा तुम कह रहे हो? या तुम्हारे पास मुझ पर ये बेहूदा इल्जाम लगाने के अलावा कोई सबूत भी हैं?''

''कई चीजें थीं''-ऋषभ ने कहा-''जो तुम्हारी ओर उंगली उठा रहीं थीं। अभिराज के मरने से उसके सुसाइड नोट से ये तो साबित हो चुका था कि शामली और उसके साथियों के कत्ल से पिछली रात विश्रांति विला में घुस कर सीसीटीवी कैमरे खराब करने वाला शख्स अभिराज ही था। लेकिन आगे की कहानी मुझे हकीकत से मैच खाती नहीं लग रही थी। क्योंकि मैं अभिराज को कातिल मानने के लिए तैयार नहीं था। मुझे वो सिर्फ उस बलि के बकरे की तरह लग रहा था, जिसे अपना गला बचाने के लिए आगे कर दिया गया था। अब ऐसा कौन हो सकता था, जो अभिराज को बलि का बकरा बनाने के लिए चुन सकता था? ऐसा कौन हो सकता था, जिसके कहने पर अभिराज रात में, चोरों की तरह अपने वर्तमान मालिक के घर में घुस कर सीसीटीवी कैमरे खराब कर सकता था? अभिराज के घर के आसपास लोगो से पूछताछ करने पर मुझे जो एक चौंका देने वाली बात पता चली, वो ये थी कि अभिराज सुजान सिंह के यहां तो करीब दो साल से ही काम करता था। लेकिन उससे पहले सुदेश के यहां काम करता था। वो सुदेश का भूतपूर्व कर्मचारी था। अभिराज के तार सुदेश से जुड़ते देख कर हकीकत का अंदाजा लगाना मुश्किल नहीं था। बाद में जब मैंने सुजान सिंह

से दोबारा, जोर दे कर पूछताछ की, तो उन्होंने भी ये स्वीकार किया कि सुदेश ने उन्हें शामली के उस घर को किराए पर लेने में उनके कनेक्शन को पुलिस के सामने बताने से मना किया था। सुदेश इतना छिपाव किसलिए कर रहा था? अगर वो निर्दोष था तो उसे इस बात से क्या फर्क पड़ता था कि पुलिस जान जाती कि शामली को वो घर किराए पर देने की सुजान सिंह से सिफारिश सुदेश ने की थी। इसका जवाब है कि सुदेश को फर्क पड़ता था। और सुदेश निर्दोष भी नहीं है। वो सुजान सिंह से, अपने दोस्त से, शामली को वो मकान किराए पर देने की सिफारिश नहीं कर रहा था। बल्कि शामली और उसके साथियों के लिए जाल बिछा रहा था।''

''बकवास।''-सुदेश ने कहा।

''तुमने बड़ी चालाकी की।''-ऋषभ ने कहा-''अपनी सारी करतूत बेचारे अभिराज पर थोप डालने की साजिश रची। लेकिन तुम्हारी साजिश बैकफायर कर गई। असल में तुम्हारे खिलाफ असली सबूत अभिराज की मौत के बाद से ही मिलना शुरू हुए। अगर तुम वैसा नहीं करते, तो शायद किसी का ध्यान अभिराज पर जाता ही नहीं। और न ही अभिराज के माध्यम से इस केस से तुम्हारे कनेक्शन का पता चलता।''

''मेरा अभिराज के खून से कोई कनेक्शन नहीं है।''

''तुमने पहले अभिराज को मिलने के लिए प्रीतम ढाबे पर बुलाया। फिर वहां उसे खाने-पीने की किसी चीज में बेहोशी की दवा मिला कर पिला दी होगी। उसके बाद तुम उसे कार में बिठा कर वहां से रवाना हुए, जो कि किराए की थी। दवा का असर होने पर अभिराज बेहोश हो गया। आगे जो होने वाला था, उसे कोई तुमसे लिंक नहीं कर पाने वाला था, इस बात का लेकर भी तुम निश्चिंत थे क्योंकि पहले ही इतने बड़े कांड में अभिराज को अपना साथी बनाए होने के कारण तुमने उसे पहले ही चेता रखा था कि वो जब भी तुमसे मिलने आए, किसी से न कहे। अभिराज को तुमसे पैसा मिल रहा था इसलिए वो तुम्हारी बातें मान भी रहा था। लेकिन उसे अंदाजा नहीं था कि वो कितना बड़ा जोखिम उठा रहा था। तुम बेहोश अभिराज को ले कर विश्रांति विला पहुंचे। वहां तुमने अभिराज को घाटी से नीचे धकेल दिया और सुसाइड नोट घटनास्थल पर छोड़ आए, जो कि टाइप किया

हुआ था और उस पर तुमने किसी ट्रिक से अभिराज से साइन भी करवा लिए थे।''

''तुम सिर्फ बकवास किए जा रहे हो।''-निर्मलकर ने कहा लेकिन अब वो विचलित दिखाई देने लगा था-''तुम्हारे पास इन बेहूदा इल्जामों को साबित करने के लिए कोई ठोस सबूत नहीं है।''

''सबूत है तुम्हारा वो दोस्त रामधन अग्रवाल, जिसकी कार का उपयोग तुमने अभिराज को मारने के लिए किया। तुम्हारे खुद की कार उस चक्कर में न फंसे इसलिए तुमने अपने दोस्त से कार उधार मांग ली। जो कि लोनावला का है भी नहीं। यहां से थोड़ी दूर एक गांव का है। उसकी कार ट्रैक होना आसान नहीं थी। तुम समय-समय पर उसकी मदद करते रहते थे इसलिए वो तुम्हें कार मांगने पर मना नहीं कर पाया। ये बात अलग है कि उसे सपने में भी इस बात का गुमान नहीं था कि तुम जिस उद्देश्य के लिए उससे कार मांग रहे थे, वो कितना भयानक था। तुमने अपनी कार की जगह अपने दोस्त की कार इसलिए इस्तेमाल की, जिससे तुम्हारा नाम सामने आने की आशंका कम हो। वैसे भी तुम्हें उम्मीद थी कि अभिराज के पास से सुइसाइड नोट बरामद होने के बाद पुलिस के लिए पूरा केस ही क्लोज्ड हो जाएगा। अभिराज के बारे में तफ्तीश करना तो दूर, शामली और उसके साथियों के मर्डर की इन्वेस्टिगेशन भी बंद कर दी जाएगी। क्योंकि तब पुलिस की और दुनिया की नजरों में उनका कातिल अभिराज होगा, जो कि खुद अपने पाप से दुखी हो कर आत्महत्या कर चुका था। तुम्हारी चाल सफल भी रही। लेकिन मैं मानने के लिए तैयार नहीं था कि अभिराज की वो आत्महत्या असली थी। मैंने थोड़ा सा खंगाला तो चीजें अपने आप उभर कर सामने आती चली गईं। अभिराज के एक दोस्त से पता चला कि घटना की रात अभिराज ने उसे बताया था कि वो प्रीतम ढाबे पर किसी आदमी से मिलने जाने वाला था, जिसके बाद उसके पास खूब पैसा होता। इतनी सी बात किसी के भी दिमाग में घंटी बजाने के लिए काफी थी। मैंने प्रीतम ढाबे जा कर पड़ताल की तो ढाबे के सीसीटीवी कैमरे में अभिराज भी दिखाई दे रहा है और तुम भी दिखाई दे रहे हो। हालांकि तुमने अपना चेहरा छिपाने के लिए हुडी वाली जैकेट पहनी हुई है, चश्मा लगाया हुआ है, कपड़े ऐसे पहने

हुए हो, जैसे तुम आमतौर पर पहनते नहीं हो लेकिन इसके बाद भी तुम्हें पहचानना कोई बड़ी बात नहीं है। डील-डौल, चलने का अंदाज भी एक चीज होता है। ढाबे में खाना खाने के बाद तुम और अभिराज ढाबे से निकल कर पार्किंग में कार में बैठते हुए भी दिख रहे हो, जो कि तुम्हारी नहीं है। कार को ट्रेस करने में मुझे थोड़ी दिक्कत हुई लेकिन वो मुश्किल काम भी आखिर मेरे कुछ साथियों की बदौलत पूरा हो ही गया। और एक बार कार का पता चलने के बाद तो मामले की तह तक पहुंचना तुम्हारा नाम बोलने से भी ज्यादा आसान था।''

सुदेश का चेहरा फक्क पड़ गया।

''ढाबे के सीसीटीवी कैमरे में तुम और अभिराज जब कार में बैठ रहे हो, उसमें साफ दिख रहा है कि अभिराज कार के पास पहुंचने तक नशे की हालत में था। वो खड़े होने के लिए भी कार के बोनट का सहारा ले रहा था। ऐन वक्त पर शायद उसे तुम्हारे भयानक षड्यंत्र का भी आभास हो गया था इसलिए वो नशे की हालत में ही कार से दूर जाने की भी कोशिश कर रहा था लेकिन तुमने उसे पकड़ कर सहारा देने का नाटक करते हुए कार में बिठा लिया। घाटी से अभिराज की लाश बरामद होने से महज एक घंटे पहले। बोलो। क्या तुम इसकी कोई सफाई दे सकते हो? कि तुम उस वक्त अभिराज के साथ क्या कर रहे थे? और तुम अभिराज के साथ थे तो इस बात को लगातार छिपा क्यों रहे थे?''

''वो रिकॉर्डिंग कहां है?''-इंस्पैक्टर ने गम्भीर स्वर में पूछा।

''ढाबे वालों के पास तो है ही इंस्पैक्टर साहब। इसके अलावा मैंने भी उनसे वीडियो फाइल मांग ली थी, जो अब मेरे मोबाइल में और मेरे अखबार के ऑफिस दोनों जगह पहुंच चुकी है।''

''न्यूयॉर्क टाइम्स को भी भेज दो।''-इंस्पैक्टर ने कहा-''बस पुलिस को मत भेजना।''

''नाराज मत होइए, इंस्पैक्टर साहब।-ऋषभ ने विनयपूर्वक कहा-''आपको तो भेजनी ही है। आपको भेजे बिना काम कैसे चलेगा? आप ही तो अपराधी को उसकी सही जगह पहुंचाएंगें।''

इंस्पैक्टर खामोश रहा।

''मैंने अभिराज को उसके घर के पास ही छोड़ दिया था।''-निर्मलकर ने कहा-''वो नशे में था। बाद में उसने वहीं जा कर आत्महत्या कर ली, जहां उसने अपराधबोध के कारण शामली और उसके साथियों को मौत के घाट उतारा था। सुइसाइड नोट पर अभिराज के साइन हैं।''

''अपराधबोध?''-ऋषभ हंसा-''तुम तो अपराधबोध की बात न ही करो तो अच्छा है। रही सुइसाइड नोट पर अभिराज के साइन की बात, तो अभिराज को मारने से पहले तुमने सुसाइड नोट पर उसके साइन लिए थे। तुमने जरूर उसे होश में ला कर डराया-धमकाया होगा। उसके साथ मारपीट की होगी। वरना वो साइन करने के लिए तैयार नहीं होता। साइन करवाने में भी तुमने कुछ चालाकी बरती होगी, उसे कागज पढऩे नहीं दिया होगा। वरना अगर वो उसे पूरा पढ़ता तो शायद साइन करता ही नहीं। आखिर कागज में साफ-साफ लिखा था कि तुम तो उसे मारने का जाल ही बिछा रहे थे।''

निर्मलकर ने जोरों से थूक गटका।

''तुम फंस चुके हो सुदेश निर्मलकर।''-ऋषभ ने विषैले स्वर में कहा-''जो जाल तुमने दूसरों के लिए बिछाया था, अब वो तुम्हारे ही इर्द-गिर्द कस गया है। अब तुम चाह कर भी इससे बच नहीं सकते। तुम्हारी भलाई इसी में है कि अपने अपराध को स्वीकार कर लो। अपने किए पर पश्चाताप करो। और खुद अपने मुंह से कबूल करो कि ऐसी क्या वजह थी, जिसके चलते तुमने एक नहीं, दो नहीं पांच-पांच लोगों को मार दिया?''

सुदेश स्तब्ध सा शून्य में ताक रहा था।

''तुम कुछ नहीं कर सकते। तुम्हारे खिलाफ सबूतों का भण्डार है। तुमने सब कुछ बड़ी चालाकी से किया था। लेकिन एक जगह तुम मात खा गए।''

''कौन सी जगह?''-सुजान सिंह ने कहा।

''राजदार। इन्होंने राजदार एक ऐसे शख्स को बनाया, जो इनके ही गले की हड्डी बन गया। और जब उस हड्डी को हटाने के लिए इन्होंने उस राजदार को ही रास्ते से हटा दिया तो वो एक तरह से इन्होंने अंधेरे में लाइट जला कर अपनी ओर ध्यान आकर्षित करने का काम किया कि लो देखो। मैं ही हूं विश्रांति विला में शामली और उसके तीनों साथियों का हत्यारा।''

‘‘शक किसी और पर जाए इसके लिए तुमने रीना को शिकार बनाया। शामली और आशीष की आपत्तिजनक तस्वीरें रूपाली के घर डाल आए जिससे मैं ये समझूं-और मेरे माध्यम से आगे पुलिस भी ये समझे-कि रीना उन दोनों के अवैध संबंधों के बारे में जानने से खफा थी और शामली के खून में उसका हाथ हो सकता था। इस बात को तुमने सीधे सीधे भी मेरी ओर सरकाया था जब मैं तुमसे मिलने गया था। तुमने कहा था कि तुमने रीना को शामली के फ्लैट से गुस्से में बाहर निकलते देखा था। पता नहीं ऐसा हुआ भी था या नहीं। या वो बस तुम्हारी फेंकी हुई गप्प थी। बाकी झूठी बातों की तरह एक झूठ था। क्योंकि इसकी गवाही देने शामली तो दुनिया में आने वाली नहीं थी। रह गई रीना। तो अगर ऐसा नहीं हुआ था तो रीना ही एक गवाह रह जाती है। और रीना का ये कहना कि वो शामली और उसके साथियों की घटना से कुछ ही दिन पहले शामली से मिली ही नहीं थी, विश्वसनीय नहीं होता। क्योंकि उस पर तो खुद इस बात का शक किया जा रहा था कि शामली के खून में उसका हाथ है।’’

‘‘मैं शामली से कई दिनों से नहीं मिली थी।’’-रीना ने कहा।

‘‘तुमने ये बात मुझे बताई थी। लेकिन जब निर्मलकर ने मुझसे ये कहा तो मैं इसकी बातों में आ गया था और सोच रहा था कि तुम ही झूठ बोल रही थी।’’

रीना ने आग्नेय नेत्रों से निर्मलकर की ओर देखा।

‘‘ये क्या बात हुई?’’-इंस्पैक्टर की भंवें तनीं-‘‘रीना ने आशीष के साथ अवैध संबंधों को लेकर शामली और उसके तीन साथियों की हत्या कर दी। लेकिन आशीष को कुछ नहीं किया? दोषी तो शामली और आशीष थे। अगर रीना के खिलाफ ऐसा षड्यंत्र रचा जाना था तो रीना के पास शामली के तीनों साथियों को मारने की क्या वजह बताई जाती? आशीष को छोडऩे की क्या वजह बताई जाती?’’

‘‘वो बेल परवान चढ़ती तो उसमें भी कुछ न कुछ गढ़ ही लिया जाता इंस्पैक्टर साहब। या ये पहले से ही गढ़े बैठा हो।“-उसने निर्मलकर की ओर देखा-“आशीष को छोड़ देने की वजह तो बड़ी आसान गढ़ी जा सकती है। कई मामलों में देखा गया है कि प्रेमिका पजेसिव टाइप की होती है तो अपने

प्रेमी के आसपास मंडराने वाली लडक़ी को चोट पहुंचाती है। लेकिन अपने प्रेमी को कुछ नहीं करती। शामली के बाकी तीनों साथियों को भी रीना द्वारा मारे जाने की कोई न कोई कहानी गढऩे और उसे स्टेज करने का करिश्मा भी निर्मलकर साहब कर ही लेते। आखिर इतने करामाती आदमी हैं।''

निर्मलकर के जबड़े कस गए।

''हां।''-सुदेश निर्मलकर बिफर उठा-''मैंने मारा था उन चारों को। और बिल्कुल ठीक मारा था। वे चारों इसी लायक थे। उन्होंने मेरी जिंदगी बर्बाद कर दी थी। मेरी वर्षों की मेहनत बर्बाद कर दी थी। मैं क्या करता? हाथ पर हाथ रख कर बैठ जाता? पैसों की कमी के कारण मेरे बेटे की पढ़ाई बीच में ही छूट गई। उसे तीसरे साल में ही रूस से लौट कर वापस आना पड़ा। उसका डॉक्टर बनने का सपना अधूरा रह गया? क्यों? उस...उस शामली के कारण।''

''ऐसा क्या कर दिया था शामली ने?''-इंस्पैक्टर ने पूछा।

''ये पूछो, उसने क्या नहीं कर दिया था। उसने मेरे सपने, मेरी कई महीनों की मेहनत, मेरी आखिरी उम्मीद, सब कुछ अपने स्वार्थ की हवस के पैरों तले रौंद दिया था। उस डबिंग प्रोजेक्ट के लिए जितना भी पैसा मिला था, उसमें से एक रूपए पर भी, एक फूटी कौड़ी पर भी शामली का कोई हक नहीं था। वो सब मैंने किया था। सारा आइडिया मेरा था। शुरू से ही मेरा था। मेरी गलती सिर्फ इतनी थी कि शामली पर भरोसा करके मैंने उसे आगे कर दिया था। क्या करना है, कैसे करना है, ये बताता मैं था, लेकिन उसे जमीन पर अंजाम शामली देती थी। उसने ग्रुप्स बनाए, हॉलीवुड की क्लासिक फिल्मों के फैन्स को उनमें जोड़ा, जिससे बाद में डबिंग के लिए फंड रेजर शुरू किया जा सके। सब उसने मेरे कहने पर किया। लेकिन बाद में धीरे-धीरे शामली प्रोजेक्ट को टेकओवर करने लगी। उसे ये बात समझ में आ गई कि वो ये सब मेरे बिना भी कर सकती थी। बल्कि मेरे बिना क्या, वो तीन-चार अपनी पसंद के लोगों के साथ पूरी डबिंग कंपनी चला सकती थी। जब उसे कंपनी की मालिक बनने का आइडिया आ गया, तो भला वो एक मामूली वर्कर बने रहना क्यों चुनती? उसने उस प्रोजेक्ट से मुझे उसी तरह झाड़ दिया, जिस तरह कोई कपड़ों पर लगी गंदगी को झाड़ देता है।''

‘‘शामली ने आपके प्रोजेक्ट को हथिया कर आपको धोखा दिया था?’’- इस्पैक्टर ने पूछा।

‘‘हॉलीवुड फिल्मों की डबिंग के प्रोजेक्ट का आइडिया मेरा था। सिर्फ आइडिया ही नहीं, मेहनत भी मेरी थी। मैंने शामली से बस इस चीज में मदद ली थी कि वो सोशल मीडिया पर एक्टिव रहती थी, अपनी बातचीत से लोगों को प्रभावित कर लेती थी, इसलिए शुरू में मैंने उसे आगे रखा। हमारे बीच स्पष्ट बात हो चुकी थी कि शामली इस काम में मेरे असिस्टेंट की तरह थी। वैसे भी सोशल मीडिया पर कोई लडक़ी अपनी चप्पल का फोटो भी खींच कर डाल दे तो उस पर भी लाइक, कमेंट्स की भरमार लग जाती है। शामली ने कुछ ग्रुप्स बनाए, जिनमें हॉलीवुड की ऐसी चुनिंदा फिल्मों के फैन्स को जोड़ा गया, जो अब तक हिन्दी में डब नहीं हुई हैं। शामली उन ग्रुप्स में लोगों से चर्चा भी करती। मैं खुद उन ग्रुप्स में शामिल रह कर लोगों को उकसाता। मैं जानता था कि फैन्स अपनी पसंद की फिल्म वगैरह के लिए किसी भी हद तक जा सकते हैं। फिर छोटा-मोटा चंदा देना क्या बड़ी बात है? जब हमारे ग्रुप्स में फैन्स की संख्या पचास हजार पार कर गई तो हमने उसमें इन फिल्मों की डबिंग फंड रेजिंग के माध्यम से कराने का प्रस्ताव रखा, जिस पर सदस्यों ने सहमति भी दी। फंड रेजिंग से पैसा एकत्र होने लगा। लेकिन यहां पर मुझसे एक बड़ी गलती हो गई। मैं शामली पर कुछ ज्यादा ही भरोसा करने लगा था। इसलिए फंड रेजर के लिए जो एकाउंट नंबर दिया गया, वो शामली का था। मैं शामली से ऐसे धोखे की उम्मीद नहीं कर पाया था। मैं यही सोचता रहा कि इतने बड़े प्रोजेक्ट को अकेला चलाने की बात शामली सपने में भी नहीं सोच सकती। ऊपर से मूलत: ये आइडिया, ये पूरा प्रोजेक्ट मेरा ही था। शामली को एक-एक निर्देश मैं दे रहा था। वो खुद मुझसे हर चीज पूछती थी। किसी भी तरह की गड़बड़ या दिक्कत होने पर वो सीधे दौड़ कर मेरे पास आती थी। मैं इसे उसकी ईमानदारी समझने की गलती कर बैठा। वो पूरा प्रोजेक्ट, उसके पीछे पूरा दिमाग, पूरी मेहनत मेरी थी। इसलिए इसे हड़पना-जैसा कि शामली ने बाद में किया-भी मेरे साथ धोखा करना ही था। शामली मेरे यहां काम करती थी। मैं सोचता था कि वो मुझसे बाहर नहीं जा सकती थी। लेकिन उसने तो

प्रखर, विनोद और सुनैना की संगत में आने के बाद मुझे ऐसे झटक दिया, जैसे मैं इंसान न हो कर कोई बदबूदार चीज हूं। मेरे यहां पांच सालों की नौकरी, मेरे सारे अहसान उसने एक पल में भुला दिए। और ऐसा हुआ सिर्फ और सिर्फ उन कमीने प्रखर, विनोद और सुनैना की संगत में आने के बाद। मैं तो प्रखर और विनोद पर नजर पड़ते ही समझ गया था कि वे कितने घटिया किस्म के इंसान थे। मैं तो ऐसे लोगों को कभी अपने पास भी नहीं फटकने देता। वे परजीवी थे। ऐसे परजीवी, जो दूसरों की मेहनत लूट कर अपना पेट पालते थे। जो खुद मेहनत करना नहीं जानते थे। धोखा दे कर, छल करके पैसा कमाना ही उनकी नियति थी। शामली भी उनकी संगत में रह कर उनके जैसी ही हो गई थी।''

कुछ पल कमरे में सन्नाटा रहा।

''अगर शामली ने ये सब किया था''-इंस्पैक्टर ने कहा-''तो तुमने बाकी तीनों को क्यों मारा? उनकी क्या गलती थी? प्रखर, विनोद और सुनैना ने तुम्हारा क्या बिगाड़ा था?''

''गलती? शामली को मेरे खिलाफ भड़काने वाले वही तीनों थे। करीब महीने भर पहले उनकी शामली से मुलाकात हुई थी। वे तीनों एक नंबर के फ्रॉड और धोखेबाज थे। बल्कि मुझे तो ये तक पता चला था कि उनके तार अंडरवर्ल्ड तक से जुड़े थे। उन्होंने शामली को इतनी तेजी से अपने रंग में रंग लिया, जितनी तेजी से बिजली भी नहीं चमकती। उनसे पहली मुलाकात के बाद से ही शामली का रंग-ढंग बदला-बदला लगने लगा था। लेकिन वो मेरे साथ ऐसा करेगी, इस हद तक धोखा देगी, इसका अंदाजा मुझे थोड़ी देर से हुआ।''

कुछ पल उनके बीच सन्नाटा रहा।

''मैं शामली पर पूरा भरोसा करता था।''-निर्मलकर ने कहा-''शामली के व्यवहार से भी यही लगता था कि वो भी मुझ पर पूरा विश्वास करती थी। यहां तक कि उसने अपने बैंक का पासवर्ड तक मुझसे शेयर किया हुआ था, जिससे मैं जब चाहे, नेट बैंकिंग से खाता चैक कर सकता था। उसी से मुझे पता चलता रहता था कि हर रोज कितना चंदा एकत्र हो रहा था। प्रखर, विनोद और सुनैना से मुलाकात के बाद शामली ने वो पासवर्ड भी चेंज कर

दिया था। मैंने नेट पर एकाउंट ओपन करने की कोशिश की तो वो ओपन नहीं हुआ। मैंने शामली से फोन करके पूछा तो वो पहले बहाना बनाती रही कि कुछ टेक्नीकल खराबी होगी। लेकिन जब मैंने उसे जोर दे कर सही पासवर्ड बताने के लिए कहा तो उसने साफ कह दिया कि वो अपने बैंक का पासवर्ड मुझे नहीं बताने वाली थी। मुझे। जिसने ये पूरा प्रोजेक्ट शुरू किया था। इस प्रोजेक्ट की आधारशिला रखने वाला मैं ही था। लेकिन मुझे ही दूध में पड़ी मक्खी की तरह निकाल कर फेंक दिया जा रहा था। दिया क्या जा रहा था फेंक ही दिया गया। आखिर मैं कब तक बर्दाश्त करता? मैं टूट गया था। और मैंने ठान लिया था कि अब मैं उन लोगों को भी दर्द का अहसास कराऊंगा, जिन्होंने मुझे ये अहसास कराया है। जिन्होंने मुझसे मेरी जिंदगी छीन ली, उनकी जिंदगी मैं छीन लूंगा।''

''शामली ने तुम्हें धोखा दिया तो तुमने चार-चार लोगों का खून कर दिया?''-इंस्पैक्टर ने कहा-''चलो शामली से तो तुम्हारी दुश्मनी समझ आती है। लेकिन बाकी तीनों का अपराध भी क्या इतना बड़ा था कि तुम उन्हें मार देते?''

निर्मलकर के चेहरे पर वहशी के जैसे भाव आ गए।

''नहीं।''-उसने कहा-''उस घड़ी तक मैंने उन्हें मारने की नहीं सोची थी। शामली को भी नहीं। मैंने सोचा था कि एक बार, एक आखिरी बार कोशिश करके देखूं। शामली पिघल जाएगी। मैं उसे अपने यहां इतने समय तक काम करने का हवाला दूंगा। उसके साथ जो अच्छा व्यवहार किया, उसका हवाला दूंगा। उससे न्याय की गुहार लगाऊंगा कि वो प्रोजेक्ट मैंने ही शुरू किया था। शुरू में हमारे बीच साफ बात हो चुकी थी कि शामली बस मेरी असिस्टेंट होगी।''

''तो शामली आपकी रिक्वेस्ट से नहीं पिघली?''

''नहीं पिघली?''-निर्मलकर के चेहरे पर फीकी मुस्कान आ गई-''वो हुआ जो मैंने सोचा भी नहीं था।''

''क्या?''

''जब मैं शामली के सामने अपनी व्यथा कहने गया तो वो और उसके तीनों साथी फ्लैट में जश्न मना रहे थे। जाम छलका रहे थे। मैंने शामली से कहा कि

वो अपने साथियों को थोड़ी देर के लिए कहीं भेज दे और मुझसे अकेले में बात कर ले। लेकिन शामली ने मुझे जलील करना शुरू कर दिया। अपने साथियों के सामने मेरी छोटी-छोटी कमियां गिनाने लगीं। मैंने कभी ऑफिस में उसे किसी छोटी मोटी बात पर डांटा होगा तो उन्हें याद करके कहने लगी कि मैं उसे सताया करता था। शामली और उसके साथी नशे में थे। मैंने कहा कि शामली मैंने तुम्हें हमेशा अपनी बेटी की तरह देखा था। लेकिन वो कुछ सुनने के लिए तैयार नहीं थी। मैंने उससे कहा कि मेरा प्रोजेक्ट मुझे वापस कर दो। मुझ पर कर्जा था। उस प्रोजेक्ट के माध्यम से मैं अपना कर्ज चुका सकता था। बेटे की डॉक्टरी की शिक्षा जारी रख सकता था। लेकिन शामली मुझे मेरे ही प्रोजेक्ट से दूध में पड़ी मक्खी की तरह निकाल कर फेंक चुकी थी। उसने ये कह कर मेरा मजाक उड़ाया कि मैं अब भिखारी बन चुका था। उसने कहा कि फंड रेजिंग से पैसा उसने अपनी मेहनत के दम पर इकट्ठा किया था। इसके अलावा उसने आशीष की मदद से पचास लाख का लोन भी हासिल कर लिया था जिससे वो अब करोड़पति थी। उसके पास फंड रेजिंग से इकट्ठा की गई रकम से डबल रकम थी। वो किसी चीज के लिए मेरी मोहताज नहीं थी।''

सब निर्मलकर को देख रहे थे जिसके चेहरे से वहशियत झलक रही थी।

''मैं उनके सामने रोया''-सुदेश ने कहा-''गिड़गिड़ाया। मिन्नतें की। उन्हें लाख दुहाई दी कि मेरे साथ ऐसा मत करो। मुझसे मेरा सब कुछ मत छीनो। लेकिन उन्होंने मेरी एक नहीं सुनी। उस...''-उसके चेहरे पर किसी वहशी के जैसे भाव आ गए-''उस प्रखर ने तो मेरी कॉलर पकड़ ली। उसने और विनोद ने मुझे धकियाते हुए कमरे से बाहर निकाल दिया। उनके व्यवहार से मुझे हैरानी नहीं हुई। वो तो मेरे कोई नहीं थे। उन्हें तो मैं ठीक से जानता तक नहीं था। लेकिन शामली? वो ये सब देख कर भी चुप रही। वो शामली, जिसे मैंने सालों तक अपने यहां काम पर रखा, बेटी की तरह माना, उसने जब मांगा, उसकी तनख्वाह बढ़ाई, उसे जब जरूरत पड़ी, एक्स्ट्रा पैसे दिए, कभी-कभी तो तनख्वाह से भी नहीं काटे, वो...वो मेरा ऐसा अपमान होते देखती रही। और उसने अपने उन साथियों से एक शब्द भी नहीं कहा। एक बार भी नहीं

कहा कि रूक जाओ। इस बुढ्ढे को ऐसे धक्का मत मारो। जलील मत करो।''

कमरे में सन्नाटा छाया हुआ था। सिर्फ सुदेश की आवाज गूंज रही थी।

''और वो कुछ बोलती भी क्यों?''-सुदेश ने कहना जारी रखा-''वो दोनों उसके मन की ही तो कर रहे थे। शायद वो खुद मेरी कॉलर पकड़ कर मुझे धक्के मार कर कमरे से बाहर निकाल सकती तो उन दोनों को ऐसा करना ही नहीं पड़ता। शामली खुद ही मुझे जलील करके वहां से निकाल देती। लेकिन शायद लडक़ी होने के कारण उसे लगा होगा कि वो मेरे साथ हाथापाई नहीं कर पाएगी। इसीलिए उसने अपने दोनों गुर्गों को आगे कर दिया। उसके दोनों नए साथी, जिन्हें वो अभी मुश्किल से एक महीने से ही जानती होगी लेकिन वो उसके लिए मुझसे कहीं ज्यादा महत्त्वपूर्ण हो गए थे। मुझे दरवाजे से बाहर धकेलने के बाद प्रखर और विनोद ने मुझसे साफ लफ्जों में-बिना किसी लाग-लपेट के-कहा कि डबिंग का ये पूरा प्रोजेक्ट उन लोगों का था। मैं अब इस प्रोजेक्ट को भूल जाऊं। और भूल जाऊं उस फंड रेजिंग कर इकट्ठा की गई रकम को भी, जिससे मैं अपनी मुसीबतें हल होने के सपने संजो रहा था। मैंने उन दोनों को पुलिस में जाने की धमकी दी। हालांकि सचमुच में मेरा पुलिस पर कोई विश्वास नहीं था। अगर मैं पुलिस में जाता भी तो भी मैं उस प्रोजेक्ट पर कोई मालिकाना हक नहीं जता पाता। ऐसे पर्याप्त सबूत भी नहीं जुटा पाता, जिनसे साबित हो पाता कि वो प्रोजेक्ट शामली का नहीं बल्कि मेरा था। कोर्ट में केस भी जाने कब तक चलता। मेरा दिल तो उस वक्त बदले की आग से जल रहा था। और वो आग एक ही तरह से शांत हो सकती थी। मेरे सीने में जल रही बदले की आग को पानी से शांत नहीं किया जा सकता। उन चारों के खून से ही शांत किया जा सकता था। जो कि बाद में मैंने किया भी।"-वो कुछ पल सांस लेने के लिए रूका, फिर बोला-"मेरे पुलिस के पास जाने की धमकी देने पर प्रखर और विनोद ने मुझे अपना असली रूप दिखाया। प्रखर ने मेरी कॉलर पकडक़र मुझे दीवार से चिपका दिया। उसका हाथ मेरे गले पर था। विनोद ने एक चाकू निकाल कर मेरी पसलियों से सटा दिया। उन दोनों ने मुझसे कहा कि अगर मैं जिंदा रहना चाहता था तो उस प्रोजेक्ट को ही नहीं बल्कि शामली को ही पूरी तरह से

भूल जाऊं। उस दिन के बाद से अगर मैं शामली के आस-पास भी फटकता दिखा तो वे लोग मुझे ऊपर पहुंचा देंगें। मुझे हद दर्जे जलील करने, धमकाने के बाद उन लोगों ने मुझे वहां से जाने दिया। लेकिन उन्हें अंदाजा नहीं था कि उन्होंने अपने ऊपर कौन सी मुसीबत को दावत दे दी है।''

''पांचवी का ड्रामा रचने की क्या जरूरत थी?''-इंस्पैक्टर ने कहा।

''उनके साथ कोई पांचवी भी थी, ये ड्रामा रचना भी जरूरी था। क्योंकि अगर किसी तरह उस पांचवी को दर्शाने में मुझे सफलता मिल जाती, तो मैं इस पूरे केस का एक ऐसा संदेही पैदा कर देता, जो कि इस दुनिया में था ही नहीं। पुलिस जिंदगी भर उस पांचवी की तलाश में हवा में हाथ-पांव मारती रह जाती। लेकिन कभी उसे ढूंढ नहीं पाती। क्योंकि पांचवी कोई थी ही नहीं। इसीलिए मैंने एक चाल चली। मैंने अपनी भतीजी रिदिमा को शामली के घर भेजा। मुझे पता था कि उस दिन शामली, प्रखर, विनोद और सुनैना विश्रांति विला जाने वाले थे। शामली के संबंध हमेशा हमारे साथ परिवार की तरह रहे थे इसलिए वो रिदिमा को न सिर्फ जानती थी बल्कि उसकी रिदिमा से अच्छी तरह बोलचाल भी थी। मुझे विश्वास था कि कुछ लोग रिदिमा को शामली और उसकी टीम के साथ देख लेंगें तो इसकी पुष्टि हो जाएगी कि विश्रांति विला में डबिंग प्रोजेक्ट के लिए जाने वाले लोग चार नहीं बल्कि पांच थे। उस प्रोजेक्ट में दो नहीं बल्कि तीन लड़कियां शामिल थीं। हालांकि मैं अपनी भतीजी को इसमें शामिल नहीं करना चाहता था लेकिन मुझे मजबूरन ऐसा करना पड़ा। अगर मैं किसी और को अपने इस प्लान में शामिल करता तो वो आगे चल कर मेरा राज खोल सकती थी। मुझे ब्लैकमेल कर सकती थी। रिदिमा की अगले महीने ही शादी होने वाली है, जिसके बाद वो अपने पति के साथ अमेरिका सैटल हो जाती। क्योंकि उसका पति अमेरिका में ही रहता है। रिदिमा का घर भी दिल्ली में है और वो कुछ ही दिनों के लिए यहां आई थी इसलिए मुझे अपने काम के लिए वही उपयुक्त लगी। शामली के ग्रुप के साथ उपस्थिति दर्ज कराने के बाद वो हवा की तरह गायब हो जाने वाली थी क्योंकि एक दिन बाद ही उसे दिल्ली अपने घर वापस जाना था। और वहां शादी के बाद सीधे अमेरिका। यानि

रिदिमा के इस पूरे प्लान में रोल का कभी किसी को पता नहीं चलने वाला था।''

''इसका मतलब''-इंस्पैक्टर ने कहा-''इस खून में रिदिमा-आपकी भतीजी-भी आपके साथ सहभागी है?''

''नहीं।''-निर्मलकर ने व्याकुल भाव से कहा-''रिदिमा को सपने में भी इस बात का अंदाजा नहीं था कि मेरा इरादा क्या है? वो नहीं जानती थी कि मैं शामली और उसके साथियों का खून करने वाला हूं। मैंने उसे इतना कहा था कि उसे शामली के घर के पास से शामली से लिफ्ट लेनी है। जो कि उसने किया। इसके अलावा उसकी और कोई गलती नहीं है।''

''लेकिन अगले दिन अखबार वगैरह से तो उसे शामली और उसके साथियों की हत्याओं के बारे में पता चला होगा? तब उसने अपनी जुबान क्यों नहीं खोली? क्या वो इतनी बेवकूफ है कि उसे समझ नहीं आया कि आपने उसे एक खास मकसद के तहत शामली से लिफ्ट लेने के लिए कहा था?''

''इतनी बेवकूफ नहीं है लेकिन थोड़ी बेवकूफ है। वो एक सोशल मीडिया में घुसी रहने वाली लडकी है, जिसे फेसबुक और इंस्टाग्राम से बाहर दुनिया में क्या हो रहा है, ये जानने की फुर्सत ही नहीं रहती। न्यूज वगैरह में तो वैसे ही उसकी दिलचस्पी जीरो रहती है। अगले दिन ही उसे वापस दिल्ली लौटना था। इसलिए मुझे विश्वास था कि रिदिमा को इसकी भनक कभी नहीं लगने वाली थी कि वो अनजाने में मेरे प्लान का हिस्सा बन गई थी।''

''हो सकता है ये सब आप उसे बचाने के लिए कह रहे हों।''-इंस्पैक्टर का स्वर कठोर हो गया-''आखिर आपकी भतीजी है।''

निर्मलकर के चेहरे पर व्याकुलता के भाव आए, फिर उसने कहा-''हां। आप ये मान सकते हैं। मैं कोई सबूत तो नहीं दे सकता लेकिन वास्तविकता यही है कि रिदिमा का विश्रांति विला हत्याकाण्ड से कोई वास्ता नहीं है। सिवाय अनजाने में उस प्लान का छोटा सा हिस्सा बनने के, जो मैंने पुलिस इन्वेस्टिगेशन को भटकाने के लिए बनाया था।''

''वो सब हम बाद में देखेंगें।''-इंस्पैक्टर ने पूर्ववत् स्वर में कहा-''ये बताओ, रिदिमा शामली और उसके साथियों के साथ विश्रांति विला में भी गई थी?''

''नही।''-निर्मलकर ने इनकार में सिर हिलाया-''मुझे पता था कि शामली और उसकी टीम शामली के घर से तीन बजे विश्रांति विला के लिए निकलने वाले थे। मैंने रिदिमा को पट्टी पढ़ाई कि वो किसी तरह शामली से विश्रांति विला जाने वाले दिन मिले और विला जाने तक उसके साथ दिखे। शामली का मुझसे झगड़ा था लेकिन रिदिमा से उसकी अच्छी बनती थी। मेरे कहने पर जब रिदिमा शामली से मिली तो शामली ने उस पर भरोसा कर लिया। रिदिमा के कहने पर-जो कि मैंने ही रिदिमा से करने को कहा था-रिदिमा ने शामली से विश्रांति विला के करीब तक लिफ्ट मांगी। रिदिमा विश्रांति विला से थोड़ा पहले ही उतर गई थी, जहां कुछ दूर उसे पैदल चलना पड़ा। उसके बाद उसे रिसीव करने के लिए मैंने टैक्सी भेज दी थी। मेरा इरादा बाद में किसी तरह से ये थ्योरी पुलिस तक पहुंचाने का था कि चूंकि शामली की टीम जिस फिल्म की डबिंग कर रही थी, उसमें पांच कैरेक्टर थे और तीन कैरेक्टर महिलाओं के थे, जबकि शामली की टीम में दो ही लड़कियां थीं, इसलिए जरूर पांचवी शख्स कोई संदिग्ध थी, जो घटना के बाद वहां से भाग गई। और उन चारों के खून में भी जरूर उसी का हाथ था। या वो खुद कातिल थी। ये साबित करने के लिए मैंने घटनास्थल पर एक जोड़ी सैंडल रखीं। एक बैग रखा, जिसमें महिलाओं के उपयोग का सामान था। मोबाइल और लैपटॉप नष्ट किए। क्योंकि पुलिस को यकीन हो जाता कि मोबाइल और लैपटॉप में शामली के डबिंग प्रोजेक्ट का पूरा डेटा था। और उस डेटा में जरूर उस पांचवी का भी नाम था-जो कि कोई थी ही नहीं-जो फिल्म के तीसरे महिला पात्र को आवाज देने वाली थी। लेकिन वहां कुछ ऐसा हो गया कि वो पांचवी उन चारों के खून से कनेक्टेड थी इसलिए कातिल ने शामली और उसके सारे साथियों को मार देने के बाद मोबाइल और लैपटॉप नष्ट कर दिए, जिससे उसका नाम सामने न आ सके।''

''रिदिमा के मामले में तुम्हारे प्लान में झोल था।''-ऋषभ ने कहा।

''हां।''-उसने सहमति में सिर हिलाया-''लेकिन मैं चाहता था कि पांचवी की मौजूदगी दर्शाने के लिए रिदिमा उनके साथ दिखे। मैंने उसे ये बहाना बनाया था कि मैं कुछ समय तक शामली पर नजर रखना चाहता था। उसे ये भी कहा था कि वो चश्मा पहन कर, टोपी पहन कर ऐसा लुक रखे, जिससे उसकी पहचान न हो सके। क्योंकि मैं शामली की कुछ फोटोज खींचना चाहता था, जिसमें वो भी आती तो उसकी पहचान छिपी रहती। मैंने कहा था कि शामली ऑफिस के फंड में कुछ हेरफेर कर रही थी इसलिए मैं उस पर जासूसी कर रहा था जिसमें रिदिमा मेरी मदद करे। वो तैयार भी हो गई थी। मैंने छिप कर शामली और उसके साथियों के विश्रांति विला जाते हुए फोटो भी खींचे थे। कई फोटो में रिदिमा ऐसे एंगल पर थी जिसमें उसका चेहरा नहीं दिख रहा था। बाद में वो फोटो पुलिस तक पहुंचाने वाला था, जिससे विश्रांति विला में शामली और उसके साथियों के साथ किसी पांचवी के होने की और भी पुष्टि हो जाती।''

''एक दुकान वाले ने रिदिमा को उनके साथ देखा था।''-ऋषभ ने कहा।

''मेरा सारा प्लान अच्छा चल रहा था। मेरा बदला पूरा हो गया था। कर्ज में तो मैं परेशान था ही। लेकिन जिनकी वजह से था उन्हें मैंने नर्क पहुंचा दिया था। पुलिस भी विश्रांति विला में शामली और उसके साथियों के कत्ल के समय किसी पांचवी के होने को ले कर आश्वस्त थी। फिर मुझे तुम्हारे बारे में पता चला।''-उसने विषाक्त भाव से ऋषभ की ओर देखा-''हाल ही में तुमने तीन-तीन मर्डर केसों को जिस तरह सॉल्व किया है, उससे इस केस में तुम्हारा दखल होने का पता चलने पर मेरा दिल बैठ गया। मुझे लगा कहीं न कहीं तुम ही मेरे फूलप्रूफ प्लान को बर्बाद करने की वजह बनोगे। जो कि तुम बने भी। ऐसा होने से रोकने के लिए ही मैं खुद तुमसे मिलने तुम्हारे ऑफिस में पहुंच गया था। मैं तुमसे कॉन्टैक्ट में रहना चाहता था, जिससे अंदाजा लगा सकूं कि तुम्हारी इन्वेस्टिगेशन किस दिशा में आगे बढ़ रही थी। तुमने मुझ पर तो कोई शक जाहिर नहीं किया लेकिन ये जान कर मुझे खुशी हुई कि तुम भी पुलिस की तरह ही पांचवी को ढूंढने में लगे थे। जो कि कहीं थी ही नहीं। मैं कुछ हद तक निश्चिंत हो गया। जो चारा मैंने पुलिस को बेवकूफ

बनाने के लिए फेंका था, उसे तुम भी निगल गए थे। मुझे लगा सब कुछ मेरे प्लान के हिसाब से ही चल रहा है। लेकिन ये मेरी गलतफहमी थी।''

''तुम्हारी सबसे बड़ी गलतफहमी ये थी''-इंस्पैक्टर ने कहा-''कि तुम खून करके बच कर निकल जाओगे।''

''मेरी हालत उस समय बहुत खराब थी।''-सुदेश ने कहा-''मेरा छोटा सा बिजनेस पहले ही खत्म होने के कगार पर था। लोन की किश्तें पटाना ही मेरे लिए मुश्किल हो रहा था। ऐसे में मेरी एकमात्र उम्मीद, एकमात्र आशा ये प्रोजेक्ट ही था। और वो प्रोजेक्ट भी जब सफल होता दिखने लगा तो मेरी खुशी का कोई ठिकाना नहीं था। फिल्मों की डबिंग के लिए जब फैन्स ने चंदा देना शुरू किया तो देखते ही देखते इतना पैसा इकट्ठा होने लगा कि मेरे लिए यकीन करना मुश्किल था। मैं खुश था। उस पैसे से मैं अपने बेटे की विदेश में पढ़ाई भी जारी रख सकता था। किश्तें भी पटा सकता था। फिल्मों की डबिंग का काम भी कर सकता था। लेकिन शामली ने मेरी सारी उम्मीदों पर पानी फेर दिया।''

''तुम इतनी ही गरीबी में चल रहे थे''-ऋषभ ने कहा-''तो शामली और उसके साथियों के कातिल के पकड़े जाने पर पांच लाख रूपए का ईनाम देने का क्या ब्लंडर था?''

''ब्लंडर ही था।''-उसने कहा-''तुम भूल रहे हो। कातिल के पकड़े जाने पर। अगर अभिराज वाला किस्सा नहीं होता तो तुम लोग कभी मुझ तक नहीं पहुंचने वाले थे। वो तो उस कम्बख्त अभिराज ने फैलना शुरू कर दिया था इसलिए मुझे अपने हाथ न चाहते भी दोबारा खून से रंगने पड़े। अगर वो पैसों के लालच में फैलता नहीं, तो आज वो भी जिंदा होता। और मैं भी इस मुसीबत में नहीं फंसता।''

''मुसीबत में तो तुम उसी दिन फंस गए थे, जिस दिन तुमने विश्रांति विला में उन चारों की बेरहमी से हत्या की थी।''

''इस पूरे मामले में''-रीना ने कहा-''पांचवी कौन का राज तो राज ही रह गया।''

''कहां राज रह गया?''-इंस्पैक्टर ने कहा-''पता तो चल गया कि पांचवी का किरदार कातिल ने गढ़ा था।''

''मेरे कहने का मतलब था कि पांचवी के होने की बात ही इसलिए कही जा रही थी क्योंकि जिस फिल्म की डबिंग शामली और उसके साथी कर रहे थे उसमें पांच पात्र थे जिनमें से तीन महिलाएं थीं। तो शामली बिना पांचवे आर्टिस्ट के ही डबिंग करने पहुंच गई थी?''

''बिना आर्टिस्ट के नहीं पहुंची थी।''-सुदेश ने कहा-''शामली ही वो पांचवी आर्टिस्ट थी।''

''मतलब?''

''शामली मिमिक्री भी कर लेती थी। जब फिल्म के लिए पांचवे महिला कैरेक्टर के लिए कोई नहीं मिला तो शामली ने खुद ही दो कैरेक्टरों की आवाज निकालने का फैसला किया था। जब मैं शामली से प्रोजेक्ट वापस करने की मांग करने गया था उस वक्त शामली ने बातों ही बातों में कहा था कि वे प्रोजेक्ट शुरू कर रहे हैं और पांचवी आर्टिस्ट न मिलने के कारण शामली खुद दो कैरेक्टर की आवाज रिकॉर्ड करने वाली थी।''

''मेरा भी यही अंदाजा था।''-ऋषभ ने कहा-''मैंने शामली की एक वीडियो क्लिप देखी थी''-हालांकि ऋषभ ने ये नहीं कहा कि वो क्लिप उसने निर्मलकर के घर में उसकी बेटी के मोबाइल पर ही देखी थी-''जिसमें वो प्रसिद्ध फिल्म अभिनेताओं की आवाज की नकल कर रही थी। वो कई लोगों की आवाज निकाल सकती थी। वो किसी पार्टी की क्लिप थी जिसमें शामली ने मिमिक्री करने के बाद ये कहा था स्टेज से कि वो अपनी मिमिक्री की कला का उपयोग अपने एक बड़े प्रोजेक्ट के लिए करने वाली थी जिसका पता आने वाले दिनों में चलेगा।''

''मतलब शामली का इशारा डबिंग प्रोजेक्ट की ओर था?''-इंस्पैक्टर ने कहा।

ऋषभ ने सहमति में सिर हिलाया।

''सुनैना का खून गेट के पास हुआ था।''-इंस्पैक्टर ने कहा-''वहां गुजर रही कार में जा रहे लोग बचाने आए तब तुम्हें भागना पड़ा था। फिर विला में पांचवी शख्स की उपस्थिति के लिए बैग, सैंडल वगैरह प्लांट करने, लैपटॉप मोबाइल नष्ट करने का टाइम तुम्हें कब मिला?''

''वो मैं उन्हें मारने के साथ ही करता जा रहा था।''-सुदेश ने कहा-''मुझे खुद भी लग रहा था कि कुछ गड़बड़ हो सकती थी इसलिए शायद सामान को अलग से प्लांट करने, मोबाइल, लैपटॉप नष्ट करने के लिए टाइम नहीं मिलता।''

''ब्लैकमेल।''-ऋषभ ने कहा-''वो चक्कर तो मुझे भी समझ नहीं आया। रूपाली के घर शामली और आशीष की तस्वीरें खिसकाने वाले तुम ही थे न? लेकिन तुम्हारे पास वो तस्वीरें थीं तो क्यों और कैसे थीं? और तुम उनसे शामली को ब्लैकमेल करने की जगह क्या करना चाह रहे थे?''

उसके चेहरे पर वितृष्णा के भाव उभरे।

''मुझे शामली और आशीष के बीच अवैध संबंधों का पता चल गया था।''-सुदेश ने कहा-''मैंने शामली की धोखेबाजी के बाद उसके पीछे एक प्राइवेट डिटेक्टिव लगाया था। उसी ने मुझे वो फोटुएं ला कर दी थीं। हालांकि वो मुझे किसी काम की नहीं लग रहीं थीं। क्योंकि आजकल लोगों के लिए अपनी नंगी तस्वीरें, वीडियो वायरल करना आम होने लगा है। शामली भी जिस तरह के रंग दिखा रही थी उससे मुझे नहीं लगता था कि वो ब्लैकमेल होने वाली थी। वो तस्वीरें मेरे पास फालतू पड़ी थीं। बाद में मेरे दिमाग में आया कि उनका उपयोग करके मैं ये दर्शा सकता था कि शामली का कत्ल अवैध संबंध के कारण हुआ हो सकता था। ऐसे में किसी का ध्यान मेरी ओर नहीं जाता। इसीलिए मैंने रूपाली के माध्यम से वे फोटुएं तुम तक पहुंचाने का प्रयास किया था।''

''रूपाली के माध्यम से ही क्यों?''

''तुम न्यूज ऑन में रूपाली से मिलने गए थे तो संयोग से मैं भी उसी वक्त अपने एक दोस्त के साथ वहां गया था वहां तुम्हें रूपाली के साथ बात करते देखा था। मेरे दोस्त को उस अखबार में कोई काम था। हालांकि उस वक्त तुम्हारी नजर मुझ पर नहीं पड़ी थी। एक ही शहर से होने के कारण मैं रूपाली का घर जानता था। मुझे लगा उन फोटोज को रूपाली के माध्यम से ही तुम तक पहुंचाना सही होगा।''

''अभिराज के कत्ल के मामले में ऋषभ ने जो बताया, उसे स्वीकार करते हो? या बताने के लिए कोई बात बाकी है?''-इंस्पैक्टर ने कहा।

सुदेश ने कुछ नहीं कहा। बस स्तब्ध सा देखता रहा। जो कि एक तरह से उसके अपराध की स्वीकरोक्ति थी।

''तुमने अभिराज से सुसाइड नोट पर साइन कैसे लिए थे?''-इंस्पैक्टर ने पूछा।

''मैंने कागज के ऊपर का प्रिंट वाला हिस्सा एक बिल्कुल वैसे ही कोरे कागज से ढंक दिया था, जिससे सुसाइड नोट पर क्या लिखा था, ये अभिराज नहीं पढ़ पाया। मैंने उसे बहुत डराने-धमकाने के बाद उसे कागज साइन करने के लिए दिया था। वो समझ गया था कि कागज में कुछ गड़बड़ थी लेकिन मैंने तब तक उसे इतना डरा दिया था कि उसकी कुछ कहने की हिम्मत नहीं पड़ी। उसने चुपचाप साइन कर दिए थे।''

''अभिराज को एक भयावह अपराध का गवाह होने के बाद भी अपना मुंह बंद रखने की कीमत चुकानी पड़ी।''-ऋषभ ने कहा।

''शामली ने मुझे कहीं का नहीं छोड़ा।''-निर्मलकर ने भर्राए स्वर में कहा-''उस पर जब मैं अपना हक मांगने गया, न्याय की मांग ले कर शामली के पास पहुंचा तो...तो उसने मेरी मर्यादा तार-तार कर दी। अपने नए बने दोस्तों के साथ मिल कर मुझे अपमानित किया। गालियां दीं। धक्के मार कर मुझे अपने घर से निकाल दिया। तभी मैंने ठान लिया था कि मैं भी शामली और उसके साथियों को कहीं का नहीं छोड़ूंगा। जो उन्होंने मेरे साथ किया था, उसके बाद उन्हें जीने का कोई हक नहीं था।''

''किसी को जीने का हक है या नहीं''-इंस्पैक्टर ने इतनी तेज आवाज में कहा कि कमरे में उपस्थित सभी लोग कांप गए-''इसका फैसला करने वाले तुम कौन होते हो? भगवान हो तुम?''

निर्मलकर के मुंह से बोल न फूटा।

''अब तुम्हारा फैसला होगा''-इंस्पैक्टर एक पल ठिठका, फिर बोला-''अदालत में।''

कमरे में बोझिल सा सन्नाटा पसर गया।

OO

ऋषभ निरंजन के घर पहुंचा।
निरंजन बाहर वाले कमरे में ही सोफे पर ऐसे मुंह लटकाए बैठा था, जैसे उसका सब कुछ लुट गया हो।
''ये क्या हालत बना रखी है?''-ऋषभ ने कहा-''और रूपाली कहां है?''
निरंजन ने बिना कुछ बोले एक हस्तलिखित चिट्ठी उसकी ओर बढ़ा दी।
ऋषभ ने चिट्ठी को खोल कर पढना शुरू किया।
उसमें लिखा था-
ऋषभ,

तुमने मेरी बहुत मदद की। मेरे लिए अपनी जान जोखिम में भी डाली। लेकिन मैं अब तुम पर और बोझ नहीं बनना चाहती। मेरी वजह से तुम स्कॉरपियन जैसी ऑर्गेनाइजेशन के चक्कर में फंसे। अगर कैसिनो में हालात बिगड़ जाते तो कैसिनो में वे माफिया वाले हम दोनों की जान भी ले सकते थे। मुझे अपनी जान जाने का गम नहीं होता क्योंकि मैंने तो जिंदगी बिताई ही दुखों के साये में है। लेकिन मेरी वजह से तुम्हें कुछ हो जाता तो मैं कभी खुद को माफ नहीं कर पाती। मैंने तुम्हारे सामने अपने दिल का हाल बयां किया और तुमने सच्चाई से मुझे बता दिया कि तुम्हारे दिल में कोई और है। तुम्हारी जगह कोई और इंसान होता तो वो मेरा फायदा भी उठा सकता था। लेकिन तुमने ऐसा नहीं किया। उन सत्तर लाख रूपयों में से भी एक रूपए का भी तुमने लालच नहीं किया।
मुझे याद है, जब हम कैसिनो से बाहर निकले थे, तब तुमने अपने दोस्त से कहा था कि तुम मेरे साथ कैसिनो में इसलिए गए थे क्योंकि सत्तर लाख का मामला था। जबकि तुम्हें उस पैसे से एक रूपए को भी हाथ नहीं लगाना था। मामला सत्तर लाख का नहीं था। मामला मेरा था। तुम इसलिए मेरे साथ गए थे क्योंकि तुम्हें मेरी फिक्र थी। वो भी तब, जब तुम्हारी मेरे प्रति वो भावनाएं भी नहीं हैं, जो मेरी तुम्हारे प्रति हैं। तुम बहुत अच्छे इंसान हो ऋषभ। मैं तुम्हारा दिल नही दुखाना चाहती। लेकिन फिर भी मुझे ये कदम उठाने के लिए मजबूर होना पड़ रहा है। हो सके तो मुझे माफ कर देना।

तुम सचमुच इंसान के रूप में देवता हो। और मेरे जैसी लड़की के जीवन में ऐसे देवता की उम्मीद करना भी बेमानी है। तुम्हारे मित्र निरंजन जी बहुत अच्छे हैं। उन्होंने मेरा बहुत ख्याल रखा। मेरी ओर से उन्हें धन्यवाद जरूर कहना। उन्होंने ये भी बताया कि तुम जिसे चाहते हो, वो किसी और से प्यार करती है। शायद ये दुनिया ऐसी ही है। शायद कुछ ही किस्मत वाले होते होंगें, जिन्हें वो शख्स मिल पाता होगा, जिसे वो चाहते हों। मैं बस इतना जान पाई हूं कि ऊपर वाले ने मेरा नाम उन किस्मत वालों की लिस्ट में शामिल नहीं किया है।

ये पैसा जो हमें कैसिनो से मिला है, ये भी एक बड़ी समस्या है। मैंने देखा है कि तुम इसको ले कर काफी परेशान थे। और इसे मुझे दे देना चाहते थे। ये हराम का पैसा है। इसलिए तुम इसमें से एक फूटी कौड़ी भी अपने पास नहीं रखना चाहते। ऊपर से इसके साथ स्कॉरपियन का नाम जुड़ा हुआ है। हम इसे पुलिस को भी नहीं दे सकते क्योंकि तब हमें पुलिस को बताना पड़ेगा कि ये पैसा हमें स्कॉरपियन के कैसिनो से मिला था। स्कॉरपियन के बारे में पुलिस को बताना उनसे सीधे-सीधे दुश्मनी मोल लेने जैसा होगा। इसलिए मैं तुम्हारी समस्या हल कर रही हूं। इन सत्तर लाख को भी अपने साथ ले जा रही हूं।

मेरी तलाश करने की कोशिश मत करना। क्योंकि मैं खुद भी नहीं जानती कि मैं कहां जा रही हूं? शायद दुनिया के किसी और कोने में जा कर नई जिंदगी की शुरूआत करने की कोशिश करूंगी।

तुम्हारी प्रेमिका बनने का हक तो तुमने दिया नहीं इसलिए
तुम्हारी शुभचिंतक

या तुम्हारी दोस्त

-रूपाली नागर

चिट्ठी पूरी पढ़ने के बाद ऋषभ ने गहरी सांस ले कर निरंजन की ओर देखा।
निरंजन का चेहरा भावहीन था।

हालांकि उसकी खाली-खाली आंखों में देख कर भी ऋषभ अंदाजा लगा सकता था कि रूपाली के इस तरह चले जाने से उसे दुख पहुंचा था।

ऐसा हो सकता था, इसकी तो ऋषभ ने भी कल्पना भी नहीं की थी।

रूपाली पैसे अपने साथ जरूर ले गई थी लेकिन ऋषभ को विश्वास था कि वो लालच के कारण ऐसा करने वालों में से नहीं थी।

रूपाली को भी इस बात का अहसास था कि वो रकम अपराध की कमाई थी, प्रखर ने उसे किसी सीधे तरीके के, किसी ईमानदारी के काम से नहीं कमाया होगा।

उस रकम के पीछे की कहानी उससे भी भयानक हो सकती थी, जितना वे सोच सकते थे।

इसीलिए वो जाते-जाते उस रकम को अपने साथ ले गई थी।

जिससे उस दो नंबर की कमाई-और भविष्य में उससे होने वाले परिणाम-की छाया से ऋषभ को दूर रख सके।

ऋषभ ने रूपाली की मदद करने का निश्चय किया था।

लेकिन प्रखर द्वारा दिए गए उस सिक्के की बदौलत उन्हें स्कॉरपियन से जो रकम प्राप्त हुई थी, उसका क्या करना था, ये तो वो भी नहीं सोच पा रहा था।

और शायद अब उसे सोचने की जरूरत भी नहीं थी।

अब न तो रूपाली उसके पास थी।

और न उसके पास थे वो...

सत्तर लाख।

-समाप्त-

www.ingramcontent.com/pod-product-compliance
Lightning Source LLC
LaVergne TN
LVHW100255210926
848480LV00003B/929